संजीव

मूर्धन्य कथाकार संजीव का जन्म 6 जुलाई, 1947 को सुल्तानपुर, उत्तर प्रदेश में हुआ। 38 वर्षों तक एक रासायनिक प्रयोगशाला में कार्यरत रहे। सात वर्षों तक 'हंस' समेत कई पत्रिकाओं का सम्पादन और स्तम्भ-लेखन किया। लगभग दो वर्षों तक महात्मा गांधी अन्तरराष्ट्रीय विश्वविद्यालय, वर्धा और अन्य विश्वविद्यालयों में अतिथि लेखक रहे।

संजीव का अनुभव-संसार विविधताओं से भरा हुआ है। साक्षी हैं उनकी प्राय: दो सौ कहानियाँ और 'अहेर', 'सर्कस', 'सावधान! नीचे आग है', 'धार', 'पाँव तले की दूब', 'जंगल जहाँ शुरू होता है', 'सूत्रधार', 'आकाश चम्पा', 'रह गईं दिशाएँ इसी पार', 'फाँस', 'रानी की सराय' आदि उपन्यास। नवीनतम कृतियाँ हैं छत्रपति शाहू जी पर केन्द्रित उपन्यास 'प्रत्यंचा', पुरबी के अनन्य गायक महेन्द्र मिश्र पर केन्द्रित उपन्यास 'पुरबी बयार' और 'प्रतिनिधि कहानियाँ'। कुछ कृतियों पर फिल्में बनी हैं, कुछ की उन्होंने पटकथाएँ लिखी हैं।

उन्हें 'कथाक्रम सम्मान', 'इन्दु शर्मा अन्तरराष्ट्रीय कथा सम्मान', 'पहल कथा सम्मान', 'सुधा कथा सम्मान', 'श्रीलाल शुक्ल स्मृति इफको साहित्य सम्मान' समेत अनेक सम्मान प्रदान किए जा चुके हैं।

सम्प्रति : स्वतंत्र लेखन।

ई-मेल : writersanjiv@gmail.com

सर्कस

संजीव

राधाकृष्ण पेपरबैक्स

पहला पुस्तकालय संस्करण
राधाकृष्ण प्रकाशन प्राइवेट लिमिटेड द्वारा
1984 में प्रकाशित

राधाकृष्ण पेपरबैक्स में
पहला संस्करण : 2004
चौथा संस्करण : 2024

राधाकृष्ण पेपरबैक्स : उत्कृष्ट साहित्य के जनसुलभ संस्करण

राधाकृष्ण प्रकाशन प्राइवेट लिमिटेड
जी-17, जगतपुरी, दिल्ली-110 051
द्वारा प्रकाशित

शाखाएँ : अशोक राजपथ, साइंस कॉलेज के सामने, पटना-800 006
पहली मंज़िल, दरबारी बिल्डिंग, महात्मा गांधी मार्ग, प्रयागराज-211 001
1, अनमोल सोराबजी संतुक लेन, धोबी तलाव, मरीन लाइंस, मुम्बई-400 002

वेबसाइट : www.radhakrishnaprakashan.com
ई-मेल : info@radhakrishnaprakashan.com

बी.के. ऑफसेट
नवीन शाहदरा, दिल्ली-110 032
द्वारा मुद्रित

मूल्य : ₹299

CIRCUS
Novel by Sanjeev

ISBN : 978-81-7119-890-0

देश के मेहनतकश अवाम के प्रतीक
पिताश्री की स्मृति में
जिन्हें गुमान होता है कि वे भी
'सर्कस' के कलाकार हैं,
मगर हकीकत यह खुलती है
कि वे महज दर्शक हैं

के हाँकते रहने से जब किसी तरह पाँचवीं जमात की शाला में दाखिला मिला तो एक दूसरी दुनिया खुली--पढ़ाई और धर्म का समन्वय। हनुमान-चालीसा और देवी-देवताओं की स्तुतियाँ तो बड़े भैया रामसेवक का पाठ सुन-सुनकर ही याद थे। बाकी कमी पूरी की भागवत, राधेश्याम-रामायण पाठ के लिए आनेवाले पंडितों ने। रामचरित मानस, गीता, प्रेम सागर, सुख सागर की आरोपित, आदर्श भक्ति द्वारा कठिनाइयों के समाधान की तलाश ! जासूसी उपन्यासों द्वारा आरोपित नायकत्व !

यूँ तो साहित्य के प्रति रुचि जगाने का श्रेय वरिष्ठ मित्र नरेन्द्रनाथ ओझा को जाता है, पर शुरू-शुरू में साहित्य के क्षेत्र में चारा देकर ही बुलाया गया था। ड्रिल का पीरियड था। उस दिन ड्रिल कराने की फुर्सत नहीं थी मास्टर साहब अनिल कुमार महथा जी को, सौ विसिल के पुरस्कार की 'ड्रिल पर कविता प्रतियोगिता'। तब से जाने कितने पुरस्कार। तुकबन्दी आगे चलकर अंताक्षरी में भी काम आती। सातवीं कक्षा में पहला भाषण गांधीजी पर रटा-रटाया; फिर तुलसी जयन्तियाँ, वाद-विवाद प्रतियोगिताएँ। मौसमी लेखन के बीच ऊलजलूल लेखन भी। जैसे सहपाठी साथी 'सूरज' के साथ प्रधानमन्त्री को पत्र लिखना--प्रधानमन्त्री जी, देश की हालत बड़ी खराब होती जा रही है। सूरज का तो जल्द ही धर्म, सत्ता और व्यवस्था से मोह-भंग हो गया। मैं काफी भटककर उसके द्वारा अपनाई गई मार्क्सवादी राह पर आया। धर्म के सहगामियों द्वारा धीरे-धीरे कुछ कुटेवों के दलदल में भी फँसा। शुकर था जल्द ही निकल आया। फल यह हुआ कि स्कूल का कभी का 'फर्स्ट ब्वाय' मैट्रिक में सेकंड डिवीज़न से उत्तीर्ण हुआ। गाँव अभी भी जुड़ जाता बीच-बीच में, जहाँ दो-दो कोस तक नाच देखने चल देता रात को और दिन को खेती के काम।

अब कॉलेज ! इच्छा के विरुद्ध विज्ञान का छात्र बना दिया गया। भाषा के प्रति मोह बढ़ रहा था। प्रकृति के रूपों में उलझा-उलझा मन ! पन्त प्रिय कवि। प्रेमचन्द, सुदर्शन, शिवपूजन सहाय, पदुमलाल पुन्नालाल बक्षी की रचनाओं से अनुप्रेरित होकर पहली हृदय-परिवर्तन की कहानी हस्तलिखित पत्रिका 'पल्लव' में। मौसमी लेखन में कविता, कहानी, निबन्ध के पुरस्कार। भैया बनाना चाहते थे डॉक्टर, इन्जीनियर। पैसे की औकात रत्ती-भर की नहीं थी और फिर मुझे मेंढ़क, मछलियों को देखकर घिन आती, काटना तो दूर, छूना भी गवारा नहीं। इन्जीनियरिंग में टेस्ट की जगह अपनी दूसरी परीक्षाएँ ध्यान खींच ले जातीं। मार्क्स के आधार पर दो-एक जगह सम्भावना जगी तो आयु आड़े आ गई। खैर सत्रह साल की वय में बी.एस-सी. डिस्टिंक्शन से पासकर भैया ने मुझे दिल्ली भेजा ए.एम.आई.ई. पढ़ने को। पायजामे से निकलकर पैंट की दुनिया। अधखाए परिवार के पेट पर एक इंजीनियर खड़ा करने की कोशिश।

इस बीच वैचारिक स्तर पर काफी कुछ बदलता रहा था। रामलीला, रासलीला कब छूटी और बंगला के जात्रा, नाटक, स्वस्थ फिल्में कब आ लगे, पता नहीं। सुमन वृन्त और जालों पर झिलमिलाते तुहिन बिन्दु, कब श्रम सीकरों द्वारा विस्थापित हो गए। ट्रेन में जगकर उस क्षण की प्रतीक्षा करना कि कब काली रात भोर की लाली की तेज़ाबी

अपनी बात

बीते हुए दिनों के ठहरे हुए अक्स। राख और मलबे के ढेर को आज खुरचने बैठा हूँ तो अबरख के चकत्तों के मानिन्द जाने कितने हारे हुए, जीते हुए क्षण, कुम्हलाए, सड़े फूल और पत्ते, मध्याह्न से उतरते सूरज की रोशनी में चिलक उठे हैं। एक बार, दो बार—जितनी बार भी हाथ फेरता हूँ, बकरे के कटे मुंड में पथराई आँखों के कितने आयाम खिल-खिल उठते हैं—एक-दूजे में गुँथे-बिंधे !

जीवन के निर्बन्ध व्याकरण ने कितनी ही संज्ञाएँ दीं—संजीवन, सजीवन, सजेवन, साजन, सजावन और संजीव। इन तत्सम, तद्भव, देशज, विदेशज (?) नामों के साथ राम और प्रसाद के उपसर्ग-प्रत्यय और 'मास्टर' का सर्वनाम-विशेषण। जन्म की तिथि मेरे जैसे परिवार के लिए कोई महत्त्व की बात नहीं थी, अतः पाँचवीं कक्षा में नाम लिखने के लिए हेडमास्टर साहब को ही आविष्कृत करनी पड़ी—6 जुलाई, 1947।

इसके पूर्व परिवार की अदनी इकाई के रूप में नाक चुआता, मक्खियों की भिनभिनाहट, धूल-गंदगी में डोलता एक बच्चा था जिसके लिए पैंट, भगवे, पढ़ाई-लिखाई की कोई समस्या नहीं थी तब। मैं उन दिनों नंगधड़ंग सियारों, नीलगायों, लोमड़ियों, गिलहरियों को जिज्ञासु नज़रों से जाँचता-परखता, भैंस की पीठ पर चरागाहों की सैर किया करता। केले की छाल की पनही, पलास के पत्तों का टोप, कूई की कंठी, सोते का पानी।

बहरहाल गाँव से काका ले आए कुल्टी इंडियन आयरन एंड स्टील कं. के पिछड़े औद्योगिक कस्बे में। एक डर काकी का, दूसरा भैया का जिन्हें भैंस की पीठ पर काफी उम्र गुज़ारने के बाद ही पढ़ने की स्वीकृति मिल पाई थी। वे आगे-आगे चल रहे थे, मैं पीछे-पीछे—कई कक्षाओं के अन्तराल पर—उनका अनुसरण कर रहा था। इसी भय के कारण पहली बार इम्तहान-नुमा चीज़ की हल की गई पुस्तिका जमा करने की बजाय भैया की जवाबदेही से बचने के लिए मास्टरों से छिपकर सरपट भागता हुआ उनके (भैया के) हवाले कर बैठा तो उन्होंने सर पीट लिया ! भूलने से बचाने के लिए सारी कापी-किताबें एक साथ नत्थी कर दी गई थीं जिन्हें एक भीषण वर्षा में, नाले के हवाले कर आया। कई चुल्लू पानी पीकर उठा तो सब साफ। पढ़ाई अब गुरुजी की पाठशालाओं में होने लगी, जहाँ पढ़ने और भेड़ों की तरह सर लड़ाने में एक जैसी ख्याति हासिल की। सज़ा के रूप में मूर्ख मॉनीटर सूरज की ओर ताकते रहने को कहता। भैया

तासीर में घुलती है, वह रहस्य कब चुपके-चुपके खुल गया, पता नहीं !

बाहर की दुनिया से जोड़ने का श्रेय मित्र बलराम को है। शुरू-शुरू में काफी संघर्ष। आज की मेरी चर्चित कहानी भी तब वापस कर दी जाती। कमलेश्वर जी पत्र द्वारा प्रेरणा देते रहते। सुभाष पन्त का खत आता। इन्हीं दिनों पढ़ गया चेखव, दोस्तोएवस्की, गोर्की, तोल्स्तोय, ओ हेनरी, लू-सुन, रवीन्द्र, शरत, सार्त्र, कामू, काफ्का आदि को।

ज़िन्दगी के सबसे बड़े संबल हैं मित्र—दूर-दूर तक फैले हुए। जिस व्यक्ति की सबसे ज़्यादा कद्र करता हूँ वे हैं भगत सिंह। जिस चीज़ से सबसे ज़्यादा नफरत है वह है आदमी का कमीनापन। जातिवाद, सामन्तवाद, पूँजीवाद, साम्राज्यवाद, विस्तारवाद, उपनिवेशवाद, इसी कमीनेपन के फूल और फल हैं और मेरे लेखन के ये ही निशाने रहेंगे। स्वीकारने में शर्म नहीं कि मेरा लेखन उद्‌देश्यपरक है। इस उद्‌देश्य के लिए कोई भी मंच, संप्रेषण की कोई भी तकनीक और माध्यम अपनाने को तैयार हूँ। जहाँ तक साहित्य की बात है, जनजीवन के बीच उतरने में अगर उसकी धोती मैली होती है तो हो, मगर उसे उतारकर ही रहता हूँ।

अपने प्रति कोई मुगालता नहीं है। लेखक होने के नाते किसी विशेष सुविधा की माँग भी नहीं करता, जिस देश के तीन-चौथाई लोग बूढ़े से लेकर बच्चे तक दिन-रात जांगर पेरकर भी भूख, अभाव, दमन और जलालत की ज़िन्दगी जीते रहे हैं, वहाँ एक रचनाकार की गर्दिश को उछाला जाना वाहियात बात है। इस लिहाज़ से रोटी खाना और कपड़े पहनना तक अपराध लगने लगता है कभी-कभी...लेकिन बेहया बनकर जी रहा हूँ। शायद बोल्ड ही नहीं हूँ, अगर होता तो लिखने की बजाय कुछ और कर रहा होता। साथी सूरज इस बीच शहीद हो चुके हैं।

एक कथाकार के रूप में महसूस करता हूँ कि कहानी जहाँ खत्म होती है, वहीं से उसकी वास्तविक शुरुआत होती है। जब तक विचार कार्य में नहीं ढलते, कहानी का उद्‌देश्य पूरा नहीं होता। इतना सारा कुछ तो लिखा गया, मगर वह बरसात के नम बम-सा क्या कर पाया ? शायद इसी कचोट को तोल्स्तोय ने अपने अन्तिम दिनों में गोर्की से व्यक्त किया था, "इतना लिख गया मगर कुछ नहीं हुआ, दुनिया पहले की अपेक्षा खराब ही हुई है, 'फिर भी... ..."

—संजीव

सौ से डेढ़ सौ किलोमीटर प्रति घंटे की रफ्तार से हरहराती उड़ी चली जा रही थीं हवाएँ, बूँदों का आँचल छहराते हुए, 'हा-हा, हू-हू, सों-सों !' टेलीग्राफ और बिजली के तारों को छेड़कर महाकाल बजा रहा था सायरन ! अपने प्रबल उन्माद में झंझा रह-रहकर चक्रवात में रूपान्तरित हो उठती, तब लगता कि तम्बू-तम्बू उखड़कर हवा में गुब्बारे की तरह उड़ जाएगा। विभाजित व्यक्तित्व के मानिन्द एक ओर की बूँदों की सेना दूसरी ओर की सेना से टकराकर धुआँ बनकर बिखर जाती। और वे धीरोचित्त पेड़ ! आज उनकी ख़ैर नहीं। किसी गुंडावाहिनी की तरह उनके बाल पकड़कर नचा रही थी झंझा ! चाबुक सटकाते हुए !

'सों-सों' की एक ज़ोरदार आवाज़ हुई और इसके साथ ही 'कामिनी-कलाभवन' का साइनबोर्ड किसी परिन्दे के कटे पर की तरह दूर जा उड़ा। इसके साथ ही कई और टिन की शीटों की किलेबन्दी के परखचे उड़े, बिजली के तारों पर अर्जुन वृक्ष की बड़ी डाल अरराकर गिरी और घुप्प अँधेरे में प्लेन क्रैश का-सा धमाका और गरगराहट बड़ी देर तक पानी और हवा के रेले में पछाड़ खाती रही। रोशनी के नाम पर बस बची हुई थी बिजली की लपलपाती कौंध, जिसकी तड़प, लगता था आकाश को ही नहीं पृथ्वी को भी चाक कर जाएगी।

"यह क्या ! तम्बू फट गया। पानी हरहराकर गिरने लगा अन्दर। हटाओ, हटाओ; उधर के सामान हटाओ। काट दो मेन स्विच, कहीं करंट आ गया तो शॉक लग जाएगा। अरे बाँस ले आओ जल्दी। कहाँ मर गए ? टॉर्च है कहाँ, टॉर्च ? बचो, वह रोला गिरा ! हाय !"

अँधेरे में आवाज़ों के कितने ही बगूले उड़ रहे थे—उद्धत हवा के शोर से टकराते, जूझते।

"हाय ! सब चौपट ! अरे तिरपाल लाओ, इधर ढँको। गल गईं मूर्तियाँ।"

"जेनरेटर चालू होगा ?"

"नहीं !"

"दियासलाई लेकर पहले टॉर्च और बैटरी का फ्लैश ढूँढ़ो।"

फ्लैश की धारदार रोशनी में कामिनी ने देखा कि पूरब का भाग ध्वस्त हो चुका है। उस ओर की मूतियाँ, तार, यन्त्र, सन्दूक मलबे के नीचे बेरहम बौछार की चपेट में आ गए हैं। पूरब के तिरपाल का अंश जब रोले से खड़ा किया गया तो दक्षिण का छोर बैठ गया। मैनेजर गोपाल बाबू जितना पानी से भीगे हुए थे, उससे ज़्यादा शायद पसीने से। तम्बू के अन्दर-बाहर काफी देर तक कबीलाई ओझा की तरह झंझा के विरुद्ध लड़ने

का तुमुल सुनाई देता रहा। आखिर युद्ध-क्षेत्र के भागे हुए पराजित सेनापति की तरह पानी-कीचड़ से लथपथ वे प्रकट हुए। हाँफती, काँपती आवाज़ लड़खड़ाई, "कोशिश तो कर रहे हैं लेकिन लगता है, इस जानलेवा तूफान में बच नहीं पाएगा कुछ। आप मेहरबानी कर सन्दूकों के ऊपर उस सुरक्षित जगह पर चली जाइए।"

तब से वह भीगी गौरैया की तरह सन्दूकों के घोंसले में दुबकी पड़ी है। उफ ! सब बिखर गया। बिसूर रही हैं आँखें। कहाँ है विकास ? कहाँ होगी कीर्ति ?...सबसे जुदा कर मौत अपने फन्दे फेंक रही है।...किसे मालूम था, शतरुद्र यज्ञ के इस मेले के अवसर पर बंगाल की खाड़ी में हठात् निम्न चाप हो जाएगा, और बिलबिलाते हुए अजगरों की तरह सारी हवाएँ उन्हें निगलने के लिए एकजुट हो जाएँगी ? मैनेजर अभी भी मूर्तियों को बचाने की कोशिश कर रहा था। झंझा के विरुद्ध अभी भी हार मानने को तैयार नहीं है वह। रह-रहकर किसी कोने से उसकी ओर फ्लैश की बीम चली आती है—यह देखने के लिए कि वह सुरक्षित है या नहीं।

फ्लैश ! अँधेरे में सुराख करती रोशनी की सुरंग ! क्षण-भर की रोशनी और फिर ठाठें मारता अँधेरे का पारावार। फटी-फटी आँखों से घूरती है अँधेरे की दीवार को और रोशनी की सुरंग में हौले-हौले टटोलती-टटोलती दूर तलक चली जाती है...

सात मील दूर से ही अनजाने ग्रह के किसी दिव्य सन्देश की तरह चुपके-चुपके बुलाया करती थी 'द हॉक' सर्कस की सर्चलाइट। रोशनी की इस राह पर सम्मोहित-सी कदम-कदम चलकर आई थी कामिनी।...न, न ! कामिनी नहीं। झरना, रूपा, सीता, गीता, सुजाता या कोई और ! क्या पता, क्या नाम रहा हो उसका ! मेले के इस भटकाव में वह पुराना परिचय कहाँ छूट गया ? हर बार मैनेजर और ट्रप मास्टर उसके कपड़े बदलते, विन्यास बदलते और डाल देते परदे उसके पिछले अतीत पर। आज भटकते-भटकते इतनी दूर चली आई है कि उससे यदि कोई पूछ बैठे कि तुम बागलता गाँव की झरना हो, तो उसे याद नहीं आएगा। अन्त तक यही नाम और परिचय उसके साथ जुड़ा रह गया है—कामिनी ! सर्कस की एक नटी ! इसके आगे शायद सुजाता, इसके आगे गीता, इसके आगे...? धुँधलाते जाते हैं नाम।

बाज़ की तरह उतरता था 'द हॉक सर्कस' और छोटी-बड़ी जलकुम्भियों की तरह हिचकोले खाने लगते थे आस-पास के गाँव और कस्बे। यह एक संयोग ही था कि उस बार कैम्प फतहगढ़ में पड़ गया। बच्चों, किशोरों में आलोड़न मच गया, 'सर्कस आया है, सर्कस !' उधर रामू दादा सोचते हैं, 'गाँव आया है गाँव !' सात मील दूर का 'बागलता' ठीक आँखों के आगे झिलमिला उठा है। हर तीसरे माह पैसे भेजते रहते हैं जहाँ, पत्नी की स्मृति के पनघट, पोखर, बाग हैं जहाँ और जहाँ अभी भी पल रहा है उनके जिगर का एक टुकड़ा।

कैम्प लग ही रहा था कि छुट्टी लेकर चल पड़े। गाँव का आदमी सर्कस में हो और सर्कस बिना देखे चला जाए—यह कैसे सम्भव था ! सब की एक ही सिफारिश—

पास दिला दो। इनसे छूटकर किसी तरह घर पहुँचे तो एक भीड़ उन्हें देखने के लिए वहाँ भी घिर आई। बहुत बुलाने पर अपरिचय में झिझकती, सहमती आई थी झरना। पँखुड़ियों की तरह बाँहें फैलाए बाप के सीने से जाकर नहीं चिपकी थी बेटी। प्रलोभन देने के लिए बाप बहुत कुछ ले आया था—मिठाई, फल, खिलौने, कपड़े...उम्र के लिहाज़ से छोटे पड़ गए थे सब !

भीड़ छँटकर भी नहीं छँटी। भाई का परिवार हर घड़ी उनके इर्द-गिर्द डेरा डाले पड़ा रहा। बाप के वात्सल्य के पट खुलकर भी अधखुले रह गए। बेटी के होंठ पर अपरिचय की जड़ता टूटकर भी जड़ी रही ! 'कैसी हो ? पढ़ाई-लिखाई ठीक चल रही है तो ? कोई तकलीफ तो नहीं है ?' जैसे सारे सवाल कोशिश करके भी औपचारिकता की हद से आगे नहीं जा सके। बेटी के हाथ में दस रुपए का खुदरा पैसा और भाई के हाथों में दो सौ के नोट देकर दो ही दिन में लौट आए थे रामू दादा। इस बाप की शिनाख्त हर बार टूट-टूटकर जुड़ती थी। वह आता और चला जाता। जाने के बाद ही वह उसकी ओर मुखातिब हो पाती और शून्य में डबडबाई आँखों से टुकुर-टुकुर ताका करती।

सर्कस देखने जाने के दिन तक कैसे-कैसे जज़्ब करती रही थी बेटी अपनी उत्कंठा ! रोज़-रोज़ की चक्कर काटती सर्चलाइट, स्कूल की दीवार पर चिपका हुआ इश्तहार। लोगों द्वारा सर्कस की कही जानेवाली अजीबो-गरीब दास्तानें—रामू काका झूला झूलते हैं, बाघ खेलाते हैं, चाबुक लेकर। बिगड़ा कि बैल की तरह मारा 'सटाक !' और बाघ कान-पूँछ गिराकर जैसा कहते हैं, करने लगता है ! कितने-कितने रंग भरती वह बाप के रेखाचित्र में !

पाँचवें दिन काका-काकी और गाँववालों के कठोर अनुशासन में बच्चों का दल चल पड़ा सर्कस देखने। बैलगाड़ी गेट के बगल में रोक दी गई। लड़के-लड़कियाँ उतर-उतरकर ताक-झाँक करने लगे। कुछ तो विज्ञापनों में बनी आकृतियों का रामू काका से मिलान भी करने लगे।

"किसकी गाड़ी है ? हटाओ यहाँ से !" गेट का दरबान बिगड़ पड़ा।

"रामू !..." गाँव के बुजुर्ग मुखिया लल्लन तिवारी हकलाए।

"हम कहते हैं हटाओ यहाँ से !" दरबान ने झिड़का और सर्कस का रोब गालिब हो गया।

रामू काका मैटिनी शो के लिए तैयार होने ही जा रहे थे कि तहमद बाँधकर भागे हुए आए। बैलगाड़ी दूर खड़ी की गई। मैनेजर से अनुनय-विनय कर बीस व्यक्तियों का प्रबन्ध किया गया—दस पास पर और बाकी दस टिकटों के पैसे उनकी तनख्वाह से कटने थे।

आज उस दृश्य की नॉस्टल्जिक गन्ध ही बची है। उन दिनों का सर्कस। जाजम पर बैठे थे वे। शादी के शामियाने में नाच देखने जैसा माहौल। वही गहगहाता आतंक ! वही कौतूहल !

"देख झरना, लल्लन ।तिवारी कुर्सी पर बैठे हैं फस्स किलास में।" मनोरमा ने कहा था।

"चाहे फस्स किलास में बैठो, चाहे जाजम पर, दिखेगा तो वही सर्कस !" शुरू से ही मुँहफट किशोरी ने मुँह बनाकर कहा था।

गैस (पेट्रोमैक्स) में हवा भरकर ठीक कर दिया गया। बिजली के लट्टू भी थे। घंटी बजी और छः लड़कियाँ साड़ी पहनकर नाचते हुए आईं। उनमें सबसे सुन्दर और तेज़ नाचनेवाली लड़की का नाम सुगिया है, ऐसा बगल के, मर्दों के जाजम पर से कोई बता रहा था। उनके जाने के बाद दो छोटी-छोटी लड़कियाँ कसरत दिखाकर गईं। फिर गोला फेंकता और लोकता हुआ आदमी खेल दिखाकर गया। अब बारी आई तोतेवाले की। इसके बाद तार पर चलनेवाली दो लड़कियाँ आईं। रंगीन छाते के सहारे तार पर चलकर करतब दिखा गईं तो तार और बाँस खोलकर रख दिया गया। अब एक साथ कई लड़कियाँ साइकिल चलाते आईं। इसके पहले उन्होंने गाँव में एक डाक्टरनी को साइकिल चलाते देखा था और सारा गाँव उन्हें देखने को उमड़ पड़ा था--काम-धन्धा छोड़कर। इन्हें शर्म भी नहीं लगती !

पटरे पर एक औरत खड़ी हो गई और उस पर थोड़ी दूर से छुरा फेंकने लगा आदमी। आँख बन्द कर देने पर भी जादू के ज़ोर से वह सही जगह पर निशाना लगाता, अलबत्ता सब के सब छुरे धँस नहीं रहे थे। एक चिड़िमार-सा आदमी भौंहों पर तलवारनुमा चीज़ लेकर चक्कर काटते-काटते धड़ाम से गिरा और तीनों किरचें अगल-बगल धँस गईं। एक जोकर जो झुककर उसे देख रहा था, इस बात पर डरकर भागा तो दूसरा जोकर उसे समझा-बुझाकर ले गया। थोड़ी देर बाद वही दोनों एक बोरा लादकर ले आए। उसमें से एक टट्टू निकल भागा। हाथी-घोड़े के बाद बाघ लाया गया तो उसकी दहाड़ पर वह सकते में आ गई। लेकिन रिंग मास्टर भी सेर पर सवा सेर, बाघ लाख गुर्राया फिर भी उसने उसे स्टूल पर बैठाकर ही दम लिया। यहाँ तक कि एक बकरी भी उसकी पीठ पर चढ़ गई।

सबसे आखिर में हुआ झूले का खेल। हालाँकि लड़कियों ने सलवार पहन रखे थे, फिर भी सुगिया को सबने पहचान लिया था। नाचनेवाली लड़की झूले का खतरनाक खेल दिखला सकती है--यह तो उन्होंने सोचा भी नहीं था।

साँस रोककर देखते रहे लोग कलाकारों के हैरतअंगेज़ करतब, जोकरों की मसखरी, जानवरों के खेल। यूँ तो सभी कुछ उल्लसित और चमत्कृत करनेवाला था, मगर उसकी एक आस पूरी नहीं हुई। रामू रिंग में नहीं उतरे। गाँव के मेहमानों के स्वागत-सत्कार के लिए मैनेजर से छुट्टी माँग ली थी उन्होंने। शाम हुई, सर्कस का मैटिनी शो छूटा। माया महल के द्वार बन्द हुए। अब लौटने की तैयारी। अभी साढ़े तीन कोस जाना है। झरना नहीं लौटी। समझाता रह गया बाप। समझाते रह गए काका-काकी, गाँव के अन्य लोग।

"तेरी पढ़ाई-लिखाई का नुकसान होगा।"

“हो तो हो, मैं नहीं जाती।” उसने सारा साहस समेटकर खुद को खोला।

बाप ज़बर्दस्ती भेजने पर आमादा हुआ तो रोने लगी। बेटी की रुलाई से बिसरा हुआ दर्द ताज़ा हो आया।

“ठीक है, जहाँ मैं मरूँगा, तू भी वहीं मरेगी।”...और एक जीवन का पटाक्षेप करते हुए लौट गई थी बैलगाड़ी।

ताल-पोखर, पनघट, पाकड़ की छाँव, आम के बागों के झूले, भुतहा स्कूल, मटियाले चेहरे धुँधलाते गए। तब से विस्मृति की जाने कितनी परतें जड़ती गईं एक-एक कर।

सर्कस के कैम्प की पहली रात ! एक अजीब-से शोर और गहमागहमी में डूबी पहली रात ! छोटा-सा टैंट। दो सन्दूक, एक आराम खाट, एक टेबुल और गिने-चुने सामान, इसी में रहता है उसका बाप। ठीक सामने से शुरू होती है सर्कस की गैलरियाँ। बड़े तम्बू और टैंटों के बीच एक पतला चक्राकार रास्ता छोड़ दिया गया है। उसी से गुज़रते हुए हाथी, घोड़ों के दल को उसने डर-डरकर देखा। एक बार सूँड फेरने-भर की देरी थी और उसे खींच लेता हाथी। रामू दादा थाली में जो कुछ ले आए, खाकर चुपचाप पड़ी रही।

रात का आखिरी शो टूटने के साथ ही एक-एक कर कुम्हला गए रोशनी के बन्दनवार। फिर भी दिमाग के किसी कोने में अब भी जगमगा रहा था वह माया महल अपने शत-शत रूपाकारों के साथ। एक अलग ही परीलोक। परिन्दों की तरह उड़ते हुए आदमी, दरिन्दों की तरह हुंकारते पशु। हालाँकि रामू दादा उतरे नहीं थे रिंग में लेकिन उसकी कल्पना ने उन्हें रिंग में उतार दिया था—कभी किसी भूमिका में तो कभी किसी।

सुबह-सुबह जगाया बाप ने। “चलो, मैं तुम्हें निबटने का स्थान बता दूँ। यहाँ तो यही टैंपोररी इन्तज़ाम है।” पौ फट रही थी। अनजानी जगह के अनजाने लोगों के बीच पहली सुबह। छोलदारियाँ ही छोलदारियाँ, सबके पर्दे गिरे हुए। कहीं-कहीं स्टोव की सों-सों। उसका मन हुआ, छोलदारियों के परदे उठाकर देखे, कल के देखे हुए परीलोक के लोग कौन कहाँ और कौन कहाँ हैं। एक छोलदारी से बिखरे बालों, खुरदरे चेहरेवाली औरत को वह देख ही रही थी कि नीचे खूँटे से ठोकर लगी।

“लग गई न ?” रामू दादा पलटकर उसे उठाने लगे। झेंप गई एकबारगी।

“ज़्यादा लगी ?”

“नहीं, हल्की-सी ठेस है।”

“यहाँ देख-देखकर चलना पड़ता है हर घड़ी, जिधर देखो सामान ही सामान। खूँटे ही खूँटे।”

घोड़ों के अस्थाई अस्तबल, बाघों के कठघरों की उबकाई लानेवाली बदबू और हाथियों द्वारा कुचली टहनियों-पत्तों पर मल के विशाल ढेर।

“वह देखो। वहाँ से पानी लो और उस टीन के घेरे में चली जाओ। अन्दर से साँकल बन्द कर लेना। मैं चलूँ न ? रास्ता तो नहीं भूलोगी ?”

“आ जाऊँगी।”

लौटकर आई तो रामू दादा गंजी-पैंट पहनकर तैयार थे। "देखो, यह रहा नाश्ता, यह रहा पानी। मंजन वहाँ रखा है। नाश्ता करने के बाद मन हो तो रिंग में चली आना।" कहकर आगे बढ़े, फिर मुड़े, "कोई पूछे तो कह देना रामू दादा की बेटी हो—समझीं !"

झरना ने सिर हिला दिया।

सारा कुछ नया-नया था। मंजन से लेकर डबलरोटी और पाउडरवाली चाय के नाश्ते तक। मन में आया रिंग में जाए, देखे, यह रिंग है क्या बला। लेकिन एक असुविधा, ताला कैसे लगेगा कैम्प में ? चले और ऐसा न हो, कोई सामान लेकर चम्पत हो जाए ! उसने दो-एक अन्य तम्बुओं में वहीं से ताक-झाँक की, जनशून्य नज़र आए तो साहस कर आईने में बाल सँवारकर आगे बढ़ गई।

रात की भीड़ के प्रतिकूल खाली-खाली कैसी-कैसी तो लग रही थी गैलरी। बाप नज़र नहीं आया कहीं तो गैलरी की निचली पंक्ति के पटरे पर बैठ गई, गालों पर हाथ धरे चुपचाप देखने लगी खिलाड़ियों का पूर्वाभ्यास। बेरंग, बेनूर, फीके। कोई चित्रकार इन्हीं में रंग भर देता है शाम को और यह उदास माहौल मायामहल में ढल जाता है।

रीता तो उसी दिन से उसकी सखी बन गई। अलबर्ट ने उसे अपनी जेब से निकालकर टाफियाँ दीं।

"कल से मैं भी आऊँगी।" झरना ने कहा।

"सच !"

"ऐ, तू क्या करेगी ?"

"मैं...? ठहरो...मैं कसरत करूँगी।"

खिलखिलाकर हँस पड़े सब। उसे नहीं मालूम, उसने क्या गलत कह दिया। उसे भकुआया हुआ देखकर मेरी को दया आई, "यहाँ सब शो का अलग-अलग नाम है। कोई पूछता कि तुम क्या करता तो बोलना होता जगलिंग करता, यूनीसाइक्लिंग करता, एक्रोबेटिक्स करता, टाइट रोप वाकिंग करता, स्टिल्ट वाकिंग करता। तुम बोला कसरत करता, इसी से लोग हँसता।"

उसके पल्ले कुछ भी नहीं पड़ा। अलबत्ता उसे दहशत ज़रूर हुई भारी-भरकम नामों को सुनकर। तब वह सोचा करती, पढ़े-लिखे लड़के-लड़कियाँ ही करते हैं सर्कस में काम। बाद में जब उसने जाना कि ज़्यादातर निरक्षर भट्टाचार्य हैं तो उसे हैरत हुई। जिस उम्र में बाहर लड़के-लड़कियाँ पढ़ते-लिखते हैं, वह उम्र तो यहाँ खेल दिखाते-सीखते बीत जाती है। स्कूल तो दरकिनार, घर और परिवार तक से छोटी उम्र में ही अलग कर दिए जाते हैं बेचारे। अलबर्ट, मेरी के साथ और रीता, सुशीला के साथ। बनजारों जैसी ज़िन्दगी, शायद उनसे भी गई-बीती। तनहाई की अकुलाहट में वह अन्यमनस्क हुई तो बाप का ख़याल आया। लौट पड़ी।

बाप स्टोव पर कुछ भून रहा था। गन्ध से लगा, मछलियाँ हैं। मुड़े-तुड़े अंडरवियर और फटी-चीकट बनियान में वह फुटपाथ का भिखारी-सा लग रहा था। मेरी के

भारी-भरकम शब्दों से इस दैन्य की कोई संगति नहीं बैठा पाई। बाप ने टोका, "बैठती क्यों नहीं, क्या देख रही है टुकुर-टुकुर ? कैंटीन से खाना मँगाऊँ तो हो जाए छुट्टी। बहुत दिन तक मारा-मारा फिरा जोगियों की तरह, लेकिन अब तो पकड़ा जा चुका हूँ। यहाँ बैठ और देख यह स्टोव की टोंटी दस मिनट में खोल देना—समझी ? मैं ज़रा कपड़े साफ करके आ रहा हूँ।"

शाम होने को आई। पेट्रोमैक्स ठीक किए जाने लगे। माइक पर प्रचार-कार्य शुरू हो गया। बाप चूना पोतने लगा चेहरे पर। फिर उसने नाक पर एक गोल-सी खोल चिपकाई। नाक लाली से रँगी, होंठ सफेद चूने से। आँखों के नीचे ब्रश से काला पाउडर फेरा। अब उसका बन्दरनुमा चेहरा दुनिया की सारी दीनता ओढ़ बैठा था। अरगनी पर से रंग-बिरंगे पैबंदवाला ऊलजलूल पायजामा उसने उतारकर पहना और फिर वैसी ही शर्ट। कपड़े के जूते की जीभ को उँगली से टटोलकर उसने बाहर निकाला और झाड़कर पहन लिया। अब खूँटी पर टँगी चोंगेदार टोपी हाथों में लेकर सीटी टटोली जेब की। ट्रंक के पीछे झाडू के पास पड़ा बाँस का फट्टा उठाया। बेवकूफ की तरह देखती रही वह सारा कुछ। यह उसका बाप नहीं, यह कोई और है। उसके दिमागी नक्शे को रौंदता हुआ कोई बहुरूपिया !

"चलो।" उसके कुछ बोलने के पूर्व ही बाप ने आदेश दिया।

संगीत-मंच के बगल के काठ के एक फालतू सन्दूक पर बैठाकर बाप योगेश बाबू से बातें करने लगा। उसे यह देखकर अजीब-सा लगा कि अलबर्ट और मेरी समेत बाकी आनेवाले सभी के चेहरे पर पाउडर चढ़ा हुआ था। नजदीक से लग रहा था, खोल चढ़ी हुई है चेहरे पर।

वह जगह उसे बिल्कुल पसन्द नहीं आई। कान फोड़नेवाला वाद्य यन्त्रों का शोर, नौकरों की भागदौड़, माइक की एनाउंसिंग के साथ खेल-कूद शुरू हुआ...कसरत करते हुए अलबर्ट, रीता, पिंटू...आज उसे कोई मज़ा नहीं आया। एक जैसा खेल। नया सिर्फ यह था कि उसका बाप जोकरों से पिट रहा था और बीच-बीच में चन्द बेवकूफियाँ कर लिया करता था। सबसे बुरा उसे तब लगा जब वह बौना कुबड़ा पिता के चूतड़ों पर फट्टे मारने लगा। क्या इसी काम के लिए गाँव-घर छोड़कर मारा-मारा फिरता है उसका बाप ? अच्छा हुआ, कल गाँववाले यह सब नहीं देख सके। देख लेते तो, हाय राम, चिढ़ा-चिढ़ाकर जान ले लेते उसकी !

वह बौना बड़ी शान से जेबों में हाथ डाले आकर योगेश बाबू से बातें करने लगा, झरना आहिस्ता से उठी, टेबल पर रखा बाँस का फट्टा उठाया और लगी तड़ातड़ पीटने। इसके पहले कि कोई उसे रोके बौने शीतल का सिर फूट चुका था।

"पकड़ो...पकड़ो, इस पागल लड़की को।" योगेश बाबू चीखते हुए, स्वयं दौड़कर पकड़ने आए।

"किसकी बेटी है ?"

"रामू दादा की।" उसने तनकर कहा।

"क्यों मारा तूने शीतल को, बोल !" उसके दोनों हाथ पकड़कर वे उसे यों घूरने लगे, मानो कच्चा चबा जाएँगे।

"मेरे बाप को यह मार रहा था, तब नहीं बोलते थे !" कहकर बुक्का मारकर रो पड़ी झरना।

रामू दादा सीटियाँ बजाते हुए आ रहे थे कि यह दृश्य देखकर अवाक् ! चुपके से होंठों के बीच दबी सीटी निकाली और अपने हाथों से उसके आँसू पोंछते हुए माफी माँगने लगे योगेश बाबू और शीतल से।

"रामू, मेरा भी एक बेटा होगा, तो सिर फोड़ देगा तेरा, समझा...और तेरी इस बेटी को भगाकर ले जाएगा और डिवोर्स कर देगा, समझा..." पता नहीं वह गुस्से में था या मसखरी कर रहा था।

"हाँ-हाँ, वो सब करना लेकिन फिलहाल तो बैंडेज नहीं बँधा तो तेरी कपाल क्रिया आज ही हो सकती है। तब दुनिया के वो बड़े-बड़े काम करने के लिए कौन बचेगा ?" किसी मीटे सज्जन ने कहा। बाद में पता चला वे मसलमैन रंगा बाबू हैं।

रात को जब खाना लेकर रामू दादा आए तो उन्होंने देखा, बेटी रो रही थी। सोचा, गाँव की याद आ रही है। सिर सहलाने लगे, "क्यों रो रही हो ?" इस चुप्पी लड़की से वह परेशान हो जाया करते हैं, "बोलोगी भी कुछ !"

"बापू, तुम सिर्फ जोकर हो ?"

"ओह, तो दो दिन तक लगे इस बात को समझने में ? तू क्या सोच रही थी कि मैं रिंग मास्टर हूँ !" वे बुझी-बुझी-सी हँसी हँस रहे थे।

मालिक दामोदरन की आँखें सिकुड़कर छोटी हो गईं, "कौन है यह, रामू ?"

रामू दादा ने बेटी को उन्हें अभिवादन करने को कहा और बड़े विनयपूर्वक बोले, "जी, यह मेरी बेटी है झरना ! आपके बाबूजी जब मैनेजर हुआ करते थे, इसकी माँ मरी थी।"

योगेश बाबू ने आते ही दागा, "एई लड़की को काल शीतल का माथा फटाया रहा ? हियाँ कहाँ ऐं !"

"वो तो समझ नहीं पाई बेचारी।" रामू दादा ने सफाई दी।

"अब क्या है ?"

"हुजूर, इसे भी सरकस में पनाह मिल जाए।"

शेव करते हुए दामोदरन की नज़र ऊपर उठी और ऊपर से नीचे तक मुआयना करने के बाद अनासक्त-सी झुक गई।

"एज ?" थोड़ी देर बाद उन्होंने पूछा।

"दस !" कोई प्रतिक्रिया न पाकर घबड़ा उठे थे रामू दादा।

दामोदरन की आँखों में खरे को खोटा कहकर सस्ते में ही खरीद लेनेवाले सोनार की मक्कारी धूनी रमाए बैठ गई थी। सौदेबाज़ी में कच्चे थे रामू दादा। सौदागर थे भी

नहीं। उनकी मानसिकता को पूरी तरह पस्त करने के बाद दामोदरन बोले, "ठीक है, काम सीखने दो। ज़रूरत हुई तो रख लेंगे। ट्रेनिंग के वक्त कोई पैसा नहीं मिलता, जान लो। वैसे भी जानते हो, एज ज़्यादा हो गई है। आदमखोर को बच्चे से ही सिखाया न गया हो तो...।"

इस बुझी सुबह की शुरुआत पर रखा था कामिनी ने पहला कदम। बाप अपनी अवमानना पर किंचित् हतप्रभ हुआ, "बेटी, तुम्हें एक बार फिर कह रहा हूँ, लौट जाओ घर। यह दुनिया दूर से ही देखने में अच्छी है।"

"कहाँ लौट जाऊँ ?"

"तुम जहाँ भी रहोगी, इस भटकते बनजारे का एक मुकाम तो निश्चित होगा जहाँ देर-सवेर मैं भी पहुँचूँगा ही।"

"नहीं," झरना ने विराम जड़ दिया। अब लौटकर उस काँटेदार जंगल में नहीं जाना। अनाथ बनकर प्रताड़ना सहने से अच्छा है, जो भी हो, बाप के सामने हो।

कितनी अजीब होती है स्मृतियों की दुनिया ! तब दामोदरन के 'आदमखोर' शब्द का मतलब नहीं समझ में आया था उसको। जैनुल प्रकरण की दाहक अनुत्तप्तता में उसके मुख से स्वयं यही शब्द कब्र की हड्डी की तरह उभर आया तो दामोदरन का धुआँया चेहरा सामने आ गया।

एकाएक उसे लगा, वह गम्भीर बात को बड़े भोंडे अन्दाज़ में ले बैठी है। बुनियादी प्रश्न है अस्तित्व के टकराव का। लेकिन तब की कच्ची उमर की जहनियत ही कुछ और थी। बहुत जल्दी धारणाएँ बना लेती, उससे भी जल्दी तोड़ देती। हाय ! कैसी भोली थी वह उमर ! भोली थी, तभी तो उस गँवार सुगिया पर महज़ रूप के आकर्षण के कारण फिदा थी और सुगिया थी कि मर्दों के आस-पास ही मँडराती रहती। उसकी साड़ी में चाँद-सितारे टँके रहते, ब्लाउज़ मखमल का और हमेशा महकते हुए केश। आँखों में काजल, नाक में नथुनी और पाँव में पाजेब। उसकी छोलदारी सबसे अलग। कमला, मेरी, लक्ष्मी सभी को वह सखी कहकर बुलाती। उत्तरी बिहार से योगेश बाबू ले आए थे उसे इसीलिए बातचीत में भौगोलिक प्रभाव हावी रहता, "तें हमर पास रह, तोरा के बरका आरटीस बना देंगे। हरबराना मत। थोरा धीरज औ लगन से सीखो।"

लेकिन वह खुद ही धीरज कहाँ रख सकी ? ट्रैप में कैचर का हाथ पकड़ नहीं पाई। जाल के छोर पर गिरकर ज़मीन पर आ गिरी और बाँह टूट गई।

यहाँ तक तो बात ठीक थी लेकिन इसी के बाद शुरू हुई असली गड़बड़ी। देखनेवालों में एक डॉक्टर भी थे जो अपना फर्ज़ समझकर चले आए इक्ज़ामिन करने। हड्डी सेट करके कपड़े से बाँध दिया गया। खेल फिर शुरू हुआ लेकिन तभी दर्शक दीर्घा से कुछ लोग गालियाँ, धमकियाँ देते रिंग में उतर आए, "साले, हिजड़ा रखकर लड़की बनाकर पेश करते हो।"

"नहीं हुज़ूर, वह एक लड़की है।" योगेश ने हाथ जोड़ लिए।

"बुलाओ उसे।"

लेकिन सुगिया हो, तब तो मिले। वह तो कब की उड़ चुकी थी। सर्कस के अन्दर और बाहर इस रहस्य के विस्फोट से अजीब-सी चख-चख मची हुई थी। ग्लैमर बढ़ाने के लिए ग्यारह हज़ार लड़कियाँ पेश करनेवाले दामोदरन और योगेश बाबू के 'द हॉक' के पंजे में कितने हिजड़े थे और कितनी रंडियाँ, कौन जाने ! बदनामी इस हद तक बढ़ी कि 'द हॉक' को अपने डैने समेटकर दूर के कैम्प में उड़ जाना पड़ा।

उन दिनों उसे नहीं पता था कि हिजड़ा क्या बला है। जिससे पूछती वही खिलखिलाकर हँस देता और बाप...बाप से पूछा तो खार खाए थे सबसे, बोले, "सभी हिजड़े हैं, मैं भी। यह पूरा देश हिजड़ा है।"

सुगिया के अवसान के साथ ही उस सर्कस के नृत्य-गीत के प्रकरण का भी अवसान हो गया। अच्छा ही हुआ वरना उसे भी उसी भोंडे ढंग से नाचना पड़ता। छिः।

एक-दो-तीन-चार ! बाँहों के विन्यास से शुरू हुआ प्रशिक्षण। प्रशिक्षक मिले रघुनाथ ! जांडिस के मरीज़ जैसा चेहरा जिसमें नीली काँच की गोली जैसी जड़ी अचल आँखें। वे आँखें हिलती-डुलती नहीं, महज़ पिघलती, जमती और धुआँती। यही वजह है कि जिस लड़की पर भी जमतीं, चिपक जाती थीं। पहले रेसकोर्स के घोड़ों के सईस थे, फिर टाटा से थोड़ी दूर पर हाथियों के प्रशिक्षक की नौकरी मिली। उस स्टेशन पर शंटिंग करने के लिए दो हाथी रखे हुए थे, सूँड से वैगन फँसाकर शंटिंग करते। ज़रूरत के मुताबिक ओ.टी., सीक लीव ! हाथी दुबलाते गए, और रघुनाथ मोटाते गए। निकाले गए तो कई तरह के करतब करते, कलाबाज़ियाँ खाते आ गिरे 'द हॉक' की रिंग में। जिन आँखों से हाथी-घोड़े को हिप्नोटाइज़ करने का दर्प दहकता, उन आँखों से लड़कियों को हिप्नोटाइज़ करने का काम फिलहाल जम नहीं पा रहा था अभी। बैलेंसिंग जिम्नास्टिक उनके वश का रोग था भी नहीं, मगर उन दिनों 'द हॉक' जैसे सर्कस में भी जोई मिला सोई भला ! उनकी नसीहतें सुनते-सुनते लड़कियाँ विरक्त हो जातीं। अक्सर कह बैठते, "सर्कस की लड़कियाँ भी कोई लड़कियाँ हैं ?"

एक तो रघुनाथ की दहशत, दूसरे कैम्पों की वीरानी ! इतनी छोटी दुनिया की अभ्यस्त नहीं थी वह। सर्कस की तंग चहारदीवारी में घुटकर रह जाना अब खलने लगा था। इस घेरे के बाहर भी एक दुनिया है। जिस दिन पहले देखा था, एक कौतूहल जगा था। घेरे के अन्दर क्या है ! आज बाहर के मकान, सड़कों और लोग-बाग को देख-देखकर एक कौतूहल जगता है—घेरे के बाहर क्या है ? बैसाखियों पर टिके प्रसाद बाबू कहा करते :

"जल में कुम्भ, कुम्भ में जल है, बाहर-भीतर पानी,
फूटा कुम्भ जल जलहिं समाना, यह तथ कथौं गियानी।"

दामोदरन का 'बाज़' उड़कर बैठने चला था ललितपुर। इस बार के कैम्प मैनेजर श्रीनिवासन ने यही जगह चुनी थी। रात ही रात का सफर। दिन में ट्रैफिक जाम का

खतरा है। विशिष्ट लोग वैन और रेल से जा रहे हैं। बाकी नौकर-चाकर और सामान्य जन ट्रकों पर।

बाप ने आनन-फानन में कैम्प के डैनों को समेटा। एक अदद छोटा टैंट, आठ बाँस, दो ट्रंक, आराम खाट, एक लम्बा टेबुल और दो थैले—कुल इतने में अँटा पड़ा था संसार। सिर पर बोझ लिए, हाथों में उसे पकड़े जिस ट्रक पर आए, उससे फटकार मिली, "ना-ना ! यहाँ नहीं, दूसरा ट्रक देखो।" दो ट्रकों में इसी तरह के इनकार के बाद सौभाग्य से तीसरा ट्रक खाली मिला। पहले सामान फेंका, फिर खुद चढ़ गए और बाद में उसे भी खींचकर चढ़ाया।

दोनों ट्रंकों को जोड़कर चादर डालकर अस्थाई बिस्तर लगा दिया उन्होंने और बोले, "सो जा अब। यह कोई फस्स किलास सीट से कम थोड़े ही है।"

किला फतह कर जश्न में बीड़ी सुलगा ली उन्होंने। अभी दो ही कश ले पाए थे कि शोर सुनाई पड़ा। अचकचाकर देखने लगे, "भूल हुई। लगता है बाघ के खाँचे इस पर चढ़ेंगे।"

हड़बड़ाकर उठ बैठी झरना। रामू दादा चढ़ानेवालों से अनुनय करने लगे, "देखना भई, हम भी यहीं हैं।"

"तुमकू और जगा नईं मिला ?" पिनकता है मुंशी, "भागो, नईं तो खा जाएगा। बाघ आदमी का मज़ाक नईं समझता।"

"भैये, आदमी का मज़ाक तो आदमी ही नहीं समझता, फिर यह तो पशु है।"

"आपको डर नईं लगता ?" बाघ की देखभाल करनेवाला बुलबुल बोल उठा इस बार।

"डर...! अपन की तो पूरी ज़िन्दगी ही दरिन्दों के बीच से होकर गुज़रती है।" और वे बाघ का खाँचा चढ़ाने में खुद ही मदद करने लगे।

पटरा लगाकर नीचे से खाँचा ऊपर खींचा गया। हड़बड़ाकर ट्रंक बगल में सरकाए रामू दादा ने। दोनों बाघों के चढ़ाए जाते ही बदबू का एक तेज़ झकोरा बाप-बेटी को नहला गया।

"चलो, दूसरे ट्रक पर चलें बापू।" झरना ठुनकी।

उदास-से रामू दादा दूसरे ट्रकों का एक बार फिर मुआयना कर आए और बोले, "इसी से चलना होगा। अगर इसे छोड़ दूँ तो ललितपुर में सबकी छोड़ी रद्दी जगह ही मिलेगी टैंट लगाने को। घबड़ाओ नहीं, ट्रक के चलने-भर की देरी है, बदबू खुद-ब-खुद उड़ जाएगी।"

चाँदनी रात थी और बसन्त के दिन। पास ही किसी कब्रिस्तान से आ रही थी टटके फूलों की सुगन्ध। इस शान्त गरिमामंडित माहौल में बदबू के भभके और बाघ की 'घों-घों' की आवाज़ें घुल-मिलकर अजीब-सी स्थिति बना रही थीं। इसके पहले कि ट्रक घरघराए, रामू दादा की नाक बजने लगी थी। थोड़ी देर बाद चन्दू और हनीफ चढ़े और झरना की बगल में जा लेटे। यह क्या बात हुई ? कटघरे में बाघ के जोड़े अभी

भी इधर-उधर चीख रहे थे और बगल में इन दो अजनबी लड़कों की करवटें। उधर बाघ की आँखों के अंगारे दहक रहे थे, इधर इन दो लड़कों की।

"बापू, तुम इधर आ जाओ। मुझे डर लगता है।"

रामू दादा 'आँ-ऊँ' करते हुए उसके पास आ गए। बोले, "बच्ची हो, बाघ से डर लगेगा ही।"

पौ जंगल में फटी। उनसे निवृत्त होने को कहकर ड्राइवर लुंगी सरकाते हुए ताड़ के पेड़ों की ओर चला गया। शायद वहाँ कोई तालाब था। निवृत्त होने और मुँह धोने के बाद पड़ाव की दुकान पर चाय पीकर लौटे एक-एक कर सब। भूख के मारे बाघों की बेकली बढ़ रही थी। उनकी गुर्राहट ज्वार की लहरों की तरह कटघरे पर चोट कर रही थी।

"कुछ खिला क्यों नहीं देते ? पैसा तो मिला ही होगा मांस का ?"

रामू दादा ने अवांछित सुझाव पेश किया तो झरना, जो कब से उनकी हरकतों को हिकारत की नज़र से देख रही थी, बोल उठी, "खिलाएँगे बाघ को ख़ाक ! खुद एक-एक गिलास दारू चढ़ाई है जो अभी ?"

"ज़्यादा बोली तो तेरे को ही अभी डाल देंगे। बाघ भूखा है।"

बुलबुल बोला तो हनीफ ने भी धीरे-से कहा, "और मेटिंग भी नहीं हुई है।" यह कहना था कि दोनों खिलखिला पड़े। रामू दादा और झरना दोनों अवाक्। एक ने सुना नहीं, दूसरे ने सुनकर भी समझा नहीं।

ट्रक अभी चला ही था कि झरना को मितली आने लगी। बाहर की ओर मुँह कर वह 'ओ-ओ' कर उल्टी करने लगी। दोनों छोकरे हड़बड़ाकर उठे और पानी से मुँह धुलाने लगे। उन्होंने खुद ही दोनों ट्रंकों को हवा के विपरीत रुख पर ला जमाया, "यहाँ बैठो। लो यह गोली। निगल जाओ पानी के साथ।" बुलबुल ने बिना किसी हिचकिचाहट के गन्दगी साफ की फिर बैठकर तसल्लियाँ देने लगा, "अपुन तो तीन साल तक बाघ का पायखाना साफ किया है। अपुन को कोई गन्ध-वन्ध नईं लगने का।" वह बोले तो उसके मन की सारी मैल धुल गई।

घुँघराले बाल, नशीली, डरावनी आँखें, औसत से नाटा कद, बीस वर्ष का बुलबुल अब उन्हें डरावना नहीं लग रहा था। उसने अपनी रामकहानी जो शुरू की तो बाकी तीनों जैसे उसी में खो गए।

"...अपुन का मुलुक पड़ता गोरखपुर। आज मुलुक क्या, अपना जबान से भी हाथ धो बैठा। दो जून भरपेट भोजन कभी नहीं मिला वहाँ। सो, बहोत छोटा था, जभी भाग आया कलकत्ता। एक गुजराती साहब का नौकरी मिला। उसका बच्चा खेलाना, बाज़ार करना, येई छोटा-मोटा काम। थोड़ा बड़ा हुआ, पैसा पहचाना तो वहाँ से भागकर हावड़ा जूट मिल में। वहाँ भी बहोत कम पैसा देता—खटाली जास्ती ! कहाँ जाँय अब—येई सोचता रहता। बड़ा होने को जैसे-जैसे टैम आया, हमसे मैनेजर से झगड़ा होने लगा। फिन, हमरा जैसा कुछ मजदूरों को फुसलाकर ले गया एक फोरमैन हैदराबाद, बोला,

'हमारा मिल बनेगा। हर आदमी को चार-चार सौ तनखा देगा।' लेकिन वहाँ हमसे धोखा किया। दिनभर काम और सात दिन में दस-पन्द्रह थमा देता। हम लोग सब मिलकर उसको पीट दिया। अउर सब तो भाग गया, लेकिन हमको पकड़ लिया साला। बोला, 'तुमको इतना दिन खिलाया, बिल देकर जाओ।' हम कहाँ से देता पैसा ? सो पैंट, कमीज़ उतरवा लिया। काम-धाम की तलाश में हम नंग-धड़ंग घूमते हुए पास में लगे उस सरकस पार्टी में पहुँचा—क्या नाम वो 'ब्लैक ईगल्स !' वहाँ का आदमी अपना कपड़ा दिया। मालिक से काम माँगा तो वो वोही काम हमको दिया, पानी लाना दूर से और बाघ का टट्टी साफ करना।"

इस सपाट आपबीती के बाद शंका-समाधान और क्षेपकों की बारी आई। ललितपुर तक के सफर में बीच में एक बार सुगिया का प्रसंग आया तो वे फिर भद्दे मज़ाक पर उतर आए। उसने पिता की ओर संकोच में कनखियों से देखा तो वे सो रहे थे। आज उसे पक्का यकीन है कि वे सोये न थे, प्रतिवाद न कर पाने की स्थिति में वे शुतुरमुर्ग बन गए थे।

ललितपुर ! ले-देकर एक ही बड़ा और उपयुक्त मैदान था सर्कस के लिए शहर के बाहर। बाकी शहर के अन्दर थे जहाँ एस.डी.ओ., डी.एम. आदि के पास लाख कोशिश के बावजूद परमिशन नहीं मिलता सर्कस पार्टियों को। खन-खोदकर मटियामेट कर जाते हैं। महीनों तक गन्दगी और जैसे-तैसे भरे गए गड्ढे असुविधा के कारण बने रहते हैं; कई-कई दिनों से पच्चीसों मज़दूर उस मैदान को ठीक करने और बीच की जगह में रिंग बनाने के काम में जुटे हुए थे। कैम्प मैनेजर श्रीनिवासन हाथ में बैग लिए अपने इस उत्खनन कार्य का निरीक्षण कर रहे थे और मुंशी से लेकर मिस्त्री तक को ज़रूरी निर्देश दे रहे थे। ज़मीन में मोटे-मोटे लकड़ी के कुन्दे गाड़े जा रहे थे, जिनसे किंग पोल के तार बाँधे जाने थे। काम लेट चल रहा था। मज़दूरों की संख्या में वृद्धि की गई लेकिन शाम तक जुगाड़ ठीक-ठीक बैठ नहीं पाया तम्बू खड़ा करने का। इस शोर-शराबे से बचने के लिए कुछ लोग फ़िल्म देखने चले गए शहर में। झरना भी रीता के साथ हो ली। यह पहली फ़िल्म थी ज़िन्दगी की। कहानी याद नहीं, उसे सिर्फ इतना याद है कि सर्कस से भी अद्भुत चीज़ है यह। और आज ? आज कह सकती है सर्कस से भी गन्दी चीज़ है यह।

जब वे दस बजे रात कैम्प वापस लौटे तो जगह-जगह पेट्रोमैक्स जल रहे थे। अलग-अलग कैन्टीनों ने अपना लंगर खाना खोल दिया था। रामू दादा ने योगेश बाबू की अनुमति लेकर अपना दस्ती मकान खड़ा कर लिया था। खाना खाकर झरना जा लेटी खाट पर लेकिन नींद नहीं आई बड़ी देर तक। रात-भर चन्दोबा तनता रहा। तारों में पोल फँसाकर खड़े किए जाते रहे, "ऐ मारो-अइसा ! थोड़ा प्यारे—अइसा !" श्रम के संगीत में बिंधी रही रात। रात-भर कॉरोगेटेड टीन-शीट की चहारदीवारी खड़ी होती रही, बिछती रही काठ की गैलरी—ठक-ठक ! ठाँय-ठाँय !

सुबह तक काफी काम सम्पन्न हो चुका था। एलेक्ट्रीशियनों के दल बल्बों के

बन्दनवार सजा रहे थे। सड़क बन रही थी, परदे-वरदे और विज्ञापनों के बोर्ड लटकाए जा रहे थे। एक पेड़ की छाया में चाय पीते हुए दामोदरन सारे काम का निरीक्षण कर रहे थे। "आज शो किसी भी कीमत पर शुरू हो जाना चाहिए। इसी हिसाब से विशिष्ट अतिथियों को आमन्त्रण कार्ड बाँटे गए हैं।"

पोलों से बँधी पुली (पहिए), पुली से गुज़रते केबुल्स। चार पोलों के इस व्यूह में अटका हुआ फ्लाइंग फ्रेम, किसी स्टार मछली की मानिन्द। ट्रेनरों के दल और शो मैनेजर समेत मिस्त्री ऊपर-नीचे मुआइना कर रहे थे। वक्त बहुत कम रह गया था। अन्दर रिहर्सल एक बार हो जाए तो बाहर के छोटे-मोटे काम होते रहेंगे।

झरना के लिए सब कुछ नया था। पास ही प्रसाद बाबू का कैम्प था। उन्होंने टोका, "क्या बार-बार देख-देखकर परेशान करती है अपने को। वही एक ही तो बात है। वही सोलह मीटर की रिंग, वही कलाबाज़ियाँ। मैनेजरों से लेकर जोकरों तक की एक-सी सरगर्मियाँ...।"

बैसाखियों के सहारे चलते हैं प्रसाद बाबू। रीता से उनके बारे में जितना कुछ जान सकी थी, उसका सारांश यह था कि प्रसाद बाबू हरफनमौला थे। जिम्नास्टिक्स, झूले, पशुओं का प्रशिक्षण; गरज कि ऐसा कोई काम नहीं था जिसे उन्होंने न किया हो। दो साल पहले सिंगल झूले पर बैलेंसिंग का खेल दिखा रहे थे, असम में, कि भूकम्प के झटके आने शुरू हुए। नीचे कोई जाल इस्तेमाल करना वे अपने रुतबे के खिलाफ मानते थे। उस दुर्घटना के बाद से फिर कभी उनकी जाँघों की हड्डियाँ बल नहीं थाम पाईं शरीर का। सर्कस में अब वे कैश का हिसाब-किताब देखते हैं और दोपहर को एक स्कूल चलाते हैं मलयालम, हिन्दी और अंग्रेज़ी का—जानवरों के प्रशिक्षण के बाद इन्सान को प्रशिक्षित करना। उनके बारे में मशहूर है कि उन्हें सर्कस फोबिया है। आँख बन्द कर कहीं फेंक आओ, वे सूँघते-सूँघते अपनी बैसाखियों के बल चले ही आएँगे।

"मास्टर जी, मुझे पढ़ा देंगे ?"

"देंगे...? मैं पूछता हूँ तू अभी तक पढ़ने आई क्यों नहीं ?" और बात पक्की हो गई। तब से एक-एक कर पाँच कैम्प पार हुए और एक-एक कर छह माह।

झरना अब पीठ के बल मुड़ना सीख गई थी। जिस दिन पहले-पहले उल्टे मुड़कर उसने दाँत से रूमाल उठाया, उसकी खुशी का ठिकाना नहीं था। अब वह बाँहों के बल पर सन्तुलन बनाकर उलटकर बिच्छू की तरह चल सकती थी। सातवाँ कैम्प पटना में लगा। तब तक उसे मयूरासन आ गया था। अब वह बाँहों के बल ज़मीन के समानान्तर तनी हुई एक हाथ से ईंटों की लड़ी उठाकर दूसरी जगह रख सकती थी। ट्रेनर रघुनाथ ने देखा तो वेबकूफ की तरह पलकें झपकाईं।

"किसने सिखाया यह ?" पूछ बैठे।

"नीरा बहन—वही जो नई-नई आई हैं।"

"हूँ !" हुंकारी भरकर अपने अस्तित्व के प्रति शंकालु और गमज़दा हो गए उस्ताद, "सुनते हैं, यह छोकरी बाकायदा जिम्नास्टिक्स सिखाती रही थी स्कूलों में। अब क्या

होगा...? साले जितने लोग हैं, सारे-के-सारे मुँह उठाए इधर ही चले आएँगे, सदाव्रत बँट रहा है यहाँ। अब अपुन कहाँ जाएँगे इस बुढ़ौती में—ये कोई काहे को सोचने लगा !" किसी ने फिकरा कसा, "उस्ताद, तुम भी सीख लो उससे।" तो जल गए, "बोल लो बेटा, बोल लो। जिस दिन तुम्हें बोरिया-बिस्तर बाँधना पड़ा, उस दिन पूछूँगा।"

आज रिंग में उतरना है झरना को। तार पर छतरी के सहारे चलना और बैलेंसिंग। पास के मन्दिर में मत्था टेक आई है।

"डरो नहीं, हम हैं। कोच्छ बात नहीं डरने का। अइसा समझो, बाहर कोई नहीं सिरफ तुम हो...।" रघुनाथ कुछ और आश्वासन देते लेकिन नीरा को आते देखकर चुप हो गए। नीरा ने उसके जूते, कपड़े और छतरी की जाँच की, फिर तार की और पीठ थपथपाकर विदा किया। झरना ने दामोदरन, योगेश बाबू, नीरा, रघुनाथ और रामू दादा के पाँव छुए, धड़कते दिल से रिंग में आई और हाथ हिलाकर अभिवादन किया हज़ारों बुतों को। सन्तुलन का प्रदर्शन बिना किसी विघ्न के सम्पन्न हुआ तो पहली ताली रामू दादा की बजी फिर तो दर्शक दीर्घा और गैलरियों, ज़मीन सभी जगहों से तालियों की ध्वनि। खुशी में उमगती-फुदकती वापस लौटी। तीन आइटमों के बाद फिर आना पड़ा तार पर चलनेवाले खेल के लिए। इस बार वह दूसरे छोर से उल्टे क्रम में आ ही रही थी कि अन्दाज़ गलत पड़ गया और गिर पड़ी। रामू दादा पास ही थे, सँभाल लिया उन्होंने। पीठ थपथपाई, "फिर कोशिश करो।"

कैम्प-कैम्प में लड्डू बाँटे रामू दादा ने। रिंग में पहली बार उतरी थी बेटी।

बुलबुल दा को लड्डू मिला तो खाने के पहले उलाहने देने लगे, "डर गया बाघ से ?"

"मैं डर जाऊँ और तुम्हारे बाघ से ?"

"सो तो एक रात में जान गया हम। तुम फिर आया देखने बाघ का टरेनिंग ?"

"ओह, मैं तो भूल ही गई थी बुलबुल दा। फिर देखो ना, काम भी कित्ता—देर से सोओ, तड़के उठो, पी.टी. करो, प्रैक्टिस करो, प्रसाद बाबू के यहाँ पढ़ो, फिर शो पर शो...।"

"मर जाएगा ऐसा तो ! च्च ! च्च !!" उन्होंने मुँह बनाए व्यंग्य में।

"देखिए ना !"

"और मेरी का कैम्प का सामने लट्टू कौन नचा रहा था ?"

झेंप गई झरना। झेंप से उबारते हुए बुलबुल दा ने कहा, "प्रैक्टिस नहीं करेगा, पढ़ेगा-लिखेगा नहीं तो जानवर बनेगा हमारा जैसा—बोलो ! अच्छा छोड़ो, बाघ को हम कैसे सिखाता—येइ ठो अगर देखना है तो काल सुबेरे आ जाना यहाँ।"

और इस तरह वह बाघ और इन्सान के व्यक्तित्वों के द्वन्द्व को देखने के लिए जाने लगी थी।

"सबसे पहले एक बात जानो, वो ये कि बाघ को खाना देनेवाला आदमी 'फिक्स' रहता। दूसरा गया कि खतरा। वो भी ऊपर से गिराता मांस का बोटी !"

"उँह खाना छोड़ो न !"

"काहे ? सबका जड़ तो येई साला पेट है। तब आदमी और जानवर में फर्क क्या ! बोलो–आदमी का पेट भरने पर शैतानी सूझता, जानवर का साथ ऐसा नहीं।"

"तुम भी रघुनाथ से कम नहीं। खाली लिच्चर।"

बुलबुल दा ने हँसते हुए एलांगो और हनीफ को इशारा किया। खाँचे पर चढ़कर एलांगो ने रस्सा पकड़ा, हनीफ ने खाँचे का शटर खींचा। उसने मुँह बना लिया, "छोटा बाघ।"

"बच्चे को सिखाता हम लोग, बूढ़ा क्या सीखेगा ? चाचा सीखने जाता कि तुम ?"

"तुम लोगों को दया-माया नहीं। माँ से अलग कर डाला इसे।"

"झरना होता तो माँ-बाप के पास रख देता, लेकिन ये बाघ है बाघ। माँ का पिंजरा में छोड़ दें तो माँ झपटना, नोचना, लड़ना सिखाएगा, लेकिन हमको तो अपना मतलब का चीज सिखाना होता...।"

"हाँ, वो इसलिए भी कि अगर ये माँ से वह सब सीख गए तो बुलबुल दा का क्या होगा ?"

"हमारा छोड़ो, मालिक का क्या होगा ? अपुन तो साला नौकर है। हम भी जो खतरा मोल लेता पेट का खातिर। इस पेट का सवाल पर आदमी-जानवर सब बराबर। क्या समझा ? हम सिखाने से पहले इसको भूखा रखता।" बात करते-करते दूसरा व्याघ्र-शावक भी ले आया जा चुका था, अब बुलबुल दा बाँस के पोपले डंडे में मांस भरने लगे हाथ से। कुछ गमगीन-से हो चले थे। सहसा बोल पड़े, "इनसान हो या जानवर, टरेनिंग देने का एक-इ कायदा है–भूखा रखो। उसका सारा दिमागी शैतानी भूख पे लाकर तोड़ दो फिर अइसा ललचाओ, अइसा कि उसको लगे, तुम उसका सच्चा हमदरद है। तोड़ते रहो अइसा, तोड़ते रहो...!" उनकी आवाज़ भर्रा आई थी। हाथ धोने का बहाना कर उठे तो हाथ के बदले आँखें पोंछ रहे थे।

"यह क्या है ?"

"इसमें कीमा है। बाघ के भूखे बच्चे को इससे ललचाकर हम उसे इस स्टूल पर बैठाएगा, जलती रिंग से पार कराएगा समझी।" यह कहकर बुलबुल दा ने एलांगो, हुसेन, हनीफ, पाल्टू को सावधान किया और खुद एक हाथ से कीमा और दूसरे हाथ से एक छड़ी लेकर व्याघ्रशावकों को स्टूल पर बैठने का इशारा करने लगे।

एक बार कीमा चखाकर खींच लिया उन्होंने फिर स्टूल पर छड़ी ठोंककर कहा, "आ जाओ, आ-आ" कहने लगे। कीमा पाने की लालच में एक बाघ स्टूल पर गया। कीमा खिलाते हुए वे उसको पिल्ले की तरह दुलारने लगे। इसी प्रकार दूसरा बाघ भी स्टूल पर लाया गया।

"उठो बाश्शाओ !" बुलबुल दा ने कहा तो झरना ने पलटकर देखा, लोहे की दो रिंग लेकर खड़े थे दो नौकर। कीमावाला बाँस अब दूसरी ओर से रिंग में डालकर खींचकर ललचाया जा रहा था। एक झपटकर उसे पाने के लिए उचका लेकिन कामयाब

नहीं हुआ। बहुत कोशिश करने पर एक उससे गुज़र सका।

"बहुत ऊबाऊ है बाप रे यह ट्रेनिंग !"

"जी, प्राइमरी स्कूल का बच्चा को पढ़ाना है। अब आहिस्ता-आहिस्ता बाघ बड़ा होगा तो उसी रिंग से कूद जाएगा। फिर रिंग के चारों ओर आग लगाकर भी हम उनको कूदने को तैयार करेगा।"

"हो गया ?"

"तुम्हें जल्दी तो नहीं है ?"

"क्यों ?"

"तुम्हें हम टाइगर फाइटिंग और लायन फेसिंग दिखाएगा।"

"अच्छा कल।"

"ठीक है, कल इसी समय यहाँ आ जाना।"

दूसरे दिन वह दृश्य था कि शिराओं में भीषण तनाव उद्वेलित हो रहा था। पूरे हाथ-पाँव, मुख और सिर पर कपड़े लपेटे बुलबुल दा बाघ के साथ कुश्ती लड़ रहे थे। गुर्राहट और दहाड़। थपेड़े पर थपेड़े। रूई की तरह नुच-नुचकर छिटक रहे थे कपड़े। लंगी मारकर कभी बाघ को गिरा देते, कभी बाघ उन पर चढ़ बैठता। बाद में बाघ को घुटने से दबाकर बैठ गए। बाघ की वह गुर्राहट थी कि दहशत के मारे रोंगटे खड़े हो जाते। इसी समय बाघ ने वह झपट्टा मारा कि सिर खाली हो गया।

"अबे हनिफबा, साले खींच जल्दी !" और हनीफ और एलांगों ने मिलकर खींच लिया झपटते बाघ को।

"यह खतरनाक काम क्यों करते हैं ?" ममत्ववश पूछ बैठी वह।

"दो बात है, बाघ से मेल-जोल और अपना धीरज और समझदारी बढ़ाना।"

"क्या सभी ट्रेनर ऐसा करते हैं ?"

"नहीं जानता। हमारा उस्ताद सिखाया हमें।" वे फटे कपड़े नोचते हुए बोले।

"अब ?"

"अब सिंहों के बीच जाकर हम थोड़ी देर लेटेगा। इसे कहते हैं लायन फेसिंग या लायन स्लीपिंग।" उनकी अटपटी अंग्रेज़ी अच्छी लग रही थी।

सिंह रिंग में खोल दिए गए थे। इधर-उधर लेटे थे वे। बुलबुल दा उनको सहलाते-पुचकारते एक से सटकर लेट गए।

दूसरे दिन झरना ने पूछा था, "सिंह खाते नहीं आपको ?"

"कहा न पेट का सवाल है। हम इस बखत इन्हें खिला-पिलाकर संतुष्ट रखते। फिर इन्हें प्यार देकर भरोसा पैदा करते। वैसे बड़े नकचढ़े होते हैं साले। बड़ी मुश्किल से काबू में आते। मिज़ाज़ी हैं और क्या ! साले सभी हरामखोर हैं।"

बुलबुल दा दूसरे को मिज़ाजी कहते थे और खुद क्या थे ? रात को दारू चढ़ाई नहीं कि दामोदरन के बाप बन बैठे। नशा टूटने पर सुबह मुहाँसों का नहाया चेहरा लिए कैम्प-कैम्प माफी माँगते फिरते अपनी अभद्रता के लिए। आखिर एक बार माफी नहीं

मिली तो बोरिया-बिस्तर बाँधना पड़ा और फिर जाना पड़ा ईगल्स में।

उफ ! थर्रा देनेवाला था वह दृश्य। नाटक नहीं था इस बार। रीयल टाइगर फाइटिंग। उस समय ईगल्स में किसी फिल्म की शूटिंग चल रही थी। बुलबुल दा ने सन्देशा भेजकर शूटिंग देखने को बुलवाया था उसे। उस दौरान किसी बाघिनी को प्रशिक्षित करना था फिल्म की शूटिंग के लिए। अभी तक सफलता नहीं मिल पाई थी। इधर जेब्रा द्वारा खींचे जा रहे रथ पर आ रही थी रूपसी तारिका, उधर नेपथ्य में आतंककारी गुर्राहट और शोर सुनाई पड़ा। भागती हुई वह कइयों के साथ वहाँ पहुँची तो उसके मुख से चीख निकल गई। आज कोई आवरण नहीं था बुलबुल दा के पास बाघिनी के नुकीले पंजों से रक्षा के लिए। खूँखार मौत से जूझ पड़ी थी ज़िन्दगी। बुलबुल दा के कन्धे पर दोनों पंजों को रखकर बाघिनी जबड़ा फाड़े खड़ी हुई थी और उन्होंने लंगी लगाकर गिरा दिया। लेकिन बाघिनी फिर उठकर उन पर टूट पड़ी और एक ही झपट्टे में पोंगी का मांस खरोंचते हुए पंजे तक छील गई।

रिंग मास्टर दौड़ते हुए आए और बाघ के रस्से को पकड़कर खींच लिया। नौकर जो बाघिनी के आक्रमण से भौंचक्क रह गया था, अब चैतन्य हुआ। फिर तो बुलबुल दा स्वयं गिरते-पड़ते उठ खड़े हुए। चाबुकों से बाघिनी पर प्रहार होने लगे। रक्त से सने बुलबुल दा को देखकर डर लग रहा था। उन्हें अस्पताल में भर्ती कराया गया। वह फिल्म तारिका, जिसके लिए बाघिनी को कम से कम वक्त में प्रशिक्षित करने में दिन-रात जुटे रहे बुलबुल दा, शूटिंग तक देखने नहीं गए औरों की तरह, वह उन्हें देखने भी नहीं गई अस्पताल में।

रिंग मास्टर अनिरुद्ध सिंह तब ईगल्स में ही थे। परम तत्त्वज्ञानी या महापागल की तरह बैठकर सिर हिला रहे थे वे, "एक धारीदार जानवर किसी का रुतबा बढ़ा रहा था। एक धारीदार जानवर किसी को नोच रहा था। हम रोम के गुलामों से एक इंच भी आगे नहीं बढ़े—वही मेटाडोर, वही ग्लैडियेटर्स !"

सिंह जी को तब नहीं जानती थी वह, न ही उनके द्वारा उच्चरित शब्दों की व्यंजना को ही समझ पाई थी। तालियों की पुलक पर तैरते दिलों में तालियाँ बजानेवालों के इतिहास की किसी बर्बरता के प्रति कोई शकोशुबहे की गुंजाइश थी ही कहाँ तब !

इस तरह चल पड़ी बनजारे की ज़िन्दगी। तालियों की ताल पर लोच खाता रहा बदन टहनियों की तरह। टूटते-बनते रहे तन्तु। खिल-खिलकर कुम्हला-कुम्हलाकर झूलते रहे महाकाल की डोर में बिंधे सूरज, चाँद और सितारे। उधड़-उधड़कर सजता रहा परिवेश। जालों में उलझी मरी मकड़ी की तरह वे दिन हिलते हैं आँखों में। सूखे फूल की पुरानी गन्ध तिर आती है नथुनों में...! आज लगता है कितने अच्छे थे वे दिन। सुबह-सुबह हँसी-ठट्ठे में चलता पूर्वाभ्यास, फिर लट्टू, कैरम और गप्पों का दौर चलता, तीसरे पहर प्रसाद बाबू के यहाँ आगे की पढ़ाई, शो के वक्त गुड़िया की तरह सजकर खेल दिखाकर तालियाँ बटोर लाने की खुशियाँ ! अनाप-शनाप कितनी चीज़ें भरी हैं उन दिनों की यादों

के थैले में। वैसी खुशी फिर नसीब नहीं हुई ज़िन्दगी में।

सावंत स्लाइस, दूध और कंदीलें रख गया है। वह कंदील, जिसे वह जला गया था, आधी से ज़्यादा जल भी चुकी है। बाहर बारिश पूरे ज़ोर पर है। तम्बू पर उसके निरन्तर आघात से उसका अहसास बराबर बना हुआ है। पता नहीं, राह में कहाँ अटका पड़ा होगा विकास। हॉस्टल में बिजली की कौंध से डर-डरकर बिस्तर में दुबक जाती होगी कीर्ति। आज कितने बये के घोंसले उजड़े होंगे ! बेमन से उसने स्लाइस चुभलाकर थर्मस से दूध उँड़ेलकर पिया। दूसरी कंदील जलाई और वक्त के तहखानों की ओर फिर से लौट गई।

"सोच लो हॉक जैसी छोटी सर्कस कम्पनी से एवरेस्ट बहुत बड़ी है। नियोगी साहब 'माई डियर' आदमी हैं। यहाँ के दो सौ रुपयों के मुकाबले पैसे भी सौ रुपए ज़्यादा हैं फिर उसमें डेवलप करने के चांसेज़ भी ज़्यादा हैं—यहाँ क्या है। अंकल भी साथ-साथ जा सकते हैं। सोच लो...।" रघुनाथ फुसफुसाए। नीरा के आ जाने से दामोदरन के लिए वे बेकार हो गए थे। अब वे एवरेस्ट में जा रहे थे।

और झरना ने सोच लिया था। रामू दादा की अपनी कोई महत्त्वाकांक्षा या आग्रह नहीं था। उन्होंने झरना की बातों में धीरे-धीरे उसी दिन से तटस्थता ओढ़नी शुरू कर दी थी जिस दिन उसकी तनखा उनसे पच्चीस रुपए ज्यादा हो गई थी।

'हॉक' में परिचय था 'रामू दादा की बेटी', अब एवरेस्ट में आकर वे खुद ही गीता के बाप के रूप में जाने जाते हैं। गीता ! झरना की केंचुल झाड़कर गीता का आविष्कार किया था नियोगी ने। एवरेस्ट में आते ही, वह एक प्रकार से स्वच्छन्द हो गई। नादिरा, नीलम्मा, देवकी, पिंटू और कितने-कितने दोस्त। पूर्वाभ्यास में कभी ज़ोर-ज़ोर से बनावटी डाँट-डपट के बाद उनकी फुसफुसाहटें और फिर खुली हँसी। रामू दादा स्वयं ऐसे में रिंग के दूसरे कोने में चले जाते या फिर बाहर।

उन्हें वह बात भूलती नहीं जो जग्गू ने उन्हें एक किनारे पर लाकर बताई थी। "चाचा, एक उम्र में बाप को बेटी से दूर रहना चाहिए। नियोगी साहब इस बात को कतई पसन्द नहीं करते कि आप अपना थोबड़ा लड़कियों की ट्रेनिंग में लटकाए रहें।"

बेवकूफ या गावदी नहीं थे एकबारगी रामू दादा। वय के लिहाज़ से बाप-बेटी के दरम्यान आनेवाले खिंचाव और उसके नाजुक बिन्दुओं को समझते थे, फिर भी नकार की एक अव्यक्त अनबूझ टेर थी जो बिद्ध पशु की तरह उनके अंतस् से दबी-दबी हुंकारा करती।

"मैं उसका बाप ही नहीं गार्जियन भी हूँ।" रामू दादा ने संक्षिप्त-सा उत्तर दिया जग्गू को तो वह थोड़ा विचलित हुआ।

जग्गू और रामू दादा का शीतयुद्ध अन्त तक चला था। लेकिन वही जग्गू मलेरिया से जिस दिन मरे, रामू दादा को कोशिश करके भी वह खाना नहीं खिला सकी।

जग्गू को किसी ने जग्गू भाई कह दिया तो उसकी खैर नहीं। उसे जग्गू उस्ताद तक का सम्बोधन भी नहीं पचता। काम निकालने वाले सिर्फ उस्ताद कहते हैं। सहायक प्रशिक्षक जो थे वह। हर तरह से उभरती लड़कियों का सामीप्य लाभ उनका एकमात्र साध्य था। खिलाड़ियों पर रोब गालिब करना और बिना बात के नसीहत देना उनका मेनिया था...रघुनाथ की जमी आँखों की निर्लिप्तता की जगह इन सचल आँखों से तेज़ाब झरता, "अरे कमला, यह कैसे लेट गई...ज़रा फुर्ती और कायदे से लेट। उठा पाँवों को--हाँ !" ज़रूरत न होने पर भी पाँव, जाँघ, कमर उन्हें छूने ही होते हालाँकि इसमें ऐसी ओढ़ी हुई तटस्थता होती जैसे वे महज़ मूर्तिकार हैं—निर्जीव माटी के लोथड़ों को आकार देनेवाले। अब मेरी उसके घुटनों पर उस्ताद को पकड़कर जा खड़ी होती, और कमानी की तरह उल्टी मुड़ जाती। दोनों हाथ कमला के कन्धों पर सन्तुलित होते ही फ्रांसिस मेरी के घुटने पर उसी तरह एक हाथ के बल पर सन्तुलन बना लेता। अन्त में बारी आती रमलू की। वह बन्दर की तरह घुटनों पर चढ़ता-उतरता। नीचे के सारे घटक अचल रहते, महज़ रमलू पंजों पर सर्पासन की मुद्रा में खड़ा हो जाता।

एक-एक कर कड़ी-कड़ी अलग होती और अपने-अपने स्लीपर पहनकर बगल में खड़ी होकर रिंग के खाली होने का इन्तज़ार करती।

वह कौन है...अनीता ! ट्रेनर ने कमर पकड़ रखी है। कैचर के इशारे की प्रतीक्षा है, ताली बजी और झूल गई अनीता। ट्रैपीज़ का दूसरा युग्मक भी वक्त को तौल चुका है। क्रास ट्रैपीज़ और क्रास वेल आफ डेथ में समय और स्थान का सर्वोपरि महत्त्व है। ज़रा-सा हिसाब-किताब गड़बड़ाया कि दुर्घटना ! नीता और जूली वापस हो गई हैं, अपने-अपने प्लेटफार्म पर !

"कर लो, आज तुम्हीं लोग कर लो प्रैक्टिस, हम लोग क्या घास छीलने आए हैं ?" चीखते हैं जग्गू। इस तरह की उक्तियाँ अभ्यास के दौरान वांछनीय नहीं फिर भी चलता है। अभ्यास में थोड़ा मनोविनोद बुरा नहीं है। खिलखिलाती हैं अनीता, मेरी और दूसरी लड़कियाँ तो जैसे फूल झरते हैं ऊपर से।

जाल सिमटते ही कमला अपने दूसरे बैलेंसिंग का अभ्यास करती है। चकती घूम रही है। पंजे से पंजे भिड़ाकर उचककर उसके सिर पर सिर रखकर सवार हो गई है गीता। जैसे दो सिर एक साथ जोड़ दिए गए हों—डमरू की तरह। अब एक ओर मेरी, दूसरी ओर रमलू खड़े हो जाते हैं चकती पर। अब कमला के कमरबन्द से बँधे ढीले बेल्टों का सहारा लेकर दोनों बाहर की ओर लटक जाते हैं। चकती घूम रही है। गीता के आंगिक विन्यास बदल रहे हैं।

खान साहब कहते, वे सीढ़ियाँ हैं तुम्हारी ज़िन्दगी की अँधेरे में डूबी हुई। बुलन्दियों से दिखती नहीं लेकिन बुलन्दियों पर इनके बिना पहुँचा नहीं जा सकता। 'द हॉक' से 'एवरेस्ट'। हल्की कसरतों से बैलेंसिंग, बैलेंसिंग से खतरनाक जिमनास्टिक्स बैलेंसिंग, उमर भी दस से बारह, बारह से पन्द्रह, पन्द्रह से सत्रह। एक रोशनी की राह छोड़ जाती है किसी टापू में, वहाँ से फुसलाकर अपने द्वीप पहुँचाती है, वहाँ से तीसरी, यह सफर

अँधेरे से उजाले का है या उजाले से अँधेरे का—यह राज़ तो बाद में खुलता है।

चकती घूमती है। किस अतल लोक में दफन हो गए महाबली 'न्यू हरकुलिस', कहाँ अस्त हो गया 'ग्लोरी' का गौरव, किस टेथिस सागर से उभरकर खड़ा हो गया 'कैलाश'। अजीब है श्रम और ग्लैमर की दुनिया का भूगोल। नियति की निर्मम नटी को चकमा देकर आगे सरकते चलो, बदहवास दौड़ पड़ो, देखो, धमनियों में खून का अन्तिम ज्वार तुम्हें किस बुलन्दी तक उछाल पाता है या दुस्साहसिकता के किस गड़च्च अँधेरे में फेंक आता है।

चकती थमती है तो उसे सबसे पहले दिखते हैं रामू दादा जैसे इस शमां के ठीक उस ओर वह छीजता हुआ 'क्लाउन' खड़ा है ढीले, फूहड़ वस्त्रों में, चूने और लाली में ढँका चेहरा ! 'क्या कसूर था मेरा', यह एक सवाल दाँतदार आरे की तरह चीरता रहा है, लेकिन हलक तक आ-आकर जुबान तक नहीं आता। चूने-कालिख, लाली की उन परतों के नीचे जो एक बाप था, उसने कभी इतने ऊँचे ख्वाब नहीं देखे थे। घर के तिरस्कार से निष्कृति ही सामयिक तौर पर उसकी सबसे बड़ी समस्या थी और पेट भरने के लिए अन्न और तन ढँकने के लिए मोटे-सोटे कपड़े से अधिक उसकी चाह भी नहीं थी कोई। इस बुनियादी ज़रूरत के लिए ओढ़े गए सामान्य मसखरी के गुणों के अतिरिक्त प्रतिरोध की सारी चेतना लुप्त हो गई थी दर-दर के भटकाव में। उस दिन ट्रक पर बुलबुल और हनीफ ने उन्हें कमज़ोर समझकर ही तो गाली दी थी, "ज़्यादा बोलेगी तो फेंक देंगे पिंजरे के अन्दर। बाघ भूखा है...और मेटिंग भी नहीं हुई है...।" थूक की तरह कैसे निगल गए थे इस अपमान को ! तब मेटिंग का मतलब नहीं जानती थी वह। जग्गू जब सरेआम कहता फिरता, "हमने तो गीता के लिए इसे रख छोड़ा है वरना उसके खानसामे से बढ़कर यह है ही क्या...?" कितना दमित हो सकता है आदमी ! सुग्गों और सामान्य नटों के 'रॉयल इंडिया' से लेकर चार पोल का 'हॉक' ही सीमा थी इनकी। उसने इन सीमाओं को तोड़कर वर्जित क्षेत्र में कदम रखकर बागडोर अपने हाथ में ले ली—क्या यही कसूर था ?

अस्तित्वों के टकराव में न बाप अपनी सन्तानों को बख्शता है, न सन्तानें अपने बाप को। घात-प्रतिघात से दुनिया हमेशा नई होती रहती है। ऐसे में वक्त की रफ्तार में सन्तानों की बराबरी कब तक कर सकते हैं उसके पुरखे ? पीले पत्तों का आह्लाद कब तक ? उसकी गैर-मौजूदगी में जैसा भी था, उनका स्वतन्त्र अस्तित्व था एक। अब निरन्तर विस्थापित होते रहने का अहसास, फालतू पड़ते जाने का अहसास, शाम के कुहरे की तरह गहराने लगता। खाना स्वयं बनाते, पूछते, "कैसा है ?"

"ठीक है...!" इससे ज़्यादा क्यों नहीं कुछ कह पाई वह ? कभी खुद स्टोव लेकर बैठ जाती, कहती, "बा यह मेरा काम है, तुम ज़रा ताश-वास खेल आओ।" तो वे समझते, उसे टरकाने की साज़िश है। यह अपरिचय की दीवार क्यों ऊँची होती रही दिनोंदिन ? आज पिता नहीं हैं तो क्यों उनके हाथों के खाए गए थप्पड़ ही ज़्यादा प्यारे लग रहे हैं ? क्यों चूम लेने को जी चाहता है उनका कभी-कभी का उभरा रौद्र

रूप ?...शायद इब्राहिम खान चाचा से पहले किसी ने पुरज़ोर कोशिश ही नहीं की थी...लेकिन वह तो बाद में, पहले 'एवरेस्ट'।

जग्गू उस्ताद की गद्दी पर रघुनाथ नहीं बैठ पाए। चंगेज़ खान की तरह आ गए खान साहब। ऐसा गुरु गम्भीर व्यक्तित्व कि पूरा नाम जानने की आज तक ज़रूरत नहीं महसूस हुई। सर्कस के प्रारम्भिक दौर से ही नटों-करनटों के दल के साथ राजाओं, सामन्तों, फौज की छावनियों में जाया करते थे। फिज़िकल एनाटॉमी के इतने अच्छे जानकार कि एवरेस्ट के कंसल्टैंट डॉक्टर राय भी उनसे सहमे-सहमे रहते। आसनों पर पूरा कमांड था उनका। घड़ी के पक्के पाबन्द। उस्ताद पैंट और गंजी लगाए सबसे पहले रिंग में आते हैं। एक कुशल अम्पायर की तरह रिंग का निरीक्षण करते हैं, सधे कदमों से दबा-दबाकर देखते हैं। इसके बाद संगीत मंच तक जाते हैं। वहाँ फ्रेम किए हुए भारतीय सर्कस के पिता कीलरी कुन्ही कानन जी और छत्रे जी के चित्रों के सामने अगरबत्तियाँ सुलगाते हैं। मस्तक झुकाकर दो पल खड़े होते हैं। किसी बुत की इबादत की इजाज़त नहीं है इस्लाम में, मगर सर्कस का मज़हब तनिक उदार है।

अब उस्ताद जेब से ह्विसिल निकालकर आवाज़ करते हैं। कहते हैं, ह्विसिल की ध्वनि-तरंगों से ही जैक की कैंटीन में चाय के पानी में उबाल आता है। इन्हीं तरंगों से नियोगी साहब के कमल नयन खिलते हैं और इन्हीं से तम्बुओं में भूचाल आता है। नित्यक्रिया से लेकर, कपड़े-जूते पहनने तक की गहमागहमी। तब तक उस्ताद स्वयं कुछ पी.टी. कुछ आसन कर लेते हैं। शवासन से उठते ही दूसरी ह्विसिल ! अब तक मिस्त्री आ चुका होता है अपने चन्द सहायकों के साथ। उस्ताद रिंग की परिक्रमा करने के साथ-साथ पैरलल बार, तारों और अन्य छोटे-मोटे उपकरणों की जाँच करते चलते हैं, जहाँ ज़रूरी समझते हैं, मिस्त्री को निर्देश देते जाते हैं, संशोधन या मरम्मत के लिए। दूसरी ह्विसिल का मतलब और है, वह यह कि उस्ताद की चाय पहली परिक्रमा समाप्त होते न होते रिंग में पहुँच जाए। साढ़े तीन फुट का जैक उस्ताद को चाय का प्याला थमाकर किसी कुर्सी पर बैठकर खुद चाय सिप करने लगता है। दो-एक घूँट तक उनके मिज़ाज़ का जायज़ा लेता है, हाल-चाल पूछता है, उस्ताद का मूड ठीक रहा तो दो-दो बातें कर लेते हैं वरना बोलते नहीं कुछ। प्याला नीचे रखते ही तीसरी ह्विसिल ! बड़ी देर तक गूँजती रहती है तीसरी ह्विसिल, अलार्म क्लॉक की घनघनाहट की तरह। वीरान तम्बू, पर्त-दर-पर्त बिछी खाली गैलरियों, कुर्सियों, उपकरणों को कँपाती हुई तीसरी ह्विसिल ! पाँच मिनट के अन्दर सारे आर्टिस्ट हाज़िर। सबको पता है तीसरी के बाद चौथी ह्विसिल नहीं बजेगी।

सर्कस का यह एक वीरान शो है रिंग के अन्दर और बाहर, नींव के पत्थर की तरह बेरंग, बेनूर, खुरदरा और ठोस।

पी.टी. के लिए कतारों में खड़े हो जाते हैं अलग-अलग लड़के और लड़कियाँ। उस्ताद मुड़कर देखते हैं, जैक गया या नहीं। अक्सर झिड़की सुननी पड़ती है उसे, "अब तुम क्यों लटक गए कटहल की मानिन्द ?" जैक समझ जाता है, आज उस्ताद मूड में

नहीं हैं और कप और ट्रे उठाकर खिसियाया, दाँत निपोड़ता चल पड़ता है लुद-लुद करते हुए।

यही तो एक चांस मिलता है खिलाड़िनों को भर नज़र देखने का। उसका हीन पौरुष छाँट-छाँटकर रखता है उन लड़कियों में से...वह ठीक रहेगी...नहीं वह, नहीं वह ! कोई बात नहीं, कभी वह और कभी वह ! कोई टोकता है और वामन देव के कृष्ण में कायाकल्प करने में व्यवधान आ खड़ा होता है। साली नौकरी जो ठहरी। 'पराधीन सपनेहुँ सुख नाहीं !' केशव पंडित फिकरा कसे बिना नहीं मानते।

जोकर बनना उसे मंजूर नहीं और खिलाड़ी बनना सम्भव नहीं। अपने अधूरे अरमानों की सम्पूर्ति के लिए वह अपनी उपस्थिति को खींचकर थोड़ी और लम्बी कर लेता है जिसके पुरस्कारस्वरूप झिड़कियाँ मिलती हैं उस्ताद की। उसे इसका मलाल नहीं होता। वह जानता है कि दो-ढाई घंटे के पूर्वाभ्यास के बाद उस्ताद टहलते हुए कैंटीन की तरफ ही आएँगे। और चाय का आर्डर करेंगे। उस वक्त टुटपुँजिए काउन्टर के पीछे डूबा साढ़े तीन फुट का जैक संसार की महानतम पाकशाला के मैनेजर के अन्दाज़ में छोटे बच्चे जमील को आर्डर देगा--एक प्याली चाय, चीनी कम, लिकर कड़ा, हाफ कॉफी मिक्स्ड और मुँह में पेंसिल दबाए उस्ताद की उपस्थिति को नज़रअन्दाज़ करते हुए सीरियस हो जाएगा। तब तक फुरसत पाकर इक्के-दुक्के मैनेजर और अन्य लोग भी आ जाएँगे। और किसी मैनेजर का फरमान--चार कप स्पेशल अलाँ या फलाँ मैनेजर के लिए। मुँह बदज़ायका बनाते हुए ठुस्स आभिजात्य में बिदक उठेगा जैक, "यहाँ जिसे देखो, मैनेजर, ट्रैनर, उस्ताद से नीचे कोई है ही नहीं। सरकस में जोकरों, मैनेजरों और ट्रेनरों जैसे उठल्लुओं की गिनती नहीं।"

उस्ताद ज़हर-भरी मुस्कुराहट में खीझते रहेंगे। बहुत खीझेंगे तो कह बैठेंगे, "साला ! तेरे कद से तेरी जीभ ही बड़ी है।" इसके बाद शुरू होगी उसके मनाने की क्रिया, "उस्ताद, आज सुबू-सुबू तुम्हाराई मूँ देखने को मिला था, जभी जान गया था आज फिंचाई होने से अपुन को जेसस क्राइस्ट भी नईं रोकने सकता।" उस्ताद मारने को लपकेंगे और वह काउन्टर के पीछे डुबकी लगा लेगा।

अपने-अपने ट्रेनरों के साथ इकाइयाँ अभ्यास को चल पड़ती हैं अन्दर फ्लाइंग ट्रैपीज़ वालों को एवरेस्ट में वरीयता हासिल है। ट्रुप मास्टर करुणाकरन आते ही हड़कम्प मचाना शुरू करते हैं। खान साहब धीर-स्थिर हो अपना काम किए चले जाते हैं। जान-बूझकर बैलेंसिंग जिम्नास्टिक के खेलों के खत्म होने के बाद ही टू व्हीलर और वन व्हीलर साइकिलों का अभ्यास शुरू करवाते हैं। चार-चार आर्टिस्ट फँसी पड़ी रहती हैं इसमें। अन्त में शुरू होता है फ्लाइंग ट्रैपीज़ का अभ्यास। दस्ती उपकरण लिये अलिफ़-बे से शुरू करनेवाले खिलाड़ी कोने में खाली जगहों पर चले जाते हैं। इन अभ्यासों के समानान्तर रिंग मास्टर मनोहर के तोतों का अभ्यास चल रहा है। 'सी-सा' और औंधी हुई अर्द्ध चन्द्राकार सीढ़ियों में साँप की तरह चढ़ने-उतरने की कला का अभ्यास करा रहे हैं तोतों को। उधर ऊपर ट्रैपीज़ पर उल्टे झूल पड़े हैं कैचर और ट्रुप मास्टर करुणाकरन, इधर मिनी झूले में झूल

गया है मनोहर मास्टर का तोता चँगुल से छोटे झूले को पकड़े हुए, "वाह मेरे करुणाकरन के बाप !" मनोहर मास्टर इतने ज़ोरों से बोलते हैं कि आवाज़ उड़कर सीधे करुणाकरन के कानों पर दस्तक दे। खेल में रोचकता लाने के लिए शो मैनेजर कुट्टी ने स्वयं तोतेवाले खेल को ट्रैपीज़, सी-सा जैसे खेलों की पैरोडी की तरह ढाला था। करुणाकरन और मनोहर में इसको लेकर एक नमकीन झड़प हो गई एक दिन। करुणाकरन ने उनके खेल को पिद्दी बताकर उपहास किया था, मनोहर ने आदाब बजाते हुए फरमाया, "सच कड़वा पड़ेगा हुज़ूर। हमारा आइटम सही मायने में आपका आईना है। आप सब क्या हैं ? तोते ही तो हैं। सिखा-पढ़ाकर आपसे मनचाही बोली बुलवाई जाती है। रोज़मर्रा की ज़िन्दगी में ऐसा करें तो जानें...।"

करुणाकरन उन्हें चिड़ीबाज़ कहते हैं तो वे उन्हें बादुर। रोज़ की नोकझोंक ! अमूमन हाथियों, घोड़ों, बाघों के प्रशिक्षणों के लिए कोई हड़बड़ी न होती लेकिन जिस दिन ऐसा नहीं होता चित्तू बाबू के हय दल, गज दल, व्याघ्र और सिंह दल की बटालियनें ही आकर इन दो दलों के शीत युद्ध से अपना लाभ उठाती हैं।

घोड़े महा बोदे। ट्रेनर चार माह से उन्हें ढुक्कलनुमा एक विशेष खेल में प्रशिक्षित करने का प्रयास कर रहा है लेकिन उनके सात घोड़े गधों से भी गए-बीते। "गधों को लादी लाद दो, वह ठीक घर से घाट चला जाएगा लेकिन ये...!" अक्सर कोसते हैं रस्से का चाबुक सटकारते हुए...। हाथियों के मायने में वे प्रसन्न और सन्तुष्ट रहते हैं। बैठना, पूँछ में सूँड़ फँसाकर चलना, एक के ऊपर दूसरे का पैर देकर खड़ा होना, काठ के बड़े बेलन पर चढ़कर लुढ़काना—यह सब उन्होंने एक सप्ताह से तीन माह में ही सीख लिया था। मिनटों में अभ्यास ताज़ा करवाकर उनकी छुट्टी कर दी जाती है।

चीते, बाघ और सिंह के मायने में चित्तू स्वयं चित्त ! चीता और बाघ तो फिर भी फुर्तीले लेकिन वनराज तो ठहरे वनराज ! कई बार चाबुक सटकारने पर भी प्रशिक्षण प्राप्त खेल के अभ्यास के लिए राज़ी न होते। ज़रा-सी भी डाँट या आघात पड़ा कि नुकीले दाँत निकालकर चबा जाने की धमकी ! काफी दिनों से महज़ शान के लिए एवरेस्ट के तख़्त पर सुशोभित हैं, काम-धाम कुछ नहीं। राजा आखिर होता भी तो इसीलिए है। कुछ एक दिनों से एक बकरी को न खा जाने का अभिनय करते हैं। बकरी भी जानती है इस अभिनय को। उसके पहले एक ने इस अभिनय को सच मान लेने की मूर्खता की थी पंचतन्त्र के बैल की तरह और सिंह के उदर में चली गई। चित्तू बाबू की यह विशेषता है कि वे स्वयं वनराज की इसी शहंशाह कामचोर प्रकृति पर मुग्ध हैं, "क्या मिज़ाज़ पाया है !" बकरी को देखकर उन्हें घिन आती है, इच्छा होती है इस साली को खुद ही सिंह के बाड़े में ढकेल आएँ।

रिंग की भीड़ एक-एक कर छँट जाती है, तब खान साहब के असिस्टेंट रघुनाथ नए आर्टिस्टों को माँजने के लिए अकेले रह जाते हैं। स्वभाव से कटखनी चौदह साल की चन्द्रा को, "अब आओ मेरी चौदहवीं का चाँद" कहते ही वह और भी ऐंठ उठती है। ऊपर से कुछ बोलती नहीं। एक बार सीधे नियोगी साहब के पास शिकायत करने

की धमकी देने का वह मज़ा चख चुकी है। नियोगी साहब ने उसे दूसरे ही दिन कैम्प में बुलवा भेजा था, "क्या बात है, तुम आजकल ट्रुप मास्टर की कोई बात नहीं मानतीं ?"

अवाक् रह गई वह। कुछ बोल ही न पाई एकाएक।

"कोई दिक्कत है ?"

"जी, जी, बात यह है कि जब मैं खुद मुड़ सकती हूँ तो उन्हें क्या ज़रूरत है मेरी कमर में हाथ डालने की...?"

"देखो, तुम्हें ऐसी बातें नहीं सोचनी चाहिए। वह आखिर है तो तुम्हारा गुरु ! 'गुरुर ब्रह्मा, गुरुरविष्णु, गुरु देव महेश्वरः' कहकर बाकी के लिए केशव पंडित से पूछते हैं तो केशव पंडित 'अखंड मंडलाकारं व्याप्तं येन चरा चरैः' से लेकर 'तस्मै श्री गुरवेनमः' कहकर हाथ जोड़कर सिर पर लगा लेते हैं, मानो नियोगी ही उनके गुरु हों।"

चुप हो जाती है चन्द्रा। नियोगी की नब्ज़ को जानता है रघुनाथ। हॉक से ईगल्स और ईगल्स से एवरेस्ट तक अपनी एक ही विशेषता के बल पर ज़िन्दा रहा है वह—दूसरे सर्कस के अच्छे आर्टिस्टों को फोड़ना। जब तक मालिक की नाक का बाल बना रहता, यह कुत्तागीरी किया करता और जिस दिन दूसरे सर्कस-मालिक के हाथ रोटी का बड़ा टुकड़ा दीखता, पुराने मालिक से अपने सम्बन्ध चाक कर उसके पास चल देता। अब पुराने सर्कस के आर्टिस्टों को फोड़ना और अपने नए मालिक का आशियाँ सजाना उसका एकमात्र कर्म होता। चन्द्रा को उसने दूसरे दिन रिंग में भीड़ छँटने पर दबोचा, "कर आई नालिश ? अभी बच्ची हो न ! हो ही कितने दिन की ? जुमा-जुमा आठ ! कच्चा बाँस हो अभी से नहीं मोड़ूँगा तो मुड़ोगी कैसे ?" दया आती है चन्द्रा पर लेकिन उपाय क्या है ?

गीता (झरना) इस आइटम में चन्द्रा का युग्मक है लेकिन टीम में उसकी हैसियत गेस्ट आर्टिस्ट की है। रघुनाथ उसे नगीना कहते हैं लेकिन अपनी टेक छोड़ते नहीं, "नगीने को भी छीलना-तराशना होता है।"

"तुम खुद को भी छीला-तराशा करो उस्ताद, काफी गन्दगी जम गई है।"

"उस्ताद उस्ताद होता है भाई ! अर्जुन को भी सीखना पड़ा था द्रोणाचार्य से।" कहते हुए विदा हुए रघुनाथ तो उसकी सद्भावना की आँच पर पिघल गई चन्द्रा के अन्दर जमी हुई बर्फ की सिल्ली। ज्यों-ज्यों वह उसे चुप करा रही थी, उसका रोना और भी ज़ोर पकड़ रहा था।

"छोड़ क्यों नहीं देती यह सर्कस ?"

"कहाँ जाऊँ छोड़कर ? न घर, न द्वार, न माँ, न बाप...! उतना हुनर भी नहीं आता कि दूसरे सर्कसवाले ले लेंगे।"

तभी शुभलक्ष्मी उन्हें ढूँढ़ते-ढूँढ़ते आ गई। बोली, "रोती है...? रोएगी तो रुलाते रहेंगे ये लोग।"

"क्या करूँ, यहाँ कौन-सी बहादुरी करूँ बहन और किसके बूते पर ?"

"वही जो है तेरे पास...कम-से-कम एक औरत तो तू होने ही जा रही है।"

"जा-जा, तब डूबने के लिए कोई और जगह नहीं मिलेगी...?"

चन्द्रा की झिड़की में जो कारुणिक आक्रोश था, उसके आगे शुभलक्ष्मी के सारे अस्त्र कुन्द थे। थोड़ी देर डूबती-उतराती खड़ी रही। फिर पूछा, "चलेगी, कैरम पर हम इन्तज़ार कर रहे हैं। क्रिकेट की कमेन्ट्री भी अब शुरू ही होनेवाली है।"

"नहीं तू जा...।" चली गई शुभलक्ष्मी।

"बहन...तुझे क्या बताऊँ, रात-दिन मैं किस असुरक्षा के बीच घिरी पाती हूँ अपने को। अनाथाश्रम से खरीदकर ले आए हैं नियोगी साहब। अब उन्हें रीता भा गई है तो रघुनाथ ने लपक लिया है मुझे। कल रात जानती हो, मैं क्या सपना देख रही थी...?"

"क्या ?"

"मैं अकेली हूँ रिंग में। रघुनाथ उसी तरह बुला रहा है, 'आओ मेरी चौदहवीं का चाँद', फिर उसने कहा, 'खोल दो कपड़े, लेट जाओ...' और...।"

"और... ?"

"उसकी बाँहें मेरी कमर में। अंग-अंग नोच-नोचकर खा रहा था वह जैसे परमेश्वर की दी हुई बोटियों को नोंचते हैं बाघ।"

"छिः ! कैसी-कैसी बातें करती है ?"

"कैसी ?" कसैली हँसी हँस पड़ी चन्द्रा, "बहुत पहले ही बड़ी कर दी गई हूँ मीता।"

रघुनाथ के प्रति हर लड़की में आक्रोश था और प्रायः सभी को यकीन था कि निश्चय ही वह कोई खून या बलात्कार जैसा जघन्य अपराध करके भागा हुआ है। प्रमाण हैं उसकी आँखें...।

चन्द्रा से उसकी दोस्ती गहराने लगी थी। रामू दादा ने कितनी बार उसे सतर्क किया, "यह लड़की अच्छी नहीं है झरना, इससे ज़्यादा मेल-ज़ोल न बढ़ा।" लेकिन वह मानी नहीं। पूर्वाभ्यास के बाद वे बाज़ार करने या मन्दिर जाने के बहाने ढूँढ़ लेतीं। एक दिन किसी मन्दिर की सीढ़ियों पर बैठकर सुनाई थी उसने नियोगी की असली हकीकत।

एक हुआ करते थे लखियानी साहब। उन्हें सर्कस का धन्धा साक्षात् कामधेनु लगा। 'रेनबो सर्कस कं.' को बेचकर बॉवल्स साहब जब आस्ट्रेलिया जाने लगे तो 'रेनबो' को उन्होंने खरीद लिया तीन लाख में। सौदा पटाने में नियोगी बिचौलिया था। ऐसी मीठी-मीठी बातें कीं कि उन्होंने उसे अपना ऑर्गनाइजिंग सेक्रेटरी रख लिया। बेचारे लखियानी ! सर्कस की मशक्कतों को उन्होंने उत्साह और भुलावे में बहुत कम करके आँका था। अब आए दिन दिक्कतें उनकी राह में खड़ी होने लगीं। कैम्प मैनेजर कैम्प के लिए ज़मीन और एस.डी.ओ., डी.एम. को घूस की रकमें माँगता, शो मैनेजर और मिस्त्री बार, रस्से, ह्वील, वेल्डिंग जैसे कामों के लिए सर पर सवार रहते, इलेक्ट्रीशियन का जेनरेटर तो आए दिन सौ-पचास खा ही जाता, चेंजर, प्लग, बल्बों का खर्च था ही। रिंग मास्टर पशुओं की खरीद-फ़रोख्त में ही पचीस के पचास बनाते। बेचारा अनुभवहीन

लखियानी तीन लाख में दो लाख और डालकर भी बचा नहीं पाया रेनबो को। रेनबो के सारे रंग एक-एक कर विदा हो गए। नियोगी ने आखिर इस सर्कस को एक दलदली जमीन में ला डुबाया। लखियानी समेत बहुतों को मलेरिया ने आ जकड़ा। कुनैन की गोलियाँ और नहीं खाई गईं। वफादार सेवक नियोगी को तीन लाख का सर्कस एक लाख में देकर मुक्त हुए। यह पैसा भी नहीं ही निकल पाया नियोगी के दलदल से।

नियोगी ने 'रेनबो' को 'एवरेस्ट' बनाया। पहले के मारकर रखे हुए पैसों से बाहर से अच्छे-से-अच्छे आर्टिस्टों को फोड़कर एवरेस्ट को सजाया। अलंकरण एवं उपकरण बदले। एक शकुनी की कमी रह गई थी जिसे रघुनाथ ने आकर पूरा किया।

उसे याद आया, प्रसाद बाबू ने पढ़ाया था, मीर ज़ाफर की दास्तान। सिराज की नवाबी किस छल से लूटी गई।

आज चन्द्रा कहाँ है, कैसी है, वह नहीं जानती। उसका चेहरा तक ठीक से याद नहीं आता। आखिर तक किसी पर भी यकीन नहीं रह गया था उसका। रहता भी कैसे ? किस-किससे दुखड़ा नहीं रोई वह लेकिन रघुनाथ के खिलाफ किसी ने भी आवाज़ नहीं उठाई ! किस कांइएपन से दर्शकों की भीड़ में एक बुरका पहनकर निकल गई थी वह ! मूँगफलियों की तरह सब अपने-अपने दायरों में बन्द थे, एक साथ रहने को मजबूर। यह थी ज़िन्दगी, जिसे आज तक जीती आई थी वह। मिलती भी तो क्या पहचानती ? एक बार करुणाकरन केरल में मिले थे स्टेशन पर। शायद एरनाकुलम में। देखकर भी अनदेखा करके आगे बढ़ गए थे। मेले में कौन किसका होता है !

रात कब सोई, कब सुबह हुई, उसे पता नहीं। इस तूफानी बरसात ने सुबह, दोपहर, शाम की विभाजन रेखा को ध्वस्त कर दिया था और शुक्ल पक्ष की अष्टमी होने के कारण बादलों के बावजूद रात इनके और करीब आ गई थी। उसने हड़बड़ाकर अपने कपड़े ठीक किए और घोंसले से नीचे उतरकर अँगड़ाई ली। उसे अब नित्यक्रिया के लिए बाहर जाने में सिहरन होने लगी। क्या करे ? मर्द की बात और है।

"कहाँ जाएँगी मेमसाब ? दक्षिण की ओर पानी का रेला बह रहा है। वहाँ हमने घेरकर शौच की व्यवस्था कर दी है।"

उसने आपातकालीन व्यवस्था के अनुकूल स्वयं को ढाला और झिझक को परे ठेल दिया।

नाश्ता करने के बाद उसने देखा कि विजय सर्कस के मालिक बौने डेविड, रशियन गैलोपिंग, मेरी गो राउंड का केरलवासी मालिक, जनता चिड़ियाखाना के मैनेजर और प्रदर्शनी की दुकानों में कुछ लोग खड़े-खड़े इस आपत्ति से बचाव के सम्बन्ध में बातें कर रहे हैं। दुआ-सलाम हुआ और एक-एक कर वे अपना दुखड़ा रोकर वापस चले गए। आपातकाल में लोग किस तरह एक भय के तले एक हो जाते हैं !

कौंध उठती है जेहन में। सर्कस ओनर्स एसोसिएशन की वे बैठकें। प्रकृति और नियति

के आगे किस तरह सब पस्त हो उठते हैं ! एक-एक कर सब आ जुड़े थे उस होटल में। इस विशाल जीव जगत् के पारावार में संतरण करते हुए मानो बड़े-बड़े जहाज़ एकजुट हो गए थे—ज़ेनिथ, ईगल्स, ट्रॉपिकल, द हॉक, ग्लोबल, ताज, एवरेस्ट और जाने कौन-कौन ! आपसी बातचीत के दौरान कुछ उड़ती-पड़ती खबरों, कुछ चटखारों, गुलगपाड़ों से वह इनके आपस के संघर्षों की बात का अनुमान किया करती। अपने-अपने पैदल, रथ, अश्वारोही और गजदल लेकर किस प्रकार ये आपसी शीतयुद्ध में लगे रहते। लेकिन ऐसी मीटिंग्स में बाहरी दुश्मनों से लड़ने के लिए कैसे-कैसे व्यूह बाँधे जाते, एक साथ मिलकर रहने और भाईचारे की कैसी-कैसी कसमें खाई जातीं। आपसी शंका और प्रतिस्पर्धा के बीच वह बैठक आज भी उसे याद है जिसमें इब्राहिम चाचा के 'द होराइज़न' के अन्दर लगी भयंकर आग पर विचार होना था, अन्य समस्याओं के साथ। मीटिंग की मिनिट्स लिखने के लिए आए थे प्रसाद जी। उसे भी लिवाते आए थे साथ में।

अध्यक्ष सैंड साहब ने होराइज़न के अग्निकांड का ब्यौरा पेश करते हुए कहा, "ऐसे कांड हमें बार-बार चुनौती देते हैं कि इतने बड़े और फैले शो में कभी भी, कहीं भी कुछ हो सकता है। दो घोड़े, एक बाघ, एक सिंह, चार बच्चे और पचास हज़ार का तम्बू वगैरह जल गया। अब इस गहरे ज़ख्म को भरने के लिए हमें आगे आना चाहिए। इब्राहिम खाँ हमारी इस बड़ी बिरादरी के सदस्य हैं। यह छोटा-सा शहर जिसे हम उठा-उठाकर बसाते चलते हैं, कब तक ऐसे खतरों को झेलता रहेगा ? उजड़े, जले और घायल 'होराइज़न' के सौ आदमी और जानवर—ये हमसे अलग नहीं हैं।"

"आग लगी कैसे ?"

"हममें से एक की लापरवाही। शार्ट सर्किट, चिनगारी, हवा, फायर फाइटर्स वालों का देर से पहुँचना..." इब्राहिम खाँ पुलिस, न्यायालय और अन्य लोगों के सवाल का जवाब देते-देते इतने आजिज़ आ चुके थे कि अब वे बहुत मुख्तसर में बताया करते। लंच तक गुटर-गूँ होती रही मगर ठोस निर्णय नहीं लिया जा सका।

लंच के बाद एसोसिएशन की चर्चा खुद-ब-खुद दूसरे पहलू पर खिसक आई। ईगल्स के सेक्रेटरी नायर साहब ने कहा, "हमारे सामने दूसरी चुनौती यह है कि कैसे हम छत्रे और कुन्ही कानन जी के भारतीय सर्कस की परम्परा को आगे बढ़ाएँ। अंतर्राष्ट्रीय स्तर पर हमारी स्वतन्त्र पहचान नहीं बन सकी है—शिक्षामन्त्री का अभियोग है। उनसे हम सरकारी रियायतों की बात करने गए थे और वे रशियन, चाइनीज़ और यूरोप की सर्कस कम्पनियों के प्रदर्शन को मानक बना हमें तौलने लगे।"

"एक्स्क्यूज मी मिस्टर नायर, उन्हें पता होना चाहिए था, उन देशों की भौगोलिक स्थितियाँ ऐसे इंसान तैयार करती हैं जो हमसे ज़्यादा मज़बूत, दमदार और प्रतिरोधी होते हैं।"

"बिल्कुल सही बात कही है आपने। विशेष परिवेश में विशेष चीज़ें सही ढंग से विकसित होती हैं। तेल्लीचेरी में सर्कस खिलाड़ी, गुरुदासपुर में हॉकी, कलकत्ते में

फुटबाल—अपने ही देश में यह विविधता है।"

"नो-नो, आइ डॉन्ट एडमिट इट। डॉन्ट यू नो एबाउट द नीग्रोज़ ? इफ यू किक देम, यू आर श्योर टू ब्रिक योर हैंड्स ! आज नीग्रोज़ के बराबर कोई जाति शारीरिक स्तर पर स्टाउट नहीं। वहाँ तो भौगोलिक, ऐतिहासिक, आर्थिक, राजनैतिक हर तरह का दमन है। इजराइल को ही लीजिए। शेड्यूल कास्ट कहकर यूरोपीय बिरादरी ने दुत्कारा लेकिन क्या वह मर गया, वह तो और भी तगड़ा होकर सामने आया।"

"बट...।"

"बट मी नो बट्स ! हमारे यहाँ ज़रा-सा आराम मिला कि पाँव पसारकर लम्बे हो गए, लक्ष्य जाए भाड़ में। आवश्यकता आविष्कार की जननी है। मानव श्रम का इन्द्रधनुष पसीने की बूँदों से टकराकर खिलता है। प्रकृति से जूझते अपने ही देश के आदिवासियों, वनवासियों, नटों, हरिजनों को देखिए...।"

"मिस्टर सैंड, आप कवि भी हैं ?"

"ए लवर इज़ आलवेज़ ए पोएट।" मिस्टर चड्ढा का कहना था कि बात हँसी में ढँक गई।

"सो, आई वाज़ सेइंग...।" मिस्टर सैंड ने बात को फिर टेबुल पर ला पटका, "ह्वाई डू केरलियंस बीट अदर्स, ह्वाई नॉट पंजाबीज़ हू आर मोर हार्डी एंड वेलबिल्ट ? कारण यह है कि पंजाब में रोज़गार के अन्य साधन हैं जबकि केरलवालों के पास नहीं हैं। किसी ऐरे-गैरे आदमी को यदि बाघ खदेड़ ले, तो वह भागने में नया कीर्तिमान कायम कर लेगा—यू नो !"

"आप ठीक कहते हैं लेकिन विदेश की और यहाँ की स्थिति में गुणात्मक अन्तर है—इसे आप अस्वीकार नहीं कर सकते। वहाँ सर्कस को सरकारी संरक्षण मिलता है। हमारे यहाँ की तरह हर बार डेरा-डंडा उखाड़कर बसाने की समस्या से नहीं जूझना पड़ता। ऑडीटोरियम-सा स्टेडियम पहले से बुक्ड हैं, आवास बुक्ड हैं। अपने यन्त्रों और उपकरणों को वहाँ जगाइए और कर दीजिए शो शुरू। यहाँ मन्त्रियों, अफसरों को दामाद की तरह बुलाकर आवभगत कीजिए, वे आपका सत्कार कबूल कर आपको उपकृत करेंगे, आपकी आलोक-अल्पना, आपके प्रदर्शन को तालियाँ बजाकर सराहेंगे। और जाकर भूल जाएँगे आपको। कोई लड़की नज़र पर चढ़ गई तो एक और आफत ! एक साहित्यकार ने लिखा है, "बच्चों को फुसलाकर चल देते हैं, डरा-धमकाकर सर्कस के खेल दिखाते हैं।' मानो हम सर्कसवाले न हुए, डाकू हुए। किसी मेहरबान ने इतनी-सी इनायत नहीं की कि हमारी मशक्कतों को देखें।"

मशक्कतों की लम्बी-चौड़ी फेहरिस्त हर किसी की जुबान पर थी।

"ट्रैवेल कनसेशन देना होगा।"

"एल.आई.सी. की सुविधाएँ आर्टिस्टों को।"

"किसी भी क्षण मौत या अंग-भंग हो सकता है। हैंडीकैप्ड्स पेंशन स्कीम चालू करनी होगी। अकेले हमीं उसका कंपेंसेशन देंगे ?"

"हम चलते-फिरते चिड़ियाघर हैं। चिड़ियाघर में एक चूहा भी भूरा पैदा हुआ कि क्या गुल खिलाए जाएँगे और हमारे आदमी और जानवर जो हैरतअंगेज़ कारनामे करते रहते हैं, उनके लिए कुछ नहीं ?"

"अर्जुन एवार्ड हमें भी मिलना चाहिए।"

स्थिति यहाँ तक आ गई कि हर किसी के बोलने से आवाज़ें टकरा-टकराकर गड्ड-मड्ड हो उठीं। ड्राफ्ट बनाया गया और प्रस्ताव पास होने लगे।

इस पूरी कार्रवाई के दौरान इब्राहिम खान किनारे ठेल दिए गए। मुसाफिर की तरह छत और दीवारों को देखते रहे।

नियोगी उठकर उनकी कुर्सी तक आए और कन्धे पर हल्की थाप देने लगे। उन्होंने उसे देखा, गोया, बड़ी देर से पहचान न पा रहे हों।

"आप तो यूँ देखने लगे जैसे 'होराइज़न' का टॉरनैडो मैं ही हूँ।"

"अगर ऊपरवाला मेहरबान होता तो तुम टारनैडो बनकर क्या कर लेते मेरे यार ? आओ बैठो।"

कुर्सी खींचकर बैठ गए प्रशान्त नियोगी, "हिम्मत न हारो यार।"

"ऊँ...?"

"क्या सोचने लगे ?"

"याद आ रहा था बचपन का एक वाकया। हमारे कई चाचाओं को मिलाकर एक गाँव बसा हुआ था। एक दूजे के सहारे बने हम अपनी मुफलिसी में मजलूम थे। सभी के बैलों को साथ जोड़कर दूर एक बाग में दँवरी चल रही थी।"

"यह दँवरी क्या है ?"

"थ्रेशिंग ऑफ कॉर्न्स।"

"ओह, फिर ?"

"इतने में आँधी आ गई—भयंकर आँधी। बैल 'बाँ-बाँ' करते हुए एक-दूसरे से बँधे झाड़ियों से उलझते, गिरते-पड़ते भाग चले। महमूद चाचा और शाकिर खालू दौड़ पड़े थे उन्हें रोकने के लिए कि एक डाल गिरी और महमूद चाचा वहीं ढेर हो गए। बाद में बैलों के बदले उन्हें कन्धे पर ले आए थे शाकिर खालू। तब मैं बच्चा था। उस बड़े हादसे के बाद परिवार और गाँव डूबता गया था। आज भी किसी बाग में अकेले चरते हुए किसी बैल को देखता हूँ तो एक बार शुबहा होता है, कहीं वह बिछड़े बैलों में से तो नहीं...।"

इब्राहिम कहीं दूर खोए हुए कहानी सुना रहे थे। उन्हें पता भी न चला कि कब उनके इर्द-गिर्द बैठे सभी सदस्य उनकी दास्तान सुनने लगे थे। सैंड साहब ने महसूस किया कि बातचीत को दूसरी ओर मोड़कर उन्होंने सचमुच गुस्ताखी कर दी थी।

टेबुल ठोकते हुए बोले, "एटेंसन प्लीज़। हमने बुनियादी मसला छोड़ दिया है। 'होराइज़न' को कैसे सहायता दी जाए ? पहले तो कैश की बात फिर काइंड की। मैं अपनी ओर से दस हज़ार दे रहा हूँ इब्राहिम खान को।"

पहल हो चुकी थी। शुरू-शुरू में ही बोली दस हज़ार करके उन्होंने कइयों को उलझन में डाल दिया। दूसरा प्रस्ताव नहीं आया।

"साँप सूँघ गया क्या ?...तो भैये, सरकार से नाहक ही आप लोग सहायता की अपील करते हैं, जब हममें खुद इतना माद्दा नहीं कि एक-दूसरे के लिए आगे बढ़ आएँ।"

आखिर 'ताज' के पॉल साहब ने एक रास्ता सुझाया, "पैसे दस हज़ार काफी हैं, फिलहाल अगर बाकी सामान और आर्टिस्ट वगैरह का प्रबन्ध हो जाए। छः महीने के बाद वे 'होराइज़न' को खड़ा कर सामान वापस कर देंगे।"

"वह भी ठीक है।"

"इब्राहिम भाई, आप चुन लीजिए, किस सर्कस से क्या चाहिए।" पॉल ने कहा।

"चाहूँ तो तेरी बीवी भी...?"

"कह दिया सो कह दिया। लेकिन इस छह महीने तक, इस बीच अगर मुझे सही-सलामत जैसी की तैसी वापस न मिली तो तुम समझना...हाँ ! एक भी जूती नीचे नहीं गिरेगी।"

नियोगी सहमा-सा दुबका बैठा था, यह कैसी उलटी हवा बह चली एकाएक ? कहीं से कुछ, कहीं से कुछ बटोरते हुए बारी नियोगी की आई तो उसका कलेजा धकधक करने लगा।

"गीता !" उन्होंने कहा, जैसे दूर से पुकारा हो उसे। मिनिट्स लिखना रोककर वह ताकने लगी उन्हें।

"यह क्या कोई माधवी या मस्त्यगन्धा है कि जो चाहे ले जाए, सन्तान पैदा करवाकर वापस छोड़ दे ?" नियोगी ने आपा खो दिया था।

"उखड़ क्यों रहे हो यार, सन्तान हुई भी तो नौ महीने में होती है, छः महीने में ही वह लौट आएगी। सन्तान भी तुम्हारी।" चड्ढा साहब बुढ़ापे में भी कम रसिक नहीं थे। गड़ गई वह लाज से।

नियोगी ऊहापोह में पड़ गया लेकिन बात आन पर आ गई थी। सो देना पड़ा।

आज सोचती है, तो हँसी आती है अपनी नियति पर। इब्राहिम चाचा और सैंड साहब ने वाकई उसे मत्स्यगन्धा या माधवी की भूमिका दे डाली थी। बात चाहे जितनी भी शालीन ढंग से हुई हो, ट्रीटमेन्ट में चाहे फर्क हो, बनाई गई थी बंधुआ मजूर ही। वह भी क्या गुमान करेगी अपने आदमी होने की ! इब्राहिम चाचा भी नाम बदलने में पीछे नहीं रहे। 'कामिनी' उन्हीं का दिया हुआ नाम अन्त तक चिपका रह गया।

जीर्ण-शीर्ण तम्बू पर नए-नए पैबन्द। इस तरह पैबन्द जोड़-जोड़कर फिर से उभर आया था इब्राहिम चाचा का डूबता क्षितिज। अब नाम था 'द न्यू होराइज़न'। कानूनी झाड़ियों के ऊपर-ऊपर उभरता हुआ नवदिगन्त। 'होराइज़न' के छह माह में उसने जिस लगन और चाव से काम किया, वैसा फिर कभी नहीं। वह छतरी के सहारे तार पर चलने से लेकर जिम्नास्टिक्स के कई-कई आइटम में साझेदारी करती। इब्राहिम खान उसे और

भी कई नए आइटम सिखलाते रहे। मालिक से लेकर भिश्ती तक का काम दौड़-दौड़कर स्वयं करते। शायद प्यार व आत्मीयता मिले तो आदमी किसी के लिए जान भी दे सकता है।

अब उसके दो-दो पिता थे—रामू दादा और इब्राहिम खान। इब्राहिम चाचा नें रामू दादा की हीनता की ग्रन्थि को भी टटोला और इससे उबरने के लिए उन्हें कैशियर बनाकर रुपए-पैसे का सारा दारोमदार दे दिया। रामू दादा इस अयाचित-अप्रत्याशित सम्मान से गद्गद् हो गए थे। उन्हें लगा, ज़िन्दगी जीयी जा सकती है अभी। चाल-ढाल और रुतबे में साफ-साफ फर्क नज़र आने लगा।

दस कैम्पों के बाद सैंड साहब का पैसा लौटाने की स्थिति में वे आ गए थे। उस समय ज़ेनिथ का कैम्प मद्रास में था। वहाँ सैंड साहब से उन्होंने जो लताड़ खाई कि दूसरे दिन ही लौटना पड़ा था उन्हें।

'तम्बू है अपना ?" सैंड ने पूछा।

"नहीं, अपना तो वही..." बात अधूरी ही कह पाए कि लपक लिया सैंड ने, "वही क्या ? कौन शरीफ इंसान आएगा उस तम्बू में बैठकर तुम्हारा शो देखने जिससे 'होराइज़न' ही नहीं, पूरा आकाश दिखेगा ? पैसे ज़्यादा हो गए हैं न ? दो कैम्प भी लगातार मार खाए कि सारा नशा हिरन हो जाएगा—जाओ भागो। जो पैसा खर्च करके आए हो, उसे लेते जाओ।"

पाँव पकड़ लिए इब्राहिम ने सैंड साहब के, "मार मत डालो एहसानों के बोझ से। तुम्हारा हुक्म सर-आँखों पर। मैं जाता हूँ।" और वे चलते बने।

"रुको, खाना खाकर जाओ और मेरा सर्कस देखते जाओ—मैटिनी का शो।" और कमरे का फोन उठाकर उन्होंने मैनेजर से दो लंच भिजवा देने को कहा सूट के अन्दर और एक थ्री टायर बुक करने को भी इब्राहिम खाँ के नाम। अब उनकी आवाज़ बिल्कुल बदली हुई थी, "देखो इब्राहिम, वैज्ञानिक और मार्क्सवादी जिसे संयोग कहते हैं, जिसे हम जैसे अधकचरे लोग नियति कहते हैं, वह साँप-सीढ़ी का खेल है। अनुकूल मौसम, आकर्षक प्रदर्शन, जनता की मेल खाती हुई अभिरुचि, सामर्थ्य और समागम—ये सारे तत्त्व मिल गए तो पौ बारह—सीढ़ी मिल गई और इनमें एक भी गड़बड़ाया तो साँप ! सारी कमाई पल में गँवाई ! इसीलिए बी एलर्ट एगेन्स्ट ईविल डेज़। मत भूलो कि छह महीने के बाद तुम्हारे बगान के सारे गमले वापस हो जाएँगे। सही-सलामत आर्टिस्टों को छः माह बाद वापस भी करना है, इसलिए नए आर्टिस्ट लाकर ट्रेनिंग देना शुरू करो अभी से।"

ठीक याद नहीं, वह कौन-सी जगह थी, शायद ग्यारहवाँ कैम्प था जब नया तम्बू आया था 'द न्यू होराइज़न' का। बोर्ड पर झूले, जोकर, बाघ, भालू, सब आ गए थे। एक विज्ञापन उसका भी था। उसकी इतनी चर्चा हो रही थी कि अपने को रोक न सकी। देखा तो ठगी-सी रह गई। तने हुए तार पर छतरी के सहारे चलती हुई वह—हू-ब-हू वही ! क्या सचमुच इतनी सुन्दर है वह ? एक घुँघराली लट उसके मस्तक से गाल पर

झूलकर बिखर आई थी।

"बड़े चुप्पे हो चाचा ?" वहाँ से लौटकर उसने इब्राहिम से कहा।

"क्यों ?"

"यह चोरी-चोरी हमारे चेहरे कौन चुरा ले गया...वह बोर्ड ?"

"अच्छा-अच्छा, वह...!" हो-हो करके हँस पड़े इब्राहिम।

"कैसा लगा आईने में देखकर खुद को ?"

"ऊँह, मेरी नाक कैसी तो...गुबरैले जैसी है उसमें।" उसने इस प्रकार नाक सिकोड़ी, जैसे गुबरैला ठीक नाक पर रेंग रहा हो।

"तेरी नाक है ही ऐसी, देखा है कभी ठीक से आईने में...! बेटी, उस आर्टिस्ट की नज़र से कभी चूक नहीं हो सकती। मैं ठहरा सर्कस का एक मामूली मालिक, लेकिन औकात होती तो ऐसे सभी आर्टिस्टों पर अपनी दौलत लुटा देता, कहता—लो मेरे प्यारो, खूब खटो, खुशहाल रहो और दुनिया को खुशहाल बनाओ, दिखाओ अपने फन का जौहर।" वे भावुक हो उठे थे बोलते-बोलते। सहसा उन्हें ध्यान आया, वह अभी भी खड़ी है उनके सामने, बोले, "कैसा लग रहा है यहाँ ?"

"लगना क्या है ? रिंग तो वही है।"

"बेटी, ज़िन्दगी भी तो वही है, उतनी ही है फिर भी कोई भगत सिंह बनता है, कोई नादिरशाह, कोई ज़ेनिथ है तो कोई एवरेस्ट। देखते-देखते शो समाप्त हो जाता है। मैं इस शो के पीछे फैले सन्नाटे की दहशत को झेल नहीं पाता। बस, दो माह और हैं और तुम सारे के सारे लोग मुझे वीरान कर जाओगे। एक खाब जो मैंने तुम लोगों की बदौलत देखा था, इंसान के फन और उसकी मेहनत को उसका वाजिब हक दिलाने का, दर्जा दिलाने का, एक बार फिर बिखर जाएगा। इससे तो नटोंवाली ज़िन्दगी ही भली, अपने बेटे-बेटियों को चाहे जो फन सिखाओ। यहाँ किस पर हक जताएँ, किस पर गुमान करें ? लानत है ऐसी ज़िन्दगी पर !"

इसी बीच छिड़ गया चीन से युद्ध। एक दिन के शो का पैसा इब्राहिग चाचा ने राष्ट्रीय सुरक्षा कोष में दिया। चीन का उसने प्रसाद बाबू से नाम-भर सुना था लेकिन उसके प्रति बेहद नफरत हो गई थी। पं. नेहरू उन दिनों उसके आदर्श हुआ करते। देश के प्रति बेहद प्रेम उमगता रहता। जिस दिन गवर्नर और एक रियासत की रानी सुरक्षा फंड की अपील करने शहर में आईं, उसने देखा, लोग अपने गहने उतार-उतारकर दे रहे थे। पंक्ति में जा खड़ी हुई। उसके आगे किसी महिला ने सोने का हार उतारकर दिया, बड़े घर की रही होगी, राज्यपाल ने धन्यवाद दिया। उसके दस के नोट उन्होंने देखे और रख लिए। न वह उपकृत करती हुई मुस्कुराहट थी, न धन्यवाद। उसका मन रुआँसा हो गया। मन किया नेहरू जी को पत्र लिखे। इब्राहिम चाचा ने भी हँसकर उड़ा दी बात तो वह खिसियाकर रह गई। हाय रे किशोरी के आक्रोश, तेरी यह दुर्गति !

ब्लैक आउट हटा, शो नियमित हुए और वह अपमान को भूल-सी गई। वक्त बीतता गया, तम्बू भरता गया। बड़े टॉप को घेरकर छोटी-छोटी, नई-नई छोलदारियाँ

कुकुरमुत्ते की तरह उगती रहीं। नए-पुराने आर्टिस्टों की कुल संख्या चार सौ को छूने लगी थी। इतने लोगों का राशन-पानी, रख-रखाव, ट्रेनिंग का खर्च, कमर तोड़े दे रहा था और इसी गहमागहमी में छठा महीना तम्बू के तले-तले रेंगकर गुज़र गया। गुलमुहर के पत्तों की तरह सिमटने लगीं एक-एक कर छोलदारियाँ। बाकी बच गए थे होराइज़न के कुछ पुराने आर्टिस्ट और नए आए लोग। अजीब उखड़े-उखड़े से रहते इब्राहिम खान। कामिनी को लेने खुद नियोगी साहब आए थे जीप लेकर। रो रही थी कामिनी। बाबुल के घर से जा रही थी अपने घर। कोई अधिकार नहीं बनता रोक रखने का।

दूर जाती जीप की धूल भरती जा रही थी आँखों में इब्राहिम खान के। हिलता हाथ जड़ होकर आसमान में टँगा है। पीछे मुड़ते हैं तो कुछ साफ-साफ सूझता नहीं। भाँय-भाँय कर रहा है तम्बू। गुमसुम चले जा रहे हैं। जानेवाले चले गए हैं लटकते विज्ञापनों में यादों के अक्स छोड़कर। एकाएक काँप उठते हैं, कल को कॉलर पकड़कर यहाँ के लोग पूछेंगे 'हाथी के दिखनेवाले दाँतों को छोड़कर खानेवाले दाँत कहाँ हैं ? कहाँ है वह रॉयल बेंगाल टाइगर, तार पर चलनेवाली लावण्यमयी सुन्दरी कहाँ है ? बेवकूफ बनाते हो ? वापस करो पैसे ! नहीं, नहीं, कोई हीला-हवाला नहीं। लगा, लगा रे तम्बू में माचिस ! साला चार सौ बीसी करता है !' चिंग्घाड़ उठते हैं हाथी, घोड़े, बाघ ! नहीं ! नहीं रहना है यहाँ अब और ! किसी अनजाने 'देश-मुलुक' को चले जाएँगे, जहाँ कोई पहचानता न हो। हम मेलेवाले हैं, मेले में कौन अपना है जी ? यह विफल मान किस पर...?

एकाएक वह धबड़ा उठी, "यह वह अपने बारे में तो नहीं कह रही थी ?" उसने एक गहरी साँस ली और फिर से गोते लगा बैठी।

निरन्तर चाव के तहत की गई मेहनत, उम्दा भोजन, इब्राहिम चाचा का स्नेह और अपने अन्दर के सर उठाते हुए आत्मविश्वास से एक नया ही निखार आ गया था उसके चेहरे पर। रामू दादा पर भी अब एक जोकर नहीं, किसी पुराने रईस की बुजुर्गियत खिल रही थी। लेकिन 'एवरेस्ट' में 'होराइज़न' की मुक्त हवा कहाँ ? नियोगी को जल्द से जल्द 'एवरेस्ट' को सही माने में 'सरगमाथा' बनाने की धुन थी। ऐसे में उस बूढ़े की क्या उपयोगिता हो सकती थी ! उन्हें झेलने को वह तैयार हुआ था तो सिर्फ एक बिनाह पर—वह गीता के बाप थे। उसने सिफारिश भी की कि इन्हें कैश सँभालने का अनुभव है।

"तुम कहो तो वह भी...!"

इस 'तुम कहो तो' के अन्दर जो दुष्टता रेंग रही थी उससे बिदककर बात बिना आगे बढ़ाए लौट आई थी उस दिन।

किस ट्रुप में शामिल हो—यह भी एक अहम सवाल था। शो-मैनेजर राघवन तक उसे एडजस्ट करने में खासी दिक्कत अनुभव कर रहे थे। 'एवरेस्ट' की गरिमा निश्चय

ही इस बीच काफी बढ़ गई थी जबकि उसके बैलेंसिंग के खेल काफी पिछड़े स्तर के थे। अलबम में गुलाब की पँखुरी की तरह एक तस्वीर चिपकी है। उसने देखा और देखती रह गई...।

अभी दो ही दिन बीते होंगे। कैम्प एक पोखर के बगल में लगा था। एक घाट को घेरकर औरतों के नहाने की व्यवस्था कर दी गई थी। बगल का पार्टीशन पुरुषों के लिए था। नहाकर चली आ रही थी कि कानों में एक सुरीला पुरुष स्वर टकराया, 'चले आ रहे हैं वो जुल्फें बिखेरे, उजालों से लिपटे हुए हैं अँधेरे !'

तीखी गुस्सैल चितवन से निहारते ही गड़बड़ा गया गायक और झेंप मिटाने के लिए दूसरी ओर झाँकने लगा। गीत अभी भी उसके कंठ में फँसे भँवरे की तरह नाच रहा था। जैसे वह दिखाना चाहता था कि उसके देखने से कोई प्रभाव नहीं पड़ा उस पर। उसकी इस अटपटी स्थिति पर हँसी आ गई उसे और गुस्सा जाता रहा। वह सुदर्शन युवक भीगी बिल्ली-सा सिर झुकाए पोखर की ओर तौलिया लिये चला जा रहा था। दूर जाकर एक बार फिर मुड़कर देखा उसने, संयोगवश उसने भी मुड़कर देखा था उसी समय। इस बार खीझ हुई अपने-आप पर और फिर उस युवक पर !

ललिता अपनी छोलदारी के सामने बाल सुखा रही थी। कामिनी ने पूछा, "दीदी, वह कौन है ?" अब उसे स्वयं 'वह' के बदले 'कौन ? कौन ?' के प्रश्नों के फन्दों से घेर दिया गया। प्यार की किसी सुगन्ध या दुर्गन्ध की टोह में सुड़क-सुड़ककर उनके नथुने हार गए। नासिरा, नाज़िरा, शुभलक्ष्मी, योगिता, ललिता सब का एक ही उत्तर, "कितने आते हैं, कितने जाते हैं। किस-किस का हिसाब रखें ? फिर बात क्या है ?"

राज़ खुला, सुबह की प्रैक्टिस में जब ट्रेनर ने उसे एक नए खेल लैडर बैलेंसिंग के पूर्वाभ्यास करने का निर्देश दिया, "मुँह में हुक लगाकर दाँतों के बल पूरे शरीर को थामे रहना होगा। यह हुक सीढ़ी के एक छोर पर होगा। सीढ़ी के दूसरे छोर पर एक आदमी सन्तुलन बनाएगा। आओ, परिचय कर लो, ये रहे मिस्टर जैनुल।" युवक ने लजाते हुए अभिवादन किया। उसने चुभती हुई नज़रों से देखा। कल और आज के युवक के अन्तराल को नापना चाहा, फिर तटस्थता ओढ़कर ट्रेनर की हिदायतें सुनने लगी।

"तो तुम लोग पहले इस पटरे पर सन्तुलन करना सीखो। इट इज़ फिक्स्ड ऐट द सेन्टर बाई ए पीवोट एंड कैन फंक्शन एज़ ए सी-सा ! इसी बीच वाली जगह पर खड़े होकर एक-दूसरे से डिपार्ट करोगे तुम दोनों सावधानी से पीछे खिसकते हुए—ऐसे कि पटरा किसी ओर झुके नहीं। ध्यान रहे जैनुल, नब्बे पाउंड के हो और कामिनी तुम अस्सी की, इसलिए लीवर के इस आइटम में जैनुल को कम खिसकना है, कामिनी को ज़्यादा। ओके ? अब चढ़ जाओ।"

कौन पहले चढ़े की एक झिझक। "आगे-पीछे नहीं, एक साथ, बीच में एक-दूसरे का हाथ पकड़कर पहले खुद को सँभालो फिर पीछे खिसकना। यस स्टार्ट !" ट्रेनर जैसे काठ का बना हुआ था।

साथ-साथ तो नहीं, तनिक आगे-पीछे चढ़ गए। गिरने-गिरने को हुआ कामिनी का

छोर कि जैनुल ने उसके फैले हाथों को पकड़ लिया। और इस प्रयास में उसका अपना छोर नीच झुका। अब बारी कामिनी की थी कि वह जैनुल के हाथों को अपनी ओर खींचती लेकिन ऐसा नहीं कर सकी वह। पटरा जैनुल की ओर बैठ गया। पाँवों को सख्ती से पटरे पर दबाकर उसने स्वयं को उसकी ओर गिरने से रोका।

"अगेन !" ट्रेनर चीखा।

फिर से अभ्यास शुरू हुआ तो उसने जल्द-से-जल्द जैनुल से दूर हो जाना चाहा और इस प्रयास में बैठ गया उसकी ओर पटरा।

"रांग !" किसी डाइरेक्टर की तरह 'कट' करता हुआ 'रीटेक' करने के लिए निर्देश दिया ट्रेनर ने। आसपास दूसरे आर्टिस्ट और ट्रेनर जमा हो गए थे।

खिसियाई हुई वह फिर आई जैनुल के पास। इस बार खिसकने में गलती जैनुल की हुई। पटरा बैठ गया उसकी ओर, ठक ! ट्रेनर ने उन्हें स्वयं अभ्यास करने को कहा और दूसरे ट्रुप की ओर चल पड़ा। लेकिन माध्यम के अभाव में संवादहीनता की स्थिति में फिर से अभ्यास शुरू नहीं हो पाया।

वह एक बीम के सहारे लटकाए हुक पर सन्तुलन बनाना चाहती थी लेकिन बिना ट्रेनर के या किसी दूसरे सहारे के यह काम सम्भव न था। लाचार होकर अपने एक जिम्नास्टिक बैलेंसिंग के पुराने खेलों का अभ्यास करने लगी।

जैनुल अब किससे कहे कि थोड़ी देर के लिए डमी पार्टनर बन जाओ ? एक सुरभि उसकी शिराओं में घुल रही थी। उससे खुशनसीब आज इस दुनिया में कोई नहीं। खुशी में वह बिना मतलब की ऊटपटाँग कसरतें करता रहा।

दूसरे कैम्प में स्टूल की सहायता से बार में लटके हुए घुमन्तू हुक को दाँतों से पकड़कर चक्कर लगाने का अभ्यास चलने लगा। बीम ऊँचा होता गया, स्टूल की लम्बाई बढ़ती गई। जैनुल, बेवकूफ-सा देखता, उसके खेल की सखी हवा में झूल रही थी वंशी में फँसी मछली की तरह। एकाएक वह चक्कर खा जाती फिरकी की तरह। उसका फ्राक (जो उसकी ज़िद पर अभ्यास के दौरान बना हुआ था, जाँघिया के बावजूद) छाते की तरह खुलने लगता। मानो कोई कली खिल रही हो। दूरियाँ बढ़ती गईं। अब वे धरती से तीस फुट की दूरी पर थे। पटरे की जगह सीढ़ी आ गई थी।

जैनुल और गीता दोनों ही हाथ फैलाए भार के आनुपातिक क्रम के हिसाब से पीछे खिसकते। छोर तक पहुँच जाती वह जबकि छोर के कुछ पहले ही रुककर सन्तुलन बनाता रहता जैनुल। वहाँ जिम्नास्टिक्स के हल्के करतब करने पड़ते उसे, जिनमें मुख्य होता उल्टे मुड़कर बाँहों के बल खड़ी होना, फिर अपनी पूर्ववत् अवस्था में आना। अब वह सीढ़ी में बँधे फन्दे के सहारे विभिन्न मुद्राएँ दिखाती। अन्त में हुक को दाँतों से पकड़कर फिरकी की तरह नाच उठती। ट्रेनर जगदीप ने पूरे तौर पर सन्तुष्ट होने के बाद नियोगी साहब और खाँ साहब को मुआयने के लिए बुलवाया। नियोगी ने खाँ साहब से न जाने क्या बातें कीं फिर बैंड मास्टर सोहनलाल की पुकार हुई।

"सोहनलाल जी !"

"जी !"

"इस आइटम के लिए म्यूज़िक कैसा रहेगा ?"

सोहनलाल ने खेल देखा और कल बताने का वायदा करके चले गए।

सोहनलाल की ज़िन्दगी संगीत के लिए निश्चय ही नहीं बनी थी। वे तो रोज़-रोज़ की पत्नी की तकरार से विरक्त होकर आत्महत्या करने जा रहे थे। जगह चुनी थी हावड़ा का पुल। छलाँग लगाने के पूर्व ताबड़-तोड़ चौथी सिगरेट जब उन्होंने पीकर फेंकी तब तक यमदूतों की बजाय सामने आ गए पन्नालाल बोस–सर्कस पार्टियों के आर्टिस्ट सप्लायर या यूँ कहें सर्कसों के दलाल। किसी को सर्कस में काम चाहिए या किसी सर्कस पार्टी को आदमी चाहिए तो उसके लिए हाज़िर हैं उनकी सेवाएँ। योग्यतानुसार देर-सबेर सिप्पा भिड़ा ही देते।

"तुम ज़िन्दगी से भागता काहे, आयं...?" मीठी उलाहना देते हुए वे ले आए थे वहाँ से और सर्कस के हवाले कर गए थे। धीरे-धीरे सर्कस उन्हें रास आने लगा और राह भी दिखाई पड़ने लगी आगे की। शोर से ऊबे पथिक को संगीत का शीतल चश्मा !

उन दिनों सामान्य वाद्य यन्त्र थे–ड्रम, फ्लूट, गिटार और वायलिन वगैरह। आज तो नित्य नए वाद्य यन्त्रों की भीड़ है। उन्होंने एक दिन सोचा, जब यही करना है तो क्यों न ढंग से करें। फिर उन्होंने भारतीय शास्त्रीय और विदेशी वाद्य यन्त्रों, ध्वनियों के प्रभावों और उनकी क्षमताओं, सीमाओं पर अध्ययन करना शुरू किया। उनकी चर्चा रामू दादा से सुनी थी जब 'हरकुलिस' जैसे दो पोल के मरियल सर्कस में भी तोतों के खेल में अपनी बाँसुरी से जान डाल दी थी उन्होंने।

जब नियोगी ने 'एवरेस्ट' खरीदकर उसे सजाना शुरू किया तो बैंड मास्टर के लिए पन्नालाल बोस ने सोहनलाल का नाम ही सुझाया। इतने बड़े सर्कस के लिए उन्हें अपनी केंचुल छोड़नी पड़ी। कच्चे हैंड्स छोड़कर कुछ एक्सपर्ट लेने का इरादा किया। मुश्किल यह थी कि अच्छे हैंड्स जम नहीं पाते थे। फिल्म के किसी म्यूज़िक डायरेक्टर का बुलावा आया और टीम भरभरा गई। इस काम के लिए इफरात पैसे चाहिए थे। लेकिन नियोगी एक सीमा से आगे बैंड पर खर्च करने को तैयार नहीं थे।

सोहनलाल के अपने तर्क थे, रिंग में फ्लड लाइट्स, फोकस, बीम लगाकर, परिधान की मनोहारी और उत्तेजक छटा और संगीत की हिलकोरों पर ही उस अप्सरा लोक का निर्माण हो सकता है। और साहब, संगीत में तो वो ताकत है कि खोल के अन्दर बन्द सारी खूबसूरती को खोल दे। इसलिए इंटीरियर डेकोरेटर और बैंड मास्टर की अवहेलना नहीं की जा सकती। आज उन्हें बुलाए जाने पर बड़ी खुशी हुई कि चलो देर से ही सही, मालिक ने उनका महत्त्व समझा तो।

दूसरे दिन फाइनल रिहर्सल के दौरान संगीत कक्ष से दो धुनें पेश कीं, ड्रम की कर्कश ध्वनि का आर्केस्ट्रा किसी झंझा की सृष्टि कर कहीं दूर तिरोहित हो गया। अब शहनाई और सितार बुन रहे थे, जुदाई का माहौल। सितार से लगता हरसिंगार के फूल खिल-खिलकर झर रहे हैं, बीच-बीच में उनके वियोग में शिशिर के कण झर पड़ते और

कभी-कभी किसी मधु की बूँद टपक पड़ती। इसके साथ-साथ वियोग की बेकली में पछाड़ खा रही थी शहनाई की स्वर लहरी।

जैनुल तो फिदा हो गया था, सोहनलाल के फन पर, मगर आश्चर्य, नियोगी ने दाद देने की बजाय, सिर पीट लिया, "पंडित जी, शास्त्रीय संगीत की रक्षा का भार वहन करनेवाले और भी हैं। हमें कमाने-खाने दीजिए।"

"दूसरी धुन पर भी गौर कर लें तो बेहतर हो।"

"वह भी ऐसी ही होगी। नहीं कुछ रॉक ऐन रोल, कैबरे, आई मीन इंगलिश म्यूज़िक, कुछ फिल्म जैसी आर्केस्ट्रा भी हो तो ठीक है, आपको पता है देश किधर जा रहा है ?" स्तब्ध हो गए सोहनलाल। नियोगी अपनी रौ में बहते गए, "यह कैसा रहेगा, 'बड़े अरमानों से रखा है बलम पैला कदम, प्यार की दुनिया में ये पैला कदम'।"

फिल्म के नाम से चिढ़ आती है सोहनलाल जी को। साले संगीत का बंटाधार करके रख देते हैं। साँड़ की तरह घुसकर रौंद डालेंगे महफिल की गरिमा को। जो चूँ-चूँ का मुरब्बा पेश करेंगे, उसी को ये नए पैसे वाले कूल्हे मटकाते हुए संगीत का प्रतिमान मानकर दाद देंगे। राजे गए, रजवाड़े गए, कौन बूझे मर्यादा संगीत की ? इनसे कोई पूछे, अपनी ओरीजिनैलिटी भी है इनके पास ?

"हमारी बात समझ में आई आपके ?" नियोगी ने उन्हें झकझोरा, "आप तो खुद समझदार हैं। यह मत भूलिए कि यह एक विलायती कला है--वन्ली ए सेन्चुरीज़ डेवलपमेन्ट !"

अपमान से चेहरा स्याह पड़ा जा रहा था, रोक न सके अपने को, "यह आप कह रहे हैं--'एवरेस्ट सर्कस कं.' के मालिक ? हमारे यहाँ नटों के करतब जमाने से चले आ रहे हैं...।"

"तो पंडित जी, ढोल-बाँसुरी लेकर आप भी वहीं चले जाइए न !" काँप गए पंडित सोहनलाल। नियोगी को सहसा अपनी बेरुखाई का अहसास हुआ बोले, "क्षमा करें, पंडित जी, आप साफ-साफ बताइए न, दिक्कत क्या है ?"

पंडित जी के मन की मैल धुल गई, क्षमा माँगने से। इसे कहते हैं बड़प्पन ! आखिर यूँ ही इतनी बड़ी सर्कस कम्पनी थोड़े ही चला रहा है। बोले, "सबसे बड़ी मुश्किल यह है कि वह गीत संयोग पक्ष का है। जबकि यहाँ होना चाहिए वियोग का...।"

"तब आपको संगीत के बारे में कोई आइडिया नहीं है। इसी में वो स्टैंज़ा है--'दूर दुनिया की निगाहों से चले जाएँगे हम !' वो जब लैडर यानी सीढ़ी चक्कर काटती है, तब के लिए...क्या सेन्स है उसका...?" नियोगी के स्वर में किसी मगरूर मालिक की अक्खड़ तिक्तता छलक आई थी।

"चलिए, बजाइए !" इस बार अनुरोध नहीं, हुक्म जारी किया उसने।

"जब गुलामी की है तो हुक्म उदूली कैसी हुजूर।" और उन्होंने हैंड्स को सचेत किया। धुन बजने लगी। प्रदर्शन फिर से शुरू हुआ। उसे बड़ा गुस्सा आया लेकिन कुछ कह न सकी इस तनाव में। धुन और खेल की गति में तालमेल नहीं बैठ पा रहा था।

"आप तेज़ बजा रहे हैं। क्यों खान साहब...?" लेकिन साक्षी देने के लिए खान साहब नहीं थे वहाँ। उसे लगा, इतनी खींच-तान नहीं जँची। बोले, "देखिए, ठीक कीजिए, जैसे भी हो।" कहकर चले गए। राहत की निःश्वास फेंकी उसने।

"स्साला !" जैनुल ने उतरते ही कहा और थूक दिया ज़मीन पर।

"जानवर है जानवर !" उसने हाँ में हाँ मिलाई। सोहनलाल के प्रति सहानुभूति और नियोगी के प्रति घृणा ने उन्हें एक धरातल पर ला खड़ा किया था आज।

"आप बोलती क्यों नहीं मुझसे ?" जैनुल ने साहचर्य पाकर साहस किया पूछने का।

"बोलना ज़रूरी है क्या ?" उसने अपना गाउन पहनते हुए कहा।

"अभी तक गुस्सा शान्त नहीं हुआ, लगता है।"

"उसी दिन जिरह करते-करते परेशान कर दिया था लड़कियों ने।"

"अच्छा !"

"हाँ !"

"बड़ी तेज़ नाक होती है इनकी।"

"और मर्दों की नाक तो होती ही नहीं।" कटाक्ष फेंकती हुई चली गई वह।

यूँ तो रोज़ ही 'टन्न-पिन्न' की आवाज़ आती रहती थी सोहनलाल जी के कैम्प से, लेकिन उस दिन वायलिन रुक-रुककर रात-भर बजती रही।

तड़के उठकर झाँका रामू दादा ने, लुढ़की बोतलों के बीच उठँगे, रूक्ष आँखोंवाले सोहनलाल जी को सहसा पहचान नहीं पाए।

"क्या बात है पंडित जी ?" आवाज़ जैसे सोहनलाल ने सुनी ही नहीं।

लोग स्लीपिंग गाउन में आँखें मलते-मलते एक-एक कर इकट्ठे होने लगे।

"रख दीजिए पंडित जी। यह क्या हालत बना रखी है आपने ?" खान साहब ने ज़बर्दस्ती वायलिन छीनकर अलग कर दी। रामू दादा ने हाथ-मुँह धुलाकर तौलिए से पोंछा। नशे में बकना जारी रहा सोहनलाल का, "गुलाम हूँ, सिर्फ़ गुलाम। सोचा था, यहाँ आकर कुछ करूँगा, मगर कोच्छ नहीं। यहाँ कोई कुछ नहीं कर सकता। जैसा मालिक चाहेगा, वैसा करना होगा। सबका यही हश्र होगा—सबका ! क्या देखते हो इधर ? हम साला नेटिव लोग। फॉरेनर चाहिए। देख़ लेना, एक दिन ये सारे हिन्दुस्तानी निकाल बाहर किए जाएँगे। विदेशी बहाल किए जाएँगे 'एवरेस्ट' में, विदेशी !"

उन्हें लिटाकर चादर से ढँककर लोग बड़बड़ाता छोड़ आए।

आँख खुलती है तो पं. सोहनलाल अन्दाज़ने लगते हैं, यह सुबह है या शाम ! सामने कौन खड़ा है ? शायद रामू दादा की बेटी है ! ठीक इसी समय कोई और घुसा, शायद जैनुल, हाँ, जैनुल ही है।

"कैसी तबीयत है ?"

"सर पता नहीं क्यों भारी-भारी लग रहा है ! कितने बजे होंगे ?"

"चार ! रहिए कैंटीन से जैक को बोलकर चाय भिजवाती हूँ।" कहकर वह जैनुल

की उपस्थिति से भागने का बहाना पा गई।

"बैठो-बैठो, वो स्टूल खींच लो, चाय पी लेंगे—और जैनुल, तुम यहाँ आ जाओ।" यह कहते हुए सोहनलाल स्वयं उठकर बैठ गए। न चाहते हुए भी रुकना पड़ा उसे।

सोहनलाल कल की घटना के मलबे को खुरचने-से लगे कुछ। "यह कला और पैसे का रिश्ता कुछ अजीब-सा है। अगर मैं यह सर्कस छोड़ दूँ तो एक जो रहा-सहा साधन है, जिसमें मैं नित्य नए प्रयोग कर सकता हूँ, वह भी हाथ से जाता रहे।...और यदि नियोगी के जूते में आ जाऊँ, तो कला रही कहाँ ? बड़े-बड़े फनकार फाकाकशी में तिल-तिलकर मरते हैं, कोई जान भी नहीं पाता कि कौन-सा खज़ाना सीने में छुपाए हुए छीज रहे हैं। आखिर मर जाते हैं गुमनाम मौत—क्या मिलता है उससे ?"

"तो अब आप क्या करेंगे ?" जैनुल ने पूछा।

"देखो, अभी तो संगीत की अहमियत समझानी है मुझे इस 'एवरेस्ट' के औरंगज़ेब को। कोई न कोई लक्ष्य बनाकर ही जी सकता हूँ मैं, वरना हावड़ा के पुल की संकल्पित आत्महत्या की कोई ज़्यादा दूरी नहीं है इस मुकाम से भी।"

"घर ही क्यों नहीं लौट जाते ?"

"घर.. कहाँ है घर ?" एक शून्य में ताकते हुए कह रहे थे।

तम्बू के अन्दर की सबसे ऊँची कलंगी पर बैठे हैं दो परिन्दे—तोता और मैना—सीढ़ी के एक छोर पर जैनुल, दूसरी ओर गीता।—पारम्परिक प्रणय-कथाओं की कड़ी बनकर। झूल रही है सीढ़ी आलम्ब पर, नीचे-ऊपर, ऊपर-नीचे। ज्वार पर डूबता-उतराता जल-पक्षी का जोड़ा। गुपचुप देखती है वह जैनुल की पुतलियों के परदे के पीछे ललछाते डोरों को। कोई कुछ बोलता नहीं। उसके होंठ बन्द रहते हैं और जैनुल के खुलकर, थरथराकर रह जाते हैं।

पुली की उघरती डोरी से पाँव में फन्दे फँसाकर एक-एक कर धरती पर अवगाहन करते हैं दोनों। अभिवादन पर दौड़ते हुए लौट गए हैं। प्रवेश द्वार पर एकान्त है अभी।

"जैनुल, तुम्हें मालूम है, तुम मुसलमान हो ?" उसने सिर झुकाए हुए ही कहा।

भौंचक्का रह जाता है जैनुल। खुश्क होंठों से भरभरा जाते हैं शब्द, "मालूम है।"

"यह भी कि मैं हिन्दू हूँ ?"

"मालूम है।"

"मालूम है न...?"

इस बार सिर झुक जाता है जैनुल का भी। लगता है दो अभियुक्त किसी क्रूर राजा के दरबार में अपना-अपना दंड सुन रहे हैं। जैनुल को बिद्ध कर देर तक कसमसाती रह जाती है वह ठंडे पानी में गरम लोहे की सनसनाहट लिये हुए।

एक दिन बीतता है, दूसरा दिन बीतता है, तीसरा दिन, फिर चौथा।

"मैं आपसे...।" हकलाता है जैनुल।

"एक बात कहना चाहता हूँ।" उसका वाक्य विद्रूप में पूरा करती है वह।

"जी !"

"कहिए ?"

"खामखाँ हिन्दू-मुसलमान का सवाल क्यों ले आईं हमारे दरमियान ?"...

"तो जनाब बताएँगे, हमारे दरमियान वह मोटी काँच की दीवार है क्या ?"

"ये दीवारें कमज़ोर और बुज़दिलों के लिए होती हैं।"

"बिल्कुल सही ! समर्थ और दिलेर किसी नियम के कायल नहीं होते।"

"आप क्या वैसी नहीं हैं ? मैं तो आपके ऐक्शंस देखकर समझ रहा था कि आप काफी बोल्ड हैं।"

"मैं और बोल्ड ! अगर शो की बात है तो मुझसे तो ज़्यादा बोल्ड हैं सुनीता जी, सिंह के खुले जबड़े में सिर डाल देती हैं, ज़ेनिथ की रूपा जो वॉल्ट खाकर ट्रैपीज़ में हवा ही हवा में ऐसी-ऐसी कलाबाज़ियाँ खाती हैं कि दंग रह जाएँ देखनेवाले। ज़ेनिथ की ही रेखा जी हैं, सीने पर हाथी का वज़न झेल लेती हैं, मैंने बुलबुल दा को देखा था, दिलेरी के सबूत थे वे। लेकिन प्रैक्टिकल लाइफ में ये लोग क्या हैं ? सुनीता को उसके भाई बन्नू ने जो चपत दी कि वह सन्न रह गई। कसूर था सिंह को खाना देनेवाले परमेश्वर की बटन टाँक रही थी। रूपा अपने शहर, अपने माँ-बाप के पास जाने से हमेशा डरती हैं। वे उसे पसन्द नहीं करते। उसके चलते उनकी बदनामी होती है। ऐसा ही कुछ न कुछ रेखा के साथ होगा। लड़कियाँ ही नहीं, लड़के भी। बुलबुल दा को मैंने देखा था, पं. सोहनलाल को हम देख ही रहे हैं।"

जैनुल चुप था, शायद पहली बार इस लम्बी वार्ता का मज़ा लेना चाह रहा था या पता नहीं मन-ही-मन विश्लेषण करते हुए तर्क ढूँढ़ रहा था।

उसने रुककर फिर कहना शुरू किया, "जैनुल जी, काश ज़िन्दगी सर्कस होती ! समाज़ में तो हम एक खरगोश से भी गए-बीते हैं। वे पिलपिले आदमी, जो बाघ की एक दहाड़ से ही पैंट खराब कर लें, वहाँ चौधरी जी बनकर निर्णय देते हैं और हम कान-पूँछ गिराकर उसे मान लेते हैं।"

"जिम्मेदार कौन है ?"

"हम सभी ! शारीरिक दुर्बलता, या एक-दूसरे के लिए खिंचाव के तहत आज हम बगावत पर आमादा हैं, कल को हम ही पुरखे बन जाएँगे और अपने बच्चों को ऐसा करने से रोकते फिरेंगे।"

"यह आप नहीं बोल रहीं...।" जैनुल झल्लाया।

"रामू दादा बोल रहे हैं...।" वाक्य पूरा किया उसने।

जैनुल उसकी हाज़िरजवाबी पर तिलमिलाकर रह गया। कितने सहज भाव से पल्ला छुड़ाकर चल देती है वह और वह हतप्रभ रह जाता है। उसके दिल में कितने-कितने गुबार थे जिसे खोलना चाहता था वह। एकान्त में दिल खोलकर बातें करना चाहता था लेकिन एकान्त मिलता कहाँ ! खुद ही कई बार पहल की लेकिन वह इतनी सतर्क थी कि एक परिन्दा भी हो तो ज़ुबान नहीं खोलतीं। औरतों के कैम्प में पुरुषों का प्रवेश सर्वथा वर्जित था। रिंग में एक न एक जुड़ा रहता पूँछ की तरह।

कैम्प से धुएँ कम, अफवाहें ज़्यादा निकलतीं। मैनेजरों से मज़दूरों तक में एक ही चर्चा है–जैनुल और कामिनी। दोनों को सुनाकर फब्तियाँ भी कसी जाने लगी थीं। ट्रेनर रघुनाथ, ट्रैपीज़ के डेविड, रिंग मास्टर–हर किसी के दमित जज़्बात बिलबिला पड़े थे। ऊपर से हर कोई शालीन और शरीफ बना रहना चाहता था लेकिन मौका आया कि कुत्सा-प्रचार के माध्यम से उनकी दमित कुंठा फूट निकलती। नियोगी इस मायने में घोर हिन्दू थे। कामिनी की देहयष्टि पर फटीचर की तरह ताकते रहते। बात ही बात में अपना अनुराग व्यक्त करते, "बाघ की कीमत पचास हज़ार, सिंह की पच्चीस हज़ार, हिप्पी की अस्सी हज़ार और तुम्हारी कीमत–एक करोड़।"

जैनुल को 'ओलिम्पिया' से वे तब लाए थे, जब उन्हें हर सर्कस कम्पनी से अच्छे और होनहार आर्टिस्ट फोड़ने की होड़ लगी थी। उसे भी 'होराइज़न' से वापस लाकर, उन्होंने लैडर बैलेंसिंग का युग्मक बनाया था तो महज़ शो की लोकप्रियता का ख़याल था, अगर उन्हें ज़रा-सा भी कयास होता कि खुद सीढ़ी देकर जैनुल को ऐसी भयंकर लिफ्ट दे रहे हैं तो कतई न होने देते। खैर, अभी भी बहुत कुछ बाकी है।

जैनुल को अब बुकिंग काउन्टर सँभालने को कहा गया, छुट्टी पर गए दिलावर की जगह। अभ्यास था नहीं। दस रुपयों की भूल हो गई। काउन्टर का विवाद प्रवेश-द्वार तक चलता रहा। वजह सिर्फ सभी आर्टिस्टों के सामने उसे डीमोरलाइज़ करने की थी।

"मेरे पेमेन्ट से काट लीजिएगा, कहा न !" जैनुल ने कहा।

"वो तो काट ही लूँगा। हुँह ! चले आते हैं मजनूँ बने थूथन उठाए।"

मैनेजर अब मुंशी से उसकी अपचर्चा कर रहा था। सिर झुकाकर जैनुल चला गया दूसरी ओर आर्केस्ट्रा के शोर के पास। रिंग में जाने तक दिमाग में कोई अस्थिरता नहीं रहनी चाहिए।

पलायन से कब तक बच सकता है आदमी ! बाँस ढो रहे मजदूर भी उसे सुना-सुनाकर कहते, "बच्चा, आए हो तो काम करो, पैसे लो और घर जाओ। अपनी औकात में रहो। यह क्या कि सियार बाघ के शिकार पर ही दाँत गड़ा दे।"

जैनुल कोई प्रतिवाद करने जा रहा था कि सामने से शुभलक्ष्मी के साथ उसे आते देखकर दूसरे आर्टिस्टों के अभ्यास देखने का बहाना करने लगा। वह चौकन्नी हो सोचने लगी, जैनुल की ज़लालत के पीछे वह है। सिर्फ वह। उसका बस चलता तो उठाती रिंग मास्टर की चाबुक और एक सिरे से खाल उधेड़कर रख देती इन जानवरों की। मगर करे क्या ! उसे खुद भी फुसफुसाहटें, कान में कोई राज़ भरने की औरतों की हरकतें कम नहीं बेधतीं।

यह गन्दा सिलसिला चल निकला तो चलता ही गया। जिस दिन रघुनाथ ने उसे लैडर बैलेंसिंग के अभ्यास के लिए मना किया, उसे दुःख हुआ, आश्चर्य नहीं। इतने दिन के अभ्यास के बाद उसे अब दूसरे आइटम का प्रशिक्षण लेना होगा। उसकी जगह आ गई नासिरा। उसे भी अब अलिफ-बे से शुरू करना पड़ेगा। खान साहब झींक रहे थे, "बाज़ आए ऐसी मुदर्रिसी से।" लेकिन अपने रिज़र्व स्वभाव के कारण अन्दर-ही-अन्दर

सुलगते-सुलगते बुझ गए।

और नासिरा ! पटाने की कला कोई उससे सीखे। सीधे उसकी छोलदारी में आ धमकी ! "गीता, मेरी जान, मुझे भी सिखा दे न !"

"मुझी से सीखेगी, ट्रेनर रघुनाथ से डर लगता है ?"

"सच्ची ! डर लगता है। अगर नहीं सीख पाई तो निकाल बाहर करेगा नियोगी।"

"धमकाया है ?"

"हाँ ! देख ही रही हो कैसा रद्दोबदल चल रहा है। उस गंजू को बाँस पर लटककर शो दिखाना अब नटों का खेल लगता है। तोतेवाले, फीतेवाले, नट-कंजर—सब निकालकर बाहर किए जा रहे हैं।"

"तो करेगी ?"

"करूँगी ?"

"दाँतों से हुक पकड़ेगी ?"

"पकडूँगी।"

सन्दूक को ढोल की तरह पीटकर नटों की तरह वह बोलती गई।

"बाबू लोग, देखिए, यह छोकरी है कि खेल दिखाएगी। अभी कै दाँत की बछिया है ? हम बोलता, पैले अक्कल का दाँत तो निकलने दे।"

"बाबू लोग, हम पूछता उस्ताद का ई अक्कल का दाँत निकला अब्भी।" जमूरे नासिरा ने कहा।

दोनों सहेलियाँ हँसते-हँसते लोट-पोट हो गईं। उसने चाभी का गुच्छा झुलाया और कहा, "मान ले यह हुक है, पकड़ इसे।" नासिरा ने हबक लिया गुच्छे को। "काहे की ज़िद कर रही है, अभी तेरे दूध के ही दाँत टूटे नहीं। हुक उन दाँतों से पकड़ा कि दाँत हवा में, तू नीचे। जबड़ों को ऐसे जमाओ जैसे सँड़सी।"

"हट, मज़ाक ना करना।"

"मज़ाक कर रही हूँ ? अरे लोहे के चने चबाने पड़ेंगे इन दाँतों रो ! अभी तो नीचे दाँतों से हुक पकड़ेगी फिर फिरकी की तरह नाचते-नाचते धरती से दूर, बहुत दूर निकल जाएगी। आसमान और करीब आता जाएगा। बस हुक को पकड़े जबड़ों के सहारे नाच उठेगी फिरकी की तरह सारी देह। जा-जा, अच्छे बच्चे शरारत नहीं करते।"

मगर अड़ी रही नासिरा, शरीर बच्ची की तरह ठुनकती हुई।

"क्यों चड्डी खराब...?" वह बोल भी न पाई कि उसके कूल्हे में चिकोटी काट ली उसने और दबी-दबी चीख निकल गई मुँह से, "ऊई, मार डाला।" अवांछित हमदर्द तत्त्व की तरह आ टपके पिता। दोनों को हँसते-खिलखिलाते देखा तो चले गए।

"आज मैं सितारों पर पहुँच गई थी।" एक दिन नासिरा ने उसके स्टूल पर क़ब्ज़ा जमाते हुए कहा।

"सच !" ट्रांज़िस्टर को धीमा करते हुए बड़ी-बड़ी आँखें फैला दीं उसने।

"हाँ, और दूसरे ही पल धरती पर गिरी धड़ाम से !"

"च्च ! च्च !!" कामिनी ने मुँह बनाया।

"जैसे ही हुक को पकड़कर आज़माने के लिए उचकी, साले बिन्दा ने नीचे का स्टूल हटा लिया, बस तारे दिखाई पड़ने लगे, लगा मरकर जन्नत में तशरीफ ले आई हूँ। और इतने में नीचे जहन्नुम। तू ठीक-ठीक बताती नहीं।"

"ना बाबा, मैं अब नहीं बतानेवाली ज़रा भी। मैं खुद भी कहाँ सीख पाई थी ज़्यादा। कल को कुछ हो-हवा गया तो...नीम-हकीम खतरे जान।"

"सिखा दे दिले जानी, तेरी फीस दे दूँगी।" नासिरा ने अभिनय करते हुए कहा।

"फिर इधर-उधर देखा और एक चुटका पकड़ा दिया, "जैनुल भाई ने दिया है।"

उसने एक नज़र नासिरा को देखा, "तूने पढ़ा तो नहीं ?"

"उहूँ..." और ऊपर छोलदारी के तिरपाल को देखते हुए दोनों हाथों को घुटनों पर कसे झूला झूलते हुए नासिरा बड़बड़ाने लगी :

"सौ बार तेरा दामन हाथों में मेरे आया,
जब आँख खुली देखा, अपना ही गरेबां था।"

उसने चुटके में इस शेर को पढ़ा और उसे मसलते हुए गमगीन हो गई। चुटके में, 'मैं कैसे बताऊँ कि...' लिखकर काटा हुआ था और वह सब बता रही थी नासिरा कि कैसे-कैसे खेल खेले जा रहे हैं उन दोनों को एक-दूसरे से अलग करने के लिए। सुबह डाक आने तक रिशेप्सन पर बड़ी देर तक सलाह-मशविरा चलता रहता है। एक बड़ा रद्दोबदल चल रहा है। इसकी चपेट में तू ही नहीं और भी पता नहीं कौन-कौन है। तू तो हूर है, यह सर्कस छोड़ भी दे तो 'ज़ेनिथ' तक तुझे हाथों-हाथ ले लेंगे लेकिन मैं, मुझे तो छिपकली की तरह लटकना ही होगा लैडर बैलेंसिंग के हुक से, वरना कन्ट्रैक्ट के आगे ही हूट आउट।"

"तू हार मत, मैं कोई कोर-कसर उठा नहीं रखूँगी।" उसने धीमी मगर दृढ़ आवाज़ में कहा और तन गई।

होटल से नियोगी की जीप सर्कस की चहारदीवारी में आई तो दफ्तर में सीधे बुलाहट हुई कामिनी की। जैसे-तैसे साड़ी बदलकर आईने में देखा, लटकते केशों को उँगलियों में लपेटकर जैसे-तैसे बाँधा और धड़कते दिल से कैम्प में प्रवेश किया। वहाँ खाँ साहब, ट्रेनर रघुनाथ, शो मैनेजर समीर कुमार एवं दो ग्रुप मास्टर इम्तियाज़ एवं जैकब में धीरे-धीरे कोई अहम गुफ्तगू चल रही थी। उसने एक साथ सबको नमस्कार किया।

"बैठो", नियोगी ने एक खाली फोल्डिंग चेयर की ओर इशारा किया। बैठ गई वह।

"रामू, जैक से कहो, सात चाय भेज दे यहाँ।"

"रामू ?" पिता कहाँ पहुँच गए यहाँ ? शायद उसे हड़बड़ी में जाते हुए देखकर पता करने चले आए हों। उसे गुस्सा आया।

चाय तक वे आपस में ही अगले कैम्प के लफड़ों की बात करते रहे। कैसा झाँसा दे रहे थे जैसे वह जानती नहीं कि उसके आने के पहले चर्चा उसी पर छिड़ी हुई थी।

लेकिन उसने देखा, बहस जो उसे बरगलाने के लिए शुरू हुई थी, धीरे-धीरे जड़ जमाती गई। उसे अपने पर खीझ आई। एक वही तो नहीं है डिस्कस करने को, कितनी समस्याएँ हैं सर्कस की। बॉडी बिल्डर इम्तियाज़ का स्वर सबसे ऊपर था। मसलमैन के शो के अलावा अपने दो लड़के, एक लड़की और बाहर के दो छोकरों को लेकर उसका एक दल भी था जो बैलेंसिंग के खेल दिखाता था। ट्रुप मास्टर कम मसलमैन कम फैंटम था वह, आखिरी खिताब सर्कस के लिए बाहर के किसी दल अथवा व्यक्ति से मार-पीट करने के एवज़ में मिला था। स्वभावतः उसका गला सबसे ऊँचा था।

"जहन्नुम में भी ले चलिए साहब, लेकिन वहाँ नहीं।" वह जब बोलता, उसका चेहरा दलदली मिट्टी की तरह पसर जाता।

इम्तियाज़ की एक बेटी सलमा उसी क्षेत्र से गायब हुई थी—यह तो उसने बाद में जाना। इम्तियाज़ की कोई फैंटमगिरी वहाँ काम नहीं आई थी।

ट्रे में छह चाय और एक रामू दादा के हाथ में। सबके ले लेने के बाद बेटी को थमाने की बारी थी।

"ले लो। ले लो।" नियोगी ने कहा।

लगा, वह धरती में समा जाएगी। पिता नौकरों की कतार में आ गया है और वह मेहमान बनी बैठी है। कोई उसे बैठने तक को भी नहीं पूछ रहा है। धीमे से कहा, "तुम पी लो, इसे।" उसने गर्दन झुकाए-झुकाए ही पलकें फड़फड़ाईं।

"अच्छा दूसरी मँगवा देते हैं।" नियोगी ने आधिकारिक स्वर में कहा।

"नहीं, मैं चाय नहीं पीती।" झूठ का दामन पकड़कर बच निकलना चाहती थी वह लेकिन यह कहाँ सम्भव था ! बाप अब भी खड़ा था दरवाजे पर अवांछित तत्त्व की तरह ! वे चाह रहे थे कि चले जाएँ लेकिन इतने बोदे कैसे हो गए थे वे ? रामू दादा चाय पीने तक खड़े रहे फिर स्वतः जाने क्या सोचकर गिलास रखने के बहाने कैंटीन की ओर चल दिए। उसने गहरी साँस छोड़ी, "मुझे आपने बुलवाया है ?"

"ओ हाँ ! तुम जानती हो, कुछ महीनों में सर्कस में परेड का समावेश हुआ है ?"

"हाँ, वह तो रोज़ ही करती हूँ।"

"उसको और ग्लैमराइज़ करने के लिए तुम्हें माँ दुर्गा बनकर सिंह पर बैठकर आना होगा। यह लैडर बैलेंसिंग नहीं करनी है तुम्हें।"

"कोई भूल हुई मुझसे ?"

"अरे नहीं ! उसके लिए और लोग हैं और इसके लिए तुम्हें छोड़कर कोई नहीं। जल्द ही 'हिपो' मँगा रहे हैं हम, उसमें भी तुम्हें ही आना होगा।"

उसने थोड़ी देर तक सोचा फिर पूछा, "तो फिलहाल मेरा आइटम है सिंह पर बैठना।"

"नो, नो, नॉट लायन इन दैट सेन्स" और उन्होंने काग़ज़ पेन्सिल लेकर एक स्केच बनाई। बोले, "देखो, ये नीचे दो हाथी, हाथी पर ये पटरा—अंडरस्टैंड ?"

"जी ?"

"पटरे पर सिंह और सिंह की पीठ पर तुम यानी माँ दुर्गा ! बोलो, तुम ऐडवेंचर चाह रही थीं, यह रहा ऐडवेंचर !"

"लेकिन लैडर बैलेंसिंग और जिम्नास्टिक्स बैलेंसिंग में मुझे अच्छा अभ्यास हो चला था। अब इस नए आइटम में मेरा रोल ही कहाँ बचता है ?"

"तुम्हें मालूम नहीं, यह कितना नर्वस टेंशन देनेवाला आइटम है ! जाओ अभी दुविधा छोड़कर प्रैक्टिस शुरू करो।"

कैम्प के बाहर आते ही रामू दादा फिर दिमाग पर हावी हो गए। पिता-पुत्री में उस प्रकरण को लेकर कोई चर्चा नहीं छिड़ी, महज़ रामू दादा ने पूछा, "क्या बात थी ?" और उसने मुख्तसर में बता दी। असली दंश की जगह को दोनों ही छूने से डरते रहे।

परेड में सिंहवाहिनी के आ जाने से सचमुच रौनक आ गई। भक्ति, भव्यता और भय—तीनों का संगम, तीन-तीन धाराओं में बहकर आता जुलूस, आर्टिस्ट, जानवर, जोकर...रिंग के बाहर से अन्दर शाखा-प्रशाखा में बिखरकर फिर उसी क्रम में सिमटता।

पहला दिन। अभी परदे के पीछे कतारें सज ही रही थीं। ऊँचे प्लेटफार्म पर वह पुचकारने के लहजे में सिंह की पीठ सहला रही थी। दो नौकर बाँस लेकर खड़े थे। दोनों हाथी लाए गए। पटरे डालकर सिंह को चढ़ाया गया। मेरी ने त्रिशूल ले रखा था। लड़के, लड़कियों की चुहलबाज़ी अनायास ही शुरू हो गई थी।

"अब आ भी जाओ माँ जगज्जननी, दुर्गा दुर्गतिनाशिनी...।" और केशव पंडित के स्तोत्र पाठ शुरू हो जाते। उधर सिंह की नाक पर गुस्सा रहता। उसने तीन खून किए थे। तभी नियोगी साहब मात्र दस हजार में खरीद लाए थे उसे। सचमुच क्या भयंकर मेन्टल टॉरचर था वह !

"कैसा लगता है रे तुझे ?" एक दिन नासिरा ने कैरम के खेल के दौरान पूछा।

"अरे लगना क्या है, नाटक है नाटक। अब सचमुच आशीर्वाद देने की कुव्वत होती तो क्या फैंटेस्टिक चीज़ होती ! मैं कहती 'नासिरा को हूर बना दो' और तू बन जाती, कहती, 'जैक को लम्बा कर दो' और वह लम्बा हो जाता...।"

"नियोगी साहब को क्या कहती ?"

"क्या कहती ? क्या कहती ? हाँ, कहती, उसे गधा, ना-ना, उल्लू ना-ना-ना, चमगादड़...।"

"मैं बताऊँ, उसे मोरी का कीड़ा...।" मेरी का यह कहना था कि ठहाके लगने लगे।

उसने मुँह पर उँगली देकर चुप कराया, "शू ! कहीं माबदौलत को पता चल गया कि उनके हरम की बाँदियाँ उनके खिलाफ साज़िश कर रही हैं तो पत्ता साफ ! दुर्गतिनाशिनी की दुर्गति हो जाएगी।"

बात फिर परेड पर आई तो उसने कहा, "हम भी एक ही चुगद, जगज्जननी बनकर हाथ अभय की मुद्रा में उठाए फिरते हैं और दर्शक भी कैसे चुगद हैं, प्रणाम करते हैं। इधर एक हाथ में त्रिशूल, दूसरे में आशीर्वाद टाँगे हम खिसियाए रहते हैं, उधर यह स्वाँग

देखकर हँसी आती है। साला क्या कंट्रास्ट है ! सबको अभय बाँटनेवाली का कलेजा भय से धक-धक करता रहता है—क्या पता कब सिंहवाहिनी अपने वाहन सिंह की पीठ से उतर कर पेट में चली जाए !"

रीता ने कहा, "कैरम बन्द करो, मुझे एक लतीफा याद आ गया है।"

"हार से बचने का क्या नायाब बहाना है !" नासिरा ने कहा।

पहलवानों की तरह ताल ठोककर रीता ने कहा, "फिर लड़ लीजियो, अभी तो लतीफा सुन लो।" और कैरम बन्द हो गया।

रीता सुनाने लगी, "एक राहगीर किसी कुएँ के पास से गुज़र रहा था। उसे एक अफीमची दिखाई पड़ा जो बार-बार गिन रहा था, 'पच्चीस-पच्चीस !' उसे हैरत हुई, जिज्ञासा भी। उसने उसके करीब जाकर पूछा, 'यह क्या पच्चीस-पच्चीस की रट लगाए हुए हो ?' अफीमची ने गिनते हुए कुएँ की ओर इशारा किया। जैसे ही वह राहगीर कुएँ में झाँकने के लिए नीचे झुका, अफीमची ने उसे पुश कर दिया।...और अब वह गिनने लगा 'छब्बीस-छब्बीस !' "

हँसी का वह दौरा पड़ा कि वे एक-दूजे पर गिर पड़ीं।

नासिरा ने कटाक्ष फेंकते हुए कहा, "गोया कि सिंह महाराज गिन रहे हैं, तीन-तीन, जिस दिन इसे दबोचा वह गिनने लगेंगे चार-चार ? यही ना !"

दुर्गतिनाशिनी की दुर्गति अभी बाकी थी। हारने के दंडस्वरूप रीता ने चाय मँगवाई तो जानबूझकर केशव पंडित की कैंटीन से। चाय लेकर आए तो उसे देखते ही हाथ जोड़कर दुर्गा स्तोत्र का पाठ करने लगे। परेड में सिंहवाहिनी सजने के बाद उनकी वन्दना, नीराजना के स्तोत्र हो लेते, तभी परेड आगे बढ़ता। बाहर भी एक झलक मिली नहीं कि जप शुरू कर देते। सर्कस के छोटे-बड़े अधिकांश को सूद पर रुपए देते और पाप-बोध को जप से धो डालते। सिंहवाहिनी का सिंह उनकी श्रद्धा का केन्द्र था और उस दिन उसकी वह किरकिरी हुई, वह कि वह शर्म से गड़ गई। वे गिलास नहीं लाते, जाने किस-किस जात का जूठन धोकर धरम-करम नहीं गँवाना। केटली लाते हैं, चाय डालकर चले जाते हैं। किसी प्रकार उनकी केटली सरकी तो जान में जान आई वह उठकर भाग आई वहाँ से।

"और एक दिन झड़प हो ही गई बाप से।"

"बापू, मुझे देवी बने रहना कुबूल नहीं। आशीर्वाद में ये हाथ उठाए-उठाए मुझे तो रोना आ जाता है।"

"तू तो खुशनसीब है, इतनी सारी लड़कियों में उसने तुझे ही चुना इस काम के लिए। और फिर इतने से ही छुट्टी मिल जाती है तुझे।"

"मुझे नहीं चाहिए अनुग्रह का मीठा ज़हर। यह मेरी सारी विद्या को कुन्द कर देने की साज़िश है, मैं खतरनाक से खतरनाक खेल सीखना चाहती हूँ लेकिन ये तो मेरे अन्दर का रहा-सहा ही नाश करने पर तुले हैं।" वह रुआँसी हो उठी।

रामू क्या कहें, समझ नहीं पाए। इन दिनों जोकरों की ट्रेनिंग भी नहीं देते। उनसे

यह दायित्व लेकर जॉनी को दे दिया गया है। बस बीड़ी फूँकते हुए किसी खाली कुर्सी पर बैठे अभिभावक का रोल कर रहे हैं। बेटी के इस कदर उखड़ जाने पर बीड़ी का कश तक लेना भूल गए। बीड़ी फेंककर दयनीय भाव से वे आफिस की ओर चल दिए।

उधर ऊपर से कुट्टी 'धप्प' से कूदे ट्रैप में। एक ओर खड़े होकर सिखा रहे हैं रोज़ी को--कैसे कूदा जाता है। आवाज़ हाँफती हुई तीखी-सी, "याद है न स्पाइनल कॉर्ड, कन्धों और पुट्ठे पर ! मन में कोई कन्फ्लिक्ट न रहे--समझीं।" मादा पक्षी अपने शिशु को सिखा रही थी उड़ना...उड़ चली है रोज़ी और ठीक जाल के बीच में आते ही चित्त होकर गिरकर गेंद की तरह उछलकर खड़ी हो गई। हड़बड़ी में कोहनी छिल गई है। उसे देखते हुएं उतर रही है जाल से। ईर्ष्या से आँखें जल रही हैं उसकी। आगे बढ़कर सहानुभूति में उसे पकड़ लिया, "ज़्यादा चोट आई ?"

"उहूँ !" जैसे कुछ हुआ ही नहीं। गोताखोरी-सा नशा है ट्रैपीज़ में ! एक ये हैं, और एक वह है। धारा से काट दी गई। नियोगी क्या उपयोग करता है उसका--उसका रूप, दर्शकों की अन्धश्रद्धा ? क्या-क्या नाटक नहीं करता बदमाश ! रोज़ ही शो के दौरान एक लड़की ट्रैप से गिरेगी--रोज़ ही सिंह के लिए एनाउंस होगा कि यह एक खूँखार वनराज है--सात-सात खून किए हैं इसने। जितना ज़्यादा तनाव दे पाएगा स्नायुओं पर, दर्शक उतने ही खुश होंगे। इस मूर्खता, बर्बरता की भी हद है कोई ? नहीं, वह आज ही चिट्ठी लिखती है--इब्राहिम चाचा को।

जैनुल के लिए लैडर बैलेंसिंग का आइटम सचमुच सीढ़ी था कामिनी तक पहुँचने का लेकिन बीच में ही नियोगी का बड़ा अजगर निगल गया था कामिनी को। अब नासिरा बीच में खड़ी कर दी गई थी और नासिरा की ओर मुँह उठाकर भी न देखता जैनुल, जिससे वह हमेशा अपमानित महसूस करती। रीता छेड़ती, "कैसी पट रही है रे ?"

"पटेगी क्या खाक ! वह तो हिन्दू क्या कहते हैं--स्वाती का चातक है।"

खिलखिलाकर हँस देती रानी, "वो तो बेवकूफ शायरों के दिमाग का फितूर है। साला चातक क्या स्वाती का पानी पीकर साल-भर तपस्या करता है ? एक मर्द को एक औरत चाहिए, किसी का किसी से भी भिड़ सकता है।"

हर घड़ी लड़कियों और ट्रेनरों की आँख बिल्ली-सी ढूँढ़ती रहती कि कब जैनुल देखता है गीता को। जिसने देखी, वह प्रचार करता फिरता, जैसे उसने बाज़ी जीत ली है।

डारमिटरी में उस दिन कहीं ताश, कहीं कैरम, कहीं सिलाई-कढ़ाई का मजमा लगा हुआ था। टटकी लगी हिन्दी फिल्म की चर्चा के साथ ताश झड़ रहे थे।

इस दल में नासिरा हमेशा ताश को पटककर फेंकती और वह उँगलियों से चुटकी बजाकर फड़फड़ाते हुए। रानी को परिहास सूझा, "नासिरा, सच बता, तूने कभी छुरी का निशाना साधा है ?"

नासिरा अवाक् होकर देखने लगी, "तूने कैसे जाना ?"

"यह तेरा ताश का निशाना देखकर ! मेरा अन्दाज़ सही है न ?"

"हाँ ! 'डाइमंड' में यही करती थी।"

"देख, मैंने अन्दाज़ से छुरा फेंका और तुझे लग गया।" वह उत्फुल्ल हो उठी थी, "अच्छा, एक बात पूछूँ ?"

"पूछो !"

"अगर जैनुल पटरे पर हो और तुझे चाकू मारना पड़े तो मार पाएगी ?"

"बेशक !"

"आँखों पर पट्टी बाँध दी जाए तो भी ?"

"बिल्कुल ?"

"छुरे में आग के पलीते लगाकर भी ?"

"क्यों नहीं ?"

"झूठी कहीं की ! तेरे हाथ थरथराएँगे और तू उसे मार बैठेगी।"

"खैर ! अगर गीता हो पटरे पर तो...?"

"उई खून !" कशीदा करते हुए सुपर्णा उँगली पकड़कर उछलने लगी। खून की एक छोटी बूँद चुभचुभा आई थी। मोहिनी, पिंकी, रीता, अल्वा, कावेरी सारी की सारी खेल छोड़कर उसके पास चली आईं। गीता और नासिरा की नज़रें एक-दूजे से टकराईं और नासिरा की नज़रें झुक गईं।

"देखा, लक्षण कह रहे हैं कि मार बैठेगी उसको। और गीता, तेरे पत्ते फेंकने से ज़ाहिर है कि तू प्रेम-दीवानी है—दीन-दुनिया से बेखबर।"

"दीदी, तुम सगुन विचारती हो ?"

"बिल्कुल !"

"मेरा हाथ देखो ना।" कावेरी ने हाथ फैला दिए। लेकिन तब तक हाथों की भरमार हो गई और जो धक्कमपेल मची कि रानी ढँक गई।

इस पर नासिरा ने कहा, "अरे मरी रे ज्योतिषी की औलाद। मेक ए क्यू ! मेक ए क्यू !! देख पहले मेरा एक लतीफा सुन ले", और उसने वह लतीफा सुनाया जिसमें एक ढोंगी फकीर ने गाँव की अन्धविश्वासी जनता पर जादू-सा कर रखा था। बाई चांस एक दिन दाढ़ी सहलाते हुए उसकी दाढ़ी का एक बाल टूट गया। उसने पास ही खड़े एक भगत को दिया और कहा, 'लो इसकी ताबीज़ बना लेना।' अब बाकी लोगों को यह पक्षपात नहीं जँचा। 'हम भी बनवाएँगे', कहकर सबने नोचना शुरू कर दिया और दाढ़ी साफ।...तो देवियों, अब ढोंगी महाराज की ढोल की पोल सुनो। मैं क्या, मेरे दादा-परदादा तक छुरा फेंकना नहीं जानते।"

रानी पानी-पानी हो गई। झुंड तितर-बितर हो गया। गीता को अब जैसे बोलने का मौका मिला, "यह हाल है हमारा। कैसी भेड़चाल है। इन्हीं डरपोक भेड़ों के बल पर इब्राहिम चाचा आदमी की मेहनत, ताकत और फन को सर्कस के ज़रिये उसका दर्जा दिलाने का ख्वाब देखते हैं।"

"कोई चिट्ठी आई है उनकी क्या ?"

"हाँ !"

"तभी तो कहूँ की लीडरों जैसी बातें कैसे करने लग गई बच्ची। मैं पूछूँ, तुम उनकी शिष्या हो, तुम कितना ऊँचा दर्जा दिला पाई हो ?"

रानी उखड़ गई थी, "बड़े-बड़े बह गए और गधा कहे कित्ता पानी ? हुँह ! देख, यह दुनिया गोल है। घूम-फिरकर हमें भी वही करना पड़ेगा जो दूसरी औरतें करती हैं।"

"मैं ऐसा नहीं मानती।"

"नहीं मानती।"

"ना, ना, ना !"

"तू शादी नहीं करेगी ?"

"ज़रूरी नहीं।"

"फिर भी...?"

"देखा जाएगा।"

"बहुतों ने देख लिया, तेरा देखना बाकी है। शादी भी करनी पड़ेगी, बच्चे भी जनने पड़ेंगे, मर्द की गन्दी चड्डी और पसीने की बू भी झेलनी पड़ेगी। यह सब ऐसा जलेबी पेंच है कि बच नहीं पाती कोई औरत। एक दिन, ज़िन्दा रही तो पूछूँगी, कहाँ गया तेरा भ्रम !"

"तुम इब्राहिम चाचा को नहीं जानतीं...।" वह जैसे घबड़ाकर चाचा की आड़ में हो ली।

"ज़रा सुनो ! अरी एक दिन भाड़ में चले जाएँगे इब्राहिम चाचा, रह जाएगा, जैनुल या जैनुलनुमा कोई जीव, जिसके डोर से बँधी तू नाचा करेगी गाय की तरह। पगहा तुड़ाकर भागना चाहेगी लेकिन तेरा बछड़ा बाँ-बाँ करेगा और...खैर छोड़, पहले हम भी ऐसा ही कुछ सोचा करते थे। उसने ऐसा मन्तर मारा कि तम्बू के पिंजरे में कैद होकर रह गई परकटी मैना की तरह।"

"सच, पिंजरा ही तो है यह। मेरी एक बहन है त्रिचुरापल्ली में। मेरी ज़िन्दगी देखकर आहें भरकर गई, 'तू कितनी आज़ाद है।' लेकिन मैं ही समझती हूँ कि मैं कितनी आज़ाद हूँ।" शुभलक्ष्मी ने कहा।

"भई क्या तो समझते हैं लोग, हम सर्कसवालों को।" कावेरी ने कहा और टीन की चहारदीवारी की ओर इशारा किया, "हर घड़ी कोई न कोई आँख चिपकी रहती है।"

"मुझे तो ये बाहरवाले ही अजीब-से लगते हैं। रोज़ ही देखती हूँ, सुबह लड़के-लड़कियाँ स्कूल जाते हैं यूनीफार्म पहनकर, इतने सारे लोग सड़क पर जाने कहाँ को जाते हैं, बस रिक्शेवाले नहीं हिलते।"

"तू तो सर्कस में ही पैदा हुई, पली और जवान हुई न। तूने तो बस उतनी ही दुनिया देखी, जितनी कि दिख जाती है यहाँ घेरे के अन्दर से। इस दुनिया की तह में एक और दुनिया है सूखी, चीमड़, गन्दी। पुलों के नीचे, बस्ती में, गटर में, प्लेटफार्मों

पर, बाज़ारों में लावारिश पड़े लोग। पढ़-लिखकर भटकते, ज़हर खाते होनहार युवक, खुदकुशी करती औरतें, जीने के लिए एक से बढ़कर एक जहालत कबूल करनेवाले लोग। तू श्रम की बात करती है, मैं कहती हूँ कहाँ नहीं है श्रम की बेइज़्ज़ती ? जो यह कहते हैं कि श्रम का कोई विकल्प नहीं है, या तो बेवकूफ हैं, या बरगला रहे हैं, ऐसा होता तो कामचोर राज न करते। हाँ !" उसे लगा, रानी की पर्त के नीचे एक दूसरी रानी भी है।

उस दिन ब्रेशरी, पेटीकोट, साड़ी, डिज़ाइन, बाज़ार, भोजन आदि से उठकर चर्चा कहाँ आ पहुँची थी ! लेकिन ऐसे दिन बहुत कम थे। रेडियो थे, मगर समाचार सुनने के लिए नहीं। गीत, वह भी फिल्मी, वरना कमेन्ट्री, वह भी क्रिकेट की।

'एवरेस्ट' में बाहरी दुनिया के विषय में सबसे ज़्यादा खबर रखनेवाला था सरजू।

रिंग मास्टर श्रीधरन के पीछे तीन-तीन बौने चले आ रहे हैं जैसे कुत्तों के पीछे चूज़ें !

"ओय जानी !"

"यस बॉस !" दाएँ हाथ से सलाम और बाएँ हाथ से गर्द झाड़ने के लिए चूतड़ ठोंकता तीन फीट छह इंच का जानी खींस निपोरते हुए भालू की तरह पंजे के बल लुद्द-लुद्द चल पड़ता।

"देखो, तुम्हारी बिरादरी के तीन जन्तु आए हैं। टेस्ट करो। और हाँ," रिंग मास्टर चिट देते हुए उन तीनों बौनों की ओर मुखातिब हुए, "तुममें से कौन सरजू, कौन पिंटू, और कौन ओलिवर है ?"

"ठहरिए, बॉस, कल से साइनबोर्ड लटका देंगे।" जानी ने कहा।

"देखो जोकरों की तनखा यहाँ सौ से ज़्यादा नहीं, वह भी अगर बाँध पाए दर्शकों को तो। रोज़ ही दो-चार आते हैं, दो-चार जाते हैं। यानी खुश कर पाए तो दाना-पानी जुटा, नहीं कर पाए तो क्या...?" और उसने गर्दन पर छुरा फेरने का अभिनय किया—"कच।" यह कहकर वह चलता बना।

जानी उन्हें खुली जगह में ले आता है। आवाज़ बदल जाती है अधिकार-दर्प में, "अबे वो छछून्दर के...वो, वो टूल ले आ तो।"

ओलिवर उचककर स्टूल ले आता है। स्टूल पर बैठकर अपनी दोनों छोटी टाँगों को जाँघों पर रखकर जाँघ पर हाथ की थाप देते हुए आँखें उल्लुओं की तरह उलटता है, "उस्ताद के पास खाली हाथ ? बीड़ी तक नहीं ?"

"जी उस्ताद, लीजिए।" जेब से दो बीड़ियाँ निकालकर माचिस से सुलगाकर एक उस्ताद को थमाकर एक की खुद कश लगाता है सरजू।

उस्ताद बीड़ी सुड़क नहीं पाते इस इन्डिसीप्लीन पर, "अरे-अरे ! तमीज़ नहीं ? क्या बोलता, 'एटीकेट' को पेटीकोट बना दिया ?"

गलती समझकर बीड़ी फेंककर कुचलता है सरजू। बुझी बीड़ी को फिर सुलगाकर उस्ताद मुट्ठी बाँधकर बीड़ी सुड़कते हैं तो उनके बेडौल सिर के नीचे गाल के गुब्बारे

पिचक जाते हैं। ढेर सारा धुआँ उगलकर वह कुछ बोलने के अन्दाज़ में चुटकी से राख झाड़कर आवाज़ के परिन्दे को उड़ने का संकेत देते हैं, जानी का इन्टरव्यू शुरू होता है, "सर्कस के बारे में क्या जानता आप ?" आवाज़ मरी हुई है।

पिंटू और ओलिवर शरमा रहे हैं। सरजू कसमसाता है, "मैं बताऊँ उस्ताद ?"

उस्ताद सिर हिलाकर स्वीकृति देते हैं।

"सन् 1873 में पहला सर्कस आया था कलकत्ते में, नाम था 'द ग्रेट वर्ल्ड सर्कस' मालिक मिस्टर विल्सन। जहाँ तक भारतीय सर्कस की बात है, सन् 1883 में छत्रे साहब ने स्थापित किया पहला सर्कस। 'द ग्रेट इंडियन सर्कस' के पहले कोई घुमन्तू सर्कस नहीं था। यह सन् 1900 के आस-पास कायम किया गया प्रियनाथ बसु के द्वारा।"

जानी सन् और नामावली के आँकड़ों पर आँखें पिटपिटाने लगा, "रुक क्यों गए, बोलते जाओ।" उसने डपट दिया।

"कलकत्ते में पार्क सर्कस स्थान का नामकरण सर्कस के ही कारण पड़ा।"

"अरे तुम क्या नाम सरजू, तू तो बहुत जानता है रे, कुछ अपने जोकरों के बारे में बताने सकता ?" झुरझुरी आ गई थी उस्ताद को। थोड़ा कमज़ोर पड़कर गिरने ही वाले थे कि उन्होंने फिर सँभाल लिया अपने को।

"अपन तो हर जगह रहे हैं, हर समय। राजाओं के दरबार में भाँड़ और विदूषक से लेकर आज तक। वैसे हम बौनों का जोकर के रूप में विदेशों में ही इस्तेमाल होता था। वहाँ की देखादेखी यहाँ भी धीरे-धीरे सर्कस और मैजिक कम्पनियों ने बाद में इस्तेमाल करना शुरू किया। सबसे बड़े विदूषक चार्ली चैप्लीन साहब गिने गए, मगर उन्हें भी लोहा मानना पड़ा रूस के वोलेग पॉपवेव का। पॉपवेव स्वयं प्रसिद्ध विदूषक कारांडास के शिष्य थे। अपने यहाँ भी बंगाल के गोपाल भाँड़ वगैरह का नाम लिया जाता है। वीवर, बुक, इवान और डॉली डॉर्सल जैसे बौने मनोरंजन के लिए पहलवानी करते हैं।

उस्ताद फिर तन गए हैं इस सम्मानजनक इतिहास के सम्मोहन में। "कोई बौना राजा हुआ कि नहीं, यह बताओ।" बड़ी बेफ्रिकी से यह सवाल पूछा है उन्होंने, गोया, सरजू की बताई सारी बातें पहले से ही जानते हैं, वह तो बस उसको ठोक-बजाकर देख-भर रहे हैं। सरजू हिचकिचा रहा है, उनकी उल्टी पुतलियाँ जुगनू की तरह झपक रही हैं।

"उस्ताद, पिग्मी जातियों में कोई राजा ज़रूर होगा। उनकी तो औसत लम्बाई ही चार फीट है। बौनों के राजा बौने।"

"बौनों का राजा बौना हुआ तो क्या हुआ ? अरे यह जो धाकड़, लम्बा, चौड़ा लोग है, घमंड में फूला हुआ—इसका राजा बौना हुआ कि नहीं ?"

"आप दो डग में आकाश-पाताल नापनेवाले बामन भगवान की बात तो नहीं कर रहे हैं ?"

"ओह डैम दैट 'कॉक बुल स्टोरी'।" उनके झड़पने पर सिटपिटा गया है सरजू।

अब उस्ताद आश्वस्त हैं। वह इन्टरव्यू लेनेवाला ही क्या जो आवेदक को परास्त न कर दे। सरजू के पूछने पर वे बड़प्पन में आँखें गोल-गोल नचाते हैं, "टॉम थम्ब का नाम सुना है—इंग्लैंड का ?"

"लेकिन उस्ताद, वह तो महज़ राजघराने का था, राजा तो नहीं हो पाया था। वह सिर्फ तीन फीट चार इंच का था, उसका वज़न पच्चीस पाउंड था और सिर्फ पच्चीस साल तक ज़िन्दा रहा।"

सरजू ने अगर जानी से 'इक्जामिनी इज़ बेटर दैन इक्ज़ामिनर' का रिमार्क पाने के लिए इतना ज्ञान बघारा था तो यह उनकी भूल थी, जानी के एकमात्र सम्बल 'टॉम थम्ब' को उसने बड़ों का राजा न बनने देकर अक्षम्य अपराध किया था। अगर जानी ने उसका मुँह नहीं नोंच लिया तो वह सिर्फ इसलिए कि मैनेजर ने इस बीच पुकार भरी थी, "जानी, एक गिलास पानी।"

"यस बॉस !" बीड़ी फेंककर राजवंशी जानी लुद-लुदकर दौड़ पड़े हैं, चूतड़ झाड़ते हुए । पानी पिलाकर आते ही उनका उफान ठंडा पड़ गया है। रौब गालिब करने की सारी प्रवृत्ति गड़बड़ा दी है योगेश बाबू ने। यूँ योगेश के ही चलते जोकरों की ट्रेनिंग रामू दादा से छीनकर उन्हें मिली है और उसे बरकरार रखने के लिए वे उनकी जूतियों में समा गए हैं। मन खिन्न हो आया है। इस बार पाँव बेजान-से झूल रहे हैं।

"देखो भैये, हमको वो ऊपरवाला साला है न, उसी ने छोटा बनाया है। नाटा, खबीस और गिनीपिग बनाकर भेजा है तो हम बाघ कहाँ से बनेगा ! इसीलिए मेरा बात मानो तो बाघ बनने का सपना छोड़ दो !" वे फिर लौटे, "हमारा काम क्या है ? हँसाना ही न ! सर्कस या मैजिक कम्पनी लोग हमीं को काहे सलेक्ट करता क्लाउन के लिए—इस खातिर कि हमको देख के खुदई हँसी आ जाता। दुनिया में जो ताकतवाला है, वो कमज़ोर पर हँसता; जो गोरा है, वो काला पर हँसता, जो पैसावाला है, कंगाल पर हँसता; जो पढ़ा-लिखा है, वो अनपढ़ पर हँसता। काहे हँसता...? वो येई सोचकर कि हम वोइसा नहीं है।"

"ठीक कहते हैं उस्ताद, अफ्रीका में पिगमी लोग पिगमी पर नहीं हँसते। अमरीका, रशिया, ब्रिटेन, फ्रांस, और जर्मनीवाले लैटिन अमेरिका, अफ्रीका और एशिया के गरीब मुल्कों पर हँसते हैं।" सरजू कहता है और जानी की अपमानित बिरादरी का दायरा दूर-दूर तक फैल जाता है। "पर भैये, एकई बात नहीं समझ में आती अपुन को, ये कमज़ोर और दबाया हुआ आदमी दूसरे कमज़ोर और दबाए हुए आदमी को देखकर क्यों नाक सिकोड़ता ? अपुन गया-बीता आदमी और गरीब मुल्क का एक दुनिया है और उनका अलग—ये बात काहे नहीं समझता ?"

"उस्ताद हमारा टेस्ट हो गया ?" ओलिवर बोर होकर पूछता है।

"टेस्ट ! अरे गोली मारो टेस्ट को। सब पास। तुम कुछ भी करो उनके हँसी आएगा-ई। कूल्हा मटकाकर, अपन को घटिया दिखा के, उनका लात खा के, बन्दर का माफिक नाच दिखा के, चूतड़ पर हाथ रखके...कुछ भी करो..इसमें करना क्या है ? बाकी

बचा दो-चार आइटम...वो सीख लोगे..जल्दी क्या है।"

"मैं नहीं मानता...।" सरजू प्रतिवाद करता है।

"तेरे मानने या न मानने से तू नाटा से बड़ा हो जाएगा क्या ?"

"वे भी तो किसी मायने में हैंडीकेप्ड हैं।"

"ये-ये क्या बोला हैंडीकैप...? ये कौन-सा टोपी है ?"

"हैंडीकैप्ड...यानी अपंग !" सरजू के गरिष्ठ ज्ञान पर वरिष्ठ उस्ताद की कुंठा बिलबिलाती है, "अबे ओ अंग्रेज़ की औलाद, अपन को इंगलिश नहीं आता। वो तो अइसा-वइसा प्रैक्टिस हो गिया है थोड़ा। और सुन, यहाँ पढ़ा-लिखा का कोई जगह नहीं है—सरकस ताकत और इन्टरटेनमेन्ट का दुनिया है—क्या समझा ?"

"मेरे कहने का मतलब है, मैं सर्कस में एक्सपेरिमेन्ट—प्रयोग करना चाहता हूँ—उतने में ही नहीं जितना मेरा दायरा है बल्कि उससे भी आगे। जिस दिन ऐसा नहीं कर सका, खुदकुशी कर लूँगा।"

"तब तो एक दिन में तुझे हज़ार बार मरना पड़ेगा—माई डियर सरजू।" एकाएक उनका स्वर बदल गया, "तो समझ लिया न...सर्कस में जोकर का रोल कितना इम्पॉटेन्ट है। सर्कस का टेंशन ईज़ करना, ऑडिएंस को बाँध के रखना—एक हेल्पर से लेकर रिंग मास्टर तक का सारा काम सँभालना पड़ेगा, ज़रूरत पड़ा तो—क्या समझा ?" उनकी गोल-गोल नाचती आँख मैनेजर के वहाँ से गुज़र जाते ही फिर उल्लुओं-सी उलट गई, "स्साला !"

कौन-सी दमित वासना मथ रही थी सरजू भाई को ? अपनी लघुता के प्रति बेहिसाब खीझ या औरों के कद के प्रति उत्कट आक्रोश ?...उनके हर आइटम में इसे ढूँढ़ा जा सकता था। अक्सर वे नकली ऊँची टाँगों पर चले आते। लोग उनसे हाथ मिलाने को उचकते लेकिन हाथ छोटे पड़ जाते। वी.आई.पी. की कुर्सियों तक जाकर यह चुनौती उछाल आते और अन्त में सबको बौना सिद्ध कर दिग्विजयी अश्वमेघ घोड़े की तरह लौट आते। बंगाल में 'एटा की' के उनके जुमले ने तो कमाल कर दिया। जानी पूछता, "एटा की ?" (यह क्या है ?) सरजू भाई जवाब देते "एटा की !!" (यह चाबी है !)

अलवर कैम्प का ओपनिंग 'शो'। शो मैनेजर ने आइटम्स की सूची सोच-विचारकर तैयार की थी। "कोई पुराने महाराज और कुछ नए महाराज आ रहे हैं।" जानी कैम्प में सूचना बाँट रहा था। महाराज के अतिरिक्त प्रदेश के मन्त्री, कमिश्नर, कलक्टर समेत विशिष्टों का एक दल अतिथि है आज। नियोगी व्यस्त हैं, मैनेजर व्यस्त। ऐसा सौभाग्य कितनी सर्कस कम्पनियों को मिल पाता है ! उनके साथ पत्रकारों और फोटोग्राफरों की फौज आ रही है। एक शो निछावर करना है बाकी के नाम ! चुन-चुनकर हैरतअंगेज़ और खतरनाक आइटम्स रखे गए हैं। फ्लाइंग ट्रैपीज़, क्रॉस ट्रैपीज़ इन मून लाइट, कॉमिक जैगलिंग, जोकर्स रिफ्रेशल, जिम्नास्टिक्स बैलेंसिंग के चुने आइटम, वन और टू ह्वीलर, मार्च परेड, फिर जानवरों का खेल—भालू की मोटर साइकिल ड्राइविंग, ऊँटों की

कलाबाज़ीवाली दौड़, जलती रिंग से बाघ की छलाँग। इम्तियाज़ मसल शो के अलावा आज जीप जम्पिंग भी पेश करेंगे। ट्रूप मास्टर अपने-अपने दलों के कपड़े-लत्ते से लेकर मेकअप तक सँभालेंगे। चुस्त-दुरुस्त खाँ साहब, रघुनाथ, रमलू वगैरह ट्रेनर व्यस्त हैं। एनाउंसिंग से लेकर जोकर तक का रिर्हसल किया जा चुका है। एनाउंसिंग के लिए आए हैं नए-नए अभिजीत।

"पंडित जी, लाज आपके हाथ में है।" नियोगी ने सोहनलाल को पुचकारा तो वे फूलकर कुप्पा हो गए हैं। सारा मैल धुल गया है। "अरे यह जाने किस जन्म का पुण्य-प्रताप है कि राजा-महाराजा के सामने साज़ बजाने का मौका मिल रहा है। सर्कस में नहीं आए होते तो कोई पूछता ? कोई पूछता इन बौनों, मरियल इंसानों को ?"

शाम होते ही सर्कस का तम्बू रोशनी के बन्दनवार से सज उठा। भैंसों की तरह गाड़ियों की कतार, महाराज, मन्त्रीगण, अंगरक्षक एवं पुलिस तथा प्रशासन के अधिकारी प्रवेश द्वार पर ही अगवानी के लिए नियोगी बढ़ आए। दोनों ओर खड़े दो हाथियों ने, जो सूँड ऊपर कर गजरे उठाए हुए थे महाराज और मन्त्रीजी के गले में ऊपर से माला गिरा दी। मन्त्री जी भय से विचलित होकर एक ओर दुबके जहाँ आई.जी. थे, इस पर आरती के लिए दीप जलाये मंगल कलश लिये लड़कियों में कुछ को हँसी आ गई। शुकर था सोहनलाल के अभ्यर्थना-संगीत में हँसी दबी रह गई।

इन्द्रधनुषी कोहरे को भेदती हुई एनाउन्सर अभिजीत की आवाज़ गूँजती है, "लेडीज एंड जेन्टलमैन, वी हैव द प्लेजर टू प्रोड्यूस ए गैलेक्सी ऑफ सर्कस स्टार्स...आवर फर्स्ट वेंचर द फ्लाइंग ट्रैपीज़।" क्रम-क्रम से एक-एककर आइटम गुजरते गए, एनाउन्सर हर खेल की विशेषता, आर्टिस्टों और जानवरों के नाम-परिचय के अलावा ऐसा समाँ बाँध रहा था, मानो हर खेल औरों से ज़्यादा खतरनाक है। उस दिन सरजू ने अपने आइटम द जोकर्स रिफ्रेशल में चमत्कार कर दिया। आइटम का नाम था 'द लिलीपुट्स किंगडम'। रोशनी का विशेष प्रबन्ध था। बौने इंसान और भी बौने लग रहे थे, बाकी बच्चों को सजा दिया गया था। वहाँ सभी बौने थे। वे कद्दावर मर्द-औरतों से तरह-तरह की गुलामी करा रहे थे। सरजू गाउन पहने, मुँह में चुरुट दबाए हवाखोरी को निकले हैं अपने पिल्ले पम्मी के साथ। साढ़े तीन फीट के रईस और नौ फीट का उनका पिल्ला, यह नौ फीट का पिल्ला यानी महेन्द्र नाम का हाथी एक चेन से बँधा है, जिसका छोर पकड़े चल रहे हैं सरजू, बीच-बीच में रईसाना स्वर गरजता है, "पम्मी, ओ पम्मी !"

शो में स्वाभाविकता आ गई, पम्मी ने पायखाना और पेशाब दोनों कर दिए खड़े-खड़े।

"ओह यू स्वाइन, छोटा क्रिएचर, अम टुमको बोलटा, सवेरे उठकर लैट्रीन जाओ, मगर टुम नईं जाटा। पूह ! फाई।"

पता नहीं क्या विद्रूप-भरा था 'द लिलीपुट्स किंगडम' में, छोटे इंसानों द्वारा बड़ों पर शासन का युगधर्म या दलितों, दमितों के उत्कर्ष की आकांक्षा—कौन जाने। वह अन्त तक पूछ नहीं पाई सरजू से, शायद पूछने की परिपक्व मनःस्थिति ही नहीं थी उसकी।

वह तो दो-दो अन्तर्द्वन्द्वों को झेल रही थी उन दिनों—एक अपनी दुर्गतिनाशिनी की दुर्गति, दूसरी खिलते वय का प्रथम प्रणय-प्रसंग, जिसमें जैनुल के प्रति निर्मम बनकर वह इस अवक्षेपण को झुठलाने की कोशिश में लगी थी। इसी बीच 'एवरेस्ट' के कैम्पस में एक नई सरगर्मी उभरने लगी। एनाउन्सर अभिजीत ने उससे भी सर्कस के कर्मियों की यूनियन बनाने के बारे में बातें की थी, जो उनकी दिक्कतों, दुर्घटनाओं के कंपंसेशन वेतन और सुविधाओं के लिए मालिकों से संघर्ष करती। रामू दादा तो एकबारगी डर गए थे, "क्या इरादा है, नौकरी खाकर ही दम लोगे क्या ?"

"यह डर ही तो दूर करना है।" जवाब था उसका। जैनुल से खूब पटती थी। बात मेरी ने लीक आउट की नियोगी के कानों में और अभिजीत, फ्लाइंग ट्रैपीज़ के चिदम्बरम्, मुंशी, ननकू और ललिता की छुट्टी कर दी गई। सरजू को धमकाकर छोड़ा गया। उसे तो कुछ नहीं कहा गया, मगर रामू दादा ही उस पर की सारी नाराज़गी झेलने को सामने पड़ गए। "क्यों आरोहीगण, 'एवरेस्ट' पर झंडा गाड़ने चले थे और ऐसे गिरे कि चकनाचूर ! आइन्दा ऐसी हरकतें बर्दाश्त नहीं करूँगा मैं। गीता बच्ची है अभी, समझा दें उसे।"

अपने अधिकारों और स्वार्थों के प्रति कितना चौकन्ना रहता है आदमी, वहीं दूसरों के अधिकार हनन और स्वार्थ पर आघात करने से नहीं चूकता। हैदराबाद में 'होराइज़न' का कैम्प लगनेवाला था कि नियोगी ने इब्राहिम खाँ से अनुरोध किया कि वे वारंगल चले जाएँ, वह बड़ा मैदान उनके लिए छोड़ दें। 'एवरेस्ट' जैसा बड़ा सर्कस वारंगल में मार खा जाएगा जबकि 'होराइज़न' के लिए कोई दिक्कत नहीं होगी। इब्राहिम पहले से ही जले-भुने थे, नहीं माने और नियोगी उनके पीछे पड़ गया। सर्कस कैम्पस में ही गुंडे चले आते। लड़कियों पर फब्तियाँ कसते, पुलिस के आने से पहले चल देते। सर्कस के शो के बीच से ही कुछ लोग उठ खड़े होते, "यही रद्दी खेल है ? हमारे पैसे वापस करो।" आए दिन उपद्रव होते। वह कैम्प मार खा गया। दूसरा कैम्प मुहल्ले के बीच एक मैदान में लगाया गया था। वहाँ मुहल्लेवाले ही खिलाफत पर उतर आए थे, "सर्कस और सेना के जवानों को आबादी से अलग रहना चाहिए। हमारे बाल-बच्चे नहीं हैं ?" दूसरा कैम्प भी मार खा गया। और तीसरे कैम्प तक 'होराइज़न' छेदवाली जहाज की तरह डूबने लगा जब नियोगी द्वारा फोड़े गए आर्टिस्ट अपना बकाया वेतन माँग-माँगकर चलते बने।

ज़ेनिथ सर्कस के दफ्तर में इसी पृष्ठभूमि में सर्कस आनर्स एसोसिएशन की मीटिंग शुरू हुई। ह्विस्की का उफान धीरे-धीरे ज़ोर पकड़ रहा था। नियोगी और इब्राहिम ठसककर बैठे थे। इस बार मिनिट्स के लिए प्रसाद जी नहीं आए, उसे ही भेज दिया था।

"हाँ तो इब्राहिम, तुमने मेरे ऑफर के बारे में क्या सोचा ?" सैंड साहब ने गिलास नचाते हुए पूछा।

"सोचकर क्या करूँगा भाई जान, 'होराइज़न' एक डूबता जहाज है। आप उसका

रिस्क लेकर ज़ेनिथ में ले आइए या कहीं और। जब तक वे वजहें मौजूद हैं, बरबादी से कौन रोक सकता है ? आज 'होराइज़न' डूबा है, कल को कोई और डूबेगा। फिर हम नियति की बातें क्या करें, जब अपनी नीयत से ही मजबूर हैं ?"

ईगल्स के स्वामीनाथन नियोगी की ओर मुखातिब हुए, "नियोगी साहब, हम सरकार से अपनी मुसीबतों का रोना रोते हैं लेकिन कितना अजीब है, खुद एक-दूजे की मुसीबतों का कारण बनते हैं।"

"मैं नहीं समझता कि इसमें अभियोग का रंग है या फरियाद का ?" नियोगी की आँखें सुर्ख हो उठी थीं।

"इतनी जल्दी आँखों की रंगत बदल डाली भाई जान ने ? तोबा, तोबा, अभी हुए ही कितने दिन, जुमा-जुमा आठ दिन। आज शहंशाह को फरियाद की तमन्ना है, कल तक फकीर थे तो इल्ज़ाम का डर था।" इब्राहिम खाँ ने कहा।

"आपको पता होना चाहिए, आप किससे बातें कर रहे हैं ?"

"मैं तुमसे सीनियर हूँ नियोगी।"

"होंगे।"

"सर्कस मेरी इबादत है।"

"होगी। मेरा तो धन्धा है, मेरा ही नहीं, सभी का।"

"गलत ! तुम किया करो धन्धा मगर दुनिया में ऐसे आदमियों पर तो रहम किया करो जो इसे आदमी के हुनर, फन और मेहनत की बुलन्दी की शर्तों से जोड़कर देखते हैं।"

"देखिए, खाँ साहब, अहसानफरामोशी इसी को कहते हैं, हमने अपने आर्टिस्ट देकर खड़ा किया आपकी कम्पनी को, अगर उन्हें वापस न लेता तो आपको कोई गिला न होती।"

"इस पर ऐतराज़ कहाँ है ?"

"तो फिर ?"

"देखिए, अपने पंजाब का एक किस्सा है, एक आदमी शादी करने गया, तो पायजामा उसने अपने एक दोस्त से उधार माँगा हुआ था। जैसे ही कोई बात होती, दूल्हे की तारीफ करते-करते कहता, वैसे तो सब कुछ इनका है, लेकिन पायजामा मेरा है।"

स्वामीनाथन, प्राणनाथ, हंसराज, सैंड सभी ठहाके लगा बैठे।

"ठीक है, अब से नहीं कहूँगा।" नियोगी ने खिसियाकर कहा।

"यही तो उसने भी कहा था।" इब्राहिम के यह कहते ही वो हँसी का दौरा पड़ा कि कइयों के जाम छलक गए।

नियोगी खिसिया गया लेकिन सैंड साहब ने उसे छोड़ा नहीं, "फिर तुम पर दूसरा अभियोग यह है कि तुम एक प्रोमिसिंग जिम्नास्ट को काम करने नहीं देते।"

"हमने कानून के खिलाफ कुछ किया है ?"

"फिर भी एक कोड ऑफ कंडक्ट तो मानकर चलते हैं ही हम, हर किसी की प्रतिभा को फलने-फूलने का पूरा मौका देना।"

"पैसा मैं देता हूँ। कान्ट्रैक्ट मुझसे हुआ है।"

"इससे तुम्हें यह अधिकार कहाँ मिल जाता है कि तुम उसे कुन्द कर दो ?"

"देखिए मिस्टर सैंड, यह मेरे सर्कस का निजी मामला है ?"

"नो, नो, दिस इज़ नाइदर परसनल नॉर प्राइवेट ईशू ! नो प्राब्लम इज़ आइसोलेटेड। इट हैज़ इट्स डीप इम्पैक्ट ऑन अस। यू नो आवर्स इज़ ए वास्ट फेमिली ऑफ ह्विच यू आर ए यूनिट वोन्ली।"

"और कोई ईशू डिस्कस करने को नहीं है ?"

"पहले एक को कनफेस करो तब तो आगे बढ़ें...।"

"हमारा हिपो कब मिल रहा है ?"

"अगले ही माह।"

"आपको पता है, हमारे यहाँ यूनियन बन रही थी। इज़न्ट एलार्मिंग ?" नियोगी ने ऐसी समस्या पेश कर दी कि लोग सन्नाटे में आ गए।

चड्ढा ने कहा, "हमारे यहाँ भी खिचड़ी पक रही है।"

"हमारे यहाँ भी।"

"हमारे यहाँ तो बन चुकी।"

"एंड यू कावर्ड्स जस्ट सी इट बीइंग डन। सी मी, आई हैव क्रस्ड इट विथ आयरन हैंड्स।" नियोगी का नायकत्व कुछ देर के लिए छा गया महफिल में।

"लेकिन इसमें बुरा ही क्या है ?" इब्राहिम की आवाज़ कौंधी तो लोगों ने कुछ नया सुनने की आशा से कान खड़े कर लिए।

"अपनी समस्याओं, अपने अधिकारों के लिए हम यहाँ मिल बैठे हैं, तो कुछ भी बुरा नहीं लगता हमें, वहीं सर्कस के आर्टिस्ट, ट्रेनर और मज़दूर को इस काम के लिए हम गलत करार कर देते हैं।"

"आज तुम डूब रहे हो तो खुदा का नाम याद आया।" नियोगी हँस पड़ा।

"हरगिज़ नहीं, मैंने हमेशा उन्हें इंसान माना है, सर्कस को अपनी ही तरह उनकी सम्पत्ति माना है। तुम्हारी तरह अपने इंटरेस्ट के लिए उनको हलाल नहीं किया।"

"किसे हलाल किया, ज़रा सुनूँ तो ?..."

"गीता या सीता, क्या नाम है इस लड़की का ?" अपना प्रसंग आते ही वह घबड़ा उठी थी।

गीता ! गीता ! गीता। ओहो, मेनिया हो गया है। आप और मिस्टर सैंड की नज़र ही खराब है इस पर...।"

"ह्वाट ?" इब्राहिम सहसा चीखकर उठ पड़े। उनके दोनों हाथ काँप रहे थे, सहसा वे फैलने लगे और देखते ही देखते उनके हाथ कस उठे नियोगी की गर्दन में।

"हाँ-हाँ, यह क्या, छोड़िए भी।" कहते हुए कुर्सियों पर बैठे मालिकों ने हाथ

छुड़ाकर उन्हें अलग किया। वे अभी भी जलती आँखों से उसको ताक रहे थे। "तुझे मालूम नहीं कि वह मेरी बेटी के समान है। लुच्चे-लफंगे ! दो पैसे हाथ में आए तो तू अपने-आपको तीसमार खाँ समझ बैठा ! भूल गया जब पिंजरे से बाघ निकल भागा था, तब यही इब्राहिम तेरी जान बचाने आया था। जूतियाँ पड़ रही थीं और पैंट में टट्टी कर बैठा था। तू–भूल गया वो दिन ?"

नियोगी अपना कॉलर ठीक कर चुपचाप बैठ गया था। आँधी के बाद की शान्ति बिछल रही थी। किसी को सूझ नहीं रहा था कि बात फिर कैसे शुरू की जाए। खाली प्याले को आँखों के सामने नचाते हुए सैंड साहब ने जैसे बहुत दूर छिन्न पड़ी बात के सूत्र को पकड़ा, "हाँ, तो नियोगी, मेरे साथ मुश्किल यह है कि मैं मेज़बान भी हूँ, इब्राहिम की तरह झपटकर तुम्हारा गला नहीं दबा सकता। फिर भी स्पष्टीकरण की माँग तो कर ही सकता हूँ...। सुजाता या सुशीला, कामिनी या यामिनी–एक जिम्नास्ट से ज़्यादा कोई अहमियत है भी नहीं इसकी मेरी निगाह में, फिर भी तुमने बुरी नज़र का इल्ज़ाम लगा दिया भाई ?"

"जी !"

"क्या ग्राउंड है तुम्हारे एसम्पसन का ?"

"यह नियोगी के मन का चोर तो नहीं बोल रहा था।" स्वामीनाथन ने खिल्ली उड़ाई तो सैंड साहब ने आँखें तरेरकर कहा, "प्लीज़, आप लोग ज़रा शान्त रहें।"

नियोगी ने अपने को अकेला पाया। गुस्से से चेहरा लाल हो उठा। "यह एक कान्सपिरेसी है। सर्कस ओनर्स एसोसिएशन की मीटिंग के बहाने मुझे जलील करने का षड्यन्त्र रचा गया है।"

"तुम निर्भीक होकर बोलो। मैं तुम्हें छूट देता हूँ।" सैंड साहब की आवाज़ बर्फ की तरह ठंडी थी।

"मैं स्सारे चो-चोचले समझता हूँ। स्सैंड साहब, क-कलेजे पर हाथ रख क-कर पूछिए, ककक्या जेनी की कमी को सुजाता से नहीं भरा जा रहा है ?" वह बोलते-बोलते कुत्ते की तरह 'हौं-हौं' करने और झपटने लगा, 'आप और आ-आपके चचेले दोनों शामिल हैं इस खेल में। मैं जीते जी ह-हर्गिज़ नहीं होने दूँगा ऐसा।" दरके हुए शब्द, दरका हुआ आदमी। वह झपटने की कोशिश में खुद लड़खड़ाया, कुर्सी उलटते हुए दरवाज़े पर जा गिरा, रघुनाथ ने दौड़कर उसे उठाया और इम्तियाज़ के सहारे जीप की पिछली सीट पर डाल आया। हड़बड़ी में वे उसे ले जाना भी भूल गए और उसकी वह रात वहीं कटी, रेखा दी के साथ। जेनी की अबूझ पहेली उस रात बूझ नहीं पाई वह। यह रहस्य तो 'ज़ेनिथ' में आने के बाद खुला...।

सात सालों की आशनाई...आखिर किस मुकाम पर लाई...? सैंड साहब के भव्य गोल चेहरे पर छायाएँ मचलनें लगीं। अन्दर एक बवंडर था, आँखों में जेनी की ठोस जमी याद बिछल रही थी। पेरिस की किस गली में आज होगी जेनी ? खामोशी के आलम में बेपनाह शोर था। बाहर शो शुरू करने की भिनभिनाहट के बीच भी यहाँ एक

शान्ति थी, बहुत कुछ वैसी, जैसी दोपहरी की नींद की खुमारी में बाहर भिनकती आवाज़ों में होती है। यह प्रिफेस मीटिंग जिसमें यह तय होना था कि अगली बैठक में कौन-कौन-से इशू डिस्कस होंगे, पथराकर रह गई थी। छोलदारी के अन्दर शराब की सड़ी-बू थी जिसके बीच कुछ बुत थे—सिर झुकाए हुए ज़माने-भर का अभिशाप लिये अपनी-अपनी मर्सिया बाँचने बैठे थे। सैंड साहब ने खुमारी को एक झटका दिया, "नमक भरकर मेरे ज़ख्मों में, क्या तुम मुस्कुराते हो, मेरे ज़ख्मों को देखो, मुस्कुराना इसको कहते हैं।"

और इस आवाज़ के साथ ही बाहर की अर्गलाएँ एकाएक खुल गईं। आकाश में रंगों की भरमार थी। सर्कस का आर्केस्ट्रा, किसी भयानक युद्ध की पृष्ठभूमि बुन रहा था।

थोड़ी देर बाद मेहमानों के साथ अतिथि दीर्घा में बैठे उन्हें लगता है अर्गलाएँ बन्द हैं, बाहर का शोर मर गया है।

"सर, कॉफी !" अर्गला खुल गई है सहसा, सिर फट रहा है शोर से।

"आँ", कॉफी का प्याला थामते ही अर्गलाएँ बन्द हो जाती हैं, सी-बीच पर सतरंगी छतरी के तले वे और जेनी—सागर संतरण से थका हंसों का जोड़ा एक-दूसरे को चोंच से प्यार उँड़ेलते हुए। रंगीन छतरी के नीचे कितने-कितने इन्द्रधनुष खिल-खिल उठते, उतने रंग तो कभी इन्द्रधनुष में भी नहीं दिखे।

"जानती हो, हमारे देश में एक बादशाह हुआ था, शाहजहाँ, जिसने अपनी प्रियतमा की याद में ताजमहल बनवाया था।"

"ओ आइ हैव सीन इट, इट्स वंडरफुल !" जेनी चहक उठी थी।

"करोड़ों अकाल-पीड़ितों को जब रोटी-पानी भी मुहाल था, उसने अपनी सनक पूरी की थी—प्यार नहीं, प्यार का विज्ञापन।"

जेनी ने अपनी भोली-भाली पलकें सैंड के चेहरे पर टिका दीं, "आखिर कहना क्या चाह रहे हो ?"

"मेरे दिल में भी इसी तरह की एक दुष्ट इच्छा मचल रही है। बताऊँ...सुनो, ईश्वर न करे, तुम मर जाओ तो मैं तुम्हारे नाम पर भी...।"

जेनी बुरा मान गई, "तुम मेरे मरने की कामना करते हो ?"

"ओह पहले ही कहा न...दुष्ट इच्छा ज़रा सुनो तो क्या सोचता हूँ मैं..." मुँह फुलाए बैठ गई जेनी घुटनों को बाँहों से बाँधकर...।

"तुम्हारे नाम पर मैं एक बड़ा सर्कस कायम करूँगा जिसमें लाखों को ज़िन्दगी बाँटता फिरूँगा। ज़रूरी नहीं है कि तुम मरो, मैं तो यूँ ही तुम्हें चिढ़ाने के लिए कह रहा था, मैं शादी के साथ ही शुरू कर दूँगा यह काम।"

जेनी चहक उठी थी। घुटनों पर की बाँहें सैंड के गले के गिर्द कस गईं और चुम्बनों की बौछार ! नाम क्या रहे इस पर थोड़ी माथापच्ची हुई। जेनी ने सुझाया, "ज़ेनिथ कैसा रहेगा...द टॉप ऑफ सेलेस्सियल होमोस्फेयर !"

लेकिन जेनी—'जे' से शुरू होता था और ज़ेनिथ 'ज़ेड' से, जेनी को लेकर कोई आकर्षक नाम बनता नहीं था। अन्त में सैंड साहब ने युक्ति निकाली, ''यह हिन्दुस्तान है, यहाँ हिन्दी में 'ज़ेड' और 'जे' दोनों ही एक हैं। ज़ेनिथ कहने मात्र से तुम मेरी आँखों में नाच उठोगी—फौज के कैम्पों की बजाय...।''

ज़ेनिथ ! प्यार की ऊँचाइयों की सीमा ! वह प्यार जिसके जुनून में मानवीय सामर्थ्य पराकाष्ठा पर पहुँचती है, शक्ति, श्रम और कौशल की सितारों से आगे की बुलन्दी। आज इन्द्रधनुषी छतरी की जगह एक बड़ा, काफी बड़ा बेरंग तम्बू है, और वे एक छोटे भँवरे की तरह उसमें कैद हैं जिसके पंख ढीले पड़ रहे हैं।

जेनी अपने ट्रप के साथ गोरे सिपाहियों के मनोरंजन के लिए नाचने आई थी। तब भारत पर ब्रिटेन का शासन था। सिपाहियों के मनोरंजन के लिए नट, बाज़ीगर, जादूगर और नृत्य मंडलियाँ अपना-अपना डेरा-डंडा, साज़-सामान उठाए कैम्प-दर-कैम्प भटका करतीं। संयोग की बात थी, जिस कैम्प में जेनी का प्रोग्राम था, उसी के मनोरंजन के लिए सैंड साहब भी आए थे एक सामान्य 'जुबली सर्कस कम्पनी' के साथ। बहुत दूर से अलग-अलग राहें कैसे क्रॉस कर गई थीं जैसे क्रॉस ट्रैपीज़ में कैचर ने उसे झुलाकर दूसरे झूले को पकड़ा दिया हो। जेनी वापस गई, फिर आई, फिर गई। खतो-खुतूत आते रहे, जाते रहे। जेनी को दूसरी बार पाने के लिए सैंड साहब काफी लम्बा सफर तय कर चुके थे। पुराने नटों, करनटों और केरल के तेलीचेरी के लड़के, लड़कियों को मिलाकर एक तम्बू डाल चुके थे स्वतन्त्र। उन्हीं में इब्राहिम भी थे। तम्बू फैलता गया, ऊँचा उठता गया। जेनी को लेकर काफी दूर-दूर का चक्कर लगा आए सैंड साहब—सागर तट, हिमालय के आँगन से लेकर चोटियों तक।

कैसे उमंगों-भरे दिन थे वे ! जेनी के रंगीन गरारे का रोमांचक कसाव, कमल की मुँदती पँखुरियों का सुरभीला अहसास !

कोर्टशिप खिंच गई। बाबर की तरह जेनी को भी हिन्दुस्तान पसन्द नहीं था। यहाँ के मटियाले जाहिल आदमी, बेपनाह गरमी, धूल, गन्दगी—हवा से लेकर पानी तक सब बेकार। उस बार जेनी को पेचिश की जो शिकायत हुई तो वापस पेरिस जाकर ही निजात मिल पाई। सैंड साहब के लिए जेनी को मनाना मुश्किल हो रहा था। मित्रों से राय ली। मुहब्बत की एक से बढ़कर एक दास्तान परोस दी गई लेकिन यथार्थ का रंग उतना चटख नहीं था। सर्कस उनकी आत्मा में बना हुआ था और जेनी को इस गरम, गन्दे मुल्क की यायावरी पसन्द नहीं थी। वह बार-बार यूरोप में सेटल करने को कह रही थी। ''हिनदुस्तान में हर्गिज़ नहीं, उफ यहाँ की हवा है जैसे कोई गर्म साँस छोड़ रहा हो और पानी...जैसे अभी-अभी यूरीनरी ब्लाडर से निकालकर लाया गया हो। हर जगह रोग के जर्म्स उड़ते हुए।'' हिन्दुस्तान से जड़ें उखाड़कर यूरोप में फिर से नए सिरे से जमाने की स्थिति में वे नहीं थे। यह मामूली रिस्क नहीं था। अकेले ही लौट आना पड़ा था उन्हें। खत फिर भी आते रहे, लेकिन वे तब ही आते जब सैंड साहब खुद पहल करते—क्रिसमस और नए साल के औपचारिक कार्ड्स को छोड़कर।

जब पेरिस जाते, हॉस्टल के फाटक पर से ही किसी फौजी की तरह अपना हैट हिलाते, टैरेस से सीधे दौड़ती हुई आती जेनी स्कर्ट-ब्लाउज़ पहने किसी स्कूली बच्ची की तरह और गर्दन के गिर्द बाँहें डालकर लिपट जाती। चुम्बनों के फूल खिलने लगते उसके बदन में। कहाँ गए वे दिन !

ठीक ख़याल नहीं आता, कब चुम्बनों में ठंडक समाने लगी थी, कब बाँहों के घेरे बड़े होने लगे थे।

कम्पनी की सारी तैयारियाँ पूरी हो चली थीं। तम्बू कलकत्ते से ही बनकर वहाँ पहली बार टँगना था। सैंड साहब अपनी भावी पत्नी को सारी सुविधाएँ देने की स्थिति में आ गए थे। सारा कुछ तय था। बाकी बचा आवास तो काँगड़ा, शिमला, मसूरी, नैनीताल, दार्जिलिंग, जहाँ भी जेनी की इच्छा होगी, एक काटेज ले लेंगे और दो उड़ते हुए परिन्दे मिलकर घोंसला बनाएँगे। हिमालय में यूरोप की ठंडक बनी रहेगी, शुभ्र चोटियाँ, स्वस्थ परिवेश, स्वस्थ बच्चे। यहाँ भी तो अंग्रेज़ रहते हैं, प्यार में कुछ तो ताकत होगी ! उसे मानना ही होगा, आख़िर वे हिन्दुस्तान छोड़कर जा कैसे सकते हैं ? भारतीय सर्कस के लिए बड़ी लगन से उन्होंने एक-एक चीज़ जुटाई है, खेल के अनुरूप कपड़े, कपड़ों की चमक, रोशनी, खेलों में नयापन, कुछ भी चीप नहीं। फिर जेनी को लेकर हर साल विदेश का भ्रमण कर आएँगे। एरोड्रम से टैक्सी लेकर आवास पर आए। नीचे सजे-सजाए सुसंस्कृत, संभ्रान्त नागरिकों का खूबसूरत शहर। फूलों का तोड़ा खरीदा, लिफ्ट से सातवीं मंज़िल पर आए...

मगर, हवाई जहाज़ के हवाई सपने जब यथार्थ पर उतरे तो ठेस लगी, जेनी थी ही नहीं स्वागत के लिए। नॉक करने पर एक जर्जर, भुतहा चेहरा कपाट खोलकर सामने आया—जेनी की माँ, "हू ? हू ? डिडन्ट जेनी इनफार्म यू ?" फ्रेंच के प्रभाव में डूबती-उतराती अंग्रेज़ी।

"नो, कान्ट आई सी हर ?" अन्दर आकर बेचैनी से इधर-उधर देखते हुए उन्होंने पूछा।

"सी हैज गॉन टू एंज्वाय हर हॉनीमून टू स्विट्ज़रलैंड।"

बुत बन गए मिस्टर सैंड। बालकोनी से बाहर देखा, सातवें मंज़िल से छलाँग लगाकर एक खूबसूरत शहर ने खुदकुशी कर ली थी। नज़र अन्दर मुड़ी, कमरे के अन्दर जेनी के इक्के-दुक्के कपड़े, कॉट, सोफा, फर्श पर बिछी कारपेट, परदे, जेनी की बासी गन्ध की तरह मरे-मरे-से थे। हाथों में फूलों का तोड़ा काग़ज़ी लगा। भुतीली आकृति की ओर मुड़े, "प्लीज़ टेल हर माई कांग्रेचुलेशंस !" और फूलों के गुच्छों को ड्रेसिंग टेबुल पर रखकर खिज़ाँ की वीरानी समेटे लिफ्ट से नीचे उतर आए। नीचे वही रौनक-भरी दुनिया थी अपने-आप में खोई हुई।

कलकत्ते में इब्राहिम साहब ने ग्रैंड का एक सूट पहले से बुक कर रखा था। वक्त से पहले लौट आए थे सैंड साहब जेनी के महानगर से अपने महानगर में। इतनी बड़ी दुनिया में अपना कहने को क्या बचा था ? टट्टुओं, खच्चरों पर तम्बू, खाट, खाट पर

बच्चे और पोटलियाँ लादकर जगह-जगह भटकनेवाले बनजारे उनसे कहीं ज़्यादा खुशनसीब थे। एक सस्ते बार में जी भरकर देशी शराब पी और चीकट टेबुल पर दोनों हाथ फैलाए औंधे पड़ गए।

होश आया तो उन्होंने देखा कि इब्राहिम की नज़र उन पर झुकी हुई है।

"कैसे हैं ?"

"ठीक !"

"कोई बात हुई ?"

"हाँ, जेनी ने शादी कर ली।"

"तो कम्पनी का नाम...?"

"क्यों, 'ज़ेनिथ' ही रहेगा। ह्वेदर शी इज़ डेड ऑर शी हैज़ बीन मैरेड टू सम वन—इट इज़ आल द सेम।"

संयोग था, आज भी जेनी की ठेस लगी थी और सँभालनेवाले हाथ आज भी इब्राहिम के थे। एक-एक कर सर्कसों के मालिक विदा हो गए थे, इब्राहिम कोई निर्णय नहीं कर पाए थे। सैंड साहब अपने कमरे से निकले, दो जोड़ी जलती आँखें टकराईं, दो जोड़े कदम ठिठके।

"तो तुम भी जाना चाहते हो ?"

"...।"

"ठीक है, जाओ।"

यह और भी करारी चोट थी। नहीं, अब नहीं जा सकते इब्राहिम। स्वतन्त्र सर्कस कम्पनी का सारा सपना दोस्त पर कुर्बान करने का वक्त आ गया है।

"तुम समझते हो कि अपने पैसे के कारण तुम्हें रोक रहा हूँ ?"

"इतना नादान तो नहीं कि तुम्हें समझने में भूल होगी, यूँ मेरा फ़र्ज़ है कि...?"

"फर्ज़ और कर्ज़...! हूँ ! इससे बढ़कर भी तो कुछ है, हमारे-तुम्हारे बीच ?"

"...।"

"दिक्क्त क्या है ?"

"कुछ नहीं।"

"नहीं-नहीं, कहो। मैं तुमसे तुम्हारी इच्छा के विरुद्ध कोई काम नहीं कराऊँगा।"

"दरअसल मैं सर्कस को एक दूसरे नज़रिए से देखता हूँ।"

"मुझसे अलग ?"

"थोड़ा-सा। ग्लैमर की चकाचौंध में इंसान की मेहनत, ताकत, हुनर और फन को गुम होने से बचाने की मेरी अकेली कोशिश थी।"

सैंड साहब जेब में हाथ डाले, जूते को सँभाल-सँभालकर रखते हुए चहलकदमी करने लगे। इब्राहिम की बात कुछ बनावटी और ज़रूरत से अधिक ही आदर्शवादी लगी उन्हें।

"सर्कस एक शो है—यू नो ?"

"जी !"

"मैं स्वयं इंसान की मेहनत, ताकत, फन और हुनर का कायल हूँ, मगर तुमको मानना पड़ेगा कि चमक, नयापन, तनाव और कुंठाओं के पीछे दुनिया भागती रही है, फिल्में इसे भुना रही हैं तो दर्शक की भावना को हम इग्नोर कर सकते हैं क्या ?"

"मगर यह तो सबमीशन हुआ।"

"यह क्या हुआ, यह तो ठीक समझ में नहीं आता, मगर दर्शकों के जो इन्टरकांट्रैडिक्शन्स हैं, उसे हिकारत में फेंककर नहीं, उसे यूटिलाइज़ करके ही हम आगे बढ़ सकते हैं। सीधी लड़ाई मूर्ख लड़ते हैं। सीधी लकीरों से चित्र नहीं बनता। सो बी प्रीपेयर्ड फार गुरीला वार। डान्ट रिपीट राजपूत फॉली !" इब्राहिम चुप थे। थोड़ी देर तक जवाब की प्रतीक्षा की सैंड ने फिर कहा, "बड़े गम हैं ज़माने के। तुम्हारे भी, हमारे भी। ऐसे में हमें एक-दूसरे के सहारे की ज़रूरत है। घबड़ाओ नहीं, मैं तुम्हारे सर्कस का मलबा ठिकाने लगा दूँगा, बाकी बेच-बाचकर तुम्हारे नाम डिपॉज़िट। मेरे पैसे तुम्हारे वेतन से किस्त-दर-किस्त कटते जाएँगे।"

"अब तो ऐसा लगता है, कि कयामत के दिन भी अल्ला-ताला, मुझसे सर्कस का ही बन्दोबस्त देखने को कहेंगे।"

सैंड साहब हँस रहे थे, मगर उन्होंने नहीं देखा। अचानक बाहर गाड़ी का हॉर्न बजा तो चौंके, "कौन ?"

"तुम्हारी कयामत ! चलो बैठो। तुम्हारे आदमी, जानवर, साज और सामान को ठिकाने नहीं लगाना है ?" सैंड साहब ने कहा और इब्राहिम खाँ कुछ सोचते हुए जा बैठे गाड़ी में।

और अब झरना नहीं, गीता नहीं, सीता नहीं, अब सुजाता।

"वैसे नाम में क्या धरा है ?" कहते टेलर मास्टर जमाल, "नाम तो कपड़े के फैशन की तरह है सर्कस में। एक आदमी तवारीख बन जाए तो उसके नाम का चलन हो जाएगा, उसके धुँधलाते-धुँधलाते दूसरा आएगा तो दूसरा नाम। चीन से लड़ाई के दौरान तोप दगने पर उसके अन्दर से निकलनेवाले आदमी का नाम जो है, अब पाकिस्तान से लड़ाई के बाद उसका नाम कुछ और कर दिया जाएगा।"

"आश्चर्य ! सचमुच में वह कैप्टेन हमीद बना दिया गया था ?"

सरजू भाई कहा करते, "हिन्दुस्तान के नक्शे के बाहर जिस तरह अंडमान है, उसी तरह सर्कस के तम्बू के बाहर आपका टैंट। कालापानी ! और इस कालेपानी में किसी सज़ायाफ्ता कैदी की तरह सिर पर टोपी लगाए, चढ़े पाँयते का पायजामा, अधबाँही कमीज़ पहने अपने दो बेटे, दो बेटियों और दो बेगमों के साथ सिलाई मशीन पर खटर-पटर किया करते जमाल खालू। दोनों खाला जान अक्सर उनके बदन की माप लेने कैम्पों में संन्यासिनी की तरह भटका करतीं। वे नहीं आतीं तो उनकी बेटियाँ आतीं।

जब भी कभी जमाल खालू किसी को कपड़े भिजवाते, उसके साथ नसीहत दर्ज किए बगैर न रहते, "तूँ कम खाना खा, तूँ ज़्यादा। तेरी सेहत गिरती जा रही है।" पूरे तीन सौ इक्कीस आदमी के माप हैं उनके पास, इस बात को फ़ख़्र से कहा करते।

"पोशाक से ही माप होती है आदमी की, गंगू तेली को राजा भोज के कपड़े पहना दो, राजा भोज हो गया, राजा भोज को गंगू तेली के कपड़े पहना दो गंगू तेली हो गया।"

सर्कस को री-आर्गनाइज़ करने के तहत इधर उनके पास कपड़ों के अम्बार लगे थे। एक दिन बड़ी खाला आईं तो उसे आँखें फाड़-फाड़कर देखने लगीं। फिर स्वतः ही हँस पड़ीं, "गीता बेटी, आपके खालू कह रहे थे, गीता सयानी हो रही है।"

वह झेंप गई सुनकर।

"कपड़े देख ले, ठीक सिले हैं कि नहीं।"

"रख दो खाला जान, देख लूँगी बाद में।"

"ना भाई। बड़ा गड़बड़ हो रहा है आजकल।...वो इम्तियाज़ है न, कल वो सुबह ज़बर्दस्ती अपने कपड़े उठाकर ले आया। पहना तो तंग और छोटे आए। बस, कर दी नालिश नियोगी साहब से।"

"तो...?"

"तो क्या ? वे पहले तो हँसने लगे इम्तियाज़ की हुलिया देखकर फिर तुम्हारे खालू को बुलवाया।"

"और खालू कान में पेन्सिल, गले में फीता लटकाए दौड़े आए ?"

"हाँ, पहले तो घबड़ाए, फिर कॉलर के पीछे का नम्बर देखा, फिर हँसते-हँसते बैठ गए। यह तो अड़तीस नम्बर उठा लाए लड़कर, तुम्हारा तो उनतालीस है। तभी तो कहूँ अल्लाह गवाह है, ऐसी भूल आज तक नहीं हुई जमाल से। पहन तो लिए, अब निकलेंगे कैसे ?"

"सरजू बौना आया और बोला, "अरे, उसको ढूँढ़ो जो इसका कपड़ा ले गया।...' तो भाई इसीलिए कहती हूँ देख लो, पीछे 'दोस' न देना।"

युद्ध छिड़ गया था। ब्लैक आउट की वजह से रातें लम्बी और डरावनी हो चली थीं। शो मैटिनी चलता। बाकी समय बिताए न बीतता। इसी बीच एक दिन सुबह-सुबह गिरफ्तारियाँ शुरू हुई कैम्पस में। खान साहब, इम्तियाज़, जैनुल और जमाल का पूरा परिवार पाकिस्तान से स्पाइंग करने के अभियोग में पकड़ लिया गया।

दोपहर को नियोगी डाँट रहे थे कैंटीन के केशव पंडित को, "क्या रपट की थी आपने पुलिस में ?"

"साहेब, जमाल के टैंट में पाकिस्तानी रेडियो से समाचार आ रहा था। मैं बाहर निपटने गया था तो मैंने देर तक सुना।"

"बस !"

"उनके दोनों लड़के गाली दे रहे थे भारत को।"

"हूँ ! और बाकी लोगों ने क्या किया था ?"

"देखिए साहब, आप धरम को मानें या न मानें, मैं तो छोड़ नहीं सकता, वह कल-कल का लौंडा जैनुलवा, हमारी माँ जगज्जननी पर कुदृष्टि डाले--यह मैं कैसे सह सकता हूँ ?"

"खान साहब और इम्तियाज़ ने तो कुछ नहीं किया था ?"

"ज़रूर किया होगा साहब, आखिर तो...। आप जमाल को ही देखिए न, लगता है साला अरब में है। इन लोगों को अपने देश की भाषा-भूषा क्यों नहीं सुहाती ? कभी भी निष्ठा रह सकती है इस देश से ?"

"और मेरा शो बन्द है--इसका हरजाना कौन देगा ?" नियोगी भुनभुना रहे थे।

बड़ी दौड़-धूप के बाद जमाल और उनके बेटों को छोड़कर बाकी लोग रिहा कराए जा सके। शो उखड़ा-उखड़ा चलता रहा। दर्शक शक की निगाह से देखते सर्कस को। भीड़ नहीं के बराबर।

युद्ध खत्म हुआ। पैसे के हिसाब-किताब किए गए। काफी कर्ज़ लद गया। केवल केशव पंडित के ही दस हज़ार थे। कुछ बाहर से, कुछ मित्र सर्कस कम्पनियों और प्राइवेट बीसों कम्पनियों के।

कानोंकान खबर नहीं हुई और कम्पनी का नया साइनबोर्ड टँग गया। दूसरे कैम्प से 'द न्यू एवरेस्ट'। कान्ट्रैक्ट और बांड नए हुए। पता नहीं 'न्यू एवरेस्ट' भी कोई शिखर है या नहीं मगर कानूनी अभियात्रियों ने पैसों के बल पर आविष्कार कर लिया था। और वह...? वहीं से गीता सुजाता बना दी गई।

शो शुरू होने के दिन ही ताशकन्द में शास्त्री जी के मरने का समाचार आया और शो बन्द ! नियोगी जला-भुना बैठा था। इम्तियाज़ रोते-रोते आया, "अपना सदर मर गया साब।"

"सदर नहीं, प्रधानमन्त्री, बेवकूफ कहीं के ! वो क्या के वज़ीरेआज़म...।"

"वही हुआ...अब क्या होगा ?"

"तू चला जा दिल्ली की गद्दी पर।"

केशव पंडित नियोगी को देखते ही बुक्का फाड़कर रो पड़े, उन्हें सान्त्वना दे रहे हैं नियोगी। उसे भी रुलाई आ गई। सरजू भाई रामू दादा के पास आ रहे थे, कुढ़ते हुए बोले, "केशव बाबा तो अपने दस हज़ार की रकम डकारे जाने पर रो रहे हैं, नियोगी शो के बन्द हो जाने पर मुँह लटकाए बैठे हैं, मुझे नहीं पता, तुम और इम्तियाज़ किस बात पर रो पड़े अचानक ?"

और वहीं सरजू भाई ने लाल बहादुर शास्त्री की जो जीवनी बताई कि वह दोबारा रो पड़ी।

"और क्या खबर है ?" नियोगी ने दाढ़ी बनाते हुए पूछा।

"इब्राहिम ने जाने कहाँ से एक लड़की ढूँढ़ निकाली है। साहब वो सीने पर हाथी

पार कराती है।'' इन्फार्मर लालटू स्कूप पेश करता है।

''यह तो पुरानी खबर है, वैसे नाम क्या है उस लड़की का ?''

''रेखा।''

''रेखा, रेखा, रेखा !'' पकड़ नहीं पाए कुछ नियोगी, ''और ?''

''अब उनके पास दस सिंह, पन्द्रह बाघ, तीन भालू, पन्द्रह हाथी, बारह घोड़े और दस ऊँट हैं। जल हस्ती तो है ही। एक ग्रिल का घेरा भी है बाघ-सिंह का खेल दिखाने के लिए।''

''अच्छा !'' मुँह खुल गया आश्चर्य में।''

''जी ! रिंग मास्टर कोई सिंह है।''

''अनिरुद्ध सिंह !''

''जी, याद आया अनिरुद्ध सिंह। आप कैसे जानते हैं ?''

जवाब है, मगर दिया नहीं जा सकता लालटू को। रत्नगिरि कैम्प में बाघ को मांस देनेवाला नया था, बाघ निकल भागा था। बम्बई दौड़कर इब्राहिम खाँ के पास जाना पड़ा था। वहीं ज़ेनिथ के अनिरुद्ध सिंह से भेंट हुई थी। ज़िलाधीश ने तो बाघ को सूट करने के ही आदेश दे डाले थे लेकिन मान गया वह इब्राहिम और अनिरुद्ध को, बिना कोई फंदा डाले उसे पिंजरे में ले आए थे दोनों। उस अप्रिय प्रसंग को वह भूलता नहीं। हड़बड़ी में उसने अनिरुद्ध के आतंककारी ख़याल को पीछे धकेला।

''और...?''

''ट्रैपीज़ में 'समरसाल्ट' (कलाबाज़ी) का कमाल हासिल किया है उन्होंने।''

''हूँ और वो-वो स्केटिंग... ।''

''स्केटिंग नहीं सर स्कीडिंग। फारेन के आर्टिस्ट हैं, नाम अटपटे-से हैं। ठहरिए, नोट कर लिया था, निकालता हूँ।'' जेब टटोलने लगा है लालटू।

''रहने दो, एक बल्गारिया का है दूसरा, जर्मनी का। सुना, कोई इंडियन जोड़ा प्रैक्टिस कर रहा है, जल्द ही रिप्लेस करेगा ?''

''हो सकता है।''

''हो सकता है नहीं, तुम खाक पता लगाते हो, शायद विजय मोहन और आरती जैसे ही वह बल्गारिया और जर्मन आर्टिस्ट छोड़ने लगे, उन्हें एवरेस्ट में लेने के लिए तैयार रहो।''

''जी सर, ईगल्स के दो भाग होनेवाले हैं—ह्वाइट ईगल्स और ब्लैक ईगल्स। बाप का ह्वाइट, बेटे का ब्लैक।''

''और वो-वो, बुलबुल तैयार हुआ आने को, ईगल्स में ही है न ?''

''नहीं। वहाँ से निकाल दिया गया। अब वो ताज में है, तैयार नहीं हुआ।''

''और अनिरुद्ध भी नहीं ? बुलबुल बाघ है और अनिरुद्ध सिंह, वाकई सिंह।''

''अनिरुद्ध सिंह के बारे में तो सर, यहाँ तक कहा जाता है कि वो जानवरों की बोली भी जानता है।''

"ज़रूर जानता होगा। सैंड उसी की बदौलत शहंशाह बना हुआ है।"

"लेकिन सर, एक नम्बर का घमंडी है स्साला।"

"कुछ कहा उसने मेरे प्रस्ताव पर ? रघुनाथ ने कुछ बताया नहीं मुझे।"

"साला कह रहा था, नियोगी साहब से कहना, 'मैं जानवरों की भाषा समझता हूँ।' अब रघुनाथ कैसे कहता आपसे ?"

"हूँ ! अच्छा बेटा, कभी पड़ेगा पाला।"

"मारिए गोली साले सिंह को, खामखाँ उसका भाव बढ़ा दिया है आपने।"

नियोगी बोले नहीं कुछ, रेज़र साफ करने लगे। लालटू को ही बोलना पड़ा, "सर प्लास्टिक गर्ल के लिए कोई आर्टिस्ट रशिया से बुलाने की बात थी न ?"

"अभी नहीं।"

"फिर आर्टिस्ट ?"

"है।"

"कौन ?"

"सुजाता !"

"मगर वह कर पाएगी इतने ऊँचे दर्जे की जिम्नास्टिक्स ?"

"सुन्दर तो है, बुलवाओ अभी तय किए देते हैं।"

उसके आने तक वे क्रीम पोतकर भभक रहे थे। बोले, "तुम्हें शिकायत थी न कि तुम्हारे आर्टिस्ट के साथ हम न्याय नहीं बरत रहे हैं, अब खुश हो जाओ, तुम्हें हम एक बड़ा रोल दे रहे हैं।"

"क्या ?" उसने पलकें उठाईं और नियोगी को गालों पर उँगलियाँ सहलाते देखकर झुका लीं।

"प्लास्टिक गर्ल ! यह देखो रशियन सर्कस का एक शो...।" और उन्होंने ग्लोसी पन्नोंवाली रंगीन पत्रिका उसके सामने कर दी, "देखो यह एक डिस्क है, यह बॉल-बीयरिंग पर बिजली के सहारे घूमता है। इसके ऊपर खड़ी है प्लास्टिक गर्ल। अब चकती के साथ-साथ यह भी घूमती हुई तरह-तरह के जिम्नास्टिक्स के करतब करती है। रबर की तरह लचीली ! चीते-सी फुर्तीली ! वे पन्ने उलट रहे थे चित्रों को दिखाते हुए; वह उनके गालों की क्रीम और साँसों की गरमी को इतने करीब से झेल रही थी। शुरू के पन्ने पर दाग भी पड़ गए थे उँगलियों की क्रीम के। वह विश्लेषक की नज़र से देखने की जबरन कोशिश करती रही, फिर जैसे बचने के लिए कह उठी, "ठीक है। ट्रेनिंग...?"

"वह फिलहाल कोई समस्या नहीं, समस्या है डिस्क बनाने की। बाल-बीयरिंग सेट करके उस डिवाइस का सेट तैयार करने की। मैं मिस्त्री से बात करता हूँ तब तक तुम इसे पढ़ डालो।...मगर देखो, एक ही प्रति है, गुम न होने पाए।"

पत्रिका उठाई, नमस्कार किया और वापस चल पड़ी। अपने में खोई-सी रिंग से गुज़र रही थी कि जैनुल की आवाज़ ने टोका, "मेरा आदाब तो लेती जाइए

मादरेजहान !''

झेंपती हुई बोली, ''देर हो रही है।''

''कितनी देर हो जाएगी ? आपके कैम्प में तो आ नहीं सकता। चलिए, इस मैगजीन के बहाने थोड़ी देर तक यहाँ बैठते हैं। चाय पीकर चली जाना।''

साँस ऊपर-नीचे होने लगी लेकिन वह न आगे बढ़ सकी, न बैठ सकी। जैनुल कैंटीन से दो गिलास चाय ले आया था। रिंग में हाथी के फुटबाल खेल का प्रशिक्षण चल रहा था। बॉल ठीक उनके सामने आकर गिरा। जैनुल ने पाँव से उछाल दिया रिंग के अन्दर। चाय पीते-पीते खत्म हो गई लेकिन बात निकलते-निकलते एक न निकली, किसी के कंठ से। जिस क्षण को पाने के लिए जैनुल दिन-रात बेताब रहा, वह क्षण ओरी की बूँद-सा चूकर देखते-देखते मिट्टी में मिल जाएगा...। लेकिन वह कुछ कर नहीं सकता। सुजाता के सामने अपने को कहीं न कहीं इनफीरियर होने का अहसास बराबर हावी रहता है।

जैसा कि उसकी आदत थी बात अटक गई कंठ में। रोज़ की तरह आज इस अधूरी बात को पूरी करने को सुजाता आगे नहीं आई। ''मैं चलूँ।'' कहकर हड़बड़ाकर वह चलने ही वाली थी कि नासिरा, जो गैलरी के पीछे दुबकी हुई खुफियागीरी कर रही थी, उछलकर सामने आ गई, ''हूँ ! खूब डूब-डूबकर पानी पिए जा रहे हैं जनाब।''

''पानी पी रहे हैं हम और गले में अटक रहा है तेरे ?'' वही गूँगा जैनुल अब वाचाल हो गया था। उसे खुद आश्चर्य हुआ अपने पर।

''देखो जैनुल भाई, यह मत समझियो कि आपके खेल में खुच्चड़ कर रही हूँ, अगर तुम मुझसे निकाह कर भी बैठे तो इस दिलेजानी की याद में मेरी ज़िन्दगी दोज़ख कर डालोगे, लेकिन चोरी-चोरी चारा डालनेवाले ज़ैनुल मियाँ, यह तो बताओ, मर्द किस बात पर रीझता है औरत की ?''

''किस बात पर ?'' नासिरा की स्पष्टोक्ति से वह घबड़ा गया एकबारगी।

''तुम मर्द नहीं हो ?...खैर, न बोलो, शर्म लगती है न ! मर्द सबसे पहले औरत का हुस्न और जवानी देखता है।''

''ओह ! दुनिया में यह बात अब तक किसी ने नहीं कही।'' हँस पड़ी वह उसके व्यंग्य की अदा पर। नासिरा ने उसे खा जानेवाली आँखों से घूरा। बोली, ''तो सुनूँ, तुम्हारी दुनिया में औरतों को रिझाने के क्या गुर बताए गए हैं ?''

''औरत तो तुम हो ही। वैसे जहाँ तक मुझे पता है, औरतों को रिझाने या बेवकूफ बनाने का सबसे बड़ा नुस्खा जो मर्दों के पास है, वह है, उनकी तारीफ करना। चाहे जैसी भी औरत हो सबकी सब इनफीरियरिटी कम्प्लेक्स की मारी हुई, पुचकारा कि गलकर गोबर हुईं।''

''इसी बिना पर तो मर्दों को भी बेवकूफ बनाया करती हैं औरतें। खबीस को नफीस बताकर, काहिल को दिलेर और कमज़ोर को ताकतवर।''

''तुम क्या कहते-कहते, कहाँ-कहाँ मूँ मार बैठी।''

"देखो, कच्ची औरतें अपने महबूब की खुशामद 'और बखान पर गलकर गोबर होती हों तो हों लेकिन वे औरतें जो दुनिया में कुछ कर गुज़रने को पैदा होती हैं, उन्हें मर्द का कुछ स्पेशल ही खींच सकता है—उसकी मर्दानगी, उसकी दिलेरी, उसके फन का जादू। अगर हमारी दिलेजानी जैसी हीरे की कनी को अपनी अँगूठी में पिरोना है तो अँगूठी सोने की होनी चाहिए, समझे। कुछ स्पेशल करके दिखाओ जैनुल मियाँ।"

उसने चिकोटी काटी तो 'उई-उई' करते हुए उसका बोलना बहक गया लेकिन इसके पहले वह उसे पकड़ पाती, वह भाग चली। नासिरा ने मुड़कर देखा तो किताब पड़ी हुई थी।

"लो, अब कितना हसीन बहाना हाथ लगा है ! किताब पहुँचाने के बहाने...तुम किताब देने जाओगे अगर बुद्धू नहीं हो तो 'प्रेम पत्तर' डाल दोगे...।"

"लो तुम्हीं पहुँचा जाओ।" जैनुल ने पत्रिका उठाकर देनी चाही।

"ना बाबा !" वह कान पकड़ने लगी, "दो के बीच में मैं नहीं पड़नेवाली, हाँ।"

जैनुल उस पत्रिका का क्या करे, समझ नहीं पाया। अपनी छोलदारी में जाकर देखा तो सोहनलाल, इम्तियाज़ और रघुनाथ डटे पड़े हैं।

'स्साली, कहीं भी प्राइवेसी नहीं,' वह मन ही मन कुढ़ा और फोल्डिंग चेयर लेकर बाहर जा बैठा। पत्रिका उलटते हुए उसे ख़याल आया यह तो नियोगी साहब की प्रॉपर्टी है, फिर सुजाता के हाथों में कैसे...? कहीं इसी बहाने कुछ चल तो नहीं रहा है ? उसके पन्ने फड़फड़ाए, कहीं कोई चुटका नहीं मिला, शक के हर ज़र्रे को मुर्गे की तरह गरदन टेढ़ी करके जाँचा-परखा, फिर खुद ही झल्ला पड़ा, कितनी बातें हो सकती हैं लेकिन उसका डरा हुआ दिमाग खामखाँ एक नाजुक नकारात्मक बिन्दु पर ही क्यों अटकता है ! अचानक उसे एक धागा झूलता दिखा, धड़कते दिल से पलट दिया उन पन्नों को और बुदबुदाया, "प्लास्टिक गर्ल !" ऐसा लगा जैसे उन पन्नों को ज़्यादा पलटा गया है बाकियों की बनिस्बत, वे धब्बेदार और मैले थे। यानी, प्लास्टिक गर्ल के आइटम पर काम चल रहा है ! उसने हर चित्र को गौर से देखा और सोच में पड़ गया, कर पाएगी इतना ? गले के बल पर पाँवों को उलटे-सीधे मोड़ना, कछुए की तरह बदन को समेट लेना...बाप रे गोया लड़की न हुई प्लास्टिक की पुतली हुई, हर खेल के बाद बदन को नई शक्ल में ढालनेवाली और इस पर तुर्रा यह कि चकती चक्कर काट रही होगी !'

एकाएक उसकी नज़रें पुस्तक के पृष्ठों के पार फैल गईं। "इन्सान हर बार अपने को तोड़कर नई शक्ल में ढालता है। यह बदलाव पूरी प्रकृति, समूची कायनात जर्रे-जर्रे में चलता रहता है। यही विकास का नियम है। बदलो तो बदलो, वरना प्रकृति खुद तोड़कर तुम्हें नई शक्ल में ढाल देगी। कौन-कौन सा उत्पादन किस-किस आकार को ग्रहण करेगा—यह कौन जानता है !"

"खाना ले आऊँ ?" कैंटीन के छोकरे ने उसके तत्त्व चिन्तन में बाधा पहुँचाई।

"ऐं ! खाना...? देखो सिर्फ चावल और अंडे की करी !"

"जी !"

अन्दर सन्नाटा था, चंडाल चौकड़ी जा चुकी थी। उसने एक बार फिर पन्ने पलटे। एक पन्ना, कालखंड का एक कौंधता पृष्ठ, उसकी आँखों के सामने अड़ गया। होंठ बुदबुदाए–एक्रोबेट, नकली पाँवों के करतब, इन्सान के बौनेपन को बड़ा करता हुआ। 'सी-सा' आइटम से इसे जोड़ने पर एक बेमिसाल चीज़ बनती थी। पटरे पर नकली पाँवों पर खड़ा आदमी, पटरे के दूसरे छोर पर जम्प देते ही आकाश में कलाबाज़ियाँ खाकर फिर आ खड़ा होता है नकली पाँवों पर !

"हूँ !"...उसने खुद को ही हुंकारी मारी। बाल्टी का पानी, साबुन और तौलिया उठाया, नहाने चल पड़ा।

पाँव मलते हुए उसने अपनी टाँगें देखीं, काले-काले रोएँ से भरी। स्कूल के दिनों में ट्रान्स्लेशन की किताब की एक एक्सरसाइज़ याद आई...एक बारह सिंगे की सींगें सुन्दर और टाँगें बदसूरत थीं...हूँ...! इन्हीं टाँगों पर भरोसा है, काले रोएँ को प्यार से सहलाते उसने एक प्यारा-सा चुम्बन जड़ दिया। नहाकर तौलिए से रगड़ने तक वह निरन्तर अपने संकल्प को पुष्ट करता रहा।

जैसे-तैसे खाकर बिस्तर पर लेटते ही उसने 'सी-सा एक्रोबेट' का लिटरेचर खोलकर पढ़ना शुरू किया।

इस बार दहशत का हल्का धुआँ रेंगता-सा लगा हड्डियों में। सबसे ज़्यादा कैज़ुअलिटी इसी में होती है।...लेकिन इसके बिना कोई गति नहीं जीविका के लिए और ज़िन्दगी के लिए। मज़ाक-मज़ाक में कितनी ऊँची बात कह गई नासिरा, बिना स्पेशल बने सुजाता को नहीं हासिल किया जा सकता।

शाम को जब वे अपने-अपने आइटमों के लिए तैयार होकर प्रवेश द्वार पर प्रतीक्षा कर रहे थे तो जैनुल ने चुपके से पत्रिका सुजाता के हाथों में दे दी, "आपकी अमानत !"

"ओ ! दोबारा रिंग में आई थी याद पड़ने पर, बड़ी परेशान हुई कि कौन ले गया। यह तो नासिरा ने बताया कि..."

दूसरे दिन इस जहाँआरा और उसके आशिक की पेशी हुई आलमगीर के दरबार में।

"सुजाता, सर्कस के कुछ प्रिन्सिपल होते हैं। हम तुम्हें वार्निंग देते हैं, यू मस्ट मेन्टेन द चेस्टिटी ऑफ़ आवर आर्ट !" गुस्से में अंग्रेजी में बोल गए नियोगी।

सिर झुकाकर सुनती रही सुजाता।

बाहर चिमगोइयाँ उड़-उड़कर आ रही थीं कानों तक, "रामू दादा का भी लिहाज़ नहीं है, छी !...अरे लिहाज़ क्या खाक रहेगा ? खानसामे से बढ़कर हैसियत ही क्या है बेचारे की ?"

मगर वार्निंग अगर सचमुच किसी को मिल रही थी तो जैनुल को।

आशा के विपरीत जैनुल ने जो जवाब दिया, उससे दिल बाग-बाग हो गया उसका, "वी आर मैच्योर्ड एनॉफ ! नाहक ज़लील कर रहे हैं इन्हें, पटरे पर वह जर्नल रखकर

चली गई थी। मैंने आपके सारे उसूलों का सम्मान करते हुए लौटा दिया इन्हें।"

उस दिन नियोगी को सहसा कोई जवाब न सूझ पड़ा। सरजू उनकी नकल उतारता हुआ जहाँ-तहाँ कह बैठता, "आवर प्रिन्सिपल इज़ द मैन ऑफ़ प्रिन्सिपल।"

मैकेनिक उस ग्लोब को अंज़ाम देने में लगे थे। नीचे बाल-बीयरिंग फिट था। विद्युत से उसे चलाया जा सकता था, स्पीड भी रेगुलेटर से नियन्त्रित की जा सकती थी। सुजाता को ट्रेनर रघुनाथ कतिपय नए ढंग से मोल्ड करना सिखा रहे थे। "देखो, यह बॉडी है न, एक कील पर इसका वेट अटका होता है। यह पाइंट जहाँ से बॉडी का वेट गुज़रता है इसे क्या नाम है..." नोटबुक निकालकर देखा और फिर शुरू हो गए, "हाँ, इसे सेन्टर आफ ग्रैविटी बोलते हैं। बॉडी के मूवमेन्ट के साथ ही यह सेन्टर बदलता रहता है। अब ऐसा है कि तुमको अपना सेन्टर ऑफ ग्रैविटी जानना है—कब कहाँ है जान लो तो सब आसान। जैसे ट्रैपीज़ के खिलाड़ी नल पाइंट पर एक-दूजे को कैच करते हैं। इसी नल पाइंट पर सेन्टर को समझते हुए वे सेन्टर को ऐसी जगह ले आते हैं, जिस पोर्शन में बॉडी की जर्किंग को बर्दाश्त करने का सबसे ज़्यादा माद्‌दा होता। जिम्नास्टिक में इस पाइंट को इस तरह कन्ट्रोल करते हैं कि बाडी के दूसरे पोर्शन पर कम दबाव पड़े। फर्ज़ करो, यह भारी लाठी है, अब देखो इसको एक उँगली पर खड़ा किया जा सकता है। ठीक उँगली से वेट पास करता, समझीं ! कहार पालकी को एक सोटा पर खड़ा करता...।" रघुनाथ की आँखें जमी रहीं बावजूद इसके जैसे उसकी सेन्टर आफ ग्रैविटी वहीं हो। वह, जितना समझ में आता था, सब बता गया। मगर सिद्धांत बघार देना आसान है, बदन को हर तरह से लचीला बना लेना उतना आसान नहीं। फिर भी सुजाता को शाबाशियाँ मिलती रहीं, "बेटर ! ट्राइ मोर !"

डिस्क पर रिहर्सल शुरू हुआ। अभी वह पीछे मुड़कर बदन को बाँहों के सहारे विलोम खड़ा कर ही रही थी कि स्वीच ऑन हो गया। बहुत धीमे गति से चक्कर काट रहा था डिस्क..."यस कैरी ऑन ! कैरी ऑन !! डोन्ट वरी !" लेकिन दूसरा आइटम करते ही रेगुलेटर कुछ तेज़ हुआ। गति का अहसास होते ही तम्बू का चन्दोबा घूमता-सा लगा और वह लड़खड़ा गई।

"ऑफ करो ! ऑफ करो ! अरे देखो—देखो चोट तो नहीं लगी ?"

सर हिलाया शर्म और दहशत में डूबते-उतराते उसने।

"नो मोर प्रैक्टिस टुडे। जाओ फर्स्ट एड लेकर आराम करो, नासिरा, हेल्प हर ! पहुँचा आओ इसे।" खान साहब का आदेश हुआ।

अपराह्न में ट्रेनर खान फिर आए। आनन-फानन में स्टोव जलाकर चाय चढ़ा दी उसने। चोट के बारे में पूछते हुए हँस पड़े खान, नासिरा इठला-इठलाकर कह रही थी कि तुम्हें तो गिरना ही था।

"क्यों ?"

"उसने किसी फकीर से दुआ या बददुआ माँगी थी, शायद तावीज़ वावीज़ थी।"

हँसने लगी वह।

"एक बात बताऊँ...? यह मन ही पाप की जड़ है। तुम्हें सबसे पहले इसी मन या यूँ कहो अपने दिमाग पर ही काबू पाना है। कहीं न कहीं इसे खूँटे से बाँधना पड़ता है। यह एक पाइंट भी हो सकता है, एक रेखा भी और कोई चीज़ भी जैसे एक कील, एक पोल और एक बल्ब या कोई चेहरा...। मैं अब चलूँगा। सोचा, कच्ची उमर है, हर भली-बुरी बात के तुरन्त गिरफ्त में आ सकती हो, लेकिन मुझे खुशी हुई तुमने अपने फेल्योर और लोगों की फब्तियों को हँसकर उड़ा दिया।" वह उठ खड़े हुए तो वह भी खड़ी हो गई। सिर पर हाथ रखते हुए बोले, "यह दुनिया कम्पीटिशन की है और आदमी का कम्प्लेक्स—इसका तो कुछ न पूछो, दूसरों से डाह करते हुए भी हर शख़्स अपनी चीज़ को औरों से बेहतर मानता है। मन-ही-मन डरता भी है। इस एक्जिस्टेंस और ईगो के कन्फ्लिक्ट में कोई किसी को नहीं बख्शता।"

वे चले गए, तब उसे याद आया, चाय तो दी ही नहीं उसने। वह बाद में काम आई। रीता, मेरी, कमला आ धमकी थीं उसकी छोलदारी में। नासिरा सबसे पहले आई और नाज़िरा सबसे पीछे।

"गिर गई दिलेजानी ?"

"गिरते हैं सहसवार ही..."नाज़िरा ने व्यंग्य किया।

"गबड़ाओ नई। आम भी गिरा था ट्रैप में। वो कैचर थोड़ा 'गबड़ा' गया। गिरा भी तो उलटा-पलटा स्पाइनल कार्ड डैमेज्ड। फिर आपरेशन से बोन जोड़ा डॉक्टर। आज एकदम ठीक !" कमला बोली।

गिरने का पिटारा खुला तो बिना सबको गिराए बन्द नहीं हुआ। कमला के बाद मेरी की लाइन आ गई।

"यू सी, घोड़ा पर खेल दिखाते हुए हमारा हस्बैंड गिर गया था। आसान नहीं होता घोड़े का खेल।"

"इसको देखो, जैसे केज आफ डेथ के अन्दर मोटर साइकिल चलाने से ज़्यादा खतरनाक है।" रीता मेरी की नादानी पर हँसी, "छह महीना नर्सिंग होम में रहना पड़ा है मुझे, छह महीना।"

"ऊँह, घोड़े का खेल फिर भी घोड़े का खेल है, यूरोप का हर कंट्री में आनरेबुल !" मेरी ने हार नहीं मानी।

"चल, चल ! केज आफ डेथ से उसकी तुलना क्या !" रीता ताल ठोंक बैठी।

दोनों में मारा-मारी की नौबत आ गई तो उसने बात को मोड़ देना ज़रूरी समझा, "भई, एक्सीडेंट तो हर घड़ी सर पर सवार है। अपना तो इंश्योरेंस भी नहीं होता।"

"न हमारा, न हमारी सर्कस कम्पनी का।" नासिरा ने जोड़ा।

"सुनने में आया है, सैंड साहब दिल्ली में फाइट कर रहे हैं इसकी खातिर ?"

"हो जाए तो समझें ! अभी हम एक जैसे खेल के लिए एक जैसे पैसे की बात करते हैं तो वे एक जैसे स्टैंडर्ड की कहकर काट देते हैं। ज़्यादा चूँ-चपड़ किया तो

बोलेंगे–निकलो, बाँधो बोरिया-बिस्तर और रास्ता देखो। इंश्योर्ड तो दूर, पहले इन्सेक्योर्ड सर्विस की बात सोचो। तब हम किसी काम के नहीं रहेंगे, कोई ताली बजानेवाला नहीं आएगा बचाने !"

रामू दादा ताश के अड्डे से वापस लौटे तो भरभराकर सब उठ गईं। सुजाता ने बाहर के सूख रहे कपड़ों को उठाकर अन्दर किया और फोल्डिंग खाट पर निढाल हो गई।

उस दिन रात का आखिरी शो टूट चुका था। बत्तियाँ एक-एक कर बुझ रही थीं। सर्कस के शो मैन अपनी-अपनी झलमलाती पोशाकें उतारकर हैंगरों में टाँगकर, लुँगी, नाइटी या स्लीपिंग गाउन पहनकर खाना खाने का इन्तज़ाम कर रहे थे कि जैनुल उन्हीं कपड़ों में सीधे मैनेजर के पास पहुँचा। नियोगी और ट्रुप मास्टर दोनों पी रहे थे। रुक्ष आँखों से घूरते हुए नियोगी ने पूछा, "क्या बात है, इस वक्त ? बैठो ?"

"मैं एक दर्ख्वास्त करने आया हूँ कि मुझे एक्रोबेट की प्रैक्टिस करने दी जाए।"

"तो रात बारह बजे तुम्हारा भी दिमाग ख़राब होता है ?"

"जी नहीं, मैं पूरे होशो-हवास में हूँ, आप एक्रोबेट बनवा दें। मैं एक्रोबेट सी-सा को एक-एक कर आज़माना चाहता हूँ।"

"एक्रोबेट सी-सा...?" मतलब जानते हो ?" नियोगी ने आँखें फाड़ लीं।

"जी, मौत का दूसरा नाम !" जैनुल हँस रहा था।

"तो मरने के लिए दूसरी जगह नहीं चुन सके ?"

"मैंने उसके हर पहलू पर गौर कर लिया है सर।"

"ठीक है, नशा उतरने पर बात करना।"

नशा ! ठीक ही कहा था नियोगी ने। नशा यद्यपि उन दोनों को था लेकिन सबसे ज़्यादा नशा जैनुल को था, जिसने पिया ही नहीं था। नशा–एक औरत की नज़र में चढ़ने के लिए पुरुष के कुछ असाधारण कर गुज़रने का ! दोनों शराबी जैनुल का जाना देखते रहे फिर उसकी मूर्खता पर हँसने लगे। हँसते-हँसते हाथ ज़रा जमकर टेबुल पर पड़े और बोतल लुढ़क गई।"

"आइडिया !" नियोगी बर्राया।

"क-क-क-क्या ?"

"ज़ेनिथ को मात देने का आइडिया ! इसे चांस दूँगा अगर यह सफल रहा तो ज़ेनिथ डाउन। ज़ेनिथ तक के पास न एक्रोबेट आइटम हैं न आर्टिस्ट !...और यह मर गया तो सुजाता का भूत खत्म ! चित भी मेरी पट भी मेरी। यू नो, आय एम ए सेल्समैन।"

"ठीक ! भगवान आपको सीधा स्वर्ग में ले जाएगा मिस्टर नियोगी–एक हिन्दू औरत को मुसलमान होने से बचाने के लिए !" और वह टेबुल पर गिरी हुई शराब को कुत्ते की तरह चाटने लगा। दुरदुरानेवाला कोई न था।

"यह कोई अलबम था क्या उस पेटी में ? देखिए भीगकर खराब हो गया है।" गोपाल बाबू अतीत से वर्तमान में ले आते हैं। हाय, यह भी गया। पन्ने-पन्ने चिपक गए हैं। पर्त-दर-पर्त जड़ी तस्वीरें। किसी तरह एक खोला तो फट गया...बड़ी मुश्किल से पहचाने जा रहे हैं सरजू भाई। अलबम के फटे पृष्ठ में उलझ जाती हैं यादें...अपने कैम्प में छोटी चड्डी और बनियान में किसी सात-आठ साल के उपेक्षित बच्चे की तरह लेटा है सरजू। रात का काला तम्बू उसके और करीब सरकता जा रहा है। डोरियों से बँधे चाँद का बल्ब उसके ठीक सर पर झूल रहा है। मेंढकों की 'टर्र-टर्र' और बरसाती कीड़ों से फिज़ाँ गुलज़ार है। सो गए हैं सर्कस के लोग। अपने पंजों में मुँह दबाए दुबके पड़े हैं जानवर। सिर्फ रात के प्रहरी के कदमों की आहट, हाथी के कान फड़फड़ाने और बाघ के पहलू बदलने की बेचैन आहट उसे अहसास कराती है कि वह सर्कस कैम्प में है।

आज मैनेजर ने उसे 'गेट आउट' कह दिया, "कल से अपना मनहूस थोबड़ा मत दिखाना।" सुबह चले जाना है उसे। इस आने और जाने के बीच मायामहल के इस द्वीप के दोनों ओर बस अँधेरा-ही-अँधेरा है। आँखों के आगे पसरे स्याह पर्दे में धीरे-धीरे उभर रहा है वर्षों का छोड़ा गया घर-आँगन, इमली की शाखों से चकराती पत्तियों के साथ आँखें मूँदकर सो जाना और उनके आँख खोलने के साथ आँख खोलना। पत्तियाँ झरती रहीं, दिन भागते रहे। कैसे हल्के दिन थे। पंख लगाकर उड़ते हुए दिन। वह कौन-सी नामुराद घड़ी थी कि उसने पाया, दिन अड़ियल टट्टू की तरह ठसक गए हैं। पड़ोस, गाँव, स्कूल, सबकी नज़रों में कौतूहल, हिकारत और दया। फिर दवाओं, दुआओं का दौर चला। असहाय बिसूरती माँ कभी इस फकीर की दुआ लेती, कभी उस सन्त से तावीज़, कभी किसी चर्च में मनौती मानती, कभी किसी मज़ार पर लेकिन सरजू की गाँठ कोई न छुड़ा सका। प्रकृति का मज़ाक अब स्वस्थ बच्चों और बड़ों में घुलने लगा। कोई कालर खींचता, कोई अपने हाथ-पाँव दिखाने को कहता।

माँ ने सीख दी थी, "बेटा, लाख भूँकनेवालों का एक ही इलाज है चुप्पी !" मगर लोग चुप रहने नहीं देना चाहते थे। सिड़न, कुंठा और दमित आक्रोश उतरता गया था शिराओं में। ढेले, गालियाँ खाते, चोटियाँ खिंचवाते गाँठ पर गाँठ पड़ती गईं। सिकुड़ता ही गया था जलते रबर की तरह सरजू। पूरी दुनिया ही छोटी होती गई थी।

"तुम पढ़कर क्या करोगे—ऐं !" किताबों पर हाथ रखकर कोई पूछता। उठकर चल देता वह। इस आत्महीनता से उबरने के लिए उसके पास महज़ एक अस्त्र था, पढ़ाई। लेकिन विद्वत्ता की बैसाखी पर खंडित व्यक्तित्व कब तक साधा जा सकता था ! असहायता की उबाल खाकर फूट-फूटकर रोता हुआ सूरज कपड़े-लत्ते, हाँड़ी-बासन फेंकने लगता, बाप छड़ी उठाकर हिरणयकश्यप की तरह नथुने फड़काते दौड़कर उसकी धुनाई पर उतर आता तो नन्हे हाथों से खुद को बचाते हुए कोने में पिटता जाता, सिकुड़ता जाता, चीखता जाता।

"मुए से मरकर भी तो छुटकारा नहीं मिलता।" बाप के प्रहार पर माँ फरियादी

हो उठती।

छोटी बहन निर्मला की शादी के लिए आए हुए लोग इसी बात पर बिदक गए कि भाई बौना है। रो-रोकर बुरा हाल कर लिया निर्मला ने। माँ पड़ोसिनों से अलग ही विलाप कर रही थी, "कौन-सी कमाई की थी, उस जनम में ? हे भगवान।" उसकी मैट्रिक की सनद, उसका ज्ञान, उसके किसी काम न आ सके। पिता मुँह नहीं देखना चाहते थे। सबके चेहरे भरे-भरे थे।

दूसरी सुबह अपने नन्हें-नन्हें पंखों से वह इमली के आँगन, मातम में डूबे माँ-बाप और भाई-बहन को पीछे छोड़ आया था। जिले के बस अड्डे पर खाली आकाश उसकी पलकों के सामने खुला हुआ था। तभी उसकी हथेली पर कोई ठंडी चीज़ गिरी। उसने देखा, चवन्नी थी। किसी दयावान सेठ ने फेंकी थी। गोल सिक्के को उठाकर देर तक घूरता रहा, वह मानो सिक्का इससे पहले कभी देखा न हो। सिक्का जिसके एक पहलू में दया थी, दूसरे में घृणा। उसने सिक्के को गोटी की तरह उछाल दिया। सामने एक भिखारिन खड़ी थी, उसे देना तक नागवार लगा। हवा में उछालकर उसने मुड़कर नहीं देखा कि सिक्का कहाँ गिरा। उसकी मूर्च्छना फना हो चुकी थी।

फिर सर्कस, मैजिक शो, सर्कस और अब 'एवरेस्ट'। अपनी कार्य-कुशलता और मानवीय संवेदना से पाँव जमाते हुए आज वह शिक्षित बौना न केवल जोकरों का प्रशिक्षक था बल्कि मैनेजर का प्राइवेट सेक्रेटरी भी। उसने ट्रैपीज़ को एडजस्ट करके जैक को फ्लाइंग ट्रैपीज़ के लिए प्रशिक्षित किया। जानी को पढ़ाया, पकाया, रामू दादा को पिता का गौरव दिया। जोकरों की दुनिया में उसने देखते-देखते ही खासी शोहरत हासिल कर ली थी। नियोगी के नज़दीक आना ही शायद उसकी ज़िन्दगी की सबसे बड़ी भूल थी।

रीता को तेज़ बुखार था। शायद मलेरिया। जूड़ी-कँपनी साथ में। फ्लाइंग ट्रैपीज़ की इस आर्टिस्ट पर इसके पूर्व उसने कोई बात तक न सोची थी। लेकिन नियोगी के कहने पर शो छोड़कर उसकी तीमारदारी में आना पड़ा। रज़ाइयाँ-कम्बल डालकर स्टूल खींचकर बैठा हुआ था सरजू। कँपकँपी बन्द नहीं हो रही थी। आखिर में लाज-शर्म छोड़कर उसे भालू की तरह स्वयं चिपक जाना पड़ा उससे। साँसों के आरोह-अवरोह पर ऊपर-नीचे होने लगा वह। उसके संस्कारी मन में हलचल थी, यह गलत है। लेकिन हाथ जकड़ते जा रहे थे। वह तो भूल ही गया था कि वह भी आदमी है और जवान है।

"रीता जी !" उसकी आवाज़ भर्राई हुई थी।

सर से कम्बल उलटकर देखा रीता ने, "क्या बात है ? अरे आप ? मैंने तो समझा लिली है।"

"कुछ नहीं, यूँ ही, तबीयत कैसी है ?" जज़्बातों पर पाला मार गया था।

"ठीक है। ज़रा साहब को बुला दीजिए तो।"

आज्ञाकारी अनुचर की तरह नियोगी को बुला लाया सरजू।

"तुम ज़रा बाहर बैठो कैम्प के, कोई पूछने आए तो खबर करना।"

"जी !" और आज्ञाकारी अनुचर पहरा देने बैठ गया।

नियोगी गए। रात को रीता के साथ सोनेवाली जूनियर आर्टिस्ट लिली संक्रामकता के लिहाज़ से अलग चली गई सोने। रात फिर जूड़ी आई। सरजू को रज़ाई-गद्दों के ऊपर फिर चिपकना पड़ा। देर तक। यहीं उसे लगा कि उसके बौने हाथ बड़े होने लगे हैं।

मामला सुनकर गम्भीर हो गए नियोगी, "जानती हो, कभी राजाओं, बादशाहों, खलीफाओं की हरम में चुन-चुनकर हसीनाएँ रखी जाती थीं। पुरुष का प्रवेश वर्जित था। पहरेदारी के लिए जो गुलाम हब्शी रखे जाते थे वे एक तो कुरूप होते थे और दूसरे उन्हें नपुंसक बना दिया जाता था।"

"तो बाँदी पूछ सकती है, हरम में और कितनी हैं ?" रीता ने जलकर कहा तो अटपटी स्थिति में पड़ गया नियोगी।

"न-न, वह बात नहीं, मैं सरजू की बात कर रहा था।"

"तो तुम इसे नपुंसक मानते हो ?"

"हाँ, मैंने इसे तुम्हारी निगरानी के लिए इसलिए रख छोड़ा था कि कभी पूरा आदमी लगा ही नहीं मुझे।"

वे बेचैनी में टहलने लगे, "समस्या यह है कि मैं खुद शादी-शुदा हूँ।" थोड़ी देर तक दीवार की ओर मुँह किए खड़े रहे फिर धीरे-धीरे रीता के बगलगीर हुए, कन्धों पर हाथ रखकर आँखों में झाँका, "ऐसा क्यों नहीं करती, शादी ही कर लो उससे।"

"क्या ?"

"हाँ !"

"और रेंगने दूँ उस कीड़े को देह पर...?"

"बात को समझने की कोशिश करो। एक ओट चाहिए हमें न ? रही बात उसकी तो कभी-कभार ओब्लाइज कर दिया करना।"

रीता खोई-खोई आँखों से उसे देखने लगी। नियोगी ने उसके चेहरे पर घिर आई लटों को हटाकर चेहरे को हथेलियों में लिया, "प्यार में इतनी सेक्रिफाइस तो करनी ही पड़ेगी मेरी जान !" और उसने उसके होंठों को चूम लिया। होंठ काग़ज़ की तरह खुश्क थे। पलकें डबडबा आईं रीता की। उसके कन्धे पर गाल धरकर सिसकने लगी, "मैं जानती थी, ऐसा ही होगा। इस गलत सम्बन्ध की यही नियति होगी।"

और रीता चर्चा का विषय बन गई देखते-देखते। सरजू से शादी ! बौने से ? और कोई नहीं मिला उसे ? किसी ने डेयरिंग कहा, किसी ने हद दर्जे की मूर्खता, किसी ने कहा, परदे के पीछे कुछ और है।

जानी अब सरजू को उस्ताद, मानने लगा था। जैसे ही उसे खबर मिली, दौड़ा आया, "उस्ताद कुछ भी कहो, पन अपुन हैं बौने। पूरी मैचिंग न हो तो यह शादी तुम्हारे लिए बवाल बन जाएगी।"

जैक का नज़रिया कुछ भिन्न था, "करने भी दो, एक करेगा तो हमारा भी नम्बर

लगेगा।"

"चोप, छछुन्दर कहीं का।" जानी सरजू को हर तरह से समझाने की कोशिश करने लगा, लेकिन सरजू का अलग ही तर्क था, "मैं अपवादों के लिए ही पैदा हुआ हूँ, तुमने मेरे बाकी खेल देखे हैं, इस खेल को भी देखो।"

वह एक यादगार रात थी 'एवरेस्ट' की। रात का शो दिन को ही पूरा कर लिया गया था। रात नौ बजे शादी शुरू हुई। सोहनलाल ने शादी के लिए स्पेशल बैंड तैयार किया था। शहनाई उन्होंने खुद बजाई। कैंटीन के केशव बाबा पुरोहित बनकर मन्त्रोच्चार कर रहे थे। ढाई सौ के कीमती सूट और टाई-जूते में पीछे-पीछे सरजू, आगे-आगे बनारसी साड़ी और जरी के काम किए हुए मखमल के ब्लाउज में रीता। नियोगी को पहले के उस आइटम की याद आई जिसमें सरजू हाथी को पिल्ले की तरह लेकर निकला था हवाखोरी को। स्पर्द्धा पर वे हँस पड़े, "इनफैक्ट दिस इज़ एक्चुअल क्लाउन्स रिफ्रेशल।"

पार्टी नियोगी की तरफ से ही दी गई। सुजाता, कमला, मेरी, नासिरा, खान साहब सभी ने कुछ न कुछ उपहार दिए। जोकरों की बिरादरी की ओर से जानी ने उस्ताद को अलग ही तोहफा दिया—सीढ़ी। मज़ाक़ का उल्लसित दौर काफी रात तक चला।

"सरजू भैया, आकाशचारी विहंगिनी के साथ-साथ खुद भी आकाश में उड़ते हैं आजकल। पढ़ाना तक छोड़ दिया हम लोगों को !" उसने कहा।

"अभी तो खुद पढ़ रहे हैं भाभी से।" नासिरा ने जोड़ा।

"पगली कहीं की ! बचपन में तितलियाँ और टिड्डियाँ पकड़ा करता था घात लगाकर, वही तो आज भी कर रहा हूँ, हमने तो पकड़ ली और तुम लोग घात लगाए दुबके-दुबके चल रहे हो—यही फर्क है।"

दिन इसी तरह चुहल में गुज़र रहे थे कि अचानक एक शाम डँस गई सरजू को। शो शुरू होने के बाद ही अपना आइटम छोड़कर उसे नियोगी के कक्ष में जाना पड़ा। एस.पी. उन्हें वहीं बुला रहे थे। अभ्यस्त हाथों ने कैम्प के परदे को हटाकर स्वीच ऑन कर दिया और इसके साथ ही परदा उठ गया, रीता नियोगी की बाँहों में थी।

उस दिन रूठे बच्चे की तरह अपनी अलग ही आरामखाट पर मुड़ा-तुड़ा पड़ा रहा सरजू। रीता उसके साथ वैसी ही तटस्थता से पेश आती। अब शो में अपने आइटम तक के प्रति न्याय न कर पाता। ट्रेनिंग भी जानी के भरोसे ही चल रही थी। एक दिन अकेले सिर पर हाथ धरकर बैठा हुआ था कि कैम्प के मैनेजर ने कहा, "क्यों यार, हमीं ने कौन गुनाह किया है ?"

फिर रीता की पहली सन्तान। बच्ची को चाहकर भी गोद में न ले पाता।

उसे अक्सर उस टेन्ट की याद आती है। सरजू-रीता का टेन्ट।

छोटी-छोटी कमीज़ और पैन्ट पानी में खँगालकर दोनों हाथों से उठाकर देखती है रीता और देखती रह जाती है। एक हूक-सी उठती है कलेजे में। जैसे उसके दो-दो बच्चे हों—सरजू और पिंकी। पानी पहले धार में चूता है, फिर टप-टप।...शो में उस दिन खोया

हुआ है कहीं। अचानक चीख सुनकर अपने में लौटता है। धत्त तेरे की। कहाँ चला गया था दिमाग ? कॉमिक जैगलिंग के मास्टर सुधीश के साथ खेल में उसे फुर्ती से टोपियाँ सिर पर पहननी थीं, जिसे सुधीश क्रम-क्रम से हवा में उछालता जाता। उसके चलते खेल ही नष्ट हो गया। शो मैनेजर दर्शकों के सामने ही कहते हैं, "गेट आउट।"

सिर झुकाए चला जा रहा है। तब से यह आसमान का चन्दोबा है, सिर पर झूलते चाँद की रोशनी है और कॉमिक मास्टर की कॉमिक जैगलिंग--नियोगी, रीता, सुधीश, करुणाकरन और खुद अपने को बारी-बारी उछाल रहा है। फिर आता है जानी, सीढ़ी खड़ी करते हुए। "बौने को सीढ़ी चाहिए ही उस्ताद !" सीढ़ी किसलिए...? एक पूर्णांगी यौवना रीता के सान्निध्य तक पहुँचने के लिए...? उसने सीढ़ी पर पाँव रखा है, सीढ़ी नियोगी के हाथ में है, वह हँस रहा है। नहीं। यह उपहास झेलने के लिए नहीं पैदा हुआ है वह ! करुणाकरन की खिल्ली कानों में डँसती है, "हमने ही कौन-सा गुनाह किया है, बस एक बार लिफ्ट दिलवा दो।" छीः ! नहीं ! छोड़ देगा वह सर्कस। छोड़ देगा रीता को ! और बच्ची को...? उसे भी ! नियोगी की सन्तान ! इतनी सारी कचोटों को लेकर उससे नहीं होता हँसाने जैसा अन्तर्विरोधात्मक काम !

सुबह रिंग की प्रैक्टिस से लौटकर रीता ने पूछा, "आए नहीं रिंग में ?"

"नहीं, शो मैनेजर ने बाहर कर दिया है।"

"कौन होता है करुणाकरन, ठहरो नियोगी साहब से कहकर चखाती हूँ मज़ा।"

"मुझे कोई बैसाखी नहीं चाहिए रीता। भूल मेरी थी, मैंने सिर झुकाकर स्वीकार ली। मैंने फैसला कर लिया है कि चला जाऊँगा।"

"और हम सब..."

"चल सको तो चलो। कोई अधिकार बनता नहीं बिदा के शेष मुहूर्त में भी...।"

"कैसे चल दें ? कोई मज़ाक़ है। पहले काम ढूँढ़ना पड़ेगा।"

"वह मिल जाएगा, चलोगी ?"

"लेकिन ऐसा कौन-सा पहाड़ टूट पड़ा ? सर्कस आर्टिस्ट की ज़िन्दगी होती ही कितने दिन की ? जब तक जवान हैं यहाँ रहें या कहीं और, क्या फर्क पड़ता है। बाद में कहो, खुशी-खुशी चली चलूँगी। कहीं दूकान-वूकान कर लेंगे उस पूँजी से।"

हँसता है सरजू, "ठीक कहती हो, जब तक जवान हो, तब तक नियोगी की अमानत हो। जाओगी कैसे ?...हाँ, जवानी बीत जाने पर चूसी गई गुठली की तरह मेरे सामने...।"

तिलमिला गई रीता, "होश में हो ?"

"देखो रीता, मैं तुम्हें बाध्य नहीं करता कि तुम मेरे साथ चलो ही, उसी तरह तुम भी मुझे बाध्य नहीं कर सकतीं कि मैं किसी की जूठन पर पलूँ। क्या इसीलिए पैदा हुआ हूँ मैं ?"

"तो फिर किसलिए पैदा हुए हो ? क्या औकात है तुम्हारी ?"

"औकात का पता कराने के लिए शुक्रिया।" और सरजू ने अपना सूटकेस

उठा लिया।

"और मैं और मेरी बच्ची ?"

"तुम पहले भी स्वतन्त्र थी, अभी भी हो। आग के सात फेरे चीखते नहीं। तुम कमाती ही हो, बच्ची भी चार साल बाद कमाने लग जाएगी।"

"तुम्हारी कोई रेस्पांसिबिलिटी नहीं ?"

"बहुत नाटक हो चुका रीता। एक बात पूछूँ—बच्ची मेरी है या नियोगी की ?"

रिंग से लौटे लोगों का जमाव बढ़ता जा रहा था। रीता बिफर पड़ी, "छी ! कैसी बातें करते हो ?" फिर झुककर हाथ पकड़कर खींचने लगी। नन्हें गठीले हाथ में भी बल था, तन गए।

"बस, दो माह ! फिर जैसा कहोगे, वैसा करूँगी।"

"दो माह क्या, दो दिन भी नहीं ! मुझे मेरी अपनी ज़िन्दगी सिर्फ़ अपने लिए चाहिए—अधूरी और अपूर्ण नहीं, टोटल एंड कम्पलीट !"

रामू दादा, खान साहब, जानी और स्वयं करुणाकरन ने समझाने की चेष्टा की लेकिन सरजू ने सबसे हाथ जोड़ लिए, "ज़िन्दा रहने के लिए मुझे यहाँ से निकलना ही होगा।" रोती बच्ची को कमला ने गोद में रखा था। उसने सूटकेस रखकर उचककर उसे गोद में लिया। तीखी नज़रों से ताकते हुए उसे चूमा। होंठ, आँख, ललाट, हाथ-पाँव पर चुम्बनों की बौछार कर दी। फिर जेब से सौ का एक नोट उसके हाथ में खोंसकर कमला को थमाकर सूटकेस उठाकर चल पड़ा। दो गज़ भी अभी नहीं जा पाया था कि रीता छोलदारी से निकलकर बला की फुर्ती से उसके आगे आकर खड़ी हो गई, उसके हाथ में छुरी थी, जो पूरे बदन के कम्पन के साथ काँप रही थी, "आइदर किल मी और आई विल किल यू !"

अवाक् रह गया सरजू। चिथड़ी-चिथड़ी हो रही थी आवाज़ रीता की, "तुम हमारा ऐसा इन्सल्ट नहीं कर सकते। मुझे गन्दा और बौना बनाकर तुम हिमालय नहीं बने रह सकते।"

"यह छुरी कभी नियोगी के लिए तो नहीं निकली...।" सरजू का विद्रूप झेल नहीं पाई रीता। हाथ झुके और छुरी सीधे सरजू के गले में उतर गई। खून की एक पिचकारी छूटी। दहशत में पीछे हट गए लोग। सरजू ने कोई हाय नहीं की, सिर्फ कुन्दे की तरह लुढ़क गया। गिर गया सूटकेस, खुल गया सूटकेस। बिखर गए सामान। रीता का एक चित्र सरक आया। सरक आया बच्ची का फ्रॉक ! यादों के शेष संबल...।

"रीता मेरी रानी ! तुम्हें जितनी बुलन्दियों से मैंने चाहा था, कोई क्या चाहेगा और मेरी वफा को तुमने जिस ढंग से ठुकराया, कोई क्या ठुकराएगा ! जाओ, खुश रहो...।" डूबती गई टूटती आवाज। रीता की चीत्कार से तम्बू-तम्बू दहल उठा। झुककर उठाया उसे, "मैंने यह क्या किया सरजू ? किस अशुभ मुहूर्त में मेरी छाया पड़ी तुम पर ? ओह, तुम्हें कैसे बताती कि तुम पर दया ही कर सकती थी मैं, प्यार नहीं। आखिर मेरे अन्दर भी एक औरत थी, पूरी की पूरी...। कसूर सिर्फ मेरा ही था..." खून की

तरह बहती रुलाई।

सुजाता ने देखा इस आतंककारी दृश्य को। कई-कई दिन नाचता रहा वह दृश्य आँख में। कन्ट्रैक्ट, बांड एक ज़िन्दगी का दूसरी से—सर्कस के कन्ट्रैक्ट की तरह ही। पता नहीं कब, कहाँ, कैसे, गाँठें पड़ जाएँ। तुड़ाकर भाग जाने की इच्छा पर भी टूटें नहीं, निभाए निभें नहीं। मन मारकर कापुरुष बनकर जीने और निभाने का ढोंग रचते रहो या ठोकर मारकर चल दो इस बांड को सरजू की तरह। विकास के सन्दर्भ में यह अहसास बार-बार क्यों याद आता है ? इस प्रसंग की चर्चा बाद में उसने सन्धू दी से की तो एक अलग ही सत्य उद्घाटित किया उन्होंने, "इनफीरियरिटी जानी में भी थी, मगर सरजू की इनफीरियारिटी भयंकर थी। यही अन्तर्विरोध उसे बुलन्दी दे सकता था और यही उसे ले भी डूबा।"

ट्रेनर अभी भी सुजाता को प्लास्टिक गर्ल शो में नहीं उतारना चाहते थे मगर शो मैनेजर करुणाकरन कामचलाऊ अभ्यास के बल पर इस आइटम को शो में शुमार करने पर ज़ोर दे रहे थे। ज़ेनिथ की आर्टिस्ट रूस से आनेवाली थी। इस बीच यदि एवरेस्ट जैसे-तैसे रणभेरी बजाकर अपने आर्टिस्ट को शो में उतार देता है तो जीत उसकी होगी। एक ओर एक्रोवेट की प्रैक्टिस बड़े गुप्त ढंग से कराई जा रही थी। जैनुल उनकी अपेक्षाओं पर करीब-करीब खरा उतर भी चुका था। नियोगी के हौसले बुलन्द थे। अपने हाथी, घोड़े, प्यादे, वज़ीर से इस बार उसे पूरी उम्मीद थी कि वह सैंड साहब का मान-मर्दन करके रहेंगे। जैनुल और सुजाता दोनों के प्रति उसका रुख नरम था। यूँ इसका एक कारण रीता-सरजू का ताज़ा-ताज़ा हादसा भी था जिसमें रीता पर केस चल रहा था।

इस बार सर्कस ओनर्स एसोसिएशन में वह काफी विनम्र और शालीन ढंग से पेश आया। सैंड साहब के प्रयासों का ही फल था कि जलहस्ती उसके लिए जहाज़ पर लद चुकी थी अफ्रीका से। एसोसिएशन की जर्नल के लिए, उनकी माँगों के लिए लड़ने के लिए उसने अकेले पाँच हज़ार दिए। यह जर्नल उनकी माँगों के लिए लड़ने के लिए मैदान में उतारी जा रही थी। जेनरल इन्श्योरेंस कम्पनी से बीमा करने की बातचीत में वह भी शामिल हुआ। सर्कस स्टेडियम के लिए सरकारी इमदाद, रेलवे कंसेशन, इन्टरटेनमेन्ट टैक्स के दफ़्तरों में सैंड साहब उसे अपने साथ लेकर गए थे। नियोगी ने सैंड साहब के दिल में उतरकर ज़ेनिथ के खेल, साज-सज्जा, प्रचार के तौर-तरीके, संगीत, प्रकाश-व्यवस्था, रसद, आवास तथा ट्रान्सपोर्ट के बारे में काफी जानकारी हासिल कर ली।

अपने तम्बू में वापस आकर नियोगी ने इन चीज़ों में एक-एक करके संशोधन किया। जगमगाते सलोने-सितारेवाले कपड़े तैयार हो रहे थे दर्जियों के खेमे में। वर्कशाप दिन-रात शोर और चकाचौंध करता हुआ बार, पुली, फ्रेम, ग्रिल और अन्य उपकरण तैयार कर रहा था। तूफानी बरसात के चन्द माह जब साँपों का हाइबरनेशन पीरियड शुरू होता है, आर्टिस्ट अपने-अपने घर चले जाते हैं। जैसे ही सितम्बर शुरू होता है,

इनके जगने का मौसम शुरू हो जाता है। इस बार मौसम में केंचुल छोड़कर नई कान्ति से जगमगा उठा था 'एवरेस्ट'।

"आर्ट क्या है...? सिर्फ ग्लैमर का खेल।" नियोगी जगमगाते शराब के गिलास को ताकते हुए बता रहा था, "दुनिया नई से नई होती है। साला अकबर भी सिनेमा के शीशमहल और उसमें नाचती अनारकली को देखे तो दिल थाम के रह जाए अभी। सिनेमा के इस ग्लैमर के सामने आगरे के शीशमहल का ग्लैमर क्या है—कुछ भी नहीं। पहले के महान से महान चक्रवर्ती अश्वमेध यज्ञ, राजसूय यज्ञवाले राजा भी आज एक सेठ का रंग-बिरंगा आभिजात्य देखें तो शर्म से चुल्लू-भर पानी में डूब मरें। सालों को ऑर्डिनरी लाइट तक तो मयस्सर थी नहीं। तो यह है ग्लैमर की दुनिया !"

ये उच्छ्वास निरी शराब के नहीं, बल्कि उन तीस हज़ार रुपयों के भी थे जो आज ही एवरेस्ट को दाँतों का पेस्ट बनानेवाली 'मारबल टूथपेस्ट कम्पनी' ने दिए थे। इस विज्ञापनवाली फिल्म में नासिरा के दाँतों की महिमा गाई गई थी—'वे मज़बूत दाँत जिनके सहारे लैडर बैलेंसिंग में सर्कस सुन्दरी फिरकी की तरह नाच उठती हैं, वे वज्रदन्त जो दस-दस ईंटों की जोड़ी बन्धन को उठा लेते हैं, इनका राज़ है 'मारबल टूथपेस्ट' जिसे मारबल टूथब्रश से नियमित माँजने से दाँत इस मज़बूती को पहुँचे थे।'

सुजाता नासिरा को देखते ही चिढ़ाने लगती, "चश्मे बद्दूर ! दाँतों पे दाँत न गड़ें किसी के !...अगर आपको सर्कस सुन्दरी नासिरा—हुँह सुन्दरी ! छछुन्दर कहीं की !...खैर, तो हाँ, अगर आपको सर्कस सुन्दरी नासिरा के दाँतों की मज़बूती पानी है तो मारबल टूथपेस्ट कम्पनी का बनाया पेस्ट इस्तेमाल कीजिए, आपके दाँत इतने मज़बूत हो जाएँगे कि आप लोहे के चने चबा सकती हैं, मर्द की हड्डियों को करकराकर चूरा बना सकती हैं, पाँच मन के पहलवान को बाँधकर चूहे के मानिन्द उठा ला सकती हैं...।"

नासिरा बिल्ली की तरह झपटती सुजाता पर। उस दिन दो स्कूली बच्चियों की तरह अभी वे गुत्थम-गुत्था हुई ही थीं कि उन्हें कुश्ती बराबर पर छोड़ देनी पड़ी, मज़दूरों को रास्ता देने के लिए, जो एक बड़ा बोर्ड ले जा रहे थे बाहर। विज्ञापन के इस बोर्ड में सीढ़ी पर सन्तुलन बनाए हुए जैनुल और हुक के सहारे मुँह के बल झूलती नासिरा का चित्र आँका हुआ था—बिल्कुल साफ !

"अरे, तू तो सचमुच ही चढ़ गई इस बार एवरेस्ट पर !"

"मैं ही नहीं, तू भी वहीं होगी दिलेजानी। चल, चलकर देखते हैं, बाकी कैसे हैं !"

दोनों विज्ञापन के बोर्डों के सूखने की जगह पर आईं। बोर्ड ताज़े पेन्ट किए हुए थे। एक में सिंह और बाघ की भयंकर दहाड़ की मुद्रा अंकित थी रिंग मास्टर की चाबुक के साथ। दूसरे में फ्लाइंग ट्रैपीज़।

"साले आँकते कैसे हैं—ट्रैपीज़ के लड़की-लड़के का मुँह सटा, बासम (छाती) सींग की तरह खड़ा, गोया ट्रैपीज़ न हुआ अभिसार की सेज हो गई। मान गए नियोगी तुझे। कितने दर्शक तो इसी बिना पर बटोर लोगे तुम—खैर ! दो ऐसे बोर्ड थे जो बिल्कुल टटके पेन्ट किए गए थे। एक में ग्लोब पर खड़ी सुजाता का जिम्नास्टिक्स था। अवाक् रह

गईं सुजाता। अभी शो शुरू भी नहीं हुआ और वह मूर्तिमान हो उठी। ठीक रशियन जर्नल की अदाकारा के अन्दाज़ थे।

"पहचाना अपने को ?" नासिरा ने उसे ठेला।

"न-न...! इत्ती सुन्दर और एक्सपर्ट मैं कहाँ ?"

"मान जाओ, वैसी ही हो, आर्टिस्ट का दिल नहीं दुखाते, उसके तसव्वुर में तो वैसी ही हो !"

"मानना पड़ेगा कि आर्टिस्ट है।" किसी ने कहा।

"मैं तो, अगर सामने पड़ जाता, उसे चूम लेती गले से लिपटकर।" नासिरा ने कहा।

तभी उनकी नज़र उस बोर्ड पर पड़ी जिसमें जैनुल का भावी आयोजन 'सी-सा एक्रोबेट' चित्रित था। देखते ही रोंगटें खड़े हो गए, जैसे बिजली के चार सौ चालीस वोल्ट पर कंकाल और हड्डियों का क्रॉस हो।"

तो यह हो रहा है जैनुल मियाँ ! औरत को हासिल करने के लिए मर्द कौन-कौन-सा जोखिम नहीं उठाते। मुहब्बत का इम्तहान ! सुजाता कह न पाई कुछ। उदास हो सोचने लगी दूर तलक।

"बड़ा कड़ा इम्तहान ले रही है दिलेजानी !" नासिरा ने गम्भीर होकर कहा।

"तू ही बता, क्या करूँ मैं !"

"लेकिन अगर यह हकीकत है तो जैनुल भाई पर नाज़ है हमें।"

"अच्छा, यह पेन्टर है कौन ? पिछली बार इब्राहिम चाचा के होराइज़न में थी तब भी इसी ने पेन्ट की थी मेरी तस्वीर !"

"सच ! लेकिन तूने जाना कैसे ?"

"वह देख, बालों की एक घुँघराली लट माथे पर। तब भी यही लट थी पेंटिग में जबकि मेरे कभी ऐसी लट-वट नहीं रही। आज मेरा बदन तनिक भर गया है, लेकिन इसमें दो साल पहले जैसी ही स्लिम हूँ।"

खान साहब किसी काम से उसी ओर आ रहे थे। उनको रोककर पूछा गया तो उन्होंने लापरवाही से जवाब दिया, "वह पेन्टर तो अभी-अभी गया, पहले क्यों नहीं बताया।" और वे चलते बने।

किसी को बात तक करने की फुरसत नहीं थी। रिसेप्शन के पास कुर्सियों पर बैठे थे लोग, टेबुल पर काग़ज़ बिछा हुआ था। आइटम्स शॉर्ट आउट किए जा रहे थे। दिल्ली में ग्राउंड बुक किया जा चुका था। 'ज़ेनिथ' के कैम्प के ठीक बाद 'एवरेस्ट' का कैम्प लगना था।

पंडित सोहनलाल की व्यस्तताएँ इधर बढ़ गई हैं। नियोगी के फुलाने पर उनमें अब एक आरोपित आत्मविश्वास आ गया है। सर्कस में सरवाइव करने के लिए उनका म्यूज़िक 'ज़ेनिथ' से किसी मायने में भी कम नहीं होना चाहिए। उनकी समस्या है कि वे किससे डिस्कस करें। कभी-कभी उन्हें ताब आता है और कोई नहीं मिलता तो किसी

मज़दूर को ही पकड़कर समझाने लगते हैं, "कितनी समस्याएँ हैं बैंड मास्टर की ! साउंड-एफेक्ट और लाइट-एफेक्ट की जुगलबन्दी करके ही वह षटभूमि बनाई जा सकती है जिसमें खेल का रेशा-रेशा खिल उठता है। एकार्डियन, एलेक्ट्रिक गिटार की ज़रूरत ही नहीं, ढोल, बाँसुरी, यहाँ तक कि डमरू की ताल पर ही समाँ बाँधी जा सकती है। माना, वह छोटे दायरे की बात है, ठीक है, मगर यहाँ बड़े दायरे में तो गड़बड़ ही गड़बड़ है। एक पूरे युद्ध-क्षेत्र जैसा आवाहन करना होता है। दहशत की थ्रिल ! है न कॉन्ट्रास्ट ?"

वे जब बोलते हैं तो आँखें झपकाते-झपकाते बिल्लियों की तरह मूँद लेते हैं, फिर नियोगी की तरह अंग्रेजी में बड़बड़ा उठते हैं। "यू कान्ट इमैज़िन ह्वाट ए रोल म्यूज़िक हैज़ टु प्ले इन द सरकस डिस्प्ले ! सारा कुछ ताल और लय पर होता है। ताल पर मूवमेन्ट न हो तो सब बेकार ! लेकिन यहाँ तो नाच है नहीं, यहाँ तो मूवमेन्ट पर ताल ठीक करना होता है।"

उनकी मुँदी आँखों का लाभ उठाकर श्रोता चुपके से खिसक जाता है या अपने बदले दूसरे को खड़ा कर देता है। बैंड मास्टर की तन्द्रा टूटती है तो सन्देह में देखते हैं, जैसे इस तरह अदृश्य को सम्बोधित करते हुए सदियाँ गुज़र गईं। श्रोता चला गया है, मर गया है या फिर से जन्म ले चुका है--भाँग की पिनक पर काल-निर्झर की नियति का अबाध शोर कभी-कभी पी लिया जाता है। अपने से बाहर आने पर जैसे शोर जग उठता है एकाएक !

दिल्ली-अभियान को एक धक्का लगा। शत्रु-सेना आई ही नहीं। सामान्य खेल होता तो वाक ओवर की इकतरफा विजय-श्री मिलती, मगर यहाँ तो दाँव खाली पड़ जाने जैसी बात थी। अब ज़ेनिथ एवरेस्ट के शो को देखते हुए कुछ नए आइटम जोड़कर फीका कर सकता था उन्हें ! खतरे की सूचना लेकर आए थे 'न्यू हरकुलिस' के कैम्प मास्टर मिस्टर रेड्डी। दूसरी खबर इससे भी भयंकर थी, 'ज़ेनिथ' में किसी फिल्म की शूटिंग की बात चल रही थी। लाखों का वारा-न्यारा है।

"क्या करेगा सैंड इतना पैसा ?" अटपटे ढंग से उखड़ पड़े नियोगी।

"सुनते हैं फारेन जाएँगे।"

"हूँ...!"

"आप कैन्सल करें तो वह ग्राउंड हम ले लें।" रेड्डी ने होंठों पर जीभ फेरी।

"नहीं भाई। काफी पैसे फूँक चुका हूँ ग्राउंड खराब करने का मैं हरजाना भी भर चुका हूँ।"

पूरी दो बोगियों में सर्कस के खिलाड़ी पैक थे। हाथियों को काफी पहले रवाना कर दिया गया था ताकि वे समय से पहुँच जाएँ। पशु-चिकित्सक मंडल पशुओं के एक ट्रक पर ही सवार थे पशुओं के अलग-अलग ट्रेनरों के साथ। मुख्य दल जब स्टेशन से उतरकर ग्राउंड में आया तो उनकी छोलदारियाँ लगने लगीं। कोरोगेटेड टीन के घेरे में

लकड़ी के वजनी कुन्दे गाड़ने, रिंग बनाने और पुली और तारों की सहायता से पोलों को खड़ा करने की गहमागहमी थी।

और देखते ही देखते एक महानगर में एक कस्बा उतर आया। दिल्ली में 'एवरेस्ट' ! घेरे के टीन के सुराखों से ताक-झाँक करने लगे महानगरवासी, उचक-उचककर, मुड़-मुड़कर देखने लगे गुज़रनेवाले, कसी चोली और जाँघियों में नहाती, आती-जाती औरतों को, हाथी, ऊँट, घोड़े, बाघ के साथ बौने जोकरों को।

दिल्ली के महापौर ही उद्‌घाटन करेंगे; राष्ट्रपति, प्रधानमन्त्री या शिक्षामन्त्री नहीं मिल सके हैं। नाइलोन, रेशम और रंग-बिरंगे टोनी बल्बों से अलंकृत है रिसेप्शन का द्वार।

माल्यदान के साथ ही तालियों की गड़गड़ाहट के साथ बत्तियाँ धीमी हो गई। एनाउन्सर की आवाज़ अँधेरे में सफेद कबूतर की तरह फड़फड़ाई, "आवर आनरेबुल चीफ गेस्ट, लेडीज़ एंड जेन्टलमेल ! वी हैव द प्लेज़र टू वेलकम यू ऐट आवर मेडेन शो इन द कैपिटल ! वी हेयरबाई रिक्वेस्ट आवर चीफ गेस्ट, टू इनागरेट द शो..."

अँधेरे में सात दीए जलाकर महापौर ने उद्‌घाटन किया। तालियों के साथ हल्की शहनाई के मांगलिक स्वर को भेदते हुए आवाज़ आई, "आवर फर्स्ट वेन्चर फ्लाइंग ट्रैपीज़, थर्टी फीट एबव द ग्राउंड लेवेल।"

बत्तियाँ आहिस्ता-आहिस्ता तेज़ होती हैं। स्वप्न दृश्य की तरह सामने दिखते हैं—चुस्त शुभ्र पोशाक में खिलाड़ी और झलमलाते जाँघिए-ब्लाउज़ में खिलाड़िनें। कलाबाज़ियाँ खा-खाकर एक-एक जने जाल पर चढ़ जाते हैं और पलक झपकते ही रस्सी की सीढ़ियों से फ्लाइंग फ्रेम के मंच पर। कैचर झूले को गति देकर उल्टे लटक गए हैं, झूलों को अन्दाज़ लिया गया है। अब म्यूज़िक की कर्कशता करवट लेती है। उड़ने लगे हैं परिन्दे। दो-दो के युग्मक क्रॉस ट्रैपीज़ ! डाइरेक्ट, रिवर्स, क्रॉस ट्रैपीज़ के बाद जानी अपना सुथना ढीला करता है। उसकी स्वींग में कैचर उसका हाथ नहीं सुथना पकड़ता। नंगा हो जाता है वह। रास्ता भटककर वह क्रॉस के झूले को पकड़कर पहुँचता है दूसरे मंच पर लेकिन वहाँ स्वीकारा नहीं जाकर पुनः झूलकर बीच में आता है, फिर अपने झूले को पकड़कर अपने मंच पर। शरमा रहा है, अपनी नियति पर !

क्रम-क्रम से कॉमिक जैगलिंग, वन और टू ह्वीलर की विभिन्न ऊँचाइयों के बहुआयामी खेल, भालू की मोटर साइकिल, जैनुल और नासिरा का लैडर बैलेंसिंग, हाथी, घोड़े, ऊँटों का खेल, सर्कस परेड और सी-सा जम्प के खेल दिखाए गए। सी-सा में पटरे पर एक-एक, दो-दो लड़के-लड़कियाँ कूदते और पटरे के दूसरे छोर पर खड़ा कलाकार हवा में एक कलाबाज़ी खाकर ज़मीन पर आ जाता, जहाँ उसके साथी उसे सँभाल लेते। खेल के अन्तिम चरण में उछाला गया कलाकार किसी ऊँची कुर्सी पर जा विराजता या स्वयं दूसरे पटरे पर इस प्रकार गिरता कि उस पटरे के छोर पर का खड़ा कलाकार हवा में उछाल दिया जाता। जोकरों का इस्तेमाल इस उछाल में इस तरह किया गया कि लोग हँसते-हँसते बेहाल हो गए।

अतिरिक्त पटरे और ऊँची कुर्सियाँ, कलाकारों का दल अब बिखरने लगा।

एनाउन्सर की आवाज़ गूँजी, "नाउ, वी प्रेज़ेन्ट द मोस्ट डेयरिंग एंड डेंजरस शो ऑफ द सर्कस वर्ल्ड...नाम बाद में, पहले साभिमान सूचित करते हैं कि यह आइटम अब हम चैलेंज के साथ पेश करने जा रहे हैं, इंसान के साहस, धैर्य, दिलेरी और उसकी कुशलता की बुलन्दी है–द एक्रोबेट सी-सा ! नाजुक दिलवालों से गुज़ारिश है कि वे कृपया इस शो के वक्त तक बाहर चले जाएँ ! एक और गुज़ारिश, कृपया पिन ड्रॉप साइलेंस बनाए रखें।"

आर्टिस्टों के प्रवेश द्वार के परदे समेट दिए गए हैं। वहाँ अपने नाम की रोमांचकारी घोषणा के साथ ही बारह फीट की नकली टाँगों पर चला आ रहा है जैनुल। वाद्य अनायास ही किसी अभियान की प्रतीति करा रहे हैं, ऊँची और ऊँची ! बुलन्दी एवरेस्ट की ! एनाउंसर गुरु गम्भीर आवाज़ में हिदायत दुहरा रहा है। ऊँचाई से अभिवादन करता है जैनुल ! हल्के-फुल्के करतबों के बाद आता है पटरे के पास, नकली कदमों से सख्त बदन को तोलता है, दायाँ पाँव पटरे पर रखता है, फिर बायाँ। वह उस प्रवेश द्वार की ओर उन्मुख है जहाँ से दिख रही है सर्कस के आर्टिस्टों की कतार। सिंह पर जगज्जननी बनकर खड़ी है सुजाता, बाकी लोग भी परेड के यूनीफार्म में। इस तनाववाले खेल के समाप्त होते ही तनाव को ढील देने के निमित्त पेश होगा परेड। उसके लिए भी जगह खाली छोड़ दी गई है। एक नज़र देखता है सबको। मन-ही-मन अल्लाह का स्मरण करता है। मुड़कर एक नज़र देखता है उस जगह को जहाँ कलाबाज़ी खाकर खड़ा होना है। सतर्कता के लिए कूदनेवाली दो लड़कियों को छोड़कर काफी दूर-दूर चले गए हैं लोग। सब ठीक है। दोनों हाथ बगल में पीटकर इशारा करता है। पिन ड्राप साइलेंस ! जेनरेटर प्रलय की झंझा की तरह हरहरा रहा है। कूद पड़ी हैं लड़कियाँ पटरे के दूसरे छोर पर। हवा में दीर्घ नकली टाँगें कलाबाज़ी खाती हैं, जैसे बड़े-बड़े पर निकल आए हैं अनन्त की दूरियाँ नापने की कोशिश में मगर...! टाँगें तिरछी पड़े ज़मीन पर, कटे पेड़ की तरह गिरा जैनुल, सर पटरे पर। सद्यः मृत अजगर की तरह दोनों टाँगें अभी भी लरज रही हैं। आहिस्ता-आहिस्ता सीढ़ी की ओर लपकता जैनुल जा पहुँचा है सीधे साँप के पेट में। दौड़ पड़े हैं लोग।

नियोगी को खुद माइक हाथ में लेना पड़ता है, "आप लोग बैठे रहें। आर्टिस्ट को ऐसी चोटें तो आती ही रहती हैं सर्कस में। अभी काफी अच्छे खेल बाकी हैं। रुकिए, देखिए मलिकाए-हुस्न सुजाता..." चटाख की आवाज़ के साथ कुर्सी का एक हत्था माइक पर से होता हुआ मुँह को खरोंचता चला जाता है। खलबली और भगदड़। महापौर को एस.पी. बड़ी मुश्किल से निकाल पाते हैं। पुलिस की सहायता से जैनुल की नकली टाँगें अलग कर दी जाती हैं। उठाया जा रहा है उसे। बेजान जिस्म ! कोई हरकत नहीं। साँस का कोई झकोरा नहीं। जागो, उठो, आँखें खोलो जैनुल। वरमाला लेकर खड़ी है प्रेयसी अपने सुन्दरतम विन्यास में।

बहुत धीमी जलती हैं कैम्पों की बत्तियाँ। दूर शहर की जगमगाती रोशनी को बिसूरती

हैं बत्तियाँ ! तम्बू-तम्बू में मातम पुरवइयों की तरह झिरक रहा है। नियोगी अरेस्ट हुए, फिर ज़मानत पर रिहा। खाना नहीं खाया सुजाता ने। शायद नासिरा और कई अन्य लोगों ने भी नहीं। रात पहाड़ की तरह अड़ी रही। सुबह पिघलकर प्लावित कर रही थी तम्बू को। एक ऊँची कब्र की तरह अड़ा रहा तम्बू।

अलस्सुबह खान साहब की ह्विसिल हमेशा की तरह नहीं बजी। इक्के-दुक्के को छोड़कर आर्टिस्ट यन्त्रवत् तैयार बैठे-बैठे संशय में डूब-उतरा रहे थे। नियोगी स्वयं ट्रुप मास्टरों के साथ डाँटते-डपटते कैम्प-कैम्प घूम रहे हैं, "खान साहब की तबीयत खराब है तो क्या हुआ, सुबह की प्रैक्टिस तो बन्द नहीं होगी।" भरभराकर बाड़े के पशु की तरह लोग निकल-निकलकर जा रहे हैं रिंग में। उस टेन्ट के सामने देर तक खड़ा है नियोगी। सुजाता का टेन्ट है।

"कल का इम्प्रेशन वैसे ही गलत पड़ा है, हम उसे आज कोशिश करके रेक्टिफाई कर सकते हैं।"

"कहा न, तबीयत ठीक नहीं।"

"देखो, ज़िद न करो।"

"मुझे क्षमा करें।"

स्नायुओं में तनाव भरता जा रहा है, बिफर उठता है नियोगी।

"बाई बांड, यू आर बाउंड टू गो।"

"मेरी इच्छा के विरुद्ध ?"

"हाँ, हमने हज़ारों फूँके हैं तुम्हें प्रशिक्षित करने के लिए, इस नए प्लास्टिक गर्ल के लिए।"

"मैं लौटा दूँगी वह पैसा।"

"जा बेटी, जा !" पुचकार रहे हैं रामू दादा।

"नहीं बाबूजी !"

"तू तो ऐसे मन मारकर बैठ गई, मानो सचमुच की विधवा बन गई।" नियोगी कसैला हो उठता है।

"अपनी औकात में बात करो नियोगी।" रामू दादा में जाने कैसे इस चाबुक की सटकार पर आक्रोश बिलबिला उठा है।

"देख लूँगा, तेरी औकात क्या है ! इस लड़की के चलते तुम्हें झेल रहा हूँ, भूल रहे हो इसे।" पाँव पटकता चला जाता है नियोगी।

एक दिन बीता, दो दिन बीते। तीसरे दिन जैनुल के झमेले से निवृत्त होकर पुनः आया नियोगी। आत्मीयता से समझाने लगा रामू दादा को, "आप भी घरेलू लड़की को नाहक ले आए सर्कस में।"

"सर्कस छोड़कर रखा भी क्या था मेरी ज़िन्दगी में ?" रामू दादा दूसरी ओर ताकते हुए बोले।

"अब तो सर्कस में बाप-बेटी के रहने का बस एक ही तरीका बचा है, जान का

जोखिम भी उठाने की ज़रूरत नहीं।"

"क्या ?"

"शादी कर दें किसी से।"

"शादी और चाहे किसी से भी कर लूँ, आपसे तो नहीं ही।"

"ठीक है, इसी दम से तुम्हारी छुट्टी। हरज़ाना भरते जाना ट्रेनिंग का...गोरी चमड़ियों का इतराना। किसी-न-किसी की जाँघ के नीचे तो सोओगी ज़रूर ही।"

घृणा और क्षोभ से फक रह गई वह, "इतनी जल्दी, इस हद दरजे के कमीनेपन पर उतर आओगे, मालूम न था।"

कैसे मनहूस दिन थे, लड़ाई में लाखों विस्थापित अपना सब कुछ गँवाकर भटकने निकल पड़े थे। आदमी की कीमत कीड़ों-मकोड़ों के बराबर भी नहीं। किसी साम्राज्यवादी अधिनायकत्व के बूटों से रौंदे जा रहे थे वे। और उसकी खुद की नियति भी यही थी।

कामिनी कला भवन के दड़बे में घुसे हुए आज तीसरा दिन पार हो रहा है। तीसरा कि चौथा...? उसने रिस्ट वाच को घूरा। सुइयाँ मरी बिल्ली की आँख की तरह एक ही जगह पथराई पड़ी हैं, "गोपाल बाबू, आज कौन-सी तारीख है ?"

"सत्ताइस !" दूसरे कोने से आवाज़ आई।

"और समय...?"

"फाइव पास्ट फाइव !"

कामिनी ने घड़ी में दम दिया तो नाखूनों की बाढ़ को महसूसा, कान से सटाकर घड़ी की धड़कनें महसूस कर उसे फिर से कलाई में बाँधकर अँगड़ाई ली। उफ ! पोर-पोर टीस रहा है। सर्कस जगत् की सुख्यात जिम्नास्ट, तेरी यह हालत ! जिसके अंग-अंग की लोच को दर्शक सराहते न थकते, उस प्लास्टिक गर्ल के तीन दिनों से अंग नाममात्र को हिले ! लानत है लानत ! नियति की सर्द हवा दहकते शोलों तक को कैसे सर्द कर जाती है। 'ज़ेनिथ !' शोला, नहीं चौंधियाता अंगारपिंड ! हाथ-पाँव गले में वर्जिश करते हुए वह उस राख को कुरेदने लगी थी फिर से।

'एवरेस्ट' से निकलकर 'ज़ेनिथ' में आना। एक छोटे जलाशय से निकलकर बड़े जलाशय में। पहली ही नज़र में उसकी भव्यता और सुव्यवस्था सम्मोहित कर गई उसे। सामने कैंटीनों की कतार और गाड़ियों के पड़ाव। बगल की एक पंक्ति चली गई है स्टोर्स, रिपेयरिंग शाप, एलेक्ट्रीशियन और दर्जियों आदि की दुकानें, तीनों कोनों पर तीन-तीन जेनरेटर, बीच में पंक्तिबद्ध टेन्ट और कोने में डार्मिटरीज़। एक पार्टीशन जुदा करता था बाघ-सिंह के खाँचों को, उससे अलग सटे-सटे अन्य पशु। बाहर हाथी, घोड़े, ऊँटों के अलग-अलग अस्तबल और टेन्ट ! अन्दर एक कोने में चिम्पाज़ी और दूसरी ओर जलहस्ती का पक्का गन्धाता कुंड। कोलैप्सेबुल गेट और मज़बूत टिन के फाटकों को जोड़-जोड़कर मज़बूत घेरा। अस्थाई पर सुन्दर सड़क जिसे सैंड साहब रिंग रोड कहते,

तम्बू को घेरती हुई। रिंग रोड, गैलरी, कुर्सियाँ, रिंग सब एक ही केन्द्र से खींचे गए वृत्तों पर पड़ते थे, अन्दर व्यासनुमा छह फिट की सड़क उन्हें काटकर फाटकों पर निकल जाती। गोल टेबुल पर रिसेप्शन में सजे रेशमी गुलदस्ते। प्रवेश पथ पर विज्ञापन के बोर्डों के बीच झिलमिलाते रंग-बिरंगे सितारों में हिन्दी और अंग्रेज़ी में अंकित था 'ज़ेनिथ'। सितारों से आगे की ऊँचाई का उन्नततम प्रतिमान 'ज़ेनिथ' !

"तुम्हारे लिए यहाँ जगह बना पाना मुश्किल है। पहले भी दो चाइनीज़, दो जापानीज़, एक चेक और एक रशियन जोड़े के लिए हमने बाहर के मकान लिये हैं...नाम नोट कर लो, चाइनीज़ आर्टिस्टों के नाम है लो चिया लुएन और ब्रुश ली—लो और ली, यह ब्रुश ली का नाम विख्यात ब्रुश ली पर है।" इब्राहिम खान बता रहे थे।

"यह 'लो' और 'ली' ही ठीक है। इत्ते बेढंगे नाम याद नहीं रहेंगे।"

"ठीक है, तो जापानी आर्टिस्टों के नाम 'जो' और 'तो'...। लादिस्लाव चेक हैं और उनकी पत्नी यूलिया पोलैंड की...उँह छोड़ो, यह सब बाद में होगा।"

"चाचा, वो आप बता रहे थे न...कहाँ रहेंगे हम ?"

"अच्छा, तब तक ऐसा करो, तुम हमारे साथ उस मकान में डेरा डाल लो ! वह फिल्म कम्पनी ने भाड़े पर लेकर हमारे ज़िम्मे रख छोड़ा है। मिस्टर सैंड भी वहीं रहते हैं।"

भोजन के समय सिर्फ आधे घंटे के लिए आए इब्राहिम खान के साथ मिस्टर सैंड। जल्दी-जल्दी नैपकिन फैलाया, और सूप पीने लगे। चर्चा इब्राहिम ने शुरू की, "तुम आ ही गई हो तो क्यों न हम प्लास्टिक गर्ल का आइटम यहाँ शुरू कर दें ?" बोल रहे थे सैंड।

"जी, मैं अभी अच्छी तरह से सीख नहीं पाई हूँ।"

"वह भी होता रहेगा," तब तक शुरू कर दो तुम। ग्लोब हमारे पास है, तुम हमारे पास हो—बस ! बाकी काम हमारे शो मैन और टेक्नीशियन्स पर छोड़ दो। ग्लैमर ही भरना है न !"

"श्रम और कौशल नहीं ?" कनखियों से उसने इब्राहिम की ओर ताका जिन्हें खाने से ज़्यादा उस समय कोई काम नहीं सूझ रहा था।

विहँस उठे सैंड, "यह इब्राहिम खाँ के दिमाग का कीड़ा है। इब्राहिम, जैनुल, कामिक मास्टर सरजू और कइयों का हश्र तुम्हारे सामने है। ढंग से ऐनेलाइज़ करो तो बात साफ हो जाएगी। इब्राहिम कोरी आदर्शवादिता के कारण पिटे, जैनुल भावुकतावश और सरजू लक्ष्यभ्रष्ट होकर...!"

"लेकिन सर...।"

"देखो भई, मैं बहस में उलझना नहीं चाहता तुमसे। इतनी पवित्र बातें, नई उमर के लोगों से सुनकर खुशी भी होती है, अफसोस भी। । काश यह पाकीज़गी अन्त तक सलामत रहती। इस दुनिया में धीरे-धीरे आदमी की सारी ताकत, उसके सारे फन, अधिक से अधिक रिटर्न पाने में खर्च हो जाते हैं, चाहे इस बात के लिए दूसरों की

ज़िन्दगी को नर्क ही क्यों न बनाना पड़े। यहाँ पैंतरे चलते हैं, पैंतरे। तुम बुद्धू हो कि दूसरे को नहीं खा सकते।...एनी वे, तुम देखो सर्कस एक शो है।''

''जी !''

''और हम शो मैन ! हमें इतने नकली ढाँचे और फालतू के आडम्बर में काम इसलिए करना पड़ता है कि माडर्न सिविलाईज़ेशन का यही तक़ाज़ा है। हम ज़मीन पर ही हाथों की उँगलियों से भी खा सकते हैं मगर हमें वैसे खाने नहीं देती यह आडम्बरी शो वाली व्यवस्था। सो यू शुड स्टार्ट ! बाकी हम सँभाल लेंगे—ओ.के ?''

जाने क्या सोचकर मुस्कुरा पड़ी वह।

''क्या बात है ?''

''नहीं, यूँ ही...।''

''बताओ, बताओ, निर्भीक होकर कहो।''

''यह अभिमन्यु के चक्रव्यूह में भेजने जैसी बात नहीं हुई...? सिर्फ एन्टर करना जानता था वह, निकलना नहीं...और भीम ने दावा किया था प्रवेश कर जाओ निकाल तो हम लेंगे ही और...''

''अच्छा, तो तुम पढ़ती-लिखती भी हो ?''

''जी, कुछ-कुछ !'' उत्साहित होकर जवाब रामू दादा ने दिया।

''गुड ! सर्कस के लोग तो ज़्यादातर इलिटरेट ही होते हैं।''

नैपकिन से हाथ-मुँह पोंछकर इब्राहिम खाँ ने मार्डन मैनेजर से पुराने नट बनकर डकार ली और शुरू हो गए, ''हाँ, अब सुनो, यह जो नया आइटम है, उसका नाम हमने 'शीशमहल' रखा है और तुम फिर सुजाता से कामिनी बन गईं। कैसा लगा ?''

''इसमें अपनी इच्छा कहाँ ? वैसे सुजाता की इतनी किरकिरी हुई है कि उस केंचुल को छोड़ देना ही अच्छा है।''

एक सप्ताह के पूर्वाभ्यास की प्रस्तुति के बाद शीशमहल इन्ट्रोड्यूस्ड हो गया। अद्‌भुत था ग्लोब, लेंस से मंडित। जैसे ही तीखी बीम तीन ओर से नाचते ग्लोब पर पड़ती औंधे पड़े तम्बू के चन्दोबे में तारे छिटकने लगते—ठीक बिड़ला प्लेनीटेरियम की तरह। इस पर मायाविनी अप्सरा की तरह जिम्नास्टिक्स के विभिन्न करतब करने थे कामिनी को। शो के मायने में हिन्दुस्तानी रूस तो क्या किसी भी देश के कान काटनेवाले हैं, भले ही शारीरिक और बौद्धिक क्षमता उनके जितनी न हो।

मेडेन शो शाम के शुभ मुहूर्त देखकर होना था। रात को नींद क्या आई, वह स्वप्न के संसार में पहुँच गई...अपरूप शोभा थी। ग्लोब से रंग-बिरंगी किरणें विकीर्ण हो रही थीं उस पर। गोल पृथ्वी के ऊपर भैरवी-सी खड़ी है कामिनी। रंगों की भरमार में बदन के लाल, पन्ने, हीरे, स्वर्ण और रजत के वस्त्राभूषण दमक रहे हैं। कभी शाम की बैंगनी आभा में, कभी हरी में। उदितयौवना कामिनी के होंठों की पँखुड़ियों में खिलते फूल की लाली है। उसे ख़याल आया, एक लट कपोलों पर घिरी होने की कल्पना किया करता था वह अज्ञात कलाकार, उसने लट बिखरे दी। वाह ! इस विश्वमोहिनी के कदमों तले

सारी दुनिया है। अगर उसके पाँव में घुँघरू बँधे होते तो...अरे घुँघरू तो हैं...। इसे पहनकर ही शो में चली आई। उह, मेरी बला से। अपने पंजों को घिसटते हुए एक झंकार भर दी है। सहस्त्रों आयामों में फूट उठी है घुँघरुओं की झंकार ! सारा ब्रह्मांड हिलने लगा है। अरे-अरे नाचता हुआ गोलक कहाँ चल रहा है ? ठीक ही तो है, प्रसाद बाबू ने बताया था कि पृथ्वी चक्कर काटती है; वह पूरी पृथ्वी पर अकेले खड़ी है न ? तारों के झुंड में इस ग्रह की अधीश्वरी बच-बचकर निकल रही है। धूमकेतु टूट-टूटकर, उल्काएँ बन-बनकर छिटक रहे हैं। लगता है कोई अब टकराया कि तब लेकिन वे फूल बन-बनकर उसके कदमों पर आ-आकर गिर रहे हैं। एक तारे के रूप में जैनुल उसके करीब आकर चकित होकर देखता हुआ आगे बढ़ जाता है। शायद यह पीछे के धूमकेतु का प्रभाव है। ओह, यह तो नियोगी है। जैनुल गया नहीं, हँसकर तस्लीम कर रहा है। वह केवल मुस्कुरा भर सकी है। नियोगी का धूमकेतु एक बड़ी मछली की तरह पूँछ डुला रहा है। सहसा उसके जबड़े खुलते हैं, "तमाशा देख रहे हो जैनुल ?" उठकर खड़ा हो गया है जैनुल अपमानित-सा। अरे उसकी नकली टाँगें कहाँ गई ? जैनुल तो मर गया था न ? न--नहीं। वह उससे पूछना चाहती है लेकिन यह तारा तो उस धूमकेतु से टकरा गया। शोलों से भर गया आसमान। उल्काएँ टूट-टूटकर फूलों की तरह झर रही हैं उस पर। हाँ, वह जगज्जननी भी तो है। नियोगी के धूमकेतु की मजाल है, उसको आँख दिखाए। टूटे धूमकेतु से गैसें निकल रही हैं, हाँ, गैस ही तो ज़्यादातर होती है पिंड के अनुपात में ! अच्छा हुआ, सरजू भाई ने उसे यह सब बता दिया था, वरना कैसे समझ पाती ?...लेकिन जैनुल की तरह सरजू भाई तो नहीं दिखे...शायद अतृप्त आत्मा हैं, अभी पुनर्जन्म के पहले जाने कहाँ-कहाँ भटक रहे होंगे। ऊँह, मच्छर कहाँ से आ गए ब्रह्मांड में...? न, मच्छर नहीं, उसके मणि-मुक्ता जड़े कपड़ों और आभूषणों की चुभन है। पता नहीं कैसे लादे रहती हैं औरतें। अब वह आकाशगंगा के सघन तारों की कुंज में है। ज़रा गिने तो पुंज में कितने तारे हैं। सरजू भाई ने ठीक ही बताया था सात नहीं हज़ारों में हैं...।"

आँख खुलती है तो बदन पर और उसके इर्द-गिर्द हरसिंगार के फूल बिखरे पड़े हैं। वह उठ बैठी। स्वप्न की याद आई तो वह हँस पड़ी—सारे तारे टूटकर आ गिरे हैं एक साथ।

याद आया, रात लोड शेडिंग से पँखा अचल पाकर बिस्तर उसने इसी टैरेस पर लगा लिया था। सुगन्ध से पुलक रहा था बदन। उसने महकते हरसिंगार भर लिए अंजलि में। सूरज अधखिला-अधखिला था पूरब के बाग में। उठकर खड़ी हो गई कुसुमांजलि लेकर। शुभ्र नाइटी गुलाबी होकर हल्की तरंगों में हिल रही थी। उसने धीरे-धीरे फूलों का अर्घ्य समर्पित कर दिया उगते सूरज को।

आज भी वह स्वप्न जड़ा हुआ है उसकी आँखों में और वह भोर उसकी आँखों की शिराओं में...पूरी ज़िन्दगी के कुछ अविस्मरणीय पल हैं वे।

लेकिन उस स्वप्न की हकीकत...? तीन हज़ार दर्शकों के सामने ग्लोब पर जब खड़ी

हुई तो पसीने से गहरा मेकअप दरक रहा था। जाने कितने देवी-देवताओं की मनौतियाँ उसने कर डाली थीं। उसे कहाँ पता था कि तारे छिटक रहे हैं या उल्काएँ फूट रही हैं। ज़रा-सी बहकती कि स्वर्ग से सीधे मर्त्यलोक में। आखिरी बार सलामकर जब घूमती दुनिया थमी तो जान में जान आई।

सामने थे पिता। मस्तक चूम लिया। याद आया, एक कठिन दौर के वक्त ताली यहीं से बजी थी फिर आडीटोरियम तालियों से गूँज उठा था। तो उसे हाइलाइट करने का श्रेय बाप ने लिया था। 'ज़ेनिथ' में आते ही पिता का दमित अहं फिर उफान लेने लगा था।

दूसरे शो के बाद रात बारह बजे आए इब्राहिम, छोटे बच्चों की तरह आसमान सिर पर उठा लिया, "कहाँ है मेरी मिठाई ?"

"आपको फिल्मवालों से फुर्सत मिले तब न, सैंड साहब को कहाँ छोड़ आए ?" रामू दादा ने हँसते हुए पूछा।

"वह तो उनके साथ है। रात-भर के लिए गया काम से।" तब तक कामिनी ने थाल और तश्तरी में पूरियाँ, खीर, सब्ज़ी और मिठाई लाकर रख दी। खान साहब ने उसे देखा तो देखते रह गए, वह शरमा गई। आँखें छलछला आईं इब्राहिम की। शुद्ध देशी लड़की के हाथ शुद्ध देशी खाना।

"कुक ने तो नहीं बनाया होगा ?"

"जी नहीं, मैंने जैसे-तैसे...शायद पसन्द न आएँ।"

"पसन्द ! हुँह ! सैंड के नकली ताम-झाम से अलग आज अपने में लौटना नसीब हुआ है। तुम लोगों ने खा लिया ?"

"आपका ही इन्तज़ार कर रहे थे।" कहकर रामू दादा भी बैठ गए ज़मीन पर। दोनों के खा चुकने पर कामिनी ने अपनी थाली लगाई।

इब्राहिम खाँ बोल उठे, "ठीक ऐसा ही कभी अपना भी एक आशियाना हुआ करता था। माँ चूज़ों की तरह हमें अपने गर्म आगोश में चिपकाए रहती थी। बड़ा हुआ तो बहकते-बहकते नटों के साथ गोरे सिपाहियों, राजाओं, जागीरदारों की खुशी पर परवान चढ़ता रहा। मुझे एक बार भी याद नहीं आता कि माँ बिना खाए-पिए इन्तज़ार करती होगी मेरी। आज माँ नहीं है तो किस कदर सालता है उसका अहसास !"

रामू दादा ने प्रकरण बदले, "तब तो राजा-महाराजाओं से बख्शीश भी मिली होगी खासी ?"

"हाँ, तब ज़माना ही और था ! जितने भी फन हैं, इन्हीं की पनाह में फूले-फले। ज़ाहिर है, उन्हीं की खुशामद और खुजली मिटाने में लगे रहे। लेकिन वे तुनुक मिज़ाज। खुश हो गए तो जो माँग लो...हाथी-घोड़ा...। जंगलों से बाघ पकड़ लो। हिरन फँसा लो। बिगड़ गए तो खाल तक खिंचवा लें।"

"उनकी रिआया भी देखने आती होगी ?"

"हाँ, लेकिन दूर से सहमती हुई, वह भी उनकी मेहरबानी पर।"

"आपने शादी क्यों नहीं की ?"

"की थी एक नटिनी से। मुन्नी नाम था ?"

"फिर क्यों नहीं की ?"

"नटों के साथ खानाबदोश की तरह घूमते हुए मुझे मिलीं तो नटिनियाँ ही। गोरे तो अक्सर छेड़खानी करते, छावनियों में उठा ले जाते। राजा, ताल्लुकेदार भी एक-से। फिर वही भूल कैसे दुहराता ? वह तो उस जमाने की बात है, आज भी सरकस की लड़कियों को बहुतेरे लोग उसी नज़र से देखते हैं।"

सुबह रिंग में कई आँखें ईर्ष्या से सुलग रही थीं। रिंग मास्टर राव की बेटियाँ तेलम्मा और मीनाक्षी ज़्यादा मुखर थीं।

"आपका नाम ?"

"कामिनी।"

"कामिनी यानी कमनीयता।" कामिक ज़ैगलिंग के मास्टर सुवास ने फब्ती कसी।

"क्या ?" अचकचाई कामिनी।

"कुछ नहीं। कोशिश करो। क्या पता जेनी की जगह ले लो।" मीनाक्षी ने कहा।

"जेनी ? कौन है जेनी ?"

"लो आप से ई पूछता।" दोनों फिर मलयाली में बातें करते हुए हँसने लगीं।

"उसके अभ्यास का वक्त आया तो उसे सुना-सुनाकर कहा जा रहा था, "अपुन तो आनेस्टी से जीएगा, नई तो मर जाएगा, ऐसा लूज करेक्टर समझ रखा है क्या ?"

मिस रेखा बधाई देने आईं तो वह पहली बार खुली उनसे, "दीदी इस हाथीवाले आइटम को कैसे कर लेती हैं ? आपके सामने मेरी क्या हस्ती ?"

"कोच्छ नही। पहले छोटा से स्टार्ट किया, वोई हाथी बड़ा हुआ। क्या बोलता उसको...एडैप्शन का हिन्दी 'अनुकूलन'! जवाब देनेवाले युवक को देखकर खुशी से चीख निकल गई कामिनी की, "अभिजीत दा ! आपने वहाँ डुबकी मारी तो यहाँ उतराए ?"

"और तुम नहीं ?" हँसते हुए रिंग से बाहर आए वे।

खाने के वक्त लड़ पड़ी इब्राहिम से, "जब शीशमहल के लिए चेलम्मा और मीनाक्षी तैयार थीं तो मुझे खामखाँ क्यों डाह का निशाना बनने दिया आपने ?"

"देखो भई, यह सरवाइवल और एक्जिस्टेन्स का सवाल है। ग्लैमर की कुछ शर्तों को हम नज़रअन्दाज़ नहीं कर सकते। वे भी मेहनती हैं और तुम भी, मगर तुम्हें ट्रेंड करने में एक तो कम वक्त लगता और दूसरे...।"

"दूसरे ?"

"तुम ज़्यादा एट्रैक्शन पैदा कर सकती हो। शीशमहल के लिए कोई अनारकली जैसी खूबसूरत हसीना भी तो हो।"

"लगे बनाने आप तो...।"

"मैं क्या बनाऊँगा, मेरी बेटी हो तुम तो।"

"अच्छा, यह जेनी कौन थी ? उसका नाम ले-लेकर मुझ पर फब्तियाँ कस रही थीं दोनों बहनें। क्या पहले की अनारकली वही थी ?"

"थी। तब सैंड साहब खुद सलीम हुआ करते थे, वह दास्तान फिर कभी। अभी तो इतना ही समझ लो, कभी भूलकर भी सैंड साहब के सामने जेनी का नाम न लेना।"

अलबम में एक चित्र 'ज़ेनिथ' की फ़िल्म की शूटिंग का। गौर से देखने पर भी नायिका और डमी के रूप में उसकी स्वयं की छवि पहचानी नहीं जाती अब...।

अजीबोगरीब असबाब से लदी गाड़ियाँ उस दिन एक-एक कर कैम्पस में आने लगी तो मज़दूर से लेकर मिस्त्री तक, जूनियर से लेकर, सीनियर कलाकार तक कनमना उठे। बच्चों की-सी खुशी। उत्सव का-सा दिन। पानी ढोनेवाला नौकर और हाथी का मल हटानेवाला भंगी तक शेखी में ऐंठा हुआ, "मालूम है, कोई लल्लू-पच्चू सर्कस नहीं, 'ज़ेनिथ' है, 'ज़ेनिथ' !" 'एवरेस्ट' के नियोगी साहब 'द ग्रेट इस्टर्न' के प्रभाकर बाबू भी बोलिन, 'भैया हमरे सरकसवा में फिलिम बना लो, हीरो बोला दुत !"

"हीरोइन कौन है मँगरू ?"

"बोई छोकड़ी जो नया-नया आया है—कामना।"

"कामणा नहीं कामणी।" बिजली मिस्त्री सरदार जी बोले।

"हीरो तो चन्द्रेश, अभिजीत या राजशेखरन् बाबू होंगे ?"

"देखो, किसका किस्मत में लिखा है।"

कैसे डायलाग बोले जाएँगे, एक्शन क्या होगा, फैंटाफैंटी ढाँय-ढूँ...टुम-टाम और नाच...? नेपाली बहादुर तो नाचने ही लगा। ट्रैपीज़ की मिसेज़ 'डोविन्गो' अपना कीमती धराऊ स्कर्ट और फ्रॉक पहनकर प्रोमिनेन्ट होने का प्रदर्शन कर रही थीं। मिसेज बत्तरा फिर से प्रैक्टिस शुरू कर रही थीं, अभी कै दिन हैं तब तक स्लिम हो जाऊँगी। अल्वा, हसीना, खुरशीद तो ऐसे चल रही थीं, गोया फैशन परेड हो। पता नहीं डाइरेक्टर, और सैंड साहब को कौन जँच जाए। बौने लड़कों की तरह तिड़िक्की मारकर नाच उठते। गरज कि सारा सर्कस रोयें झाड़कर खड़ा था, शादी के लिए देखी जानेवाली लड़की की तरह। एक बार फिल्मों में चान्स मिल जाए तो पौ बारह। क्या रखा है सर्कस में...? जान हमेशा खतरे में और इज़्ज़त कौड़ी-भर की नहीं और वहाँ...आहा...! वे गहरी साँसें खींचने लगतीं।

भोले बच्चों की यह तावीर तोड़ी इब्राहिम ने, "सर्कस के सिनेमा में उन्हीं के सारे लोग पार्ट करेंगे। खामखाँ बेगानी शादी में दीवाना अब्दुल्ला मत बनो, अपना-अपना काम देखो।"

"कामिनी को भी नहीं ?" सवाल मीनाक्षी का था।

"कामिनी पर कौन-से सुरखाब के पर लगे हुए हैं जो आप पर नहीं हैं ?"

"तब तो भौत खराब हुआ बेचारी लैन मारे पड़ा था।"

"मरो तुम लोग उसको तो दिलीप कुमार वोइसेई पसन्द कर लेगा।"

बिला वजह की टनक गई असफल योद्धाओं में। उन मरगिल्लों को, जिन्हें किसी भी रोल की उम्मीद न थी, इस बात से छाती जुड़ा गई। तमाशबीनों की भीड़ उस नए टेन्ट पर मक्खियों की तरह भिनक रही थी जहाँ फिल्मिस्तान छाप के सन्दूक, टोपियाँ, पोशाक और रीलों की कुंडली रखी गई थी।

शाम को गले में ह्विसिल और दूरबीन तथा प्रकाश की तीव्रता मापक यन्त्र लटकाए डाइरेक्टर कभी कैमरे के पीछे, कभी फोकस के पीछे परखता हुआ निर्देश दे रहा था। कुछ इधर-उधर के शाट्स लेकर सुबह तक शूटिंग मुल्तवी हो गई।

सुबह जैसे-तैसे हुई। सर्कस के दल के पूर्वाभ्यास के बाद सिनेमा की टीम अपने मूविंग कैमरे-वैमरे के लाव-लश्कर के साथ नौ बजे मैदान में उतरी। हंसगामिनी कारों में नायक-नायिका आ गए थे। फ्लाइंग ट्रैपीज़ के शॉट्स लेने की व्यवस्था हो रही थी। अस्थाई मेकअप रूम से नायक और विलेन पुरुष खिलाड़ियों की पोशाक में और नायिका सलमे-सितारे वाली खिलाड़िनों की पोशाक पर एक गाउन पहने आई। जाल पर एक सीढ़ी के सहारे आ गए लोग। एकस्ट्रा के रूप में सर्कस के ही चिदम्बरम्, रूपेश, कुट्टी, असलम और मुनिअम्मा, विजया, रत्ना, खुरशीद और चेलम्मा। रस्सी की सीढ़ियों से एक्स्ट्रा आनन-फानन में जा पहुँचे अपने-अपने फ्लाइंग फ्रेम के मंच पर। अब बारी थी हीरो-हीरोइन और विलेन के चढ़ने की। हीरो कुछ दूर तक तो चढ़ गया फिर इधर-उधर लटकने लगा।

"साहब, उतर आइए, गिर पड़ेंगे।"

नायिका की तो चार ही पावदानों में मिट्टी पलीद हो गई।

प्रोड्यूसर भी संयोग से उपस्थित था, चिरौरी-सा करने लगा, "एक बार जी कड़ा कर कोशिश कीजिए साहब।"

"हेल टू योर मनी। हमें हाथ-पाँव नहीं तुड़वाना।"

फिर डाइरेक्टर और सैंड साहब में जाने क्या बात हुई। इब्राहिम बुलाए गए। बीच-बीच में ऊपर के प्लेटफार्म की ओर हाथ हिला-हिलाकर जाने क्या विमर्श हुआ। मैकेनिक की सहायता से पुली से रस्सा सरकाया गया। सर्कस के मज़दूर रस्से से बँधे पाटे पर चढ़े और इन दोनों गधों को मोट की तरह खींचकर अलग-अलग प्लेटफार्म तक ले गए, जहाँ एक्स्ट्रा आर्टिस्टों ने पकड़कर मंच पर खींच लिया। डाइरेक्टर ने प्रकाश की तीव्रता परखकर कैमरे के पीछे आँख चिपका ली। फिल्मी ताम-झाम के बाद पूर्वाभ्यास शुरू हुआ। नायक-नायिका झूले के डंडे को पकड़कर उचकने की मुद्रा तक ही सीमित रहे। उधर कैचर की जगह विलेन को लटकना था, जो सम्भव न था, इसीलिए सम्भवतः डाइरेक्टर ने उन्हें नीचे ही रोक लिया था। डमी के रूप में कुट्टी और रूपेश उनका काम कर रहे थे। उचकने की मुद्रा के बाद उधर चिदम्बरम् और विजया को बाकी रोल अदा करने थे। विजया आई लेकिन कुट्टी पकड़ने में गाफिल रहे। बगल के जाल से टकराते हुए वह नीचे जा गिरी नेट में। गिरने के स्थान पर फिर शॉट लिया गया नायिका का। विजया को मोच आ गई थी। भचकते हुए जाल से उतरकर किनारे खड़ी

हो गई। उधर नायिका के गिरकर उठने के शॉट पर डाइरेक्टर ने कई बार 'कट' कर 'रीटेक' लिया, फिर कट किया, "सोचिए, आप इतनी ऊँचाई से अनएलर्ट गिरी हैं...मुँह पर परेशानी ज़रा गहरी, ऐसे उठिए कि लगे कमर में लोच...हाँ फेसिंग टुवर्ड्स कैमरा, यस यस...। कट !"

ऊपर एक बार फिर स्वाभाविक खेल चला। डाइरेक्ट, क्रॉस, रिवर्स ट्रैपीज़ के हीरो के डमी के रूप में चिदम्बरम् ने वो कलाबाज़ी खाकर कैचर के हाथ पकड़े कि प्रोड्यूसर सेठ घुटघुटिया जी ताली बजा बैठे। लांग शाट्स लिए गए इसके।

जैसे ही 'कट' हुआ, घुटघुटिया जी दस्ती पंखे से दौड़कर हवा करने लगे नायक-नायिका को। फिर नायिका का गाउन उन्होंने अपने हाथों दिया पहनने को।

शीशमहल में ग्लोब पर उसकी मुद्रा में एक बार खड़ी हुई नायिका, "जस्ट बी स्ट्रेट, जस्ट लाइक ए जिम्नास्ट, नो नो...।" खड़े होना उसे ही सिखाना पड़ा उसे। बाद में पूरी की पूरी डमी। डेथ केज में भी पोशाक पहनकर महज मोटर साइकिलों के साथ खड़े होकर चन्द संवाद-भर बोलना था उन्हें, बाकी रेखा और पीटर ने पूरा किया। वह उस समय सातवें आसमान से गिरी जब उसने नायिका को स्क्रिप्ट पढ़ते देखा। रोमन स्क्रिप्ट की हिन्दी। उसे एकबारगी घृणा हो आई—"नकली ! सर से पाँव तक नकली ! इसी पर भेड़ियाधसान मची है, छीः !"

कई दिनों तक शूटिंग देखने नहीं गई वह। उस दिन जाने क्या हुआ, विजया या कमला उसे खींचकर ले गई या होर्स जैगलिंग की शूटिंग देखने की ललक में चली गई। डेविड के मरने के बाद यह शो बन्द हो चुका था। आज ढूँढ़-ढाँढ़कर प्रशिक्षक रणछोर जी बुलाए गए थे। उनमें या तो वह आब नहीं रह गया था, या उन्हें उपयुक्त घोड़ा नहीं मिला, जो भी हो, दृश्य जम नहीं पाया। हीरो महोदय उस खड़े घोड़े पर विभिन्न मुद्राओं में लेटे। एक सजा-सजाया कक्ष उनके इर्द-गिर्द चक्कर काटते हुए रीलों पर उतारा गया। कॉफी आई। कामिनी, विजया और औरों को भी मिली। विजया ने पूछा, "इसे फिर से फिल्माएँगें ?"

"हो गया !"

"हो गया ?" उसकी आँखें आश्चर्य से सिकुड़ गईं।

"फिल्म में देखेंगी आप। यह सब कैमरे का क्लिक है।"

"आपके हीरो तो आल राउंडर हैं। क्यों नहीं वेट लिफ्टिंग भी इसी तरह फिल्मा लेते हैं ? बाकी कसर पूरी हो जाए।" पशुओं के खेल के सबसे बड़े जानकार सिंह जी की आवाज़ में भोलापन था।

"कैसे ?" इस बार प्रोड्यूसर की जीभ लपलपाई।

"वो ऐसे कि लिफ्टर पर भारों के छल्ले चाहे वे हज़ारों मैट्रिक टन हों, आपका हीरो उसे पकड़कर सिर के बल दीवार के सहारे खड़ा हो जाए। दीवार को आप तम्बू या दर्शक बना सकते हैं।"

"यह तो उलटा हुआ ?"

"उसे सीधा कर अद्वितीय बलशाली बनाकर पेश करना कैमरे का काम है—कैमरा क्लिक ! फोटो उलटा कर दीजिए। वे पैरों के बल उतना वजन थामे दिख पड़ेंगे।"

"आप मज़ाक़ करते हैं !" हीरो का चेहरा तन गया।

"भई, इसमें मज़ाक़ की क्या बात है ? जब आप एक ही आदमी होकर सारे करतब कर सकते हैं, हवाई जहाज़ से कूदकर किरच भाँज सकते हैं। घोड़े पर लेटे-लेटे चौरासी आसन दिखा सकते हैं। सामर्थ्यवान ऐसे कि दुनिया के गिर्द घूमने की ज़रूरत नहीं, दुनिया ही आपके गिर्द घूम सकती है, तो...।" सिंह जी जाने क्या-क्या बोलते कि सैंड ने उन्हें टरकाया।

"मिस्टर सिंह, रुस्तम वगैरह को तैयार कीजिए।"

सिंह जी उठ पड़े और हीरो देर तक उन्हें गालियाँ बकता रहा। प्रोड्यूसर, डाइरेक्टर की काफी मिन्नतों के बाद वह शान्त हुआ ही था कि बाघ दहाड़ता हुआ उनके सामने आ गया, वे हड़बड़ाकर उठ भागे। कुर्सियों से टकराए। बाघ का रस्सा सिंह जी ने पकड़कर खींचा, उसे छड़ी से धमकाया और बाद में हाथों से पुचकारा। प्रोड्यूसर ने लँगड़ाते हुए उन्हें अपने पास बुलाया तो डाइरेक्टर भी वहाँ आ पहँचे, "मिस्टर सिंह, रिंग मास्टर की डमी तो आपको ही बनना पड़ेगा।"

"क्यों, आपके सर्वशक्तिमान हरफनमौला हीरो की चड्डी भीग गई ?"

"अनिरुद्ध !..." इब्राहिम ने आँखें तरेरीं।

"चाचा, मुझे डमी-वमी नहीं बनना।"

"तो कैसे होगा ?"

"बाघ-सिंह की ही डमी बना दें न ! सिर्फ कुछ खालों की तो बात है ! तब तो डर नहीं लगेगा किसी को !"

"हम तुम्हें खरीद सकते हैं, मालूम है !" हीरो लँगड़ाता हुआ मार-पीट पर उतर आया। उसके दल के कुछ लोगों ने उसे रोक लिया, "जाने दीजिए, जाने दीजिए सर।"

इधर अनिरुद्ध सिंह को तो पीटर ने कन्धे पर ही टाँग लिया। वे हाथ-पाँव फेंकते हुए चीख रहे थे, "हरामख़ोर, तुम्हारी दिलेरी और मसीहाई के नाटक पर अन्धी पब्लिक कूल्हे मटकाते हुए ताली पीट सकती है, मगर हमें तुम्हारी हकीकत मालूम है। साले तस्करों के गुलाम, इनकमटैक्स चोर, कमीने, ऐयाश—वतन पर मरनेवालों का रोल करेंगे...।" मुँह किसी ने बन्द कर दिया तो घुटती आवाज़ फड़फड़ाई, "जो बहादुर होते हैं, उन्हें नाटक करने की ज़रूरत नहीं होती।"

पीटर उन्हें लिये-दिए एक टिन के कमरे में डालकर ताला बन्द कर गया। उधर बाहर हज़ारों कलाकार अपने चहेते कलाकारों की एक झलक पाने के लिए एक दिन से तपस्या कर रहे थे। छात्र-छात्राओं की अनियन्त्रित भीड़ पर पुलिस एक बार लाठी चार्ज भी कर चुकी थी।

उसे आश्चर्य हुआ, जब सैंड साहब ने फिल्मवालों को बताया कि मिस्टर सिंह पर विक्षिप्तता का दौरा आता है। इलाज चल रहा है।..."सो प्लीज़ डान्ट बी इम्पेशेन्ट विथ

द पेशेन्ट।''

कई दिनों बाद आटोग्राफ देकर बौनों के साथ और पूरी यूनिट के साथ फोटोग्राफ लेकर फिल्मवालों की गाड़ी गई और अनिरुद्ध सिंह को लेकर एक गाड़ी आई।

पीटर ने मज़ाक किया, ''भई सिंह का मिज़ाज कैसा है।''

वह उन्हें देखने गई थी। जाने क्या हुआ कि वह सिसक पड़ी। चुप कराने की कोशिश की गई, मगर वह रोती रही जी भर। अनिरुद्ध ने आश्चर्य से उसके कन्धे थपथपाते हुए पूछा, ''क्या बात है ?''

''मैंने सुना था, उन्होंने आपका मर्डर करवा दिया...।''

''ओ, अच्छा ! मर्डर तो नहीं, हाँ, कैद ज़रूर करवा दिया था सैंड साहब ने !''

''यहाँ पागल भी करार दे रहे थे।''

''इसमें आश्चर्य की बात क्या है ! अपने काम निकालने के लिए पागल करार देना ज़रूरी था।...और जहाँ तक मारने की बात है, मुझे मरने देंगे नहीं इतनी आसानी से, मुझसे उनका स्वार्थ सधता है जो।''

''मिस्टर सिंह, आई एम सॉरी।'' सैंड साहब आ गए थे देखने, ''आई वाज़ हेल्पलेस, इवेन दो आई एडमिट योर आइडियाज़ !''

सैंड इतने व्यवहारकुशल न होते तो विदेश-यात्रा का सिप्पा कैसे भिड़ा पाते। सिद्धान्त-विद्धान्त कुछ नहीं...कोरी बकवास ! असल में पैसा ही सिद्धान्त है, पैसा ही आदर्श !

उल्लास का दूसरा दौर। आज भले बचकाना लगे, उन दिनों की बात ही और थी। अपनी शोहरत और सिफारिश के बल पर 'ज़ेनिथ' सांस्कृतिक कार्यक्रमों के आदान-प्रदान के तहत यूरोप के कुछ देशों की यात्रा पर जा रहा था। सारे यूरोप नहीं रूस, पोलैंड, पश्चिमी और पूर्वी जर्मनी और फ्रांस। सारा का सारा सर्कस ? नहीं। 'क्रीम आफ द सर्कस'। आशंकाओं की बाढ़ ! सिफारिशों का ढेर। मुश्किल यह थी कि जिन्हें जाना था, वे भी पूरी तरह से बाहर के माहौल के प्रति घबड़ाए हुए थे। 'ज़ेनिथ' के प्रधान सेनापति इब्राहिम खाँ खुद ही असहाय ! न ढंग की हिन्दी आती थी, न अंग्रेज़ी या अन्य यूरोपीय भाषा। फिर भी जाना तो पड़ेगा ही।

एरोप्लेन पर यात्रा करने का पहला अनुभव। देश से बाहर जाने का पहला संयोग। सर्कस के बाहर एक अपरिचित दुनिया। भिन्न परिवेश, भिन्न भाषा, भिन्न लोग। यूँ भी बाहर तो बाहर, देश में ही क्या हो रहा है, क्या नहीं, सर्कस की खोल में बन्द ये लोग जानते ही क्या थे। यह अहसास उसे पहली बार तब हुआ जब किसी रशियन सर्कस की जिम्नास्ट अन्ना से उसका परिचय कराया गया। वह उज़्बेकिस्तान का पूर्वी छोर था, दुनिया की छत पामीर का उत्तरी अंश, जिस पर खड़े होकर दोभाषिया चाइकोव्स्की उसे दुनिया को नए अन्दाज़ से दिखा रहा था। अन्ना के सामने तो वह बिल्कुल नर्वस फील करने लगी। उसने न केवल जिम्नास्टिक का विधिवत् स्कूल एटेंड किया था बल्कि अन्तर्विश्वविद्यालयी खेल-कूद में भी कई पुरस्कार और मेडल जीते थे। अन्ना से उसे

मालूम हुआ कि वहाँ सर्कस इंस्टीट्यूट भी हैं, विश्वविद्यालय के स्तर के। अन्ना के बात करने के सलीके जो चाइकोव्स्की के शुद्ध हिन्दी अनुवाद के रूप में उसके सामने आ रहे थे, बेहद आत्मीयतापूर्ण और शिष्ट थे। उसने उससे उसके देश, परिवार और स्पोर्ट्स तथा गेम के कुछ लोगों के हाल-चाल पूछे, तेलंगाना इशू और वियतनाम के लोगों के आत्मरक्षार्थ लड़े जा रहे युद्ध के बारे में नज़रिया जानना चाहा। उसे लगा, वह ज़मीन में धँस जाएगी। उसे तो वहाँ के साहित्यकारों का क्या, लेनिन जैसे इतिहासपुरुषों के बारे में भी इतना कम ज्ञान था कि शर्म से पानी हुई जा रही थी। यह भी सरजू भाई ने मौका निकालकर बता दिया था वरना फिल्मी मैगज़ीनों, ट्रान्ज़िस्टरों के गीतों के अलावा क्या हासिल था उसकी दुनिया में ? लेकिन अन्ना ने उसे अपदस्थ होने नहीं दिया, "इसमें शरमाने की कोई बात नहीं। हमें भी अपने देश और बाहर के बारे में कहाँ पूरी जानकारी है !"

सैंड साहब आड़े आए इस मौके पर, "अन्ना, वह सब तो होता रहेगा। कामिनी की बड़ी ललक थी, जिम्नास्टिक्स के खेलों में नयापन पैदा करने की। अब तुम आ ही गई हो तो...।" बने-बनाए सर्कस ऑडीटोरियम के रिंग के अन्दर अन्ना ने जिस तरह की जिम्नास्टिक्स का प्रदर्शन किया, कामिनी सपने में भी नहीं सोच सकती थी ! क्या एक इन्सानी जिस्म में इतनी लोच पैदा हो सकती है कि वह लत्ते की तरह जैसे चाहे वैसे मोड़ दिया जाए ? यहाँ थी सचमुच की प्लास्टिक गर्ल, हाँ !

अन्ना से ज़िद करके उसने और अधिक जानना चाहा तो उसने सबसे पहले शरीर-शास्त्र का हल्का परिचय दिया, "तो यह लोचदार हाड़, मांसपेशियों, नाड़ियों का शरीर जिसमें परम संवेदनात्मक स्नायु तन्त्र और विलक्षण मस्तिष्क है, उस घूमते ग्लोब पर अंग-संचालन करता है।" उस दिन घुमावदार आधारों के सन्दर्भ में कितनी ही जानकारियाँ उसने दी थीं। सेन्ट्रीपीटल और सेन्ट्रीफ्यूगल फोर्स, सरक्यूलर मोशन और जाने क्या-क्या ! बीम बैलेंस, इवेन और अनइवेन बार्स, वॉल्टिंग हॉर्स के लिए आनन-फानन में उपकरण जुटाए गए। अन्ना ने अपने करतब से मुग्ध कर दिया सबको।

कुछ ऐसा ही आतंक फ्लाइंग ट्रैपीज़ के ट्रेनर पावेल दे गए थे जब वे 'ज़ेनिथ' के अनुरोध पर उनके यहाँ एक दिन के लिए आए थे।...झूले के दोलन का पेंडुलम के दोलन की तरह चित्र बनाकर वे बता रहे थे, "एक वेग झूले का यह है," तीर का निशाना खींचकर दिखाया उन्होंने, दूसरा वेग नीचे का यह ग्रैविटेशनजनित है, फ्लाइंग मैन इस बिन्दु पर कैचर को पकड़ता है। यहाँ उसकी पोज़ीशन किन-किन फैक्टरों द्वारा संचालित होती है, पैरलेलोग्राम ऑफ फोर्सेस...टाइम, डिस्टेंस और वेलोसिटी के नियामक तत्त्व।

यह रहा एक सामान्य नीम हकीमी भारतीय सर्कस के प्रशिक्षण और एक सुगठित रूसी सर्कस के प्रशिक्षण का भेद। और वह टूर ! अपने देश के काबुलीवालों की तरह के लोग-बाग, उनके गाँव-घर !

अन्ना, कामिनी को अपने दल के साथ तजाकिस्तान के चमगादड़ों की बस्ती में

ले गई। मोगोल ताऊ पर्वतमाला की गुफाएँ पाँच से पचास सेन्टीमीटर की, हज़ारों चमगादड़ें। कुछ उड़ती हुई, कुछ बच्चों को दूध पिलाती हुई। अद्भुत दृश्य था वह। उसे अपने भरतपुर के राष्ट्रीय पक्षी-विहार की दास्तानें याद आ रही थीं। काश, उसने देखा होता और अन्ना को बता पाती !

सर्कस लेनिनग्राद आया तो कामिनी ने कुछ-कुछ रूसी सीख ली थी औरों की तरह। शौकिया या मूड में होने पर मज़ाक़ में दल के लोग रूसी में बोलने की कोशिश करते। "वाम ज़्देस त्राविस्त्या ?" (आपको यहाँ कैसा लगता है ?) "दा ओचेन" (हाँ, बहुत) "बोत इ खराशो" (बड़ी अच्छी बात है) जैसी टूटी-फूटी रूसी के टुकड़े तो अक्सर उछाले जाते। उसी समय चन्द दिनों के लिए बर्लिन की सर्कस प्रतियोगिता में भाग लेने जा रही एक अन्य रूसी सर्कस कम्पनी शहर में आई और उसका प्रदर्शन उन्हें सामूहिक रूप से देखने को मिला। हॉर्स जगलिंग से शुरुआत हुई, रिंग में दौड़ते घोड़े पर दौड़कर चढ़ते-उतरते हैरतअंगेज़ करतब। म्यूज़िक जगलिंग कम शानदार नहीं थी, तीन-चार ढफों को उछालते हुए उन्हें बजाते जाना एक लय में। फ्लाइंग ट्रैपीज़ में झूलनेवाले पृथ्वी के गुरुत्वाकर्षण का सहारा लेकर कुछ फासले से ही तैरते-से आते और कैचर उन्हें पकड़कर वापस कर देता। एक आइटम याक युद्ध था—ठीक मेटाडोर (साँड़ युद्ध) की तरह। लाल कपड़े से याक को उत्तेजित कर उसके जानलेवा प्रहारों से बचना था। बाद में उस कलाकार ने भालू, जंगली बकरियाँ, लामा और वाइसन के करतब भी दिखाए। ऐसे वन्य पशुओं को साधना कितने जोखिम का काम है ! यहाँ उसे बुलबुल दा सहसा याद हो आए थे। यहाँ ऐसे कलाकार को रेडियो, टी.वी. और पत्रिकाओं में उछाला जाएगा जबकि बुलबुल दा को अपने ही देश में कोई जान तक नहीं पाएगा। सिंह जी का हश्र वह देख रही थी। अपने गाँव-घर से इतने बँधे कि अक्सर एक पाँव सर्कस में और एक पाँव गाँव में। यहाँ आकर भी घर की चिन्ता से मुक्त नहीं।

उसी सर्कस कम्पनी ने खुले आकाश के तले भी कुछ आइटम पेश किए ! उफ। कितना खतरनाक था दो मीनारों से बँधे तार पर चलना ! एकक ही नहीं, एक व्यक्ति कन्धे पर किसी को सँभाले हुए और उसके कन्धे पर भी एक, नीचे कोई जाल नहीं। अपने देश के नटों-गूजरों के करतब उसे याद आए और इसके साथ अपना देश...

दो दिन तक उस प्रदर्शन को लेकर खूब चख-चख मची। 'ज़ेनिथ' के देशी आर्टिस्टों के साथ विदेशी आर्टिस्ट भी एक परिवार के सदस्य की तरह बातचीत में भाग ले रहे थे। स्कीडिंग युगल यस्तीस्लावेत्स, साँड़ युद्ध के बारे में चर्चा छेड़ बैठे तो उनकी पत्नी वत्सेत्कोवा ने प्रतिवाद किया, "रोम में वह साँड़ युद्ध गुलाम लड़ने को उसी तरह बाध्य थे जैसे ग्लेडियेटर्स बनकर आपस में हिंसक युद्ध करने को और यह सब सभ्य कहे जानेवाले सामन्तों के मनोरंजन के लिए। उसकी इससे क्या तुलना ?"

अनिरुद्ध सिंह ने कहा, "मगर उसे साधा है खूब ?"

इस पर अब तक चुप बैठे चेकोस्लोवाकिया के लादिस्लाव ने कहा, "उस आर्टिस्ट को सम्भवतः अन्तर्राष्ट्रीय सर्कस प्रतियोगिता में पशुओं के खेल के प्रोफेसर की मानद

उपाधि भी मिली है।''

''मुझे इनके बारे में तो नहीं, अलबत्ता भालुओं को मोटर साइकिल पर सवारी के कार्यक्रम के जन्मदाता ओ चेप्याकोव के बारे में ज़रूर पता है।'' अनिरुद्ध ने कहा तो पोलैंड की यूलिया ने ठट्ठा किया, ''और आप ?...आपके बारे में भी तो कहा जाता है, आप पशुओं की बोली भी जानते हैं।''

''मज़ाक़ न करें, कहाँ राजा भोज...।''

आधे लोग हँस पड़े, आधे लोकोक्ति का मतलब पूछने लग गए तो बात भाषाशास्त्र पर आ गई। मीनाक्षी अपनी उपस्थिति को जताने की गरज से बोली, ''ये रूसी लोग 'ट' को 'त' कहते हैं, अंग्रेज़ी बोलनी नहीं आती।''

''कोई भी भाषा हो, भौगोलिक प्रभाव तो पड़ता ही है अंचल विशेष का। भाषा, भूषा, आचार-विचार सब में भिन्नता हो सकती है। यहाँ लेनिनग्राद और वहाँ उज़्बेकिस्तान में ही फ़र्क है।'' अभिजीत ने कहा।

''जैसे आन्ध्रवाले मूँगफली का तेल और अरवा चावल खाते हैं और केरलवाले नारियल का तेल और उसिना चावल।'' मिस्टर वासुदेव ने यह कहा तो केरल और आन्ध्रवाले पिल पड़े एक साथ, ''और बिहारी, लिट्टी !''

एक-दूसरे की छीछालेदर और गालियाँ ज़ोरों पर थीं कि इब्राहिम खाँ ने चाइकोव्स्की के साथ इस महफिल में प्रवेश किया।

पीटर ने अप्रत्याशित सवाल दाग दिया, ''अच्छा चाइकोव्स्की जी, हमें कुछ रूसी गालियाँ सिखा दीजिए न ! हमारी तरह आप लोग भी गालियाँ देते ही होंगे ?''

चाइकोव्स्की ने एक पर्चा लिया और कहा, ''गालियों का उपहार लौटते वक्त। अभी तो नमस्कार !'' और वह चला गया।

''तुम लोग यहाँ भी अपनी जाति चिन्हाकर ही दम लोगे।'' इब्राहिम ने कहा।

''अंकल, दो पल दम तो मार लिया कीजिए।'' उसने उन्हें शान्त कराने की गरज से कहा था।

''आराम ! यहाँ के लोगों की मेहनत देखकर अंकल की अक्ल गुम है।''

''तब आपको एक बार चीन देख लेना चाहिए।'' चीनी कलाकार ली ने कहा।

''अब कयामत के बाद देख लूँगा। जाने का सपना देखा, तभी हममें, तुममें जूतम पैजार शुरू हो गई बासठ में। बाद में भले शरमाए।''

हँसने लगा ली। इब्राहिम कोट के बटन ढीले करते हुए बोले, ''हम तो यहीं छड़ी बोल दे रहे हैं, तुम चीन जाने को कह रहे हो। ठंडा मुल्क ! हम और हमारे जानवर गर्म देश के।''

''नहीं, कुछ जानवर ठंडे देश के भी हैं।'' यूलिया ने कहा तो हँसी आ गई सबको।

इब्राहिम बताते गए, ''पहले दिन तो बाघ वगैरह को रेल के इंजन की गरमी देकर ठंड से बचाया गया। लेकिन इंजन पालतू तो था नहीं। दूसरे दिन चला गया तो कोयला, बिजली के हीटर और यहाँ एक बला है इल्म का, न वो आफताबी गरमी...का...। छोड़ो

उसे। अच्छा यह तो बताइए कुछ देख-सुन भी पाए आप लोग ?"

"अभी तो चौंक-चौंक उठते हैं देखकर।"

"पहली बार आई हो। मैं भी पहली बार यहाँ आया था तो मुँह बाए ताकता रह जाता था, खासकर लड़कियों को...! जवानी बाकी थी न तब !"

मुँह नीचे कर मुस्कुरा उठी थी वह। अस्तगामी वय पर दया आई। क्या पता, वह भी दूसरी बार आए तो बूढ़ी हो चुकेगी।

"यहाँ कैसी राय है हमारे बारे में ?" अनिरुद्ध ने पूछा।

"देश में तो हम बाघ थे, अन्धों में काना राजा। अब ऊँट पहाड़ के नीचे आया है। हमारे सर्वोत्तम फ्लाइंग ट्रैपीज़ इनके आर्टिस्टों के सामने फीके हैं। और इनका समर साल्ट...सुभान अल्लाह ! जिम्नास्टिक्स तो यहाँ जैसे राष्ट्रीयता में शुमार हो। बेहतरीन से बेहतरीन जिम्नास्ट यहाँ हैं। हाथी, घोड़े, बाघ, गैंडे, बौने—इनमें कुछ नयापन लगे तो भले देख लें। फिर भी कुछ हमारे आइटम इनके लिए आकर्षण तो हैं ही।"

"चाचा, दरअसल बात यह है कि आदमी की ताकत और दिमाग का अन्दाज़ा हम लगा नहीं सकते, आदमी हारता है तो अपने अन्तर्विरोधों से और वक्त से।" यह अभिजीत था।

"नियति से नहीं ?" विजया ने पूछा।

"नियति क्या है, उन ताकतों का, जिन पर हमारा नियन्त्रण नहीं है, खिलौना बनकर रह जाना। अगर हमारी विकास-यात्रा परस्पर भाईचारे पर आगे बढ़े तो इन पर हम काफी हद तक काबू पा लेंगे। उदाहरण तुम्हारे सामने हैं, रूस और चीन।" मिस्टर सैंड इसी समय अपने कमरे से बाहर निकले। "ऐ ! नो पॉलीटिकल डिस्कसन्स !"

हेडमास्टर की डाँट पर जैसे लड़के शान्त हो जाते हैं, उसी तरह भद्र दिखने का अभिनय करने लगे सब। सैंड साहब अन्दर गए और एक पर्चा लेकर आए। उत्सुकतावश नज़रें उधर उठ गईं।

सैंड साहब ने कहा, "यहाँ तेर्स्की हॉर्स फार्म कहाँ है, ज़रा पता लगाना है। आप लोगों को कुछ मालूम है इसके बारे में ?" उनका रुख यस्तीस्लावेत्स की ओर था।

"नहीं," वे सिर हिला बैठे, "क्या घोड़े खरीदने हैं ?"

"जी !"

"ऐसी क्या खासियत है इन घोड़ों में ?" यूलिया ने पूछा।

"मेरे पास एक लिस्ट है।" पर्चा दिखाया उन्होंने, "इस फार्म की कातून नाम की घोड़ी पहले कनाडा, बाद में यू.एस.ए. की चैम्पियन थी। नारवोद्का ब्रिटेन की, किलिमंजारो पश्चिमी जर्मनी, सोलोम्का फ्रांस की और नेप्तून हालैंड की...और हाँ पोबेदीतेल बेल्जियम की चैम्पियन...।"

इस बार इब्राहिम खाँ ने लादिस्लाव को केहुनियाया तो वे खंखारकर बोल उठे, "मगर सर, इनकी कीमत भी जानते हैं ?"

'सर' इनकार में हिलाते हुए लाचारगी में दोनों हाथ झटक दिए 'सर' ने।

"सुना है एक घोड़ा अमेरिका के कोई उद्योगपति पन्द्रह-बीस लाख डालर में ले गए थे।"

चौंक पड़े सैंड, "एँ ! नो नो !"

"इस नाचीज़ को दस लाख डालर ही दें, घोड़ा बनने को तैयार हैं।" इब्राहिम ने कहा तो अनुशासन भंग हो गया। हँसी की वो लहरें आईं कि मिस्टर सैंड भागते-भागते भागे।

एक वह दिन था, जब मेहनतकशों के स्वर्ग के रूप में रूस की प्रशंसा करते नहीं थकते थे लोग। इधर अभिजीत रूस से हाल ही में लौटकर कला भवन आया था भेंट करने तो बताने लगा, "अब वहाँ भी पैसे और ग्लैमर का माड़ा चढ़ रहा है आँखों में।" शुकर है, इब्राहिम जाने की हालत में नहीं हैं, वरना रूसी औरतों को कॉस्मेटिक्स पर टूटते देखकर उनका दिल टूट जाता। इसके बीज तो उसने उन्हीं दिनों देख लिये थे। सन्धू दी जो अमेरिकियों को गाली देते नहीं थकतीं, रूस को भी इधर साम्राज्यवादी कहने लगी हैं। क्या पता क्या-क्या हो रहा है दुनिया में ?

वह पुश्किन की मूर्ति देखने के लिहाज़ से सुबह तैयार हुई थी कि इब्राहिम खान सामने आते दिखे, "तुम्हारे लिए एक बुरी खबर है। रामू दादा सीरियस हैं। शाम की फ्लाइट से चल देना है।" पत्र उन्होंने हाथ में पकड़ा दिया। जाते-जाते वे कह गए, "सामान पैक कर लो अपना। मुझे भी वहाँ की यूनिट को ऑर्गनाइज़ करने के लिए तुम्हारे साथ ही चलना है।"

कामिनी सोच में पड़ गई। पिता ! इस पिता की उँगली मेले में ही छूट गई थी। तब से अपने में खोई-खोई दिन गँवाती रही। नितान्त वैयक्तिक जीवन। पिता कैसे कटते-कटते अलग पड़ गए सर्कस में ! इस नए पौधे के कारण वह पुराना खोंढ़राया हुआ पेड़ पीला पड़ता गया था दिन-दिन। अगर वह न आती तो अपने ढर्रे पर गलत-सही गुज़ार ले जाते दिन। माँ का साया छूट ही चुका था, अब पिता का भी छूटनेवाला है। क्यों वह आई सर्कस में उनके स्खलन का अहसास कराने के लिए ? क्यों अनचाहे प्रतिद्वन्द्विता में खड़ी कर दी गई अस्तित्व के स्तर पर ? वह अकेले में रोती रही थी।

सैंड साहब और कुछ अन्य लोग विदा करने आए थे। आखिरी हिदायत देते हुए उन्होंने कहा, "रामू दादा के ट्रीटमेन्ट में कोई कोर-कसर नहीं रहे।...और हाँ, एक तोहफा तुम्हें अन्ना दे गई है, वह आ नहीं सकी किसी व्यस्ततावश यहाँ तक। यह जिम्नास्टिक्स पर फिल्म है। स्लोमोशन में चलाकर एकलव्य की तरह खुद ही अभ्यास करना। ओ.के.। खत लिखना जाकर।" हाथ हिले और वे प्लेन की ओर बढ़ चले।

सरकारी अस्पताल में भनभनाती मक्खियों, मलमूत्र और सड़ाँध फिनाइल, स्पिरिट की मिली-जुली गन्ध के बीच एक उपेक्षित शय्या पर नीचे भिखारी की तरह लिटाए गए थे रामू दादा। देखते ही फूट-फूटकर रो पड़ी वह।

इब्राहिम खाँ ने डॉक्टरों की खोज की तो नदारद। नर्स से डिस्चार्ज करने की बात की तो, "हमारे चार्ज में नहीं है।" का उत्तर मिला। जिस नर्स से पूछते, एक-सा उत्तर।

जेब से दस रुपए निकालने पर पहली अहल्या पिघली, "ले जाइए अपने रिस्क पर।"

"कोई केस-हिस्ट्री है ?"

"वह तो डॉ. सिन्हा के आने पर ही मिल सकेगा।"

"कहाँ हैं वे ?"

"लाइफ नर्सिंग होम में ?"

यह अपना देश था। स्वर्ग से सीधे नरक में।

लाइफ नर्सिंग होम में डॉ. सिन्हा ने फिर से चेकअप किया। निहायत सौम्य और शरीफ, अभिजात परिवेश। ड्यूटी छोड़कर बिना किसी खौफ के किस तरह पैसों पर सेवा बेची जा रही थी। और सरकार चुप थी।

दूसरे दिन तमाम परीक्षणों के आधार पर पता चला, "उन्हें डायबिटीज़ है।"

इब्राहिम खाँ ने हँसते हुए कहा, "लीजिए, अब तो यह साबित हो गया कि आप ज़िन्दगी की मिठास को जज़्ब नहीं करते।"

वे निहायत ठहरे हुए अपाहिज-से दिन थे। नर्सिंग होम सुबह-शाम का चक्कर और होटल में चुपचाप पड़े रहना। मन में आया तो दीवार पर प्रोजेक्टर की सहायता से अन्ना की जिम्नास्टिक्स अलसाई हुई देखा करती जैसे वह सपने में देखा हुआ कोई दृश्य हो। ऐसे में एक दिन कॉल बेल बजी। दरवाज़ा खोला तो इब्राहिम खाँ थे। बाहर की बारिश से तर-ब-तर।

"एक प्याला चाय बनाना तो।" और वे धम से कुर्सी पर बैठ गए। कामिनी ने बाहर जाकर होटल के बेयरे को चाय लाने का आर्डर दिया। और आकर खड़ी हो गई। थोड़ी देर में जैसे उसे होश आया। "अंकल, आप बिल्कुल भीग गए हैं, कपड़े बदलिएगा ?"

बोले नहीं कुछ इब्राहिम। हाथ के पंजों की उँगलियाँ उलझाए हुए फर्श पर ताकते रहे। दीवार पर अभी भी अन्ना अपने करतब पेश कर रही थी। उन्होंने एक नज़र उसे देखा फिर कनखियों से कमरे के वातावरण को देखते रहे। कॉल बेल बजी। कामिनी ने द्वार खोला, वेटर चाय की ट्रे रख गया। चाय अलस भाव से बनाकर थरथराते हाथों से इब्राहिम की ओर बढ़ाया।

"तुम्हारी तबीयत तो ठीक है ?"

"जी-जी !"

"तो फिर क्या तमाशा बना रखा है ?" अप्रत्याशित रूप से उखड़ पड़े थे वे, "सैंड साहब से सिफारिश कर मैं तुम्हें वहाँ लिवा गया था जहाँ के मेहनतकशों ने सिर्फ मेहनत की बदौलत सिक्का जमाया है दुनिया में। अन्ना ने सौगात इसलिए दी थी कि तुम उससे कुछ सीखोगी लेकिन यहाँ तो नज़ारा ही और है। चप्पे-चप्पे पर मनहूसियत और काहिली चस्पाँ है। लेटे-लेटे नज़ाकत से देखी जा रही है फिल्म। बाप उधर मर रहा है, बेटी इधर नफासत से मातम मनाती हुई पलंग तोड़ रही है। एक प्याली चाय नहीं बनती अब उससे। किस रईस की बेटी हो तुम ? कहाँ चली गई वह होनहार जिम्नास्ट ?"

सन्न रह गई कामिनी। गर्म सलाखों की आवाज़ों की जलन में कनफेसन करती हुई ऐंठ-ऐंठ रही थी। पचास साल की हड्डियोंवाला यह बुड्ढा उसकी चेतना पर कोड़े सटकारता जा रहा था। कितने अधिकार से डपट रहा था वह ! आवाज की यह निर्भीकता सिर्फ इब्राहिम खाँ में ही हो सकती थी, जिसके न बीवी, न बच्चे, न परिवार-कुटुम्बी, लेकिन फिर भी सब कुछ था उसके पास। वह फटकार तब न मिली होती तो क्या कामिनी कामिनी बन पाती ?

फिर से शुरू हुई दिनचर्या, शुरू हुआ फ्लोर एक्सरसाइजेज़ का अभ्यास। पहले दिन तेज़ हरारत और हल्का-हल्का ज्वर। डाँटना पड़ा था उसी इब्राहिम चाचा को। रुकी नहीं वह। रुकती भी कैसे—तन्तु-तन्तु में अजीब-सा नशा था, अजीब था वह नशा ! बेहद सन्तुलित आत्मविश्वास-भरा—किसी महान लक्ष्य को संकल्पित। स्लो मोशन पर परदे की अन्ना हौले-हौले उतरती रही उसके अन्दर। एकलव्य सधता गया और एक दिन आ पहुँचे द्रोणाचार्य। तालियों की गड़गड़ाहट से उसे अभ्यास रोकना पड़ा।

"वापस आ गई है मेरी जिम्नास्ट ! बधाई !"

अँगूठा काटने की जगह उनके पास दो-दो सौगातें थीं, विदेश जाने का पासपोर्ट और हवाई यात्रा का टिकट और भले-चंगे पिता।

"क्या करूँगी, वहाँ जाकर ? अभी तो मैंने अपना देश ही नहीं देखा है। जब से होश आया, सर्कस के मकड़जाले ने इस तरह उलझा लिया कि उलझी पड़ी रही।" उसने ओवरकोट पहनते हुए कहा।

इब्राहिम खाँ ने देखा, और देखते रह गए, "सयानी हो गई है मेरी बेटी।...लेकिन इनका क्या करूँ ?" वे कागज़ों को तोड़ने-मरोड़ने लगे।

"मुझे नहीं जाना अंकल।" उसने दृढ़ता से कहा और बात वहीं टूट गई।

एक-एक करके दिन बीत रहे थे। लोकल पकड़कर वह चल देती और यूँ ही निरुद्देश्य उतर जाती किसी गाँव या कस्बे में। ऐसा लगता है कोई बुला रहा है चुपके-चुपके। यह उसका अपना देश है, अपनी सीमाओं में कसमसाता, उफनता हुआ मिथकीय देश। गन्दगी, लाचारी, बदहाली और मक्कारी का आलम। टाट पर मखमल के पैबन्द-सा मुट्ठी-भर सम्पन्न लोगों का आभिजात्य।

घुँघराले बाल, नशीली डरावनी लाल-लाल आँखें, चाइनीज़ मूँछें औसत से नाटा कद, गोल-मटोल डरावना कृष्णकाय युवक बार-बार उसे घूर रहा था। पहले उसने खुद को समझाया कि वह उसका वहम भी हो सकता है लेकिन वह एक ठोस हकीकत की तरह उसकी सीट के ठीक सामने था। दो-तीन बार नज़रें मिलीं तो शुबहा यकीन बनकर फन पटकने लगा। पछताने लगी, गलत हुआ अकेले आना।

अगला स्टेशन आया। उसके सामने की सीट खाली हुई। दूसरों को धकियाते हुए वह धम-सा जा बैठा उस पर। कामिनी ने लाख लापरवाही दिखाई उसकी उपस्थिति पर लेकिन वह तो जैसे आमादा था अपनी उपस्थिति का अहसास कराने पर।

"आप झरना जी हैं न ?" सूखे पपड़ियाये होंठों की खसखसी आवाज़।

वह सकते में आ गई।

"आपसे ही पूछ रहा हूँ।"

"जी, जी, मैं न-न-नहीं तो। क्यों ?" हकलाहट पर मुश्किल से काबू पाई।

"यूँ ही, वैसा ही लगा आपको देखकर। खैर, माफ करें।"

"आप ?"

"मैं...? यह देखिए..." कहकर उसने पाँव का पैंट ऊपर तक सरका दिया। दूर तक टखने पर मांस का उथला-उथला दाग।

"तो आप बुलबुल भाई हैं ?"

डरावना चेहरा हँस पड़ा स्वीकृति में सिर हिलाते हुए। आत्मीयता के सोते से मसृण हो गई तनी मुद्रा।

"कहाँ हैं इस समय आप ?"

"अभी तो अपना शो है।"

"कौन-सा ?"

"वही वेल ऑफ़ डेथ।"

"अकेले ?"

"हाँ।" बुलबुल ने बाहर देखा, ट्रेन की स्पीड धीमी पड़ती जा रही थी, "चलूँ, मेरा स्टेशन आ गया।" कहकर उसने अपना थैला उठाया और चल पड़ा।

"चलिए, मैं भी चलती हूँ आपके साथ।"

"कहाँ ?"

"वहीं, अपना शो नहीं दिखाइएगा ?"

"आप तो सुना, 'ज़ेनिथ' में थीं ?"

"हाँ !"

"अपुन की तो नसीब-इ साली खोटी निकली। तीन मेले में कुआँ बनाने के लिए गड्ढा खोदा, तीनों जगह पानी निकल आया, लोटा-थाली सब बिकने की नौबत आ गई है।" हँस पड़े फक्कड़ की तरह बुलबुल दा, "गाँव गया, वहाँ कुआँ खोदा तो पानी ही नहीं मिला और यहाँ...। यह सचमुच मौत के कुएँ का खेल खेल रहा हूँ। अकेला होता तो डूब मरता, अब बीवी और बच्चों के साथ हूँ, तो कुछ न कुछ उपाय करना ही पड़ता है।" बुलबुल दा की कटखनी भाषा गाँव हो आने से थोड़ी पालतू हो आई थी लेकिन स्वभाव और भी कटखना हो आया था।

अपनी छोलदारी में जाकर थैले का सामान रखने लगे बुलबुल दा। कामिनी चढ़ गई काठ के घेरे के अन्दर और दर्शकों के लिए बनाए गए गोल प्लेटफार्म पर। नीचे गड्ढे से रिस-रिसकर पानी जमा हो गया था पेंदे में। नीचे से सँकरा ऊपर की ओर फैलता हुआ 'मौत का कुआँ' ! एक नेपाली लड़का चाय दे गया और बाल्टी लेकर नीचे का पानी काछ-काछकर बाहर फेंकने लगा। अब उसे सूखे बोरे से ढँककर निचोड़ने लगा

बाहर ला-लाकर। डोर से लटकी मोटर-साइकिल नीचे लगाकर वह खबर करने गया बुलबुल दा को। एक निचुड़ी-सी औरत टूटी-फूटी हिन्दी में एनाउंसिंग करने लगी। मुश्किल से घंटे-भर में पन्द्रह आदमी आए, तब तक बुलबुल दा लाल क़मीज, लाल पैंट, लाल हेल्मेट, बाँहों पर चमड़े की कीलदार पट्टियाँ, आँखों पर सेफ्टी चश्मा चढ़ाए हुए ऊपर आए, फुसफुसाकर बोले, "यह सारा यूनीफार्म और तामझाम गिरवी रखा जा चुका है, वह एनाउन्स करनेवाली औरत है न, वह तुम्हारी भाभी है, केरल की हैं, अभी झगड़ा हुआ है पैसों को लेकर, पिनकी हुई है, तुमसे भी नहीं बोलेगी। वैसे है भी तो केरल की, फँसाकर लाया हूँ सर्कस से...।" उनके होंठ कानों तक खिंच गए तो कामिनी को लगा वह एक परले दरजे के गुंडे के सामने खड़ी है। उसे हैरत हुई, वह औरत अभी भी माइक पर चीखे जा रही थी, "आइए, देखिए मौत का कुआँ ! एक नौजवान जान की बाजी लगा कर कुएँ में साइकिल और मोटर साइकिल चलाता सिरिफ पचास पैसे। बड़ा-बड़ा सर्कस कम्पनी फेल, पचास पैसे में जैसा माफिक खेल आपको दिखाएगा हमारी कम्पनी वैसा...।"

प्रचार के लिए बुलबुल दा ने मोटर साइकिल से फटफट की आवाज़ दागनी शुरू की। कीचड़ में हुमककर काफी ज़ोर लगाना पड़ रहा था साइकिल के लिए। मोटर साइकिल अलबत्ता रोमांचक रही। पटरे काँप रहे थे प्लेटफार्म के।

परिस्थितियों ने एक जुझारू व्यक्तित्व को किस कदर कटखना और काइयाँ कर दिया था ! यही बुलबुल दा कभी बाघ से खेलते थे। एक निहायत बेमुरौव्वत दुनिया ने उन्हें इस यातनादायी स्थिति में ठेल दिया है। यहाँ भी हार नहीं मानी है बुलबुल दा ने। रोज़ कुआँ खनते हैं। देखते-देखते इस दुनिया के नक्शे से एक दिन गुम हो जाएँगे। उसने तय किया कि वह इब्राहिम चाचा से कहेगी उनकी बाबत ! आखिर ऐसे हारे, टूटे लोगों का पनाहगाह सर्कस ही तो है। क्या हैं इब्राहिम ? क्या हैं सैंड ?...और स्वयं वह..? ऐसे सारे परित्यक्त, कलेजे में सैकड़ों दाग लिये जीने के लिए जूझते लोगों में एक बुलबुल दा भी आ जाएँगे तो क्या बिगड़ जाएगा ?

और वह दिन !...उस दिन रिंग का अभ्यास करके वह लौट आई थी। शॉपिंग के लिहाज़ से उसने बाज़ार की ओर रुख किया। तरह-तरह के स्त्री-पुरुष। ज़्यादातर मज़दूर। धूल-मक्खियों और गन्दगी का आलम। जिन प्लास्टिक, काग़ज़ या कपड़ों पर वे मिठाइयाँ रखी हुई थीं, लगता, छूने मात्र से चिट-चिट करने लगेंगे। कहाँ लेनिनग्राद की स्वच्छ सड़कें और विशाल तथा भव्य फलक की सुरुचि-सम्पन्नता, कहाँ गूलर के फल में किलबिलाते कीड़े, पंख लगाकर उड़ती भिनभिनाहट ! जगह-जगह इंसान मक्खियों के झुंड के मानिन्द जमा होकर मुर्गे की लड़ाई, शिलाजीत बेचनेवाले बनवासी या अन्य मजमेबाज़ों के इर्द-गिर्द जमा थे। सबसे ज़्यादा भीड़ वहाँ उफना रही थी, जहाँ ढोल बज रहा था। बाज़ीगर की आवाज़ में बला का आकर्षण था। अचानक उसे लगा, उसने इस आवाज़ को पहले भी कहीं सुना है। कहाँ सुना है, याद नहीं आया। बाज़ीगर स्वयं ही एनाउन्सर, स्वयं ही बैंड मास्टर, स्वयं ही शो मैनेजर, ट्रुप मास्टर थे। जूनियर आर्टिस्ट

छोटे लड़के की एक आँख खराब थी, एक उससे भी छोटा था। दोनों ने कुछ कसरतें दिखाईं, ढोल की ताल पर, बिच्छू की तरह उल्टे चलकर दिखाया, फरी मारकर दिखाया। अब बाज़ीगर ने ढोल पीटकर दूसरे चरण की घोषणा की, "बाबू लोग, अब इस मिनी सर्कस का दूसरा शो, जानवरों का खेल।" लड़कों ने कभी हाथी, कभी घोड़ा, कभी ऊँट बनकर दिखाया।

"वाह मेरे शेरो, अब ज़रा बाघ बनकर दिखा, बाबू लोगों को तिरपित करो।" उसने बड़े झोले से एक लोहे का छल्ला निकाला। दोनों बच्चे बाघ की तरह तनते, ऐंठते, झपटते एक ही छल्ले में दोनों ओर से आकर बाघ की मुद्रा में अँगड़ाई लेने लगे। "खूब !" हँस पड़ी वह।

"अब थोड़ा आराम कर लो मेरे शेरों, आने दो मिस हन्टरवाली को।" बाज़ीगर ने दूसरे आइटम की घोषणा की।

दोनों ओर लट्ठों के क्रॉस पर तनी रस्सी को ठीक से परखकर लहँगा-चुनरी पहने एक पन्द्रह-सोलह साल की लड़की चढ़ गई रस्से पर। लाठी को क्षैतिज पकड़कर वह इस पार से उस पार गई, फिर पीछे चलकर इस पार आई। बीच-बीच में वह चीत्कार भी कर रही थी, ढोल की ताल पर। लगता, उल्लास के ज्वार पर तैरती आ रही है। बीच-बीच में घुटनों के बल टेक ले लेती, अन्ततः बीच मे आकर पाँवों से रस्से को पकड़कर क्षैतिज दोनों ओर ज़ोर से हिलाने लगी रस्से को। पूरा बदन पेंग ले रहा था।

"ग़ज़ब का माल है यार ! देखो कैसे हिल रहा है !" उसे कानों में बगल के दर्शक की टिप्पणी आई। कामिनी का सारा ध्यान उसके सन्तुलन पर केन्द्रित था। इस बातचीत पर, खुद-ब-खुद उस अश्लील बिन्दु पर नज़र चली गई। उस लड़की ने ब्रेशरी वगैरह कुछ नहीं पहना था अन्दर, छातियों के हिलने से सचमुच एक अश्लील वातावरण पैदा हो रहा था। शर्म से आँखें झुक गईं उसकी। इसके बाद उस लड़की ने मटकियों को सर पर रखकर रस्से पर से गुज़रने का सन्तुलन भी दिखाया, मगर कामिनी की निगाह में, अभी भी वही दृश्य चस्पाँ पड़ा था। उसने चाहा कि दौड़कर दो तमाचे जड़ दे लड़की के गालों में, 'तुम्हें पता है, लोग क्या देख रहे हैं ?' लेकिन वह ऐसा नहीं कर सकी। आक्रोश में घुलती रही, घुलती रही।

नया आइटम शुरू हो चुका था, वह एक आँखवाला लड़का नकली टाँगों पर नाच रहा था। उत्सुकता बढ़ चली उसकी। चार-चार फीट की होंगी नकली टाँगें। अब ढोल लड़की बजा रही थी, बाज़ीगर बाँसुरी से उसका साथ दे रहा था। फिल्मी धुन थी। लड़के को कटोरा थमा दिया बाज़ीगर ने, वह नाचते-नाचते दर्शकों के आगे घूमने लगा। चाय की गुमटियों तक जाकर वह 'बक्सीस' में बासी जलेबी और लड्डू ले आया। कामिनी ने जैसे ही पाँच रुपए का नोट उसकी कटोरी में डाली, सारी नज़रें उस पर उठ गईं।

बाज़ीगर ने कृतज्ञता में झुककर सलाम किया, "इस बहनजी ने खुश होकर मिनी सर्कस पार्टी के शेरू को पाँच रुपए का 'बक्सीस' दिया है।"

लड़के को बाप ने गिरने से रोका, पकड़कर बैठाया और नकली टाँगें खोलने लगा।

ठगी-सी खड़ी रही वह। उसका शो खत्म नहीं हुआ था अभी जैसे। जैनुल को गिरने से रोक लिया गया है। एक्रोबेट अलग किए जा रहे हैं।

"मेमसाब।" उसे झटका लगा। अरे, मजमा तो कब का बिखर चुका है। क्या देख रही है वह ? क्यों भरमाने चली आई उसकी याद ? नियोगी तो नियोगी, वह खुद ठुस्स पड़ी रही तब। क्या होगा अब इन बातों को सोचकर ? सामान बहँगी में समेटकर दोनों बच्चों को बहँगी पर लादकर जा रहा था बाज़ीगर। बाँसों, रस्सियों, घड़ों का गट्ठर लिये खड़ी थी लड़की। बाज़ीगर ने दोबारा पूछा, "मेमसाब, आप रो रिया है ?"

"ऐसे ही कुछ याद आ गया था।" आँसू पोंछकर भारी-भारी कदमों से लौट आई थी वह।

नियति क्यों भटका रही थी उसे ? ज़िन्दगी के कौन-से सबक दे रही थी उसे ? हाँ, सबक ही तो। उस दिन इब्राहिम खाँ से बुलबुल दा के लिए सिफारिश करने पर उन्होंने ट्रायल लेने की बात की तो महज खबर देने के लिहाज़ से उसे उस मेले में दोबारा जाना पड़ा। बुलबुल दा नहीं मिले, उनकी यादों का एक भी चिह्न बाकी नहीं था वहाँ। कुआँ-भर दिया गया था। टेंट उखाड़ा जा चुका था। किससे पूछे ? कौन बता सकता है ? शाम ढलने को थी। वह शिथिल कदमों से लौट रही थी कि एक मजमे को देखकर किसी आशा और उत्कंठा में स्त्रियों की भीड़ में जा समाई। कचपचाहट के मारे बुरा हाल था। उधर माइक से सस्ती हिन्दी फिल्मों के गीतों का अजीब-सा फटा शोर था। एक जवान साइकिल चालक साइकिल चलाते हुए गीतों का फूहड़ मूकाभिनय कर रहा था।

"आज सात दिन हो गए, दिन-रात साइकिल चलाते हुए। एक पल को भी उतरता नहीं होगा ?" एक टिप्पणी।

"नहीं, बिल्कुल नहीं, इसी पर नहाना-खाना, कपड़े बदलना सब कुछ।" समर्थक प्रतिटिप्पणी।

"रात में सबके हट जाने पर सो जाता होगा, कौन देखने आता है !" एक प्रतिवाद।

इस पर पहली औरत तुनुक पड़ी। होते-होते दो दल हो गए। साइकिल चालक के पक्षधर दल का पलड़ा भारी पड़ा। मार-पीट की नौबत आई। एनाउन्सर, जो किसी दाता के पुरस्कार की घोषणा कर रहा था, दौड़ा-दौड़ा आया। हाथ जोड़कर उन्हें शान्त कराकर लौटा तो आज के दिन के सन्ध्याकालीन विशेष कार्यक्रमों की घोषणा करने लगा। "आपके सामने अभी मास्टर संदीप सीने पर पत्थर रखकर तुड़वाएँगे।"

बीच में रखे बड़े टेबुल पर साइकिल रोक दी चालक ने। एनाउन्सर और एक पैंट-शर्ट पहने मरियल-सी लड़की ने उसे साइकल से उतारकर टेबुल पर लेटने में मदद की। नीचे तकिया, ऊपर तकिया और उस पर दर्शकों द्वारा लाया गया पत्थर। पत्थर खिसक न जाए, इसलिए बाँध दिया गया रस्से से टेबुल में। अब हथौड़े चला रहे थे दो आदमी—ठक-ठक, ठहाक, ठहाक !

प्रत्येक प्रहार पर चालक चीख उठता, "और ज़ोर से, और ज़ोर से।"

ग़ज़ब का स्ट्रेन पड़ रहा था स्नायुओं में। एक औरत तो बेहोश ही हो गई।

पत्थर टूट गया था। अब उसके टुकड़े दिखाए जा रहे थे दर्शकों को, "आइन्दा ज़रा मज़बूत पत्थर लाइएगा।" कहते हुए एनाउन्सर चालक को कन्धों पर उठाकर उसका लाल सीना दिखा रहा था।

चालक के प्रकृतस्थ होने और फिर से साइकल पर सवार होने तक तीन लोम-हर्षक नृत्य पेश किए उस मरियल लड़की ने--पहले थाली पर, फिर तलवार पर, फिर काँच के टुकड़ों पर नंगे पाँवों का नृत्य।

सुगिया का पुनर्जन्म हो गया था मानो। एक साथ इत्ती-सारी चीज़ें दिमाग में ठुँस गईं कि उसका सर चकराने लगा था। किसी तरह ट्रेन पकड़कर आई तो बिना खाना खाए कमरा अन्दर से बोल्ट कर जा पड़ी बिस्तर पर। सिर पर ठक-ठक, ठहाक-ठहाक, "और ज़ोर से", "और ज़ोर से" बज रहा था, फिर वह एक आँखवाला लड़का नकली टाँगों पर ठुमकता हुआ पैसे माँगता हुआ चला आ रहा था...चीत्कार करती लड़की और उसका अश्लील दोलन...।

तुम्हारा विज्ञापन विभाग भले ही तुम्हारी कला को अद्वितीय प्रचारित करता फिरे, बाहर के इन लोगों के प्रदर्शन के सामने तुम क्या हो ? तुम्हारा तार पर चलना, सर पर कपों-डिशों की कतार और अन्त में चम्मच लोक लेने का सन्तुलन, तुम्हारे समरसॉल्ट, तुम्हारी जगलिंग इन खेलों से ज़्यादा खतरनाक हैं ? इस पर भी दर्शक पिघलते नहीं; उन्हें उससे भी ज़्यादा खतरनाक प्रदर्शनों की अपेक्षा रहती है। चेंज ! हमेशा चेंज। पहले से बेहतर प्रतिमान ! तुम्हारे आदमी हमेशा नया देने को तैयार...चिम्पाज़ी और भालू की मोटर साइकिल पुरानी पड़ गई। अब उसे ट्रेन चलाना सिखाओ, तोप से विस्फोट के बाद निकलनेवाला आदमी पुराना पड़ गया, तोते से पलीते में आग लगवाओ, कुछ और करो। नाम बदलो, विन्यास बदलो, ग्लैमर से अन्धा कर दो, थ्रील पैदा करो, नर्वस स्ट्रेन पैदा करो। वक्रतर रेखाएँ लाओ, सरल रेखाओं से चित्र नहीं बनता। यह सब तुम कर सकते हो क्योंकि यह तुम्हारा व्यवसाय है, क्योंकि एक हद के बाद तुम करते नहीं, कराते हो।

लेकिन ये अपने दायरे में ही तुम्हारे लिए चैलेंज बने खड़े हैं। इन्हें लेकर अपनी माँगों की लड़ाई नहीं लड़ सकते क्योंकि तुम्हारी जाति अलग है न ?

किस मायने में अलग ? किस मायने में बेहतर ? गुलाम बने सीने के ज़ख़्मों पर भड़कीले आवरण डालकर तुम नहीं मनोरंजन कराते उन्हें ? बासी पड़े नहीं कि दर्शक सूँघकर छोड़ देंगे। रिझाने की भोंडी से भोंडी और निम्न से निम्न स्थिति और स्तर तक जाने से नहीं चूकते ! पुराने पड़ने से बचने के लिए भीड़ छँटती देखकर डेरा-डंडा उखाड़कर नहीं चल देते ?

जाने क्यों इस मुहूर्त में उसे सुगिया की याद आई। सर्कस के दर्शकों को रिझाने के लिए वह नाचा करता। वह किस मायने में उस हिजड़े की सभ्यता से आगे निकल

पाई है। वही तो...सब कुछ वही, शीशमहल की अनारकली बने या सूर्य नमस्कार की भैरवी !

उसका सिर फटने लगा। थके कदमों से उठी, बाथरूम में जाकर उसने शॉवर खोल दिया। जाने कब तक फुहारों में भीगती बैठी रहीं। ठंडक से कँपकँपी आनी शुरू हुई तो तौलिया लपेटकर बालों को निचोड़ा, झटककर कन्धे पर लहरा दिए। अब वह आइने के सामने थी, हल्के-हल्के गुनगुनाती हुई। वह बेचैन दंश देनेवाला साँप मर चुका लगता था, सिर्फ उसकी पूँछ अभी भी छटपटा रही थी। आईने में अपनी अपरूप सुन्दरता पर निहाल होते-होते अचानक ठिठकी। डरते-डरते उसे छुआ और वह भयंकर फुत्कार के साथ फन काढ़कर खड़ा हो गया।

क्या देखने आते हैं लोग ? उसने तो यहाँ तक सुना है कि सिर्फ उसके करतब देखने पाँच-पाँच बार तक आए हैं दर्शक। क्या देखने आते हैं ? चौंधियाते, उत्तेजक विन्यास में उसकी यही गोलाइयाँ, यही खुली संगमरमरी जाँघें, ये बाँहें, उद्दीप्त यौवन...''नहीं !'' वह जैसे झुठलाना चाहती है उस सच को। तो यह रहे तुम्हारे करतब ? ''हुँह !'' कोई ताने कस रहा है उसके अन्दर से...। कोई फुसफुसा रहा है, ''क्या माल है !'' बाज़ीगर की लड़की पर वह विफल आक्रोश क्यों ? ''तुम कहाँ हो ? यू आर ह्येयर ! ह्येयर यू आर !''

अगर इब्राहिम खान ने उसका मानसिक सन्तुलन भाँपकर उसे कुछ दिनों के लिए गाँव नहीं भेज दिया होता तो क्या पागल नहीं हो जाती वह ?

बागलता ! वह बिछड़ा हुआ देश। वे पगडंडियाँ, बाँसों के झुरमुट। तलपटनी से अँटा पीछेवाला पोखरा...और बोलती हुई उजली-काली पनडुब्बियाँ, चरते हुए मवेशी, टेढ़े-सीधे पेड़, जागीरदारों की हवेली का खँडहर, खँडहर की दीवारों पर उगे पीपल, पाकड़, बरगद के पौधे !

चाची-चाचा उसे पहचान नहीं पाए पहले। चाचा तो गिड़गिड़ाने लगे, ''बीबी जी, हमने टीका ले लिया है चेचक का।''

शरमा गई वह, ''काका, यह मैं हूँ आपकी झरना।''

''ऐं !'' चाचा का मुँह खला रह गया विस्मय में। आँचल से सिर को ढँकती हुई आ गईं काकी। उसने दोनों को प्रणाम किया। तब तक रामू दादा भी आ गए प्रमाणस्वरूप। चाचा-चाची की आँखों में आँसू थे। चचेरे भाई महेश की बहू चूड़ा-गुड़ ले आई और खनकते हुए बुदबुदा उठी, ''तुम सब तो भूल ही गए हमें।''

तिवारियों के पुरवे, लाला के मकान, मंडलों के कुनबे, देखते-देखते, पुरवैया ने उसके आने की खबर हर जगह फैला दी।

साथ की सखियाँ, बचपन के खेल की हमजोलियाँ एक भी नहीं दिखीं तो काकी से पूछना पड़ा। काकी ने हँसकर कहा, ''तुम्हारी तरह सारी की सारी गाँव का पहरा देती रहेंगी ? सब गईं अपने-अपने घर ! एक मनोरमा ही मायके से आई है अभी।''

"कहाँ है ?"

"लो, अभी तेरे सामने कौन खड़ी थी !"

"अरे ! बुलाओ उसे। बुला दो उसे मेरी काकी !"

काकी ढूँढ़-ढाँढ़कर जिस औरत को उसके सामने ले आईं, उसे देखकर उसके उल्लास पर पानी पड़ गया। दो-दो लड़के, फैले बदनवाली इस औरत में उस शोख, छरहरी मनोरमा को ढूँढ़ निकालना कितना मुश्किल था ! गले से लगा लेने को जो हाथ बढ़े थे, सुस्त हो रहे थे। झिझकते हुए फिर भी हाथ पकड़ा। उसने बैग से टाफियाँ निकालकर बच्चों को दीं और घसीटते हुए बगल की टेढ़ी नीम के तले पहले की तरह आ बैठी।

"इस बीच कितना समय बीत गया ! सच, मैं तो पहचान भी नहीं पाई।" मनोरमा ने कहा।

"हमारे लिए तो कुछ भी नहीं बीता। बड़ा मज़ा आ रहा है यहाँ आकर।"

'मज़े तुम्हारे लिए तो होंगे ही, अपने राम तो...।"

"तुझे और बाकी सखियों को याद करती हूँ तो कैसा-कैसा लगता है। अभी भी दो चोटियाँ बाँधती है तू ?"

"धत्त !'

एक-एक कर बचपन की सहेलियों की दास्तानें पूछ डालीं तो मनोरमा की झिझक टूटी, "सरकस की लड़कियाँ तो काफी तेज़ होती हैं।"

"मतलब ?"

"जाने दे...।"

"ना, बोल ना ! मेरी कसम जो न बोले।"

"अरे, हम लोगों का क्या है, दूर से देखा है सरकस ! टीन के घेरे के अन्दर झाँका है तो कभी देखा कीमती साड़ी पहनकर लेटी है कोई लड़की, कभी जाँघिया पहनकर काम करते और सरकस में तो जाँघ खुली, छाती निकली हुई, कमर खुली हुई, मुझे यह सब करना पड़े तो जीते जी मर जाऊँ।"

"और ?" खिलखिला पड़ी कामिनी।

"और सुनते हैं घाट-घाट का पानी पीती हैं, बच्चा गिरवाती हैं। मुझे देख, दो-दो हो गए। तूने अब तक किसी को...?"

"फाँसा या नहीं...यही न !" कामिनी ने उसकी बात पूरी की।

"नहीं, नहीं ! मेरा मतलब है...।"

"मतलब खूब सूँघती हूँ। सर्कस की लड़कियाँ तो तेज़ होती हैं ही। रोज़ एक से...। मर्दों की कोई कमी है ? जब जी मे आया किसी के टेंट में घुस गई। जिनके साथ काम करती हूँ उनसे तो रोज़...।"

"बनाने लगी न ?"

"जाने क्या सोच लेती हैं औरतें जैसे बाकी सब संन्यासिनी हैं, और सरकस वाली

वेश्या से भी बदतर ! तुम्हीं क्यों, किसी भी गृहस्थ के घर अगर हम टिक गए तो उनका यही नज़रिया होता है।"

"बुरा मान गईं न ? अरी मैं तो पूछ रही थी शादी-वादी की या नहीं। सिन्दूर नहीं देखा, सो अन्दाज़ लगा बैठी, किसी मुसलमान या क्रिस्तान के साथ तो नहीं जा बैठी।"

"शादी की बात सोची ही नहीं अभी।"

"हाय दैया ! मैं तो अभी से अपनी बेटी के लिए मरी जा रही हूँ।"

"अरे हाँ, याद आया, वो, वो किशोरी, उसका हाल तो बताया ही नहीं तुमने ?"

"कौन, वही जो बस्ते से कलम-किताब चुराती फिरती थी, तिवारियों के बगीचे से अमरूद तोड़कर हमें देती थी ?"

"हाँ-हाँ, वही।"

"अब कहाँ है वह ! वह तो कब की ताल मे डूब मरी। आनन्द से हमल रह गया था... ।"

चिहुँक उठी कामिनी। इसी गाँव के लिए इतनी नॉस्टेल्जिया पाला करती थी ! उसे लगा उसके लिए वक्त ठहरा हुआ है जबकि गाँववालों को वही वक्त काफी पहले अगले पड़ावों पर फेंक आया है।

रोशनियों से दूर, स्याह रातों में घुलती हुई केवड़े की अमूर्त गन्ध। तारों-भरा वह रात का बिन्दीदार परदा धीरे-धीरे उतर रहा था आँखों में, जिसे जाने कब लपेटकर सो गई वह।

"कोको अक्क कक्क क्वक !" कोई पनडुब्बी बोल और उसकी नींद उचट गई। चाँदनी आधे आँगन में छिटकी हुई थी। बचपन की बात याद आई, जब-जब पनडुब्बी की बोली पर नींद उचटती, माँ कचपचिया तारों की स्थिति देखकर अनुमान लगाया करती कि रात अभी कितनी बाकी है। जैसे माँ की बिछड़ी आत्मा हो, अँधेरे-उजाले की सीमा से परे कहीं से बोल उठी हो। जाँत पीसने की आवाज़ आने लगी है शायद मंडल घरानों से। दर्द को कोई आरोह पर चढ़ाकर धीरे-धीरे ढील दे-देकर उठा रहा था। काका शादी की बात पूछ रहे थे बाबूजी से। यह कैसी ढर्रेवाली ज़िन्दगी सहज भाव से सिर झुकाकर स्वीकार करते हैं लोग ? शादी ? उसने मनोरमा की जगह अपने को रखकर सोचा तो भिन्ना उठी। बकरी की तरह रें-रें, 'में-में' करते बच्चों को लिए फिरना। लेकिन शादी का मतलब सिर्फ बच्चे ही क्यों ? एक मनोरमा ही तो नहीं है। उसके सामने कई नव-विवाहित जोड़ों का बिम्ब झलक उठा। गहने-कपड़े में सजी दुल्हनें ! लाल बनारसी साड़ी, लाल सिन्दूर, पाँवों, हाथों में मेहँदी, लाल कपोल। चलेंगी तो 'छम्मक-छम्मक' बज उठेगी पैंजनी, कसमसा उठेगी करधनी, सिन्दूर-भरी माँग के ऊपर झलमला उठेगा माँग का टीका—चेतन की कल्पना, अवचेतन की दमित वासना नींद की एक झपकी में ही उसे फुसलाकर ले गई सिवानों के पार।

दिगंत तक हिलोर लेती धान की हरियाली पर झरता राशि-राशि कुमकुम। मेंड़ों पर लाजवन्ती को छेड़ते, भागे जा रहे हैं आगे-पीछे वे। पोखर में कमल के संपुटों को

खोलते-बन्द करते हिलकोरें ले रहे हैं वे। बागों में गिलहरी के पीछे-पीछे, 'तुमने कहीं गिलहरी देखी...' गाते हुए भागे चले जा रहे हैं वे...

"उठोगी नहीं, दिन कितना चढ़ आया।" महेश की बहू ने झकझोरकर जगाया तो वह हड़बड़ाकर उठ बैठी।

"अरे तो तुमने पहले क्यों नहीं जगाया ?"

"तुम कोई सपना देख रही थीं न ?" उसने उसे छेड़ते हुए कहा।

"न...न...।"

"सबेरे-सबेरे राम-राम की बेला में झूठ।"

"हाँ, देख रही थी।"

"बताओ।"

"कामिनी ने राम-राम की बेला में सच-सच कह दिया तो भाभी ने पुरखिन की तरह नाक पर उँगली रखकर गुनगुनाते हुए कहा, "लड़का कैसा था ?"

"हाय ! वह तो देखा ही नहीं।"

"और यूँ ही कुलाँचती रही उसके संग रात-भर ? और वो क्या गीत गिलहरीवाला...? गाँव में न तो कोई गीत ऐसा चलता है, न लड़का...। किताबी सपना है सब !"

"हो या न हो, मैं तो अभी जा रही हूँ !..."

"कहाँ ?"

"मेंड़ों पर, पोखर पर, बागों में...।"

"देखियो ननद जी, यह कोई सरकस कम्पिनी नहीं है कि हाथ हिलाते हुए दौड़ती हुई आओगी जाँघिया-चोली कसकर अकेले।"

"तुम चलो न !"

"मैं ? और पीछे-पीछे मेरा बच्चा दौड़े, और उसके पीछे लाठी लेकर तुम्हारे भैया, उसके पीछे झबरा कुत्ता, उसके पीछे गाँव के लोग !"

इसी समय पोखर से लौटकर मनोरमा वहाँ आ धमकी। कामिनी की बचकानी बात पर मुँह बनाते हुए बोल उठी, "मेंड़ों पर लाजवन्ती ही नहीं; भँटकटैया भी है मेमसाब और सुर्र से निकलते हुए साँप भी...पोखर में जोंकें हैं—सारा रस ले लेंगी। या मोटी-मोटी हो उठेंगी खून पी-पीकर। रही बाग की बात, तो गिलहरी ही नहीं गिलहरा भी है...।"

मनोरमा की बातें दो ही दिनों में स्पष्ट होने लगी थीं। अघोषित रूप से उसे भ्रष्ट मान लिया गया था। चिमगोइयाँ उड़ने लगी थीं।..."शादी नहीं करेगी ? छीः ! जवान देह लिये सीना ऊँचा कर डोलती रहेगी ? बिगाड़ देगी गाँव को। जाने कहाँ-कहाँ किस-किस से फँसी है। अरे जादू-मन्तर भी जानती होगी !"

तिवारियों के बड़े घर की दहलीज तक डाँकने नहीं दी गई उसे, लाला के घरों में काँच के गिलास में चाय मिली।

जहाज़ का पंछी अपनी ऊब मिटाने को कहाँ उड़ रहा था ? उसे जहाज़ पर लौटकर

आना ही था। क्या इसे ही कहते हैं सर्कस फोबिया ? इसी बेबसी का नाम एडॉप्शन है ? बीच-बीच में भावुक होकर सोचा करती, इतनी जहालत पर भी लोग बगावत क्यों नहीं करते, कैसे चुपचाप सह लेते हैं वह गुरबत ? आज स्वयं अपने प्रश्न के उत्तर में प्रतिप्रश्न बनकर अटक गई है अपनी नज़रों के सामने।

इब्राहिम खाँ सुनकर 'हो-हो' करके हँस पड़े थे। आहत हो उठी थी वह, ''आप हँस रहे हैं ?''

''तो क्या करूँ, रोऊँ ? मुझसे रोया नहीं जाता।...तुम कह रही हो कि फिल्म की प्रीमियर पर हीरोइन ने तुम्हें पहचाना तक नहीं, आटोग्राफ लेनेवालों की भीड़ में तुम पिस गईं। किसी ने गलती से तुम्हें भी डायरी-कलम थमा दी हीरोइन समझकर, जैसे ही उसे मालूम हुआ था कि तुम सर्कस की जिम्नास्ट हो, उसने दोनों चीज़ें झपट लीं। अब तुम सुनो, लाठी चार्ज भी हुआ होगा, ट्रैफिक भी जाम हो सकता है।''

''जी, जी !'' उसे आश्चर्य हुआ कि बिना गए ही बैठे-बैठे कैसे जान लिया चाचा ने सब कुछ।

''इस देश की अवाम चकाचौंध और स्टंट की मारी हुई है। यहाँ मेहनतकशों को नीच समझा जाता है और हरामखोरों को ऊँचा। एक नम्बर के फ्लर्ट, दलाल और कमीने यहाँ इज़्ज़त पाते हैं। इन्हीं के बीच शुरू से काम करता रहा हूँ, जब तक हालात नहीं बदलते, तुम्हें या तुम्हारी नीचे की पीढ़ियों को भी इसी के बीच काम करना है। रोओगी तो आँसू पोंछने भी नहीं आएगा कोई। ठोकरें मारकर हँसो लेकिन हाँ, अकेले नहीं, इकट्ठा करो ऐसे दबे-कुचले मेहनतकशों को।''

''तो लीडरी करूँ ?''

''यही तो मुश्किल है, जो भी काम करने आगे बढ़ा, पहले लीडर बन जाना चाहता है। फ्यूडलिज़्म हर आदमी के अन्दर घर किए बैठा है। अच्छी-अच्छी पार्टियाँ टूट गईं। गांधी ने सुभाष को टरकाया, गांधी खुद उन्हीं कॉन्ट्रैडिक्शन्स के शिकार हुए, जो हत्यारे हैं वे भी होंगे। कम्युनिस्ट पार्टी का भी यही हाल है, औरों के भी।''

''मुझे पॉलिटिक्स नहीं करनी, यह बताइए, हम क्यों यूटिलाइज होने दे ऐसे कमीनों के हाथों खुद को ?''

''सैंड साहब की जुबान में बोलूँ तो कहना पड़ेगा, हमने फिल्म कम्पनी के कामर्शियल कैरेक्टर के कान्ट्रैडिक्शन को भुनाया है।''

''और मैं अभिजीत की जुबान में बोलूँ तो कहना पड़ेगा कि फिल्मवालों ने आपके कॉन्ट्रैडिक्शन को भुनाया है।''

''क्या यह अच्छा नहीं होगा कि हम अपनी-अपनी जुबानों में बोलें ?''

''अपनी जुबानें तो हमने गिरवी रख छोड़ी हैं ज़ेनिथ में...।''

खिसियानी हँसी हँस पड़े इब्राहिम खाँ, ''देखता हूँ गुरु गुड़ ही रह गया, चेलिन चीनी बन गई।''

लौट आए हैं दूर देश से ज़ेनिथ के परिन्दे। फिर से गुलज़ार हो आई है डारमिटरी, फिर से गुलज़ार हो उठी है रिसेप्शन की महफिलें। परिचित स्वर और गन्ध के उड़ने लगे हैं बगूले छोलदारियों से, उड़ने लगे हैं ट्रान्जिस्टरों के फिल्मी गीत। खुल गई हैं ताश की गड्डियाँ, जमने लगा है लूडो, कैरम और कसीदे का रंग। जो दौरे पर गए थे, उन्हें हज़ार बातें थीं कहने को; जो नहीं गए थे, उन्हें हज़ार बातें थीं पूछने को। टूटी-फूटी हिन्दी, मलयाली और अँगरेज़ी में अन्दर कितने सवाल कुड़बुड़ाकर फ्यूज हो रहे थे।

फिल्म की चर्चा, विदेश-गमन की चर्चा, समीक्षकों आदि ने 'ज़ेनिथ' का तम्बू आकाश में तान दिया था। सर्कस ओनर्स एसोसिएशन ने सैंड साहब को चन्द्रगुप्त कहा और इब्राहिम को चाणक्य। इस अभिनन्दन का सबसे बड़ा पुरोधा बनकर निकल आया था नियोगी, "सैंड इज ग्रैंड, ऐंड 'ज़ेनिथ' इज़ ज़ेनिथ--द टॉप ऑफ सेलेस्सियल होमोस्फेयर !"

"सैंड साहब, आपकी बातों से मुझे एकबारगी ताव आ गया है, यहाँ कैबरे, गन्दी फिल्मों आदि के लिए प्रेक्षागृहों की कमी नहीं और हमारे लिए एक भी स्टेडियम नहीं। हमारी आधी ताकत, आधा पैसा तो तम्बू एक जगह से दूसरी जगह ले जाने में ही ज़ाया हो जाता है।" चड्ढा साहब ने कहा।

"इस पर आँधी-पानी, आग का अलग ही डर। हम खाक मुकाबिला करेंगे रूस वगैरह का, जहाँ स्टेडियम तय है--जाओ फिट करो कलपुर्जा और शो शुरू कर दो।"

"यही नहीं, इंश्योरेंस का मामला भी लाल फीतों में बँधा है कई सालों से।"

"हमें प्रेशराइज़ करना होगा। प्रेशराइज़ करके डॉक्टर, इन्जीनियर तक माँगें मनवा लेते हैं...।"

"और ठेकेदार-मजूर नहीं मनवा पाते।" इब्राहिम की बात पर महफिल की झाग उठते-उठते थम गई। उन्हें जिज्ञासु नज़रों से देखने लगे लोग। इब्राहिम ने कुर्सी पर पेंग लेते हुए कहा, "हम जब तक सेल्समैन बने रहेंगे, एक-दूसरे से कम्पिटीशन के टकराव में सिर फुटाते रहेंगे तब तक बकवास है सब। आप कोऑपरेशन के प्लेटफार्म पर आइए, हम वहाँ पहले से मौजूद मिलेंगे। वरना असंगठित मज़दूरों का ही हश्र होता रहेगा हमारा। प्रेशराइज़ आप करेंगे मैं पूछता हूँ ? किस पर गालिब होगा आपका प्रेशर ? अधिकारियों, मन्त्रियों, गुंडों की जाँघें ही तो सहलाते रहें हैं अब तक, पब्लिक सपोर्ट की, तजवीज़ बेमानी रही आपकी नज़र में, फिर सोचिए आपके लिए रोएगा कौन ?"

इब्राहिम खाँ ने अपनी सारी बिखरी बुद्धि-सामर्थ्य और कौशल लगा दिया। एक-एक आइटम पर शोध, फिर समग्र शो की सामूहिक व्यूह-रचना। तेलीचेरी से प्रतिवर्ष आविष्कृत होनेवाले नए खेल, विदेशों के हैरतअंगेज़ करतब और पारम्परिक खेलों का कायाकल्प। फ्लाइंग ट्रैपीज़ में रूस के अनुभवों को काम में लगने पर प्रयोग चल रहा था, केवल धुँधली रोशनी में ट्रैपीज़ का नाम बदल कर 'ब्लैक ईगल्स' कर दिया गया था। लैडर बैलेंसिंग में अब आधे चाँद की शक्ल के मंच का कृत्रिम चन्द्रलोक बना दिया गया था। आर्टिस्ट राजू और शुभलक्ष्मी का नाम बदलकर यूरी गागरिन और

तेरेस्कोवा कर दिया गया था। बुलबुल दा को ढूँढ़ निकाला गया था वे और पीटर जीप जम्पिंग और तारों पर मोटर साइकिल चलाते। तोप के मुख से विस्फोट के बाद निकलनेवाली विजया का सहायक अब तोता हो गया था, जिसका काम पलीते में आग लगाना था। पारम्परिक छुरे के निशानेवाले खेल में जलती कन्दीलों की अल्पना में रामक्का खड़ी होती। प्रणव के निशाने में कन्दीलें बुझती जातीं एक-एक कर, इस बीच एनाउंसर अभिजीत, "पुट आउट आल द लैम्प्स..." की आवृत्ति कर रहा होता। खतरनाक करतबों में रेखा के सीने पर रखे पटरे पर हाथी के पार होने के लोमहर्षक करतब के अलावा, देवदासन सबसे बड़े आर्टिस्ट बनकर उभर आए थे। सिंगल झूले पर नीचे बिना किसी जाल के वे शीर्षासन से लेकर उल्टे मुड़कर रूमाल उठाने तक ऐसे-ऐसे खेल पेश करते कि स्नायु तन उठते दर्शकों के। रेखा और बुल-बुल 'केज़ ऑफ डेथ' पेश करने लगे थे।

इसी संक्रान्ति काल में एक दिन सुबह की प्रैक्टिस में अभ्यास करने से रोक दिया गया कामिनी को।

"क्या बात है ?"

"मालिक जाने, आप तब तक रुकी रहें, ऐसा कहा गया है।"

अभ्यास समाप्त होने के बाद रिंग से सबको चले जाने को कहा गया। सैंड साहब, इब्राहिम और अन्य ट्रेनरों के साथ हाथ झटकते हुए किसी बहस में डूबे लपकते हुए आए।

"तुम्हें कोई उज्र तो नहीं होगा अगर तुम्हें हम कामिनी से भैरवी कर दें ?" सैंड साहब की आँखें हँस रही थीं।

"जी, जी...नहीं।"

"समझाओ यार, घबड़ा गई है लड़की।" सैंड ने इब्राहिम की ओर देखा तो इब्राहिम ने पोर्टफोलियो बैग खोलकर एक चित्र दिखाया, "बूझो तो यह कौन है ?"

कामिनी ने चित्र को अपनी ओर किया, किसी चित्रकार का बनाया चित्र था। उगते सूरज को फूलों का अर्घ्य दे रही थी कोई लड़की। काला और लाल—दो ही रंग इस्तेमाल किए गए थे। उसने प्रश्नवाचक निगाहें ऊपर उठाईं तो पाँचों कहकहा मारकर हँस पड़े। वह भकुआ गई।

सैंड साहब बोले, "हमारे यहाँ एक पेन्टर आया करता था, उसी ने डाक से यह नाचीज़ तोहफ़ा भेजा है। याद करो, कभी ऐसी पोज़ में कोई ठिठोली सूझी थी तुम्हें...याद करो पहले-पहल जब आई थीं, एक बँगले में रुके थे हम, कोई शेफाली का पेड़ हुआ करता था..."

"अरे वो...।" आँखें झुक गईं लाज से। उसका मन किया, वह भाग जाए वहाँ से।

"उस रात वहीं टिका था वह और आर्टिस्ट की नज़र ने मॉडल को पहचान लिया। अब तुम्हारी इस चोरी की सज़ा यह है कि तुम्हें सचमुच वह मुद्रा दिखानी है।...यह देखो

यह एक खिलौना है..." सैंड साहब ने इब्राहिम के बैग से एक कमल-कली का खिलौना निकाला। जैसे-जैसे उसे चाभी देते गए, संपुट खुलता गया। पँखुरी-पँखुरी खुल गई तो वृत्त पर एक लड़की बैठी मिली...।

"यू सी, यह लड़की तुम हो। तुम्हें आहिस्ता-आहिस्ता उठकर सूर्य-नमस्कार करते हुए फूलों का अर्घ्य देना है। फिर इसी कमल के गोल-गोल चक्कर काटते प्लेटफार्म पर प्लास्टिक गर्ल के सारे नए आइटम्स—ओ.के.। कमल बन्द होगा और तुम तितली की तरह उसमें कैद। इसके बाद रेस्ट ऑफ द शो शीशमहल में—ठीक इसके बाद। पहले भैरवी फिर किसी अनजाने ग्रह की अप्सराओं-सी तुम छिटकते तारों के बीच करतब पेश करोगी।...ओ.के....नाउ प्रोसीड...।"

और थोड़े ही अभ्यास के बाद कमल वृंत पर खड़ी होकर सूर्य को पुष्पांजलि देने लगी भैरवी। तारों के ब्रह्मांड में लचकती रही अप्सरा। कितने फूल झरे, कितने तारे—पता नहीं !

और यह चित्र 'ज़ेनिथ' के पशुओं का ! फोटो में सारे नहीं आ सके हैं। आदमियों की तरह उनका ग्रुप फोटो होता तो शायद...

कुल मिलाकर आठ सिंह-सिंहनी हैं 'ज़ेनिथ' में—प्रताप, अशोक, अनिल, विजया, रजिया, रुस्तम, सोहराब और आठवें सिंह ट्रेनर, रिंग मास्टर अनिरुद्ध। इनमें सोहराब और विक्रम रुस्तम के बेटे हैं, माँ विजया है। वैसे वे आदिम साम्यवादी व्यवस्था में हैं अभी। बेटे भी पति हैं, बाकी प्रताप, अशोक भी।

व्याघ्र-समाज के सदस्यों की संख्या बारह है—विक्टर, जार्ज, हरकुलिस, खुदीराम, गामा, पृथ्वीराज, बाबर, अकबर, लक्ष्मीबाई, दुर्गा, जूली, क्वीन। दुर्गा और जूली, क्वीन की बेटी भी हैं, सौत भी। जार्ज, हरकुलिस इनके जन्म से भाई, कर्म से सामूहिक पति। लक्ष्मीबाई ने पृथ्वीराज, बाबर और अकबर तीनों को जन्म दिया है गामा से मिलकर। खुदीराम अकेला रॉयल बेंगाल टाइगर है। सम्भव है जल्द ही क्रॉस से संकर व्याघ्र पाने में सफलता मिल जाए। हाथी दस हैं—ऐरावत, इंडिया, गंगा, अजातशत्रु, अनिल, बहादुर, जया। अफ्रीका से आगत दल का नाम कालाहारी, जॉयन्ट और कांगो। बाघिनी, साँड़िनी, सोहिणी, सहारा, गोमती, पन्ना जैसे सुन्दर नाम बेडौल ऊँटों के हैं जिनमें साँड़िनी की सार्थक नाम्नी ऊँटनी आजकल मुँह फेरकर दूसरे करवट बैठती है—काटती फिरती है। चेतक, हवाबाज, शेरू, पवन घोड़े हैं जबकि इनकी प्रेयसियों के नामों में अधिकतर फिल्म तारिकाएँ हैं। चिम्पाज़ी महोदय को चार्ली चैप्लिन की नाम-गरिमा मिली है। भालू ब्रदर्स को जॉनी व जॉन ! दरियाई घोड़े को ओसेन किंग और ज़िराफ को इक्वेटर। इस नामकरण का प्रताप था कि जब ये पशु रिंग में आते तो निरे पशु नहीं रह जाते, इनसे विजड़ित एक पूरी की पूरी मिथकों की दुनिया होती।

'ज़ेनिथ' के पशु-कलाकारों को बड़े यत्न से सँभाला है अनिरुद्ध सिंह ने। किस जानवर का मिज़ाज कैसा है, यह उसे देखते ही भाँप लेते हैं वे। लेकिन पशुओं के इस

शहंशाह सिंह का मिज़ाज कोई नहीं भाँप पाता। क्या पता कब आदमखोरी, वहशीपन भड़क उठे, कब उठाकर किसे फेंक दे या दुलत्ती झाड़ दें ! मिज़ाज में होते हैं तो चैप्लीन को भी मात दे देते हैं मसखरी में। यूँ सामान्यतः वे पशु-नरेश की जिल्द और मुद्रा में ही अपनी छोलदारी में रात-रात भर चहलकदमी करते पाए जाते हैं। नाइट गार्ड देखता है, टोकता नहीं। वह ही नहीं, कोई भी देखकर समझ सकता है, आज उन्हें अपने बेटों—अनिल और अशोक की याद सता रही होगी। एक बार अशोक (सिंह) को तैयब और पिंटू पिंजरें से निकालने के लिए बार-बार कोंच रहे थे। अनिरुद्ध कुछ देर तक तो संयत रहे फिर इतने ज़ोरों से चीखे कि सिंह और अनिरुद्ध की आवाज़ें एकाकार हो गईं। दौड़े-दौड़े आए थे आस-पास के लोग। शटर बन्द कर भागा जा रहा था तैयब। यह राज़ खोला इब्राहिम ने। इब्राहिम को छोड़कर किसी की भी नहीं सुनते अनिरुद्ध। बात हवा में उड़ गई। तैयब से हँसी-मज़ाक़ भी चलने लगा। उसने दूसरी शादी की तो उसे पशुओं की मांस सप्लाई कराने का ठेका भी दिलवा दिया। लेकिन तैयब की प्यास इससे कहाँ बुझती ? पहली बीबी से छह बच्चे थे, दूसरी फातिमा सर्कस में साथ-साथ घूमने लगी थी। खर्च ही खर्च !

उस दिन बाघ और सिंह के खाँचों में मांस रखकर ट्रॉली लौटी तो आ गया अनिरुद्ध की चपेट में।

"तैयब !"

"जी ठाकुर साहब !"

"मैंने कहा न मुझे ठाकुर-ठाकुर न कहा करो।"

"भूल हुई सरकार !"

"आजकल सिंह कुत्ते का मांस खाते हैं और कुत्ते सिंह का।"

"हें-हें-हें !" हँसता है खींस निकालकर तैयब, "हुजूर मज़ाक करते हैं।"

"हुजूर के बच्चे, ठेकेदारी के चरित्र के रग-रग को जानता हूँ। शहर में दो-दो रुपए में कुत्ते कौन खरीद रहा था ?"

तैयब के चेहरे पर मिरगी के भाव हैं। सिर झुकाए खड़ा है।

अनिरुद्ध नफरत से भर उठते हैं, "स्साला बकरे का मांस बारह रुपए के.जी. है, इसलिए कुत्ते का मांस खिलाते हो ! तुम्हारे काँइएपन पर थूकने को जी चाहता है। एक बीवी और छह-छह बच्चों के मुँह का निवाला छीनकर नई शादी की, उससे भी उतने ही बच्चे पैदा करेगा। देह की एक खुजली के नाम कितनों को परवान चढ़ाएगा ? इच्छा तो होती है, तुझे उन्हीं भूखे शेरों के पिंजरे में छोड़ दूँ...।"

खिसक रहा है तैयब, तभी 'सुनो' की आवाज़ पर हॉल्ट कर जाता है, "छोटी भाभी जान को कोई काम क्यों नहीं दिलवा देते इब्राहिम साहब से कहकर ? माना कि दो-दो रुपए में खरीद लेते हो लावारिश कुत्ते, लेकिन उन्हें पकड़ने का जोखिम तो है ही...।"

तैयब सिर झुकाए खड़ा रहा थोड़ी देर तक फिर बोला, "भाई साहब, क्या याद दिलाते हैं ! जब वे नुकीले दाँत निकालकर झपटते हैं तो दहल जाता हूँ। सपने में अक्सर

नोचते हुए पाता हूँ उन्हें खुद को। मैं आपसे सच बताऊँ, मुझे खुदा कभी माफ नहीं करेगा, मैं कीड़ा हूँ...।''

''चुप बे...! मेरी बात का बतंगड़ बना बैठा...अरे, कई जानकार लोगों का भी कहना है कि कुत्ते का मांस ज़्यादा मुफीद है, ये साला मेरा मन ही नहीं मानता...एक वहम पाल बैठा हूँ कि कुत्तों का मांस खाने से कुत्ते के गुण आ जाएँगे और कोई बात नहीं।''

आठ सिंहों के जंगल में नवें सिंह का आगमन। बैंड पार्टी के नए फ्लूट वादक राजेश सिंह ! उन्हें मुगालता है कि वे कृष्ण हैं—अकेले कृष्ण, सर्कस की गोपियों के। सो देर-सबेर उन्हें देखते ही टेर बैठते हैं। वह ललिता से मिलकर वापस अपनी छोलदारी में जा रही थी, तेज़ी से ओझल हो गई। इधर आँख मलते तहमद खोंसते निकल आए अनिरुद्ध, ''बन्द करो यह वंशी।''

''क्यों ?'' वंशी रूल की मुद्रा लेने लगी।

''क्यों-क्यों नहीं। मैंने कहा बन्द करो, बस्स !''

''श्रीमान जी, मालूम है मेरा नाम राजेश सिंह है ?''

''होगा।''

''होगा नहीं, है...और सिंह का मतलब क्या होता है श्रीमान जी ?''

''पशु !''

''ह्वाट ? तुमने मुझे पशु कहा।'' उसकी वंशी तन गई।

''अभी तो पशु-भर कहा है, जंगली पशु कहना भूल गया था।'' कहकर लपककर चाबुक उठा लिया उन्होंने। राजेश विद्रूप में सिर हिलाता कनखियों से देखता रहा।

''राजेश, वैसे मैं ट्रेनिंग भी देता हूँ पशुओं को, जंगल के कानून, रस्मो-रिवाज़ से अलग। ज़रूरत हो तो शुरू करूँ।'' अनिरुद्ध ने कहा।

इर्द-गिर्द भीड़ इकट्ठी हो चली थी। पीटर हाथ जोड़ रहा था अनिरुद्ध के। राजेश को बैंड मास्टर एंडरसन डाँटते हुए पकड़कर ले गए।

रात का शो समाप्त होने पर, अनिरुद्ध अपनी छोलदारी में उदास हाथी की तरह झूमते-झामते आए। चाबुक टाँग दी, चमड़े के बाजू, कमर के कीलदार बेल्ट, चमड़े का कीलदार कवच उतारकर वीरता के बाने से मुक्त हुए। अभी लुँगी खोंस रहे थे कि चिक उठाकर झाँकते हुए पाया राजेश को। शंका हुई, चाबुक की ओर देखकर तौलने लगे प्रतिद्वन्द्वी का तेवर। राजेश वहीं से ''भैया...'' कहकर दौड़ता हुआ आकर गिर पड़ा कदमों पर, ''मुझे माफ करें, मुझे मालूम नहीं था कि आप भी ठाकुर हैं। आजकल सिंह की टाइटिल जो चाहे सो लगा लेता है, वरना भूल न होती।''

कन्धे पकड़कर उठाया अनिरुद्ध ने। आँखों में कसैलापन उथलाया, ''तुमने मुझे भाई कहा ?''

''जी !''

''तो आज से ठाकुर मत कहा करो।''

"वजह ?...क्या आप ठाकुर नहीं ?" उसे अपनी जल्दबाज़ी पर खीझ आई।

"आओ, पहले खाना खाते हैं। अरे कामिनी, भूल गईं क्या ?" ताकने लगे बाहर।

"लेकिन मैं तो कैंटीन में कह आया हूँ।"

"तो मैं समझ लूँ, इस बार उल्टे मानसिंह सरदर्द का बहाना कर रहा है प्रताप से ?"

चिक के बाहर खिलखिला उठी थी कामिनी।

रामू दादा की डाँट सुनाई पड़ी, "बड़े-छोटे का लिहाज़ करना चाहिए।"

सिंह-द्वय सन्नाटा खींचकर उनका अन्दर आना देखते रहे।

"तुम बाहर देर से खड़ी थीं ?"

सिर हिला दिया उसने टिफिन कैरियर रखते हुए।

"तो तुमने...?"

"यह भरत-मिलाप देख लिया।" बात पूरी की कामिनी ने, "खाना अभी आया नहीं और खिलाने की पेशकश होने लगी... ।"

"मैंने समझा, आ गया होगा।"

"कभी हाथ से बनाया होता तो जानते कि कितनी देर में बनता है।"

"रोब न गाँठो, देखिए चाचा, इन्हें समझा दीजिए !"

रामू दादा मुस्कुराने लगे तो कामिनी ने कहा, "अच्छा यह तो बताइए, आपका मज़ाक़ समझ पाए ये ?"

"क्यों ?"

"मैंने कहा, समझ पाए ?"

राजेश खिसिया गया तो उसे जलाते हुए उसने कहा, "ऐसे मज़ाक़ जो सुननेवालों की समझ में न आए, उनके कहने से क्या फायदा ? जब से राजेश आए हैं, कैम्प-कैम्प में ढिंढोरा पीटते रहते हैं, मैं राजपुत्र हूँ...मुँह दुख गया होगा...अच्छा होता एक टेप रख लेते या एक पालतू तोता।"

"सुना तुमने ?" अनिरुद्ध ने राजेश की ओर देखा जिसका चेहरा तमतमा आया था।

"मिस्टर राजेश...सॉरी, श्रीमान राजेश सिंह अपनी राजपूती शान में हमारे कैम्पों की ओर घूरते रहते हैं, जैसे हम सब इन्हीं के लिए बनी हैं...राजपुत्र हैं न ! हरम में..."

"राजपुत्र हूँ तो क्या कहूँ ? क्यों जलन हो रही है आपको ? लड़कियों को वहम है कि मरा जा रहा हूँ उन पर। उन्हें शायद पता नहीं कि हम जिसे चाहते हैं, उठवा लेते हैं। कोई नट-कंजर नहीं हैं।" राजेश का अहं फिर बिलबिला उठा था। रामू दादा ने लाचारगी में अनिरुद्ध की ओर देखा। वे चुप थे लेकिन उनका चेहरा तमतमा आया। वह कुछ कहनेवाली ही थी कि अनिरुद्ध ने खँखारा, "एक बात मैं पूछूँ राजेश, यह राजपुत्र यहाँ क्या कर रहा है ?"

"यहाँ फ्लूट...।"

"राजपुत्र के हाथ तलवार की जगह बंशी क्यों ? उसका काम नाच देखना, संगीत सुनना इनाम देना है, इन नट-कंजरों की गुलामी करते हुए बाजे बजाना और नाचना नहीं है।"

अनिरुद्ध पूरे फार्म में आ गए थे, बोलते गए, "गाँव पर मेरे ठाकुर पट्टीदारों ने मेरी ज़्यादातर ज़मीन हड़प ली पटवारी को पटाकर। मेरी बूढ़ी माँ, बीवी और अनिल, अशोक जैसे छोटे बच्चों पर दया नहीं आई, तीन बीघे ज़मीन जो बची है, उसे शामला नाम का चमार जोतता है। मेरी ग़ैरहाज़िरी में घर, खेती, परिवार और मवेशियों की रखवाली भी। मैं क्या जाति लेकर चाटूँ ? जाति आई मेरे किरा काम ? दहेज में ठाकुर क्यों नहीं गरीब ठाकुर को यह कहकर छोड़ देता है कि चलो तुम भी ठाकुर हो। पता नहीं किस चूतिए ने जाति को इस रूप में चलाया और कैसा चूतियापा है कि हम इसकी लाचारी को देखकर भी सींग की तरह ऐंठे फिरते हैं। यहाँ देखो, रह सकती है जाति-पाँति ?"

"फिर भी खून की शुद्धता का सवाल तो है ही।"

"शुद्धता के लिहाज से तो हमें अपने सम्बन्ध माँ, बहन और बेटी से ही करना चाहिए।"

"छी : !"

"बुरा लगा न ? संसार में उस तरह की शुद्धता एब्सर्ड है। हम क्रॉस क्यों कराते हैं यहाँ ?"

"अच्छा, हम चलते हैं, आप लोग पहले खाना खा लेते, फिर बहस करते तो अच्छा रहता।" उठकर खड़ी हो गई वह, रामू दादा टिफिन कैरियर लिये बैठे रहे। अनिरुद्ध सिंह ने जैसे सुना ही नहीं। चिक के बाहर उनका एक संवाद देर तक सुनती रही वह।

"जितने लोगों ने हिन्दुस्तान पर हमले किए, पराजित करने के बाद यहाँ की औरतों से सम्बन्ध जोड़े, हिन्दुस्तान ही क्यों, पूरे संसार का यही रवैया है। फिर कहाँ है कोई शुद्ध ? ऐसी शुद्धता लेकर करना भी क्या है ? यह ढकोसला जो फैलाते हैं, उनके अन्दर कहीं-न-कहीं कोई हिटलर छुपा है। यही वजह है कि इंसानों की बनिस्बत मुझे जानवर ज़्यादा अच्छे लगते हैं। भले ही बेचारों के पास दिमाग उतना बड़ा न हो, छल तो नहीं है। जब कभी बाघ या सिंह चाबुक की सटकार पर जबड़े फाड़कर पंजे फेंकने लगते हैं—आक्रामक मुद्रा में, मुझे खुशी होती है, अन्दर-ही-अन्दर कि चलो, कहीं तो ऐसी जगह अभी बची हुई है, जहाँ हम स्वाभिमान की चमक अभी भी देख सकते हैं। उनकी तुलना में लाखों इन्सानों को सिज़दा करते, करुण भाव से जुल्म सहते हुए देखता हूँ तो दिल बेचैन हो उठता है, मन धिक्कारता है कि सालों, इन जानवरों से सीखो।"

जानवरों से सीखने की बात की वह तो रही दार्शनिक बात, व्यवहार में क्या सचमुच ऐसा नहीं हो रहा था ? पुरुष जिम्नास्ट, सुब्बराव मेंढक बनकर जो छलाँग लगाते कि जोकर्स रिफ्रेशल में श्रम, कला और विनोद की त्रिवेणी बह उठती। भालू ब्रदर्स जानी

और जान सर पर कैप लगा जब जेम्सबांडनुमा बाना धारण किए मोटरसाइकिल चलाते तो जोकर मंटू और बंटू भालू बने लुद्द-लुद्द चल रहे होते। भालू के जन्मान्तर के ठीक बाद इनकी आत्माएँ हाथी की खोल में घुस जातीं—दो पाँव बंटू के आगे-आगे, दो पाँव मंटू के पीछे-पीछे। बहुत पहले 'एवरेस्ट' में नियोगी के चमचे ट्रुप मास्टर को लोगों ने देखा था, कुत्ते की तरह टेबुल पर गिरी शराब को चाटते...।

जहाँ तक जानवरों को सिखाने की बात थी, उनकी ट्रेनिंग ज़्यादातर उन्हें इंसानी चाल में ढालने की ही होती। बहादुर गज शावक लम्बी तोंद वाले पंडे की तरह जल डालते शिव पर, दूसरे पंडे अजातशत्रु गज शावक नारियल फोड़ते तो अनिल जी घंटी बजाते—जया हथिनी आरती उतारती। अगर बाघ और सिंह इत्ते तुनुक मिज़ाज न होते तो शायद उन्हें भी मुकुट पहनाकर पेश किया जाता।

अगर इस संक्रमण में कोई कमी रह जाती तो बासुदेव नन्दन झा स्वयं सेवक की तरह पूरा करते फिरते। चालीस साल के झा जी। रूस तक तिकड़म लगाकर घूम आए मगर स्वभाव ज़रा भी न बदला। चेहरा बच्चों जैसा मासूम और काइयाँ इतने कि पूरा सर्कस हजम कर जाएँ ! कब मज़ाक़ कर रहे हैं, कब सीरियस हैं—यह भेद शायद ही कोई जान पाया हो। अनिरुद्ध, पीटर और झा जी की तिकड़ी जब मिल बैठती, तो शातिर से शातिर इंसान की खिंचाई हो जाती। उस दिन चाय का टैक्स वसूलने की गरज से तैयब के पीछे पड़ गए झा जी, "तैयब, तों एतना कुत्ता मलेछ, कि अगला जनम में तेरा कुत्ता होना तय है...और कुत्ते जल्लाद होकर जनमेंगे, कोंच-कोंचकर मारेंगे सँड़से से।"

बात अभी तैयब के घबड़ाने से पटरी पर आती कि पीटर पिल पड़ा, "मगर उसकी तो कयामत होगी, काले कपड़े पहने आपके 'जमदूत' और बही खाता लिये सेठ के मुनीम जैसे 'चित्तरगुप्ता' जी ज़्यादती पर उतरे कि अलीगढ़ की तरह हिन्दू-मुसलमान में दंगा हो जाएगा।"

झा जी के चंगुल से तैयब निकल भागा तो उन्होंने पीटर को ही पकड़ लिया, "तोरे बारे में बताएँ ?"

"उँहूँ, यहाँ भी दाल नहीं गलनेवाली, क्राइस्ट इसे छोड़ेंगे तब न !" अनिरुद्ध ने कहा और हँसी के ठहाके दगने लगे।

लेकिन झा जी की दाल गली और ऐसी गली कि पानी से एकाकार हो गई। उन्हीं के चौरासी लाख योनियों के जन्मान्तर के सिद्धान्त का असर था कि औरों की तो बात क्या, स्वयं उसे भी कभी-कभी लगता कि जया हथिनी अगले जन्म की विजया नाम की देवदासी थी और बहादुर, अजातशत्रु काशी विश्वनाथ के भ्रष्ट पंडे जबकि अनिल को अगले जन्म में बिड़ला मन्दिर का पुजारी होना है। सिंहों के बारे में उनकी ज्योतिष गणना थी कि वे कभी के राजा या ज़मींदार रह चुके हैं। बाघ क्रान्तिकारी या बागी थे। महाबोदा शेरू नाम के गधे को कोई हुनर नहीं हासिल, सिवाय घोड़ियों के पीछे लगने के। बासुदेव झा का ख़याल है कि इसकी आत्मा का कोशिका विभाजन हुआ है—एक यह शेरू बना,

दूसरा राजेश। बाज़ी लगाकर कहते झा जी, "बस, एहे जनम-भर कष्ट है, अगले जनम में गधे को मन्त्री-पुत्र होकर जनमना है और राजेश को उसका चमचा।" बड़े भोलेपन से वे मिथक बुनते और उलझा ले जाते। उनकी बात सुनकर कभी-कभी लगता, कहीं जैनुल की भटकती आत्मा भी आस पास ही पशु-पाखी बनकर विचर रही है। अच्छा हुआ, अनिरुद्ध के कारण वह भूत उतर गया सिर से।

उस बार वे आसनसोल में कैम्प लगवा रहे थे। चार पैसे बचाने के चक्कर में परेशान ! अनिरुद्ध ने उन्हें चाय क्या पिलाई कि गद्गद हो गए, "तुम अगले जनम में राजा बनोगे।"

"अगले जन्म में ?" अनिरुद्ध ने मुँह बना लिया, "इस जनम में बनवाइए न ! कौन इन्तज़ार करेगा अगले जनम तक का ?"

"हाँ, पंडित जी, ताकि मैं इसे अजायबघर में रखकर कुछ पैसे बना लूँ।" पीटर आ जुड़ा जाने कहाँ से।

"अजायबघर ?"

"हाँ, इस ज़माने में राजा होगा तो रखेंगे कहाँ उसे ?"

"अच्छा पंडित जी, अगले जनम में मैं क्या था ?" अनिरुद्ध पूछते हैं।

"बाघ ! देखता नहीं, टहलता रहता है रात-रात भर...।" झा जी ने आँख चढ़ाकर कहा।

"ऐं पहले जनम में बाघ, इस जनम में पशुओं का ट्रेनर और अगले जनम में अजायबघर--सर्कस से तीन जनमों तक मुक्ति नहीं मिलेगी मियाँ !" पीटर ने चिढ़ाया।

"रुको, रुको। कहीं सत्तासीन नियोगी और सैंड जैसा रँगा सियार बनाकर राजा तो नहीं बना रहे हैं जिनके नीचे जाने कितने बाघ-सिंह वगैरह गुलाम बने जी-हुजूरी कर रहे हैं ?" अनिरुद्ध ने कहा।

झा जी अपने मिथक का कीमा बनते देखकर ताव में आ गए, "चलो राजेश सिंह से प्लैन्चेट करवाते हैं अब्भी।"

"राजेश के पास जाऊँ और मैं ?"

"हा-हा-हा," चापलूसी में हँस पड़े झा जी, "तुम्हीं तो बताया करते हो भैया, कि क्या नाम कि बाघ के बच्चे छह महीने के होते ही लड़ना-झगड़ना सीखने लगते हैं।..."

"और कुत्ते के पिल्ले भी...।" राजेश उन दिनों प्लैनचेट के शगूफे से लड़कियों के बीच बेहद लोकप्रिय हो रहा था। पहली बार अनिरुद्ध के दल के साथ कौतूहलवश गई वहाँ। एक कील पर श्मशान की प्रेतात्मा का आवाहन किया गया। कील पर का सूप जिस बात पर घूम जाता, वही बात सच मान ली जाती। अनिरुद्ध सिंह के अगले जन्म के लिए प्रेतात्मा एम, ओ, एन, ए, आर, के पर घूम गया। राजेश की आँखें खुशी से जल उठीं, "भैया कहता था न तुम ठाकुर हो, राजा बनोगे ही। यह देखो 'मोनार्क' आया है।

"अगर हम राजा बने तो तुम सेनापति—क्यों ठीक है ?" अनिरुद्ध ने हँसकर पूछा।

"जी, जी !"

चूँकि वक्त काटना भी एक समस्या थी तम्बू लगने के समय, सो बात यहीं खत्म नहीं हुई। राजेश सर्कस की कुछ लड़कियों के साथ उन्हें निकटस्थ एक सिद्ध काली मन्दिर में लिवा गया। मन्दिर के नाम पर स्पेशल परमीशन मिला था। शो शुरू नहीं हुआ था उस दिन तक। रात के बारह बजे भी श्रद्धालुओं की भीड़ उफना रही थी। लाइन में सब-के-सब लग गए। वह भी अन्य लड़कियों के साथ औरतों की पाँत में जा खड़ी हुई। दो बजे बारी आई। उन्हें काग़ज़ की चिट पकड़ा दी जाती और प्रश्नकर्ता जब तक अपने सवाल और देवी की स्तुति में डूबा रहता, तब तक पुजारी उसके हाथ में देवी की लिखी बाणी खिसका देता। सिन्दूर से लिखे अक्षर, बांग्ला की लिखावट। उसने धड़कते दिल से अनिरुद्ध के बारे में ही चाहना की थी। सिन्दूर पुते अक्षर थे—'होबे' (होगा)। अभी वह आशीर्वचनों के सम्मोहन में डूब-उतरा रही थी कि बाकी लोग मशाल के सामने शोर करने लगे थे। पुजारी को बुलाया गया। वह आया तो अनिरुद्ध ने राजेश को सम्बोधित करते हुए कहा, "राजेश, इसका मतलब हुआ कि काली माई बंगालिन हुई और तुम्हारा वो श्मशान का प्रेत अंग्रेज़ ! क्यों ?"

"ठीक ही कह रहा हूँ, इन्हें सिर्फ बांगला आती-जाती है, उन्हें सिर्फ अंग्रेज़ी ! मगर तुम सुन लो, पुजारी जी, काली माई से कहिए कि हैंडराइटिंग सुधार लें और भाषा भी शुद्ध कर लें वरना कमाई आपकी बन्द हो जाएगी। किस स्कूल में पढ़ा है उन्होंने ? यही हाल तुम्हारे प्रेत महोदय का भी है राजेश, गनीमत है लड़कियाँ पढ़ी-लिखी नहीं हैं वरना 'मोनार्क' की गलत स्पेलिंग पर उनके या तुम्हारे कान ज़रूर पकड़ लेतीं।"

राजेश लजा गया। पुजारी जी अब तक हक्का-बक्का था, लगा पत्थर से सर फोड़ने, "माँ, कोथा थेके नास्तिकटा एसे पोड़े छे माँ, तोमार अपोमान कोरछे।" सिर पर पाँव रखकर भागे थे वे। दरकती श्रद्धा को फिर से जोड़ने के लिए गजब का स्टंट उछाला था उसने। अगर वे भागते नहीं तो लोग नोंच लेते उन्हें।

बासुदेव झा ने दूसरे दिन सिंह जी से कहा, "सिंह शब्द की उत्पत्ति हिंस्र शब्द से हुई है समझे।"

"और झा की उत्पत्ति ओझा से क्यों ?"

"और गोष्ठी शब्द की उत्पत्ति गोष्ठ यानी गाय के गोबर के छोत से हुई है—गोइंठा। आप गोष्ठी कीजिए, उधर सुबह की प्रैक्टिस में देर होने से सैंड साहब बड़बड़ा रहे हैं—समझे।"

कितने महान है सिंह जी, सोचते-सोचते लौट आई थी उस दिन। आज कहाँ होंगे सिंह जी। गहराती घटाओं में कोई बिजली नहीं चमकती, किसी गड़गड़ाहट का शोर नहीं। नियति कहर बनकर टूट रही है आकाश से। आधी पूँजी साफ हो चुकी है कामिनी कला

भवन की। कहाँ होंगे विकास ? कहाँ डरती, बिछौने में दुबकी होगी बेटी कीर्ति ?

उठकर टहलने लगी वह—छप-छप छप-छप ! टेंट के अन्दर पानी में पड़ते पदचाप। इतनी नमी में कोई भी रंग साबुत नहीं रह पाया होगा मूर्तियों का। प्रलय है महाप्रलय। अलग-अलग मरना है सबको...।

प्रलय एकाएक तो नहीं आती। नेपथ्य के पीछे प्रलय की प्रस्तुति चलती रहती है। रंग-बदरंग होते रहते हैं धीरे-धीरे !

नाज़िरा किसी बाहरी आदमी के साथ भाग गई थी यह खबर तो उसे पहले ही मिली थी लेकिन नासिरा...? लैडर से गिरकर इस कदर घायल हो जाएगी कि सड़न से बचाने के लिए हाथ ही एम्पुट करना पड़ेगा—इस खबर ने उसे आहत कर दिया। वह एक दिन की छुट्टी लेकर सीधे अस्पताल पहुँची थी।

"दिलेजानी !"

"हाँ...," वही आवाज़ थी।

"आज तुझसे गले भी तो नहीं मिल सकती।" बुझी-बुझी मुस्कुराहट।

मुख ढँककर रो पड़ी थी वह, "उफ, क्यों होता है ऐसा ? क्यों होता है, बोल।"

गले में लिपट जानेवाले सदाबहार बाँहों के हार नीलाम हो गए थे सिर्फ तीन हज़ार की बोली पर। नियोगी के लिए दूसरी आर्टिस्ट आ जाएगी देर-सबेर और ताज़िन्दगी एक आर्टिस्ट अँधेरे के कुएँ में डूब जाएगी।"

अपने कैम्प लौटी थी तो वहाँ पिछली शाम से ही मूसलाधार बारिश के चलते बाढ़ आई हुई थी। पास के स्कूल में चले गए थे सारे लोग। उस बड़े हाल में सीधे पहुँची थी वह। आवेग में सर्कस ओनर्स एसोसिएशन को गालियाँ बकती रही, "अगर नासिरा के साथ यही सलूक है तो साफ जाहिर है, मालिकों से किसी हमदर्दी की आशा नहीं। अगर सैंड साहब प्रतिवाद नहीं करते तो हमें इनकी नीयत पर भी शक होगा।"

सैंड साहब बोले नहीं कुछ, सिगार फूँकते रहे। इब्राहिम खाँ ने समझाया, "तुम इस कदर बौखला जाओगी तो लड़ोगी क्या खाक ! देखती नहीं पानी पड़ रहा है किस कदर, हमीं पर बन आई है ! ज़रा सँभलें तब न ! एक दिन का शो न हो तो नेट आठ हज़ार का घाटा।"

"मुझे एक चुटकुला याद आया पानी की बात पर।"

"हो जाए, हो जाए। चाचा हमेशा चुटकुले सुनाते हैं, हमें डाउन करने को। आज चुटकुलेबाज़ पर ही चुटकुला...।" रेखा ने कहा।

"पति-पत्नी में किसी बारिश की मनहूसियत में झगड़ा छिड़ गया। सुबह का झगड़ा था और शाम की बारिश। दोनों बढ़ते गए। पति ने कहा, 'मैं जाकर नदी में डूबकर आत्महत्या कर लूँगा।' और वह सचमुच ही निकल पड़ा डूब मरने।"

"तो ?"

"थोड़ी देर में वह दरवाज़े से लौट आया, यह कहते हुए, 'भाग्यवान, शुकर करो,

पानी बरस रहा है, वरना मैं सचमुच का डूब मरता।' "

स्कूली बच्चों की बेंच पर बैठे इन तमाम नए बच्चों ने डेस्क पीट-पीटकर उल्लास प्रकट किया तो हेड मास्टर ने छड़ी ठोंकी, "खामोश ! मैं नासिरा के लिए लडूँगा एसोसिएशन में। अपनी तरफ से एक हज़ार का कैश दे रहा हूँ।"

तालियाँ बज उठीं। योगेन्द्र बाबू चाय भिजवा गए। बारिश ज़ोरों पर थी। इब्राहिम खान ने एक नज़र बारिश में दूर खड़े भीगते हाथियों और वीरान तम्बू के ध्वस्त भाग पर डाली और बुदबुदा उठे, "वह अठारह सौ नब्बे का साल था...।"

"ऐ, शोर नहीं ! चाचा हिस्ट्री का क्लास ले रहे हैं।" अभिजीत ने सबको सुनाते हुए कहा। लोग शान्त हो गए। इब्राहिम खान बोलते गए, "वह बंगाल का रिनासाँ-पीरियड था...। उधर राजा राममोहन राय मज़हबी दकियानूसी के कोहरे को छाँटने में लगे थे। इधर बाकी फ्रन्टों पर भी अलग-अलग ढंग से काम शुरू हो रहा था। नई-नई बातें देखने-सुनने में आ रही थीं। हिन्दुस्तानी सर्कस की शुरुआत भी उन्हीं दिनों की गई। बंगाल में रहनुमा बने जनाब प्रियनाथ बसु। मकसद था हिन्दुस्तान के पूरबी हिस्से के जवान खून को यूरोप की बराबरी में ला खड़ा करना। उन दिनों की बात ही और थी। आज जैसा कोई नियोगी नहीं था तब !"

क्लास में हँसी का उफान आया। इब्राहिम ने आगे कहा, "...तो उसी दल की एक लड़की थी सुशीला। उन दिनों बड़े और इज्ज़तदार घरानों की बहू-बेटियाँ ऐसे काम से नफरत करती थीं।"

"अभी भी ऐसा ही होता है।" उसने कमेन्ट किया।

"उसने उस वक्त ऐसा फैसला लिया था, जब हिन्दू औरतें ज़िन्दा जला दी जाती थीं सती के बहाने, धरम का कारज मानकर, जब शिशिर कुमार भादुड़ी जैसे मर्द फनकारों को सैरन्ध्री और जहाँआरा का रोल लगातार तीस वर्षों तक करना पड़ा, औरतें आती ही न थीं।...तो ऐसे वक्त में प्रियनाथ बसु के सर्कस में बीस साल की वह लड़की सुशीला आई। काफ़ी मशहूर हो गया वह सर्कस देखते-देखते उसकी वजह से।"

"कौन-सा आइटम पेश करती थी ?" रेखा ने सवाल किया।

"यह पूछो, क्या नहीं करती थी। बिना चाबुक, हन्टर के निहत्थे ही बाघ सिंह के पिंजरे के अन्दर घुसकर खेलती थी उनसे। दो बाघों की पीठ पर खड़ी होती, कन्धों पर एक-एक लड़की—बाघ के खुले मुँह में सिर डाले खड़ी रहती थी। इसे कहते थे नर्व में स्ट्रेन पैदा करना। अब क्या है, खाक !"

"बाकी खेल ?"

"बाकी खेलों में उसका एक मशहूर आइटम था उन दिनों, जिसमें झूले से उल्टे झूल जाती वह। मुँह में दाँतों से हुक फँसा लेती जिससे एक गोल रिंग लटक रही होती। उस रिंग में पाँच हुक होते जिनमें पाँच आदमी लटक रहे होते !"

"इम्पासिबुल !" पीटर ने टेबुल ठोंकी।

"नो इट वाज़ ए रियालिटी। इट इज़ ए रैकॉर्ड ! आज कोई भी सर्कस हो, देशी

या विदेशी, ऐसा नहीं दिखा सकता। सर्कस के ऊपर जो किताबें, नोवेल लिखे गए हैं उनमें मैक्लीन रिनफिल्ड का कैरेक्टर ब्रूनो भी यह कमाल हासिल नहीं कर सका जबकि इट वाज़ ए रियालिटी इन आवर कन्ट्री इन द ईयर एइटीन नाइन्टी फोर।"

"इब्राहिम चा को भी नियोगी की तरह अंग्रेजी का भूत लग गया।"

"बाप रे !" बुलबुल दा ने साँस छोड़ी।

"बस इतने में ही। अरे वह ज़मीन के अन्दर समाधि लेती थी आधे घंटे तक। उसकी ज़िन्दा कब्र पर सर्कस का खेल चलता रहता और गड्ढे से खोदकर निकाली जाती तो हँसती हुई सलाम करती दर्शकों को।"

"चाचा, आज कैसे याद आ गई इत्ती पुरानी बात ?" पीटर ने पूछा।

"उसी पर तो आ रहा हूँ। ठीक ऐसी ही तूफानी शाम थी। तम्बू गिर गया। सुशीला गड्ढे के अन्दर थी ऊपर मिट्टी पटी हुई थी। लोग जहाँ-तहाँ भागे जान बचाकर। सुशीला की याद जब तक आई, देर हो चुकी थी। बाँस के रोले, कीचड़ वगैरह से अँटा पड़ा था रिंग। प्रियनाथ बसु ने भागकर हमारी तरह ऐसी ही एक स्कूल बिल्डिंग में पनाह ली थी। सुशीला को ढूँढ़ा जाने लगा। मलबे के ढूह, कीचड़, टूटे फट्टे, फटे तिरपाल, शामियाने की परतें, कुर्सियों, रोलों के बीच उस जगह को समझ पाना मुश्किल हो रहा था। जानते हो, जब वह मिली, तो लोग दंग रह गए उसका आधा धड़ ज़मीन के बाहर था आधा अन्दर। टूटे कँवल की तरह लटकी पड़ी थी वह। हुआ यूँ कि देर होती देख उसने खुद ही ऊपर की मिट्टी हटाकर निकलने की कोशिश की। पानी की वजह से मिट्टी गीली हो रही थी। आधा ही निकल पाई कि पस्त हो गई। फिर पाँच आदमी लगे उसे बाहर निकालने में--यू नो। तब से जब तक वह अन्दर रहती, एक आदमी खड़ा रहता।"

"यानी कि बच गई ?" रेखा ने पूछा।

"हाँ, उस हादसे से बच गई। लेकिन उसके कुछ साल बाद ही बसु साहब ने सीमेंस सर्कस को खरीदा। उसमें एक बाघ था 'फारचुन'; वैसे उनके पास 'शुंभ', 'निशुंभ' दो बाघ पहले ही थे। 'फारचुन' बड़ा ही बिगड़ैल था लेकिन सुशीला ने उसे काबू में कर ही लिया था। रिंग में आने लगा फारचुन। इत्तफाक से वह नौकर जो चाबुक लिये तैयार रहता, बाहर गया था, नया नौकर था, बसु साहब खुद फारचुन के सिर पर चाबुक लिये तैयार रहते, उस दिन वे भी नहीं थे। भूखा था 'फारचुन', झपट पड़ा सुशीला पर। नया नौकर हक्का-बक्का रह गया। सोचो, एक, दो नहीं, सैकड़ों लोगों के सामने एक औरत बाघ के जबड़े और पंजों से खुद को बचाते हुए जूझ रही थी। लेकिन किसी की अक्ल काम नहीं कर रही थी, वजह...उनके सामने मौत थी, खुली मौत जो गुर्राते, गरजते बाघ के खुले जबड़े और तने पंजे में उनके सामने थी। इतने आदमी चाहते तो बहुत कुछ कर सकते थे लेकिन नहीं कर सके। नौकरों को होश आया तो आगे बढ़े। उस वारदात के बाद नुची-चुँथी सुशीला को अस्पताल ले जाया गया। मरी तो नहीं, मगर इस काबिल भी नहीं बची कि फिर कुछ कर सके। तकरीबन साल-भर और ज़िन्दा बची थी वह।"

किस्सा खत्म हुआ तो बिना कुछ बोले भारी-भारी कदमों को घसीटते हुए लोग अपने-अपने आवास की ओर बढ़े। सबसे बाद में उठे मिस्टर सैंड। विदेशी आर्टिस्टों का हाल-चाल पूछने सबसे पहले यूलिया और उसके पति के कमरे के सामने ठिठके। अन्दर के दृश्य को देखकर उन्हें वहम हुआ, क्या वे एक दूजे को चूम रहे थे...छोड़ो, जापानी दम्पति 'जो' 'तो' वायलिन बजा रहे थे, थोड़ी देर रुककर चोरों की तरह सुना। चीन के 'लो' और 'ली' रिकार्ड लगाए कोई चीनी संगीत सुन रहे थे, उन्हें भी छेड़ने का साहस नहीं हुआ तो बाकी जगह बिना गए, सीधे अपने कमरे में आए। ह्विस्की की बोतल उठाई, फिर रख दी, ट्रंक खोलकर वोदका निकालने लगे तो जेनी का चित्र सरक आया डायरी से। देखा, रख दिया।

ग्लास में बोदका उँड़ेलने की आवाज़ आई और अकेले-अकेले ही पीने लगे, जेनी की कसैली याद और ही भड़कती गई। दबाने के लिए पेग पर पेग चढ़ाते गए।

इब्राहिम जब रात ग्यारह बजे उनके कमरे में आए तो वे धुत पड़े थे। फिर भी रूक्ष आँखें उठाकर वक्रमुख से मुस्कुराए, 'श्शी विल हैव टू रिपेन्ट ! श्शी मस्ट रिपेन्ट। फारेन टूर का प्रोग्राम करो !" सिर झटकते-झटकते झुक गया फिर थोड़ी देर बाद उठा, "फरेन टूर का प्रोग्राम बनाओ, इन हर ओन स्टेट, ओन सीटी...अंडरस्टैंड ?" एकाएक इब्राहिम के कन्धे पकड़कर झाँकने लगे आँखों में फिर उखड़े-उखड़े वाक्यों के भभके, "सुनो, मुझे भी जाना है, तुम्हें भी, ये आर्टिस्ट, ये जानवर, ये ताम-झाम—कोई नहीं बचेगा, कोई नहीं, नन कैन इस्केप—आओ, इस मौत के खिलाफ कोई साज़िश करें !'

मौत के खिलाफ साज़िश में पहली बाधा पटना कैम्प के बाद ही आ पड़ी। ग्राउंड उन्हें निश्चित समय पर ही खाली कर देना पड़ा था, किसी सरकारी प्रदर्शनी के लिए। पन्द्रह दिनों के लिए डेरा-डंडा फिर से गाड़ना। न गाड़ें तो खुराकी कैसे चले ? मौसम ऐसा मनहूस कि दिन को कड़ी धूप, रात को ठंडक। इन इलाकों का कोई भरोसा नहीं। कब बंगाल की खाड़ी में निम्न चाप हो जाए और बेवक्त के बादल। ताल-तलैया, गढ़ों, नालों में जमा पानी मच्छरों के लिए अभयारण्य। न ढंग के होटल। न भाड़े के कमरे ! अन्दर की छोलदारियाँ ऊँची-नीची ज़मीन पर मौका देखकर खड़ी कर ली गईं। पानी में ब्लीचिंग पाउडर, आस-पास ब्लीचिंग पाउडर। सड़ी-सड़ी गन्ध से उबकाई आती। इस पर तुर्रा यह कि साँप थे। यूँ तो ज़्यादातर ढोंड़ ही थे लेकिन आतंक भरने के लिए उनका होना ही काफी था। लोग अपने-अपने पैसे का कार्बोलिक एसिड छींटकर खैर मनाते। गरज कि दस दिन में दस कर्म हो गए। बीस मज़दूर मलेरिया से मरते-मरते बचे।

वह शायद चौथा दिन था। दो घंटे की बारिश ने ही रिंग की मिट्टी पिचपिची कर दी। कीचड़ सने जूते से बचते-फिसलते वे कार्पेट पर पहुँच पाते तो धन्य मनाते। दो बार बीम चक्कर लगाकर बन्द कर दी गई। कुर्सियों से लेकर गैलरी तक एक-तिहाई ही भर पाई थी। ऐसे में हाथी के रिक्शे का ज़मीन में धँस जाना एक चिनगारी की तरह उड़ा और कैम्प मैनेजर तथा अनिरुद्ध के बीच का सेतु सुलग उठा। बीस आदमी लगे ठेलकर निकालने के लिए। ऐरावत ने पैखाना-पेशाब दोनों कर दिए मगर अगले

दोनों पैरों के ज़ोर पर रिक्शे के पावदान को टस से मस न कर सके। यही मल-मूत्र त्यागने की प्रक्रिया जब शिव पूजन में शिव को दंडवत् करते गज शावक द्वारा सम्पन्न हुई तो शो मैनेजर योगेन्द्र बाबू खीझ उठे, "आजकल रिहर्सल तक की फुरसत नहीं मिलती आपको, हमेशा घर भागे रहेंगे तो कैसे काम चलेगा ? शिवस्तोत्र चल रहा है उधर; इधर हाथी पेशाब कर रहा है।"

"ट्रेनिंग के मायने में मेरा ख़याल है, मैं आपसे बेहतर जानता हूँ। आपको मालूम होना चाहिए, हाथी ज़्यादा खाते हैं, घंटे-घंटे पैखाना करना पड़ता है इन्हें।"

"धौंस मत जमाइए, सिखाने से क्या नहीं होता ?"

"इस तोतारटन्त शिक्षा से दिमाग में भावनाएँ पैदा करने का गुर तो मुझे नहीं आता। मार-पीटकर या पुचकारकर हम एक मैकेनिकल ट्रेनिंग भर ही दे सकते हैं।.. .फिर देवता आपके हैं, आपके हमशक्ल कुछ लोगों के, उन पर यह ज़बर्दस्ती क्यों ? मुझे इस बात का कतई अफसोस नहीं कि मेरे पशु कलाकार गँवार और धर्म-भीरु दर्शकों की भावना को रास नहीं आए। उन्हें एक न एक दिन तो हकीकत समझ में आनी ही चाहिए थी कि यह सर्कस है, तमाशा है।"

लेकिन अफसोस, सिंह जी अब अकेले पड़ रहे थे। इब्राहिम खाँ निरन्तर भाग-दौड़ में अस्वस्थ रहने लगे थे, एक तरह से योगेन्द्र बाबू उनके स्थानापन्न हो रहे थे। सैंड साहब को एसोसिएशन और फारेन टूर के लफड़ों से ही फुर्सत नहीं थी। तैयब जो उनकी नज़रों के सामने पड़ने से कतराता, वही आज एकछत्र ठेकेदार था—पशुओं के आहार की सप्लाई करने का। उसकी नई बीवी फातमा अपने से तीन गुनी वय के योगेन्द्र बाबू के योग की चरम सिद्धि थी। राजेश बैंड मास्टर हो गया था। योगेन्द्र की ही बदौलत एंडरसन 'ईगल्स' में चले गए थे। इस कैम्प का पंक में धँसना एकाएक नहीं था। सिंह जी को एकाएक सबसे विरक्ति आ गई थी। कौन थे ये लोग, जिन पर इतने अधिकार गालिब किया करते थे वह ? खंड-खंड अंचलों से आए टूटे लोग।

बाघिनी गुर्राती, दहाड़ती रही थी रात-भर, योगेन्द्र का आदेश आया, इस बार मैटिंग के लिए ओपेन छोड़े जाएँ पेयर। सलाखेदार घेरा पड़ गया। किशोरियाँ बिलावजह 'खीं-खीं' करने लगतीं। उनकी माताएँ, बड़ी बहनें डाँटतीं, "क्या घामड़पना मचा रखा है ?" लेकिन मुँह दबाए भाग जातीं वे।

कामिनी गोभी के पराँठे देने गई थी अनिरुद्ध को। एक नाटी गोरी औरत मुँह में पान गलगलाते हुए मैटिंग की दास्तान सुना रही थी, "...तो जनाबे आला, किले की दीवारों के अन्दर कैद महाराज और महारानी परेशान-से चहलकदमी कर रहे थे, कभी महारानी आगे-आगे, महाराज पीछे-पीछे; कभी महाराज आगे-आगे, महारानी पीछे-पीछे। किले के बाहर कई जोड़ी आँखें बेकरार थीं उनकी केलि-क्रीड़ा को देखने के लिए। महारानी की कामाग्नि पर पानी पड़ गया। महाराज की प्राचीर के बाहर की गुस्ताखियों को लाल-लाल आँखों से देखकर भी वे असहाय थीं। नीरस तरुवर के तल्प पर मानवती जा लेटीं। महाराज ने मनुहार की, महारानी नहीं मानीं; उद्दीपनों का सहारा लिया, लिफ्ट

नहीं दी। ज़बर्दस्ती पर उतर आए, हाथ पकड़कर खींचना चाहा, हाथ झटक दिया, कटखनी हो काटने दौड़ पड़ीं। महाराज ने महारानी को सूँघा, अपनी बेबसी को भी, और पंजों में मुँह दबाए बगल में महारानी की तरह ही लेट गए जैसे दोनों मुर्दे थे।''

अनिरुद्ध की पीठ उसकी ओर थी, उसकी उपस्थिति से अनजान रहे लेकिन जैसे ही उस औरत ने इशारा किया वे मुड़े, अचकचा गए, ''आओ, आओ, इनसे मिलो, ये हैं 'ड्रेस आप टेक्स्टाइल कॉरपोरेशन' की सेल्सगर्ल मिस सन्धू, और आप हैं कामिनी, इस समय हिन्दुस्तान की प्रथम पंक्ति की जिम्नास्ट, मेरी ही कम्पनी में हैं।''

हाथ जोड़ लिये, ''पराँठे चार लाई हूँ, आपकी छोलदारी में कोई मेहमान भी हैं, पता नहीं था। और ले आऊँ ?''

''इतने ही काफी हैं। अन्दर गोभी भी तो है।''

''देखो भई, गोभी के फूल हैं या गुलाब के फूल इन पराँठों में ? वो क्या गीत है न, फूल तुम्हें भेजा है...?''

''लजा गई वह !''

अनिरुद्ध ने कहा, ''मैं ज़रा बात साफ कर दूँ तो अच्छा रहे, वरना दो-दो लड़कियों के दिल में तरह-तरह के शुबहे पैदा होंगे, मिस सन्धू पीटर की फ्रेंड हैं, आज वो नहीं है तो मैं कबाब की हड्डी-सा पड़ा हूँ प्लेट में और मिस कामिनी मेरी छोटी बहन हैं, मेरे जैसे बर्बर, उद्दंड जानवर की नकेल पकड़नेवाली मेरी ममतामयी बहन। खैर, मैं तुम्हारे मिलन का निमित्त तो बन ही गया। तुम दोनों को शुक्रगुज़ार होना चाहिए मेरा।''

''मेले के मुसाफिरों की दोस्ती क्या, दुश्मनी क्या और शुक्रगुज़ार...? मैं पूछूँ आखिर क्यों ? इनमें से एक भी लड़का होता तो बात और होती।'' सन्धू ने कहा।

''कामिनी, एक बात और जान लो, मिस सन्धू का मुँह क्या उगल बैठेगा, इसे ये खुद भी नहीं जानतीं, इस माइनस या प्लस प्वाइंट को झेल पाओ तो ये तुम्हें नायाब औरत लगेंगी।''

बहुत सारी बातें हुई थीं। एक ही मुलाकात में इतने करीब कोई औरत शायद ही कभी आई थी। बला की डैशी ! ऐसा व्यक्तित्व जो दूसरे को न वार करने देता है, न पैंतरे बदलने देता है।

उस दिन जाने क्यों एक बात अन्दर टूटे काँटे-सी कड़क रही थी। अनिरुद्ध ने उसे अपनी बहन बताया। सम्मानित किया या अपमानित ! सामीप्य दिया या परे ठेल दिया ? उसके अन्दर अनिरुद्ध के प्रति दबी-दबी गुर्राहट थी, मगर क्यों ? इसका राज उसे खुद नहीं मालूम। एक अव्यक्त अनमनापन उस पर इस तरह हावी हो गया जैसे पूरी ज़िन्दगी ही निरर्थक है, तुच्छ है। वह अधिक-से-अधिक उनकी दया झेलने के ही काबिल रह गई है।

स्टोव पर दूध उफनकर फैल गया था। उस दिन हिसाब-किताब एकाउंटेन्ट के हवाले करके रामू दादा आए तो बड़ी देर तक सूँघते रहे उस गन्ध को...?

रिंग में बड़ी कचपच मची थी। बाघिनी ने एक साथ तीन-तीन बच्चे दिए थे। 'ज़ेनिथ' को पचहत्तर हज़ार का शुद्ध मुनाफा ! योगेन्द्र बाबू का गुट अलग बैठा था उल्लास के ज्वार में उछाल खाता हुआ। अनिरुद्ध और पीटर अलग मुँह लटकाए बैठे थे सिगरेट पीते हुए। थोड़ी देर बाद जब अभ्यासकर्ताओं की भीड़ छँटी तो ट्रेनरों के दल के साथ योगेन्द्र उनके पास आए, "काउंटिंग कैसा सीख रहे हैं ?"

"हाथी के बच्चे हैं, जैसे सीखना चाहिए, सीख रहे हैं, इशारा ही तो है।"

"आप समझते क्यों नहीं ? हमने पिछली बार जो प्लानिंग की है, उसके लिहाज़ से नए-पुराने बहुत सारे आइटमों की ज़रूरत है। हर दिन एक नया आइटम शो में जुड़ेगा और एक कम होगा। सर्कस इससे हमेशा नया बना रहेगा, जिन्होंने देखा, वे भी दोबारा देखने आएँगे। इसके लिए हम हर आर्टिस्ट को पैसे भी ज़्यादा दे रहे हैं।"

मन-ही-मन कुढ़ते हैं सिंह जी। इब्राहिम खाँ के बीमार पड़ते ही नए प्रधानमन्त्री ने ऊलजलूल ढंग से उनसे योग सिद्ध कराने की कोशिश शुरू कर दी। फिर भी वे लाचार हैं, ऐसी छिछली हरकतों और उन तमाम चोचलेबाजियों को उन्हें सहना है।

सहायक ट्रेनर रामलू ने उन्हें कोंचा, "आज सर्कस का बच्चा-बच्चा खुश है कि बाघिनी ने तीन बच्चे दिए हैं एक साथ और आप चेहरा लटकाए बैठे हैं।"

"नस्लें खराब होती जा रही हैं और आप कहते हैं कि मैं खुश रहूँ ?"

पीटर दार्शनिकों की तरह हँस पड़ा, "साली बाघिन क्या हुई, बकरी हो गई, एक साथ तीन-तीन बच्चे !"

"अजीब बात है, आपको कभी खुशी नहीं होती ?"

योगेन्द्र ने चश्मे के अन्दर से तीखी नज़रों से घूरा अनिरुद्ध को।

"होती है, खुशी के लायक कोई बात हो तब तो। आप सिर्फ पचहत्तर हज़ार का फायदा देख रहे हैं, मैं कुछ और सोच रहा हूँ...।"

"क्या ?"

"अगर बाघ भी भेड़-बकरी, पिल्ले-पिल्ली की तरह जने गए, कुत्ते का मांस खा-खाकर बढ़ते रहे, उनकी तेजस्विता को इसी तरह सर्कसी कटघरे में चाबुक की सटकार पर तोड़ा जाता रहा तो आप जो जीव पब्लिक में शो करेंगे, वह बाघ नहीं, बाघ की खाल के अन्दर कोई दूसरा ही जीव होगा।"

"मूर्खता का दूसरा नाम भावुकता है मिस्टर सिंह," योगेन्द्र ने कहा और लौट पड़े।

शाम को खुद आए सैंड साहब। पूरे कैम्प में जश्न मनाया गया, मिठाई बँटी। सबके सामने एक हज़ार के नोट दिए उन्होंने योगेन्द्र बाबू को पुरस्कार में। उसने देखा, सिंह जी उठकर चले जा रहे हैं। सैंड साहब ने देखा, लेकिन टोका नहीं।

पीटर ने आहिस्ता से कहा, "सर, मैटिंग का बन्दोबस्त सिंह जी ने किया था, योगेन्द्र जी तो सफल नहीं हो सके थे। भला कहीं वैसे भी...।"

"आई नो ही डिजर्व्स, बट ही मस्ट बी पोलाइट।" मिस्टर सैंड ने गम्भीर होकर कहा।

"बस यही तो खामी है उसमें, वरना आदमी हीरा है।"

अपराह्न में सैंड साहब के पास प्रकारान्तर से वही संवाद दोहराए गए। नई सिर्फ अनिरुद्ध की वह सफाई थी, "मुझे कभी-कभी शंका होती है कि भेड़ियों की नस्ल, घिस-घिसकर कुत्तों में ऐसे ही ढली होगी—मैं कोई नस्ल-विशेषज्ञ नहीं लेकिन अपने आस-पास होनेवाली कारसाज़ियों पर सोचना पड़ता है, कहीं आज की नन्ही पर काइयाँ बिल्ली सहस्रों वर्षों के नस्लीय घात-प्रतिघात की वजह से ही तो नहीं बनी ?...बाघ की वे नस्लें सर्कसनुमा ऐसे ही ज़ालिम हाथों के बीच से गुज़रती हुई अपनी क्वालिटी गँवाती जाएँगी। विकास के नियमों के विरुद्ध मेरी इस निगेटिव एप्रोच पर क्षमा करें। मैंने देखा है जानवरों को इंसान में ढलते हुए। पशुओं की खोल ओढ़े, अभिशप्त अहल्या बने सलोने चरित्र ! और इंसान ? इंसान को मैंने जानवरों में ढलते पाया है। जैसे पशुओं ने इंसान का गला दबा दिया है या खा गए हैं और उनके शरीर में पशुओं की आत्माएँ घुस गई हों।"

ठीक साउथ ईस्ट एशिया के दौरे के पूर्व ऐसे अप्रिय संवाद सुनना सैंड साहब को प्रिय नहीं था। अनिरुद्ध को क्या सज़ा दें, इस पर अभी गौर ही कर रहे थे कि अनिरुद्ध की ओर से अपने ढंग का भयंकरतम वार उनके इस्तीफे के रूप में आया।

तिलमिला गए एकबारगी, "किस कम्पनी में जा रहे हैं ?"

"अपने गाँव जा रहा हूँ।"

"हूँ ! तो जाने का फैसला कर ही लिया आपने ?"

"जी !"

"अगर इस दौरे तक रुकने को कहें।"

"इतने दिनों तक घर से इतनी दूर रहना सम्भव नहीं है।"

"घर...?" हँस पड़े सैंड। उनके अन्दर किसी ने उन्हीं से सवाल किया, "तुम्हारा भी कोई घर है ?" प्रकटतः बोले, "सर्कस में काम कर रहे हैं और घर से इस कदर चिपके पड़े हैं ? आजाद परिन्दों का भी कहीं बसेरा है ?"

"बसेरा है, तभी तो...।"

"हाथी को काउंटिंग नहीं सिखाई आपने ?"

"मेरे बच्चों को भी गिनती नहीं आती।" कहकर अचानक उस तम्बू के बाहर देखने लगते हैं अनिरुद्ध। हाथियों को तालाब में धोने ले जा रहे हैं नौकर। वह गजशावक जो शिवपूजन में साष्टांग दंडवत् की मुद्रा में औंधा हो जाता है सिर और सामने की मुड़ी टाँगों के बल पर, पिछड़ रहा है।

"सटाक !" बेदर्दी से एक टेरा (टहनी) मारता है सुखराम। पाड़े की तरह दौड़ता हुआ जा पहुँचता है अपने दल में।

बुदबुदाते हैं अनिरुद्ध, "एक नकली दुनिया : दर्शक भावना को कैश करती हुई वेश्या।"

"आज तक तो आपने नहीं कहा ?"

"मेरी भाषा तो सिर्फ जानवर ही समझते हैं। आदमी सरीखे ऊँचे जीव के पास फुरसत कहाँ ?"

गमगीन हो गए सैंड। मथ रहा है उनके अन्दर कोई मवाद। बोले, "मुझे अब मालूम हुआ मिस्टर सिंह, कि आप सर्कस से बेसाख्ता नफरत करते हैं। हम आपको अपने पास रुकने को बाध्य नहीं करेंगे लेकिन एक बात...जब जा रहे हैं तो सारा हिसाब-किताब साफ होना चाहिए न...। मन की बात मन में लिये हुए मत जाइए, यहाँ बताकर जाइए। हमें वह गन्दी गाली क्यों दी आपने ?"

"आम हिन्दुस्तानी दिमाग जिन बातों से कायल या घायल होता है वे क्या हैं, भय, भूख, कौतुक और सेक्स !"

"तो ?"

"आप चारों को यूटिलाइज करते हैं। इब्राहिम साहब थे तो आपकी लड़ाई इनको इनके कन्ट्रैस्ट से तोड़ने की थी, अब वे नहीं हैं तो सर्कस पार्टियों, मजमेबाज़ों की तरह आप महज उसे उद्दीप्त करके धन्धा चला रहे हैं।"

सैंड बोल नहीं पाए कुछ, तिलमिलाते रह गए जाने कब तक।

रात बारह बजे की गाड़ी से निकल जाना है। सामान बाँधते-बाँधते कैसा तो लगता है। वीरान-वीरान-सी छोलदारियाँ। पँजों में मुँह दबाए बैठे हैं बाघ। पानी में पागुर कर रहा है हिप्पो, ऊँट कुछ बैठे, कुछ खड़े हैं पगुराते हुए। घोड़ों पर आसन बिछाया जा रहा है। हाथियों के मस्तक पर खड़िया मिट्टी और रंग से अल्पना रची जा रही है। जेनरेटर की गड़गड़ाहट के बीच एनाउंसिंग और म्यूजिक की अस्फुट आवाज़ें।

जाते समय कामिनी ने पाँव छुए। छलछला आई आँख।

"मैंने तुम्हें छोटी बहन कहा है, याद है, राखी भेजना न भूलना..."

पीटर ने इशारा किया। चले गए अनिरुद्ध ! जाना ही उचित था, वरना सचमुच किसी साइकैटरिस्ट को दिखाना पड़ता।

सिंह जी की यादों में खोई-खोई सोई उस रात।

सुबह की चाय के बाद ट्रंक खोलकर पैसे देने लगी मैनेजर को तो वह डायरी दिख गई। एक बार आखिरी पाँच सौ की नोटों की पूँजी पर असहायता उभरी। बाहर अभी भी झड़ी लगी थी। आहिस्ता से ट्रंक बन्द किया। डायरी लेकर जा बैठी।

पाँच जनवरी

पहली बार पानीवाले जहाज 'पयोधि' का सफर, पानी ही पानी दिखता डेक पर से...आगे समुद्र का वर्णन था, पन्ना पलट दिया। तीन पृष्ठ आगे...।

दक्षिण-पूर्वी एशिया का पहला पड़ाव रंगून। बर्मा ! नेताजी सुभाषचन्द्र बोस की स्मृतियों का देश। क्या-क्या अरमान लेकर गई थी वह...लेकिन योगेन्द्र बाबू जैसे सख्त अनुशासनप्रिय मैनेजर के कारण सारे अरमान धरे के धरे रह गए। काश,

इब्राहिम चाचा रहते आज ! उनसे लड़-झगड़कर पूरी पार्टी का दौरा कराती। यहाँ तो लोग इतने आत्मकेन्द्रित हैं कि किसी बाहरी हलचल का अता-पता तक नहीं। योगेन्द्र बाबू के पास दूर का व्यस्त प्रोग्राम है। बाड़े की तरह बन्द करके रखते हैं सबको। कहाँ से तो गोपाल सेनापति को लाकर पशुओं का ट्रेनर बना दिया है। भीगा भात खानेवाला आदमी ! उसे देख-देखकर हँसी आती है जैसे सारा चेहरा पिलपिला है। 'भीगा भात' की तरह।

यहाँ पश्चिमी देशों और रूस की तरह सर्कस स्टेडियम नहीं है, सो जब तक तम्बू खड़ा नहीं होता, बोर हो जाना पड़ता है।...बाहर से कोई मिस्टर सिकन्दर आए थे, प्रवासी भारतीय, लेकिन सर्कस की डिसीप्लिन के तहत उन्हें बाहर से ही विदा कर दिया गया। कामिनी से विशेष रूप से मिलना चाहते थे, ऐसा उसने सुना। पिता होते तो पता करवाती कौन हैं। वे गाँव चले गए हैं, बीमारी से परेशान होकर। इस शहर में अपनी प्रशंसा सिर्फ अखबार के माध्यम से जान पाती है। बोरियत काटने के लिए कभी कहीं, कभी कहीं।

बीस जनवरी

आज बड़ा मज़ा आया। फातमा तैयब के पीछे आधे घंटे तक खड़ी रही। वह हिसाब-किताब में खोया बड़बड़ाता रहा।

हाथी—गन्ना और हरा चारा —दो सौ पचास केजी X दस

घोड़ा—चना —पाँच किलो X दस चना

ऊँट—चना, हरा चारा—चार किलो X सात चना

भालू—ब्रेड, मोलासेज, फल मधु—दस केजी X तीन

बाघ सिंह—मांस—पन्द्रह से सत्रह केजी X दस

आय-व्यय के साथ खुराक का परिचय 'जूते के अनुसार पाँव' की शैली पर काट-काटकर ठीक किया जा रहा था। राशियाँ कई बार काटकर संशोधित की जातीं। दो सौ रुपए का रफा-दफा करके वह बीड़ी सुलगाकर बैठ गया। तभी जैसे उसे मच्छर ने काटा हो, वह उछल गया, "हिप्पो की खुराक तो लिखी ही नहीं। साला, सौ-डेढ़ सौ बचाने के चक्कर में घर का पैसा भी चला जाएगा।" हम दोनों हँसी रोक नहीं पाए। नाराज हो गया तैयब ! आज फातमा पर ज़रूर बिगड़ा होगा रात में।

तेईस जनवरी

बर्मा के प्रधानमन्त्री का नेताजी के जन्मदिवस का बधाई सन्देश लेकर आए राजदूत, तब जाकर सैंड साहब को होश आया...

उसे गुस्सा आया। कई पन्ने पलटने के बाद एक मुड़े पृष्ठ पर नज़र गई।...आज हमने गजगामिनी रेखा दीदी को छेड़ा। हमारे लिए इस समास का अर्थ जुदा है—गज गमन करता है जिस पर...।

“अरे बाबा, साफ-साफ बोलो ना, क्या जानने माँगता ?” रेखा दीदी की इस बात पर मैं और मुनिअम्मा हँसने लगे तो चोटी पकड़ ली उन्होंने। “उई !” कहकर चीख उठी।

“आधा बात नहीं बोलता। बोलो पूरा बात...।”

“बताती हूँ, पहले चोटी तो छोड़ो, कित्ती मेहनत से गूँथी थी।”

“बताएगा, प्रॉमिज ?”

“प्रॉमिज !” चोटी छोड़ दी उन्होंने।

“वो सीने पर हाथी कब से खड़ा है आपके गजगामिनी बहन ?”

हँसते-हँसते वे बदन पर लुढ़क गईं, डरकर बगल हो गई मैं। हाथी से कम थोड़े ही हैं वे।

वे बोलीं, “तुमको मालूम जे हम इसका पहले 'गोल्डेन बेंगाल' में था !”

“जी, और यह भी कि उसमें मेदिनीपुर में आग लगी थी।”

“अइसा-वोइसा आग ? क्या बोलता ? दू सौ आठात्तर मानुस जोल गिया। तोप से स्फुल्लिंग...क्या बोलता हिन्दी में ?”

“शिवलिंग ?”

“ना-ना, शिवलिंग नहीं, स्फुल्लिंग...ओह, दुष्टो मेये !”

“चिनगारी !”

“हों, वोई से आग लगा।”

“मगर वो हाथी ?”

“हाँ, हम तो भूली गिया। बाप ऊहाँ मसलमैन था। हमारा बॉडी शुरू सेई तगड़ा था। एक दिन मालिक हमारा बाप को बोला, 'ई अइसा करेगा तो भौत पइसा देगा।' बाप बूढ़ा हो गिया था। हम रेडी हो गिया। नीचे बालिश...ऊपर बालिश फिर पाटा। पहले आदमी पार हुआ, फिर धीरे-धीरे हाथी का बच्चा। दो-तीन सेकेंड का बात। हम साँस रोककर रखता। फिर हाथी का बच्चा बड़ा हुआ...।

“और आदमी का बच्चा भी।”

“हाँ !”

“फिर सर्कस में आग लगी और हाथी के साथ-साथ आपको भी खरीद लिया सैंड साहब ने...बस...बस...। हम आपकी कहानी जान चुके। सिर्फ यह बताइए कि हाथी अगर आपके सीने पर खड़ा रह जाए तो !”

“वो कोई मरद है क्या ?”

हँसी के मारे हमारा पेट फटने लगा। आते समय हमने पूछा, “अच्छा, कब तक यह खेल दिखा पाएँगी आप ?”

“ये-ई सोच-सोच के तो जान सूख जाता हमारा। देखो कब तक...।”

डायरी बन्दकर सोचने लगी कामिनी। वह कौन-सी जगह थी—इंडोनेशिया या फिलीपाइन्स ! दोपहर तक कड़ी धूप, फिर उमस की चिपचिपाहट ! बड़ी बेचैनी थी।

हवा गुम थी। आँधी की सम्भावना से आवश्यक उपाय कर लिए गए थे। आँधी-पानी एक साथ आए। शो कैन्सल कर देना पड़ा। रात कब तक पानी बरसता रहा। पता नहीं। सुबह वह उठी तो सबसे पहले दिखाई पड़ी रेखा दी। डारमिटरी के सामने के ढूह को देख रही थीं। बौछारों और रेले ने उतने बड़े मिट्टी के ढूह को चाट लिया था। ऊपर उसके पाँव रखते ही भरभरा गया अवशेष। दिल बैठ गया जैसे उनका।

वह धीरे-धीरे उनके पास गई, कन्धे पर हाथ रखा। वो बोल उठीं, "कामिनी, तुम मुझे नियतिवादी मानना चाहता हो तो मानो मगर हमारा देमाग में इस बखत और कुछ नहीं आता—येई 'ज़ेनिथ' का स्टार रेखा है—स्पेशल खाना दो, इसका स्वास्थ्य ठीक रखो, इसको सर्दी ना लगे, बुखार ना हो...। दूसरा पार्टी हमारा पास आदमी भेजता, 'आप हमारा कम्पनी में चला आओ, इतना पैसा देगा।' इधर बोलेगा, 'नहीं-नहीं, हम नहीं छोड़ सकता।' लेकिन कब तक...? एई जो समय का धारा है न, अन्दर-अन्दर काट रहा है, माटी पानी में बह रहा है, किसी दिन अइसाई गिर जाएगा, हम ! फिर कौन रेखा...? कौन सर्कस ?..."

हाथी और अपना दम ! यह जोखिम-भरा पहाड़ सीने पर झेलकर बटोरे रुपए भर सकेंगे वह खोखलापन...? आखिर यह सब किसके लिए और कब तक...? दो साल, चार साल, हद से हद छह ! उसके बाद खुद खौफनाक होती जाएँगी, अपनी ये परछाइयाँ। आज भी इस बलशाली मादा शरीर पर फिकरे कसते हैं लोग...और कल जब अपनी ही लाश खुद से सँभाली नहीं जा सकेगी,...कौन आएगा इस भुतीली थुलथुल बुढ़िया को सहारा देने। यही नियति है—महापराक्रमी चक्रवर्ती नरेश तक की...।

और एक दिन गायब हो गई रेखा। भारतश्री चन्दन को बुलाया गया है।

"देखिए मिस्टर चन्दन ! न कोई हमेशा जवान रहता है, न हमेशा पहलवान ! सो मेक हे ह्वाइल द सन साइन्स। आप जैसे बलशाली युवक दफ्तरों में सड़ जाएँ ? ना, आपको हम किसी भी नौकरी से ज़्यादा पैसा, ज्यादा सम्मान, ज़्यादा प्रॉस्पेक्ट देंगे !"

"करना क्या होगा ?"

"मसल शो, वेट लिफ्टिंग तो आप करते ही रहे हैं ?"

"जी।"

"एक आइटम और है, सीने पर से हाथी या ट्रक पार कराना।"

"मगर !..."

हँस पड़ते हैं सैंड साहब, "आपको शायद मालूम नहीं मि. चन्दन, यह आइटम पहले एक लड़की पेश करती थी ऐंड शी वाज़ ए वूमन ऑफ ट्वेन्टी एइट ओनली ?"

"ओ आई सी...एंड पे ?..."

"मैक्सिमम ! रेखा को हम हज़ार ही पे करते थे। आपको डेढ़ हज़ार और ट्रेनिंग में भी हम आपको फुल पेमेन्ट देंगे जबकि मामूली आर्टिस्टों को हम कुछ भी नहीं देते ट्रेनिंग तक।"

एक पोल के ध्वस्त होते ही दूसरा पोल। प्रकृति कभी शून्य नहीं छोड़ती। रंग आए

न आए, समाँ बँधे न बँधे, काल आगे बढ़ जाता है। तसल्ली दे देते हैं लोग खुद को। सैंड साहब ने भी दे ली थी लेकिन एक कचोट रह ही गई। रेखा के शो में चन्दन कुमार के शो में फर्क डिग्री का था। रेखा औरत थी, चन्दन पुरुष। एक औरत अपने ऊपर हाथी का वज़न झेलकर जितना विरोधाभास पैदा कर सकती थी, उतना एक पुरुष नहीं।

उधर चन्दन डाएट खा रहे हैं, इधर रेखा डाइटिंग कर रही है। एक मांसपेशियों का विकास कर शरीर-सौष्ठव बढ़ा रहा है। एक प्रशंसकों की नज़र से काफी दूर अपने बदन पर चढ़ आई मांसपेशियों को गला-सुखा रही थी। सापेक्षता के क्रम बदलते ही वांछित अवांछित और अवांछित वांछित हो गया था। यह क्रम परिवेश ही नहीं नितान्त वैयक्तिक क्षेत्र में नर और मादा की भिन्न पात्रता और दर्शक की रुचि, संस्कार तक से भी प्रभावित था।

ब्यूटी पार्लर, मालिश, बालों का डिजाइन, योगा के बीच से एक नई रेखा उभर रही थी। आज वह एक दूसरी नुमाइश में छील, तराश, सजा-सँवारकर खुद को लिये फिर रही थी दुनिया के बाज़ार में—किसी निर्भरशील पुरुष का वरण करने को तत्पर ? भा गई एक उद्योगपति को। हाथी की टापों से रौंदी हुई वय में अब वह स्वतः स्फूर्त रूप-रस गन्ध कहाँ ! फिर भी उन हज़ारों दर्शकों की तुलना में महज एक दर्शक ज़्यादा महत्त्वपूर्ण है। उसी के लिए बनावटी भ्रू-विलास, बनावटी गुलाबी मुस्कान। एक पिलपिले नाटक का अन्त। एक लिजलिजे नाटक की शुरुआत !

मिलन यामिनी के शेष पर्व में मसले फूलों की ठहरी बासी महक को आन्दोलित करती बेयरे की दस्तक। पति उठकर चाय की ट्रे और पेपर लेकर कमरे को फिर बोल्ट कर देते हैं।

चाय पीते-पीते प्रदीप इशारा करते हैं, "रेखा, यह रहा मधु चन्द्रिका रात्रि का आखिरी उपहार..." रेखा ने पलकें झुकाए तिरछी नज़रों से देखा..."हमारे भारतीय प्रशंसकों को जानकर दुःख होगा कि हमारी आर्टिस्ट रेखा जीवित नहीं रही। लेकिन हमारे चन्दन कुमार जो खुद भारतश्री रह चुके हैं, उनके शो को और प्रवीणता से अंजाम दे रहे हैं।"

ज़ेनिथ 'सर्कस' द्वारा प्रसारित समाचार था यह ? नीचे एक कविता भी प्रकाशित हुई थी—दिवंगत महान रेखा के नाम...।

"सो रेखा इज़ नो मोर !" हँस रहे थे प्रदीप ठठाकर ! अन्तर्मुखी होकर बुदबुदा उठती है रेखा, "यस दैट रेखा इज़ नो मोर, शी इज़ आलरेडी डेड !"

सुबह दुकानों से किरासिन तेल और कुछ आटा-चावल-सब्जी खरीदने के लिए पैसे लेने आए गोपाल बाबू तो बताने लगे, "सुबह-सुबह उस बूढ़े दुकानदार की लाश हटवानी पड़ी बगल से।"

"क्या हुआ था उसे ?" वह रुपए गिनते-गिनते अवाक् हो गई।

"क्या नहीं हुआ—यह पूछिए। सामान छोड़कर भाग नहीं सकते। ईंधन तक के

लिए पैसे तो हैं नहीं, फिर रखें कहाँ, सामान तो सस्ते में बाहर बड़ी दुकानों में बिक भी जाए। बेचकर खाने-पीने का सामान ला भी रहे हैं। ईंधन के बिना पानी खौलाया कैसे जाए ? वही गन्दा पानी पी-पीकर पेचिश हो गई। रात में पायखाने के लिए कई बार उठा होगा—भीगा होगा और आखिरी बार वहीं ढेर हो गया।''

''च्च ! च्च !! च्च !!!''

''डेविड साहब के सर्कस में भी पच्चीसों जानवर बीमार हैं– आदमी तो पूरे मेले में शायद ही कोई सही-सलामत हो।''

गोपाल बाबू रामलू को लिवाकर पानी में निकल गए हैं, उदास हो गई है वह। किस तरह पड़ी होगी लाश तम्बुओं के बीच चारों ओर के पानी में—सोचते-सोचते बूढ़ा दुकानदार हाथियों की देखभाल करनेवाले नौकर वीरेन में बदल जाता है।

आसाम के जंगलों से हाथी पकड़नेवाला वीरेन ! सैंड साहब ने कुछ हाथी ठेकेदार से खरीदे तो साथ-साथ खरीद लाए वीरेन को भी। हाथियों के नाम इंडिया और ऐरावत रखे गए, वीरेन वीरेन ही रहा। हाथी की ट्रेनिंग के साथ उसकी भी ट्रेनिंग हुई। ट्रेनर की चाय-सिगरेट-दारू लाने के लिए। आस्ट्रेलिया से लौटते समय हाथियों के पास ही जगह मिली उसे। कैम्पों में भी यही होता था। 'इंडिया' के बीमार पड़ते ही उसकी मुश्किलें बढ़ गईं। पशु-चिकित्सक 'इंडिया' को तो बचा ले गए लेकिन वीरेन नहीं बच सका। बताया गया कि वह हाथियों के होनेवाले एक रोग से ही मरा।

एक वह है, जिसे ठहरने को होटल या आरामदेह टेंट मिलता है और एक वीरेन जैसे लोग हैं, जिनकी ज़िन्दगी अभी भी अस्तबल और हाथीशाला के पार्श्व में बीतती है। हाथी की इतनी हिफाजत और इंसान की कुछ भी नहीं। जहाज़ की डेक पर हमेशा की तरह जन्म-जन्मान्तर की कथा बाँचनेवाले बासुदेव झा भी स्तब्ध रह गए थे। बोले, ''सर्कस में आदमी को जानवर और जानवर को आदमी की तरह ट्रीट किया जाता है। बहुत देख चुका मानवीकरण--अब नहीं !''

और सचमुच झा जी बम्बई उतरते ही, जो घर भागे कि फिर नहीं लौटे कभी।

बम्बई आकर पहुँचा है जहाज़। एक बड़ी मछली के अवगाहन करते ही छोटी मछलियाँ सकपका गई हैं। मार खा रहा है 'ग्रेट इंडिया', मार खा रहा है 'गोल्डेन ईगल', सकपकाए, दूर-दूर भागे जा रहे हैं 'ताज', 'एवरेस्ट', 'सर्चलाइट' और 'रेनबो'। बधाई देने के बहाने जायज़ा लेने आए हैं ताज के देशपांडे, सर्चलाईट के श्रीधरन और एवरेस्ट के नियोगी। पाँच हज़ार दर्शक एक साथ, एक बड़ी फैक्टरी से कम आदमी नहीं ! दहशत की सम्मोहक, उत्तेजक, तरंगों पर हिलकोरें लेते अनगिनत नरमुंड। आर्केस्ट्रा थोड़ी देर के लिए विस्मृत कर देता है कि इस विशाल भूखंड में आप कहाँ हैं।

''ज़रा मेरे साथ आ सकते हैं मिस्टर सैंड !'' नियोगी के पीछे-पीछे जाते हैं सैंड, पीछे-पीछे देशपांडे और श्रीधरन हैं। गैलरी उन्हें शीर्ष पर ले जाती है। बैठ गए हैं मामूली दर्शकों की तरह चारो। थोड़ी देर के बाद पूछता है नियोगी, ''यहाँ से कैसे दिखते हैं

आपके आर्टिस्ट ?"

"हूँ ! देयर इज़ ए डिस्टेंस ऐंड द डिस्टिंक्शन, इट इज़ क्वाइट नेचुरल !"

"बिल्कुल चींटियों की तरह !" श्रीधरन ने कहा।

"लाइक लीलीपुट्स !" देशपांडे ने जोड़ा।

"ऐसे तो सर्कस मार खा जाएगा मिस्टर सैंड !"

"और एक बार मार खाने का मतलब है चरमराकर बैठ जाना !"

"क्या करूँ, आप लोग ही बताएँ।" सैंड साहब उनके तर्क पर सहमत हो गए थे।

"आइए, नीचे चलते हैं।" नियोगी गाइड के अन्दाज़ से उन्हें नीचे उतारने लगा। नीचे का एक पटरा लपलपा रहा था। आधिकारिक स्वर में उसने खुद ही शो मैनेजर को बुलाकर ठीक करने के आदेश दिए।

शो टूटने पर शराब के पैग के साथ टेबुल पर कागज़ बिछ गया था। पेन्सिल हाथ में लेकर नियोगी सिगरेट का कश लेकर छल्ले बनाने लगा था। गोल-गोल धुएँ के छल्ले थोड़ी दूर तक नाचते चलते जाते। अचानक तीन छल्ले आपस में टकराए और टूटकर गड्डमड्ड हो गए। आँखों से उन्हें खींचकर उसने कागज़ पर उतारा...

सैंड साहब ने झुककर देखा और गम्भीर हो गए। बोले, "तुम्हारा मतलब थ्री रिंग से है ?"

"जी !" नियोगी ने कहा और पेन्सिल रख दी। देशपांडे और श्रीधरन चौकन्ने होकर ताकने लगे।

"थ्री रिंग का मतलब जानते हो ?"

"जानता हूँ। 'ज़ेनिथ' भारत का गौरव है अगर वह थ्री रिंग नहीं है, तो फिर दूसरा कौन हो सकता है ? ईश्वर की दया से आप उस योग्य हो गए हैं। लाइट, ड्रेस, शो-मैनर्स हर चीज़ पर वर्षों से शोध करते रहे हैं आप ! अगर पब्लिक इसे सही-सही देख ही न पाए तो क्या यूटिलिटी रह जाएगी इन सबकी ?"

बात पेश हुई इब्राहिम खाँ के सामने। बोले नहीं कुछ बड़ी देर तक। सैंड अनमना महसूस करने लगे। "तबीयत तो ठीक है न ?"

"मैं तुम्हारे बारे में ही सोच रहा था।"

"कोई भी कला, जब आम पैमानों के सँभालने के बूते के बाहर हो जाती है तो नए पैमाने बनाने पड़ते हैं।"

"तो हुज़ूरेआला, मैं कह क्या रहा हूँ ?"

"पहले सुनो तो...।"

"बको !"

"थ्री रिंग ही अकेले उस समस्या का समाधान है, इसे तुमने कैसे सोच लिया ? फुटबाल, क्रिकेट या ओलम्पिक में इससे भी ज़्यादा दर्शक एकोमोडेट करने होते हैं—वे कैसे करते हैं ?"

"मुझे नहीं पता ? थ्री रिंग क्यों तुम्हें अपील नहीं करता इसे बताओ।"

"किसी भी चीज़ का फैसला टाइम, स्पेस और परसन इन तीन मुद्दों के आधार पर होता है।"

"यानी ?"

"अपने देश में इस वक्त थ्री रिंग का फ्यूचर पूरे जुए पर है। उतने बड़े ग्राउंड की कमी है, ग्राउंड मिल गए तो दर्शकों का सवाल आता है। हिन्दुस्तान के चन्द बड़े शहरों को छोड़कर थ्री रिंग देखेगा, कौन ? विदेशों में सर्कस स्टेडियम, आने-जाने की जो सुविधा पब्लिक को हासिल है, वह हमारे मुल्क में कहाँ और फिर लिविंग स्टैंडर्ड इतना नीचे है कि एक दिन की कमाई सर्कस पर होम कर देना दो-तिहाई लोगों को नागावार गुज़रेगा। हज़ारों रुपए तम्बू तानने में खर्च करो, सिर्फ चन्द बड़े शहरों में स्कोप को ध्यान में रखते हुए सोच लो, तुम रिटर्न क्या पाओगे ?"

सैंड सकते में आ गए।

इब्राहिम ने कहा, "अब इसका दूसरा पहलू सोचो, हिन्दुस्तान के लाखों कस्बे, मेले-ठेले छोटी पार्टियों के लिए छोड़ रहे हो, जहाँ से तुम सरवाइव कर सकते थे। मत भूलो कि 'ज़ेनिथ' का गोल्डेन पीरियड नहीं है अब। वे आर्टिस्ट जा चुके हैं, कुछ जो हैं और कुछ फॉरेन टूर का हौवा—यही, सिर्फ यही पूँजी है।"

सैंड लौट आए थे। नियोगी और इब्राहिम की परस्पर विरोधी विचारधाराओं का द्वन्द्व अहरह सता रहा था उन्हें। योगेन्द्र बाबू एक दिन नियोगी को साथ लेकर आए। नियोगी ने उनकी उदासी के लिए एक मीठी झिड़की दी, "आगे बढ़नेवाले आदमी जब मुँह लटकाकर बैठ जाए तो समझ लो गए काम से। आप सर्कस एसोसिएशन और भारतीय सर्कस के इतिहास के प्राणाधार हैं, यह स्टैग्नैंट लाइफ कैसे जी रहे हैं—समझ में नहीं आता।"

"दरअसल, इब्राहिम खाँ ने इन्हें क्या तो उलटा-पलटा समझा दिया है।" योगेन्द्र ने कहा।

"इनको तो बस एक ही आदमी मिला है दुनिया में मन्त्रणा करने को। इन्हें क्या पता कि इब्राहिम की भी एक सीमा है। वे कैसे चाहेंगे कि योगेन्द्र की मैनेजरशिप में सर्कस विश्वविख्यात हो जाए। इट्स ह्यूमन साइकालोजी।"

"मगर...।"

"कोई अगर-मगर नहीं। नियम पुरुषार्थी व्यक्ति के पीछे-पीछे बनते हैं। इब्राहिम के आगे भी दुनिया है, उसके आगे भी। वे एक माइल स्टोन हो सकते हैं, गोल नहीं।"

"सर, अपने लिए न सही, हमारे लिए ही यह महान कार्य कर डालिए, हम भी सीना फुलाकर बाहर कह सकेंगे, हमारा ज़ेनिथ थ्री रिंग है—यूनीक ऐंड अनपैरलेल !"

बातचीत के दौरान ट्रेनर और कुछ आर्टिस्ट भी जमा हो गए थे। सभी उत्साहित थे, जैसे 'ज़ेनिथ' किसी विजय की तैयारी कर रहा हो।

नियोगी लौटने लगा तो उसने सैंड के कन्धे पकड़कर आज़िज़ी में थपथपाया,

"जेनी की याद को इससे हसीन कोई तोहफा नहीं हो सकता, बड़े भाई।"

लेनिन नहीं होते तो शायद मार्क्स कोरे सिद्धान्त बनकर पोथियों में दफन हो जाते। इसी तर्ज़ पर बिना झिझक यह कहा जा सकता है कि योगेन्द्र बाबू न होते तो नियोगी के थ्री रिंग का सिद्धान्त सैंड की खोपड़ी में अदनी स्मृति कोशिका बनकर दफन हो जाता। वैसे इसमें योगेन्द्र बाबू का अवदान भी खासा व्यंजनामूलक है। कटक से कैम्प उखड़ा तो दो पैसे की ऊपरी आमदनी के लिहाज़ से सस्ती ज़मीन और सस्ते मज़दूर पाने के चक्कर में वे सर्कस को ले आए मेदिनीपुर के एक कस्बे में। कान सिक्कों की खनखनाहट और रुपयों की सरसराहट सुन भी नहीं पाए कि उन्हें आस-पास की फुसफुसाहट सुनाई पड़ी। उन्होंने जो कुछ सुना, उससे उनके कान ही नहीं रोंगटे तक खड़े हो गए। वहाँ दूर-दूर तक भीषण अकाल सर्कस से पहले ही अपने खूनी पँजे गाड़ चुका था। साँप-छुछुन्दर की गति थी।

ओपेनिंग शो का कार्ड लेकर सैंड आए तो वस्तुस्थिति जानते ही बिना आग-तेल के जल उठे, "तुम्हारा दिमाग तो फेल नहीं हो गया। कल को भुक्खड़ों की जमात रशद समेत सारा कुछ लूट ले तो...? वे न भी लूटें, सरकार ही कल को कह बैठे, आए हो तो अकालग्रस्त क्षेत्र के लिए कुछ दान दिए जाओ, तो...?"

डरते-सहमते शो शुरू हुआ। बाहर नरमुंड ही नरमुंड। आज सर्कस को लूटे जाने से कोई रोक नहीं सकता। बड़ी साँसत में जान थी। बुलबुल जीप लेकर पुलिस को इत्तला देने गए थे। इधर तैयब एक मोटा केबुल लेकर आज़मा रहा था कि कैसे वार करना है, कैसे नहीं। स्थायी मज़दूरों तक ने अस्त्र सँभाल लिए थे। सैंड खुद बुकिंग काउन्टरों पर चहलकदमी कर रहे थे।

आश्चर्य ! घोर आश्चर्य ! सारे लोग भले ही फटेहाल हों, वे पैसे देकर आए थे सर्कस देखने। महज़ एक या दो दिन नहीं पूरे सात दिन 'हाउस-फुल' का बोर्ड लटकाना पड़ा।

सातवें दिन की सुबह कैम्प-कैम्प में हवा उड़ी—बाघ-बाघ की लड़ाई हो रही है, चल देख आएँ। एक बाघ थे सैंड और दूसरे अभिजीत।

अभिजीत का अभियोग था, "गीध की तरह कंगालों का मांस चुग रहे हैं आप !"

"मैं किसी को पकड़कर ले आया था ? तुम्हें शायद मालूम नहीं कि जिन्हें खाना तक मयस्सर नहीं था, उन्हें कैम्प में हमने मज़दूरी दी—एक तरह का रिलीफ वर्क !"

"यह नहीं कहते कि माटी के मोल आदमी का श्रम खरीदा; बकरे, मुर्गियाँ खरीदीं और फिर बुकिंग काउन्टर पर उनसे सूद समेत वापस ले लिया। मुझे सूचना मिली है, लोगों ने अपने लोटा, कम्बल और बचा-खुचा अवलम्ब बेचकर ही सर्कस देखा है ?" उसने 'ही' पर ज़ोर दिया। तर्क की ढाल से रोक लिया सैंड ने " 'ही' नहीं 'भी' ! मगर क्यों ?"

अभिजीत किसी करारे जवाब की तलाश में मुट्ठियाँ भींच रहा था कि सैंड की हँसी

स्कॉच को गिलास में उँड़ेलने की खनक से एकाकार हो गई, "अगर तुम्हारे सर्वहारा भुक्खड़ जनगण हमें लूट लेते तो हम उन्हें जुझारू मानते। इन्हीं के भरोसे तुम लोग या बाकी लोग सर्वहारा के अधिनायकत्व की बात कहते हो न ? सुनो, ये अति भावुक किस्म के जीव हैं। हजार दुःख सह लेंगे लेकिन 'चूँ' नहीं करेंगे। अपना रहा-सहा सामान बेचकर भी सर्कस देखने के पीछे क्या मेन्टलिटी है--यू नो--'अभी तो जी लें !' जैसे भी जी लें, यूँ भी तो मर जाना निश्चित है, हज़ारों लोग हैं जो भीख माँगेंगे और दारू पिएँगे। ये हमेशा स्टंट–अजूबे चमत्कार के पीछे भागेंगे, अपने-अपने गढ़े ईश्वरों और मिथकों के भँवर में नाचते-नाचते डूब मरेंगे। पहले इन्हें ट्रेंड करो अभिजीत, फिर मेरे जैसे बिज़नेस मैन को रोकना !"

अभिजीत कोई प्रतिवाद करता, इसके पूर्व ही बाकी ग्लास खाली कर वे शुरू हो गए, "मैंने दर्शक भावना के कंट्रैस्ट को राई-रत्ती समझ लिया है, अब यहाँ कोई सर्कस फेल नहीं हो सकता। ज़ेनिथ थ्री रिंग बनेगा। योगेन्द्र को कहो, निबोगी को टेलीग्राम दे दें।"

वे ऐसे मूड़ी हिला रहे थे जैसे दर्शक भावना का बोधिसत्व अभी-अभी हासिल हुआ है उन्हें, "योगेन्द्र को लाख-लाख धन्यवाद। यहाँ लाकर उसने मेरा मनोबल मज़बूत कर दिया। ये तमाम आदमी उस घायल कुत्ते की तरह हैं जिसे ट्रक अभी-अभी कुचल गई हो, बीचोबीच, फिर भी आखिरी साँसें गिनता हुआ कुत्ता अपनी फटी अँतड़ियों से बह रहे रस और अपने खून को चाटने का लोभ मरते दम तक नहीं छोड़ता।"

"आप क्या अपवाद हैं इसके ? आखिर यह सब किसके लिए ? जेनी तो देखने भी नहीं आएगी। इस निरबंसिया की कमाई खाएगा कौन ?" शराब के नशे में डूबे सैंड ने इसे सुना या नहीं मगर जवाब का इन्तज़ार किए बगैर अभिजीत उठ खड़ा हुआ।

आइंस्टाइन के सापेक्षवाद की तरह 'थ्री रिंग' का सिद्धान्त किसी की समझ में नहीं आ रहा था। पीटर, मिस सन्धू और वह किसी कैफे में चाय पी रहे थे। सारा कुछ सुनकर भला मिस सन्धू कैसे चुप रहतीं। बोली, "प्यार आदमी को सबसे पहले उल्लू बनाता है। जेनी की यादों की कब्र पर खड़ा किया गया ज़ेनिथ का ताजमहल पूरी मुगलिया सल्तनत के लिए मौत का पैगाम न बन जाए।"

"आपकी बातों से तो डर लगता है।" कामिनी ने कहा।

"हाय मेरी शीशमहल की अनारकली, तुझे तो दीवारों में पहले ही चुने जाने की साज़िश चल रही हैं। अनिरुद्ध और रेखा समझदार थे, भाग गए।"

"मेरी समझ में नहीं आता, दोष किसका है ? असली अपराधी कौन है ?"

"दोष जैनुल का या ज़ेनिथ का नहीं, सफल या विफल प्रेम का नहीं, मन का क्या करेगा कोई ? संवेदनशील स्नायु तन्त्र खुद-ब-खुद उत्तेजना, उद्दीपना पोर-पोर में पहुँचा देता है, दोष किसी का नहीं, शायद यही वह उत्प्रेरक तत्त्व है जो नायकों को जटिल से जटिल कार्य करने को उकसाता रहता है।"

"और जिसे सामान्य सरल जीवन जीनेवाले एक शब्द में–खारिज़ कर सकते हैं–झक, सनक !" उसने कहा था तो दोनों खिलखिला पड़े थे।

सर्कस कैम्पस में एक टेंट रोज़गार दफ्तर की तरह खुल गया था। नाम, कौशल, टेस्ट, फिर वेतन, अनुबन्ध का मोल-तोल। तम्बू के अन्दर तीन-तीन रिंग। तीनों रिंगों को घेरतीं कुर्सियाँ ! सबको घेरती हुई गैलरी। उद्घाटन के अवसर पर खासतौर से बुलाया गया है इब्राहिम को। पहिएदार कुर्सी पर लाया जा रहा है उन्हें। बायाँ अंग फालिज़ से नाकाम हो चुका है। उद्घाटन यज्ञ का पौरोहित्य कर रहे नियोगी ने उन्हें देखकर भी अनदेखा कर दिया है। स्वयं शिक्षामन्त्री उद्घाटन करने आए हैं। रंगों के तीन-तीन तिरंगे लहरा रहे हैं रिंग में। अभिनन्दन और माल्यदान के बाद विशुद्ध हिन्दी में उद्घोषणा...शिक्षामन्त्री से आशीर्वचन बोलने का विनम्र अनुरोध ! भारत की गौरवशाली परम्परा और अपनी पार्टी के महान कार्यों, राष्ट्रनायक की राष्ट्रीय और अन्तर्राष्ट्रीय उपलब्धियों के मंगलाचरण के बाद उन्होंने आशीर्वाद दिया, आशा व्यक्त की कि हम हॉकी ही नहीं, सर्कस की दुनिया में भी अन्यतम होकर दिखा देंगे।

एक-एक आइटम की तीन-तीन प्रस्तुतियाँ एक ही वाद्य के तल पर। नए-नए आए शो मैनेजर की प्रकाश-व्यवस्था नए रंग खिला रही थी, आर्टिस्टों के आगमन पर प्रकाश और छाया की पट्टिकाएँ नाच उठतीं। लगता स्वर्गलोक से अभी-अभी कुछ देवदूत और अप्सराओं का प्रादुर्भाव हुआ है। प्रकाश व्यवस्था, बल्बों, बीमों का फूटना, धुँधलाना म्यूजिक की ताल पर बैंड मास्टर राजेश और कनाई लाल संयोजित कर रहे थे। देखनेवाले सुध-बुध खोए सराह रहे थे। इस चौंधियाते अप्सरालोक की रचना के पीछे कारीगरों, तकनीशियनों का इतना कौशल, आर्टिस्टों, ट्रेनरों की कितनी श्रम सिंचित सुबहें, सैंड साहब समेत कितने उच्च अधिकारियों की नींद हराम हुई थी। पैसा तो लगा ही था, दिवालिया कर देने की हद तक। मानवीय श्रम, क्षमता, धैर्य, बल और सन्तुलन का दस्तावेज़ ! मीलों की परिधि में सर्चलाइट की चौड़ी उजली पट्टी अश्वमेध घोड़े की तरह अपनी जय यात्रा में परिक्रमा कर रही थी।

एक क्षण के लिए नियोगी भी हतप्रभ होकर रह गए। इसे कहते हैं ग्लैमर ! उस गहन जन-अरण्य में उसने अपने-आपको नगण्य महसूस किया। संयोग से उधर से उसी तरह की अनुभूति में कसमसाते देशपांडे से उसकी मुलाकात हुई। दोनों किंचित् उदास थे। अन्दर दोनों के कुछ उबल रहा था। अचानक देशपांडे हँस पड़े ज़बर्दस्ती, "बेटे, तुम्हारी तो सिफारिश चलती है। हमें भी कोई भाड़-वाड़ झोंकने की नौकरी दिला दो यहाँ। स्साले ! अपने ही दाँव से चित पड़े हो।"

"इतनी जल्दी पसीना आ गया ?"

"पसीने की कहते हो, यहाँ तो जान पे बन आई है। इस ज़ेनिथ के सामने हमें पूछेगा कौन ?"

"ऊँह, डिस्टर्ब न करो, वो देखो तीन-तीन प्लास्टिक गर्ल्स !"

"एक को जानता हूँ तुम्हारी सुजाता, बाकी दो ?"

"एक है रूस की वोल्गा उधरवाले रिंग में गई और सामने हमारे रिंग में आ रही है जर्मनी की नाडिरा। वोल्गा का नामकरण उभरती हुई रूसी जिम्नास्ट ओल्गा कोरपुट के नाम पर है। नाडिरा उससे पहले की रूस की ही जिम्नास्ट थी शायद।"

"क्या बड़बड़ा रहे हैं ? स्टंट फिल्मों की नादिरा को नहीं जानते तो चुप रहिए।" किसी दर्शक के घुड़कने पर वे खून का घूँट पीकर रह गए।

एक जैसे तीन तो स्वयं प्रकृति ही नहीं बना पाई थी—फिर बेचारे सैंड साहब की क्या बिसात ! कानपुर के शो में आखिर गड़बड़ी उत्पन्न ही हो गई। स्वभाव से जिज्ञासु और अतृप्त मानव मन अपने सामने परिवेशित रिंग के खेल से तृप्त होना नहीं जानता। अपने साथ-साथ दूसरी रिंगों का जायज़ा लेने के लिए कई दर्शक उचक-उचककर ताकने लगते। एक बेतुकी स्थिति लाख दबाने के बावजूद सिर उठा रही थी। दर्शकों की आपसी झड़प से दो-दो बार शो रोक देना पड़ा था। कैम्प मैनेजर का बीड़ा उठानेवाला अब कोई नहीं था। मद्रास का मौसम तूफानी हो गया था। समुद्र की लहरों ने एक समूची रेलगाड़ी को ही निगल लिया था। ले-देकर एक जगह बच रही थी कलकत्ता का सबर्बन ! फूल बागान !"

योगेन्द्र पहले ही से झल्लाए हुए थे। पीटर को बुलाकर अटपटे ढंग से फूल बागान की स्थिति का जायज़ा ले रहे थे कि बुलबुल दा ने हस्तक्षेप किया, "ना बाबा ना ! जहन्नुम में भी ले चलो फूल बागान नहीं। हर दिन चन्दे के लिए रार-तकरार...नो, नो, फिफ्टी विल नाट डू, मेक इट हंड्रेड ! आज ईस्ट टाउन, कल वेस्ट टाउन, आज अला पार्टी, कल फलाँ, आज अमुक पूजा, कल अमुक। ये फलाने के बेटे हैं, ये ढिमाके के साले—मुफ्त पास सबको चाहिए, एस.डी.ओ., बी.डी.ओ. के चपरासी तक को।"

"तो फिर गाँव में ले चलूँ—बीस हज़ार दर्शक एक ही दिन चाहिए।"

"झरिया कोलफिल्ड कैसा रहेगा ?" पीटर ने पूछा।

"बाप रे ! एक बार एक दादा पी-पीकर घुस गया रिंग में—हमें तो वोई लड़की चाहिए।"

"सभी जगह तो ग्राउंड बुक्ड हैं।"

"तो आप फूल बागान जाएँगे ?"

"हाँ, पूजा बोनस का फरटाइल सीजन यूँ ही कैसे छोड़ दें ?...क्यों ?"

"कल को कहेंगे लाठी चलाओ, गुंडा पार्टी का सामना करो तो साहब, हम दो पैसा कमाने आया है, आपकी खातिर सबसे लोहा लेने नहीं।"

"बम्बई में मैदान का भाड़ा एक दिन के डेढ़ हज़ार, दिल्ली में हज़ार, कलकत्ते में सात सौ—कहाँ से आएगा इतना पैसा ?"

सर्कस कैम्पस में उन दिनों या तो चख-चख मची रहती या फिर गुमसुम-सा तनाव।

लगातार तीन कैम्प मार खाता गया था 'ज़ेनिथ थ्री-रिंग सर्कस'। सैंड स्थिति का मुकाबला करने में अपने को बिल्कुल असहाय पा रहे थे। वे आज ऐसे मुकाम पर पहुँच

चुके थे जहाँ से पीछे लौटना सम्भव नहीं था। यह उनके जीवन-मरण का प्रश्न था। इब्राहिम ही ठीक थे शायद। लेकिन अब कौन-सा मुँह लेकर जाते उनके पास !

हर सप्ताह बँटनेवाली मज़दूरी दो माह पिछड़ गई थी। जिस टेंट के सामने दूसरी सर्कस कम्पनियों के लोग चांस पाने के लिए भीड़ किए रहते वहीं अब वेतन के लिए चिरौरी-विनती से लेकर धमकियों के स्वर सुने जाते। रिंग में पूर्वाभ्यास के वक्त, रिंग के बाहर फालतू समय में अक्सर सवाल पूछे जाते, "कहाँ जाओगे अब...? कहीं जुगाड़ बैठा ?"

"आप कहाँ जाएँगे ?" "और आप ?" "वापस...?" "आप...?"

"जहन्नुम में !" बुलबुल दा इन दिनों चिड़चिड़े हो गए थे, "साला, अपना नसीब ही ऐसा मिला, जहाँ कुआँ खोदा वहीं...।"

मिस सन्धू अक्सर उसे किसी बहाने बाहर ले जातीं। दोनों सखियाँ अपने-अपने स्रोतों से एकत्र की हुई खबरें सुनातीं। तीनों रिंग में अब अलग-अलग खेल होते। आर्टिस्टों की कमी के कारण एक ही आइटम के तीन-तीन प्रतिरूप अब सम्भव नहीं थे।

संयोग भी कितनी अज़ीब चीज़ है। सबसे पहले सर्चलाइट की बीम ही टूटनी थी। वही बीम जिसकी उजली राह पर दूर से चल कर आई थी सम्मोहित-सी एक दिन ! तीन-तीन जेनेरेटर तीनों रिंग मास्टरों के बकाए हिसाब-किताब की परवान चढ़ गए। सूख गया रोशनी का उत्स ! लोग आते, अपना हिसाब माँगते और शराब के नशे में डूबे सैंड किसी न किसी उपकरण की ओर इशारा कर देते।

बुलबुल दा आए, कुछ देर तक असमंजस में बोल नहीं पाए तो सैंड ने ही पूछा, "क्या चाहिए ?"

"सर, मुझे भी अब छुट्टी दीजिए।"

एकाउन्टेन्ट से हिसाब पूछा और जीप की ओर इशारा किया, "ड्राइविंग लाइसेंस तो है ही तुम्हारे पास। बीसियों सर्कस कम्पनियों का मज़ा चख चुके। अब इसी से रोटी पैदा करना। सर्कस में मत जाना कभी।"

उस पर नज़र पड़ती तो पूछ बैठे, "क्या चाहती हो, लीव ?"

"जी जी...?" वह हकलाई।

हँस पड़े फक्कड़ों की तरह ! सब छुट्टी चाहते हैं आज...। सब ! "बट हू विल ग्रान्ट माइ लीव ?"

उफ ! कितनी भयंकर झाँय-झाँय करती हुई थी वह हँसी—खंडहरों में किसी प्रेत की हँसी की तरह ! हँसी थमी तो हाँफते हुए बोले, "तुम्हारा तो काफ़ी बकाया होगा ?"

"जी, मुझे नहीं चाहिए।" उसका गला रूँध गया था।

"क्यों ?" उन्होंने भीगी रूक्ष आँखें से ताका उसे, फिर जवाब की कोई परवाह किए बगैर ही सन्दूकों को उलटने-पलटने लगे। कागज़ों के सिवा शायद ही कुछ बचा था। अचानक उन्हें कुछ याद-सा आया। तकिए के नीचे से एक छोटी पेटी खींची। खोलते

ही सोने की चमक आँखों में कौंधी। बोले, "जेनी की बेटी के लिए बनवाया था इन्हें। अब क्या करना है इनका ? वक्त तो यहीं तमाम हो गया। अब तुम्हीं रख लो इन्हें।"

खड़ी-खड़ी रुलाई रोकते-रोकते भी नहीं रुकी। देने के लिए हाथ बढ़े हुए थे उनके, लेना उसे स्वीकार नहीं था।

"हाँ, मैं कौन हूँ तुम्हारा ? इतना भी अधिकार नहीं बनता कि...।"

वाक्य पूरा होते न होते उसके भावोद्दीप्त काँपते हाथ थाम चुके थे।

"जाओ, अब यह न पूछना कैसा हूँ।"

ऊहापोह में झूलकर रह गई वह। तभी आहट मिली। देखा, नियोगी खड़ा है पीछे। कुढ़ गया मन। विक्षिप्त-सा बोल रहे थे सैंड, "आइए-आइए मिस्टर नियोगी। कई बार तक़ाजे आ चुके हैं आपके। ले जाइए वह ब्लैक टाइगर...कल को अपना मांस खिलाकर पालूँगा ?"

"कुछ भी कहें, आप सचमुच कर्ण हैं सैंड साहब। अर्जुन को शेष दान देने से भी नहीं चूके !" नियोगी ने कहा।

"अब मस्का मारकर क्या होगा ?...मुझे मालूम है कर्ण क्या था और अर्जुन क्या था...। हाँ, कुछ लीकर-वीकर हो तो दिए जाओ।"

इसी तरह एक गोरा बौना दाखिल हुआ। भीड़ चीर कर सामने आया और 'अंकल-अंकल !' कहकर चिपट गया। अब कौन-सा रहस्य खुलना बाकी था ?

सैंड उसे अपरिचय की मुद्रा में देखते रहे।

"तुम डेविड हो क्या ?"

बौने ने सिर हिलाया तो फिर वही फक्कड़ोंवाली हँसी, "इस दुनिया में मेरा कोई रिश्तेदार भी है, जेनी के ज़ख़्म में इस सच को भी झुठलाता रहा। लेकिन तुम्हारे हिस्से ज़ेनिथ की चूसी गई हड्डियों के सिवा मेरे पास क्या है जो तुम्हारी झोली में डालूँ ?"

तो यह थे सैंड और यह था उनका जुनून ! इसे कहते हैं सर्कस फोबिया ! उसने गहने डेबिट को देने चाहे मगर उसने लिये नहीं।

छोलदारियाँ उजड़ती चली गईं एक-एक कर, न कोई आँधी आई थी...न अग्निदाह, न कोई तम्बू टूटा था, न कोई बाघ भागा था। यह तो खुद ज़ेनिथ का तम्बू था जो फैलते-फैलते फट गया था सहसा। दर्शकों के अन्दर के विरोधाभास को भुनाते-भुनाते खुद अपने विरोधाभास से चकनाचूर हो गया था। इक्की-दुक्की छोलदारियाँ, इक्के-दुक्के वफादार नौकर और ढेर सारा मलबा, उच्छिष्ट हाड़ की तरह जिसका मांस चुग लिया गया था।

रिक्शा ठीक कैम्प तक बिना रोक-टोक के चला आता है। उसने दौड़कर सहारा देकर उतारा है इब्राहिम चाचा को। दो घुन खाए जर्जर किंग पोल आपस में एक-दूसरे का सहारा बने काट पर गिरते हैं।

"याद है इब्राहिम, एक बार तुम्हीं ने मुझे नाली से उठाकर होटल में पहुँचाया था ?"

"याद है !"

"इस बार निकालो तो जानें...तब तुममें जवानी कायम थी, आज बूढ़े हो चले हो और अपंग भी... ।"

"आओ बर्बादी का जाम पिया जाए।" कहकर अपनी अँगूठी निकालकर डेविड को दे दी, "जाओ जो भी मिले ले आओ।"

"रोक लेते हैं इब्राहिम, पैसे निकालकर देते हैं।"

"तो यह अँगूठी अब तुम्हीं रख लो यार !"

"नहीं, पहने रहो अभी !"

"आज न सही, कल लेनी ही पड़ेगी। कौन है मेरा तुमसे ज़्यादा अज़ीज़ जिसे दूँगा ? हाँ, तुम जाते-जवाते डेविड को दे सकते हो।"

रात उतर आई है। ऊपर स्याह चन्दोबा तन गया है। सितारे तम्बू के सुराख की तरह दहक रहे हैं। किसी उल्का की तरह एक चमक खिलकर दूर जा छिटकी है...कौन जेनी ? कहाँ, कितनी ऊँचाइयों से गुज़री हो ? नीचे से देखते हैं, तो दृष्टि थक जाती है। वायवी ज़ेनिथ, व्यर्थ का तामझाम ! व्यर्थ के बन्दी बनाए गए ऊलजलूल हरकतें करते हुए आदमी और पशु ! कृष्ण की तरह आज महाभारत के अन्त में ज़िन्दगी की निस्सारता ज़ख़्मों की तरह खिल रही है। राम की तरह गौरव के घटाटोप से उफनकर पापबोध में डूबा मन सरजू में बहता जा रहा है...नींद की गोलियाँ खाकर भी नींद नहीं। बावला बना भटक रहा है, मन...पेरिस का ही परिचित मकान...कॉलबेल बजती है... दरवाज़ा खुलता है...अरे इस बीच इतनी निखर आई है जेनी ! दौड़कर बाँहों में उठा लेते हैं। चीखती है जेनी। बाँहों में पिघल जानेवाली जेनी, अंग-अंग में तरल उन्माद-भरी खुशबू की तरह रच-बस जानेवाली जेनी, बाँहों से छिटक पड़ने को बेताब ! भला क्यों ?

हाय, आह, उफ ! ये लोग क्यों पीट रहे हैं उन्हें ? खून का नमकीन स्वाद ! फटी भौंहों के गरम खून से भीगी आँखों के सामने यह क्या देख रहे हैं—एक नहीं दो-दो जेनी। तो क्या वह उसकी बेटी थी ? नहीं, कालखंड के दो छोरों पर खड़ी दो अलग-अलग प्रेयसियाँ ! उखड़ा-उखड़ा स्वप्न टूट गया है, उचट गई है नींद, अब कहाँ है कोई ? कोई नहीं है कहीं ! बाहर मैदान के झींगुरों के चीं-चीं, मेंढकों की टर्र-टर्र और इब्राहिम के साँसों की घर्र-घर्र हैं। जल रही है कंदील ! झुका आ रहा है आसमान ! उजड़े मलबे के बीच लड़खड़ाते कदम चल रहे हैं चौकीदारी करते हुए...बड़बड़ा रहे हैं अपनी प्रिय कविता...

"ऑफ्टइन द स्टीली नाइट
एट स्लम्बर्स चेन हैज़ बाउंड मी
फॉड मेमोरी ब्रिंग्स द लाइट
ऑफ अदर डेज एराउंड मी।
द स्माइल्स, द टीयर्स
ऑफ ब्वायहुड्स ईयर्स,

द वर्ड्स ऑफ लव देन स्पोकेन
द आईज दैट शोन, नाउ डिम्ड एंड गॉन,
द चीयरफुल हार्ट्स हाउ ब्रोकेन।
ह्वेन आइ रिमेम्बर आल
द फ्रेंड्स सो लिंक्ड टुगेदर
आ'व सीन एराउंड मी फाल
लाइक लीव्स ऑफ विंटरी वेदर !
आइ फील लाइक वन
हू ट्रीड्स एलोन
सम बैंक्वेट हाल डेजर्टेड
हूज़ लाइट्स आर फेड,
हूज़ गारलैंड्स डेड
ऐंड आल बट ही डिपार्टेड
दस इन द स्टीली नाइट..."

[अक्सरहाँ निस्तब्ध रातों में, इसके पहले कि नींद की ज़ंजीरें मुझे जकड़ लें, प्यारी स्मृतियाँ ले आती हैं उजाले, मेरे गिर्द घिरे बाकी दिनों के। बचपन के दिनों की वे मुस्कुराहटें, वे आँसू, प्यार में की गई वे बातें...! वे आँखें जो चमकती रहती थीं; अब कुम्हलाकर निःशेष हो चुकी हैं। किस कदर टूटा है खुशियों से उमगता हुआ दिल ! मुझे याद आते हैं वे दोस्त, कितने गहरे जुड़े थे, मैंने एक-एक कर उन्हें झरते देखा है, जैसे झरते हैं पत्ते, शिशिर के मौसम में। मैं खुद को उत्सव की वीरान हो गई उस महफिल में अकेले चलते हुए आदमी की तरह पाता हूँ, जिसकी रोशनियाँ धुँधला चुकी हैं, हार मर चुके हैं और उसे छोड़कर बाकी लोग जा चुके हैं...इस तरह निस्तब्ध रातों में... ।]

और कामिनी ! कहाँ जाए वह—शून्य में लटकता एक विराट् प्रश्न-चिह्न। यहाँ कोई कलाबाज़ी काम नहीं आने की, जिधर नज़र फेरिए, उधर ही नुकीले दाँत निकाले हुए हिंस्र पशुओं की गर्जना है। बड़े से बड़े रिंग मास्टर की बोलती बन्द। इस शून्य से पकड़कर फ्लाइंग फ्रेम पर पहुँचानेवाला किसी कैचर का हाथ नहीं। घर...? नहीं, अब वह बन्दिशों-भरी पारिवारिक ज़िन्दगी रास नहीं आएगी। सर्कस का जन्तु नहीं बनना है गाँववालों की निगाहों में। उस पवित्रता के गुरूर में डूबी अन्धी मानसिकता के लिए अब वह कलंकित अहल्या है।

उसकी नज़रें अपने ही जैसे नियति से बँधे उन तमाम यायावरों पर गईं। बार-बार के उखाड़े गए लोग, बार-बार अपना खेमा-खूँटा गाड़ते बनजारे, दूसरों के मनोरंजन के लिए रंग-रोगन लगाकर मेला सजाते मजमेबाज़। गाँव-गाँव, देश-देश अपने टट्टुओं की पीठ पर खाट, बिस्तर, पोटलियाँ, हाँड़ी-बासन, बच्चे-कच्चे लिये खानाबदोश, मर्दों की तरह साड़ी का कछन्ना कसे नियति के थपेड़े खाती औरतें। आज तक उनकी

'अगड़-बगड़' बोली भले ही नहीं समझ में आई हो लेकिन उनका दर्द उससे अजाना कैसे रह सकता है ! वह भी तो वही है ! राजाओं, सामन्तों, सेठों, ठेकेदारों की वासना को तृप्त करती बख्शीश पाकर कोर्निश करती हुई नटी।

सभ्यता के आदिम युग से एक जैसी यायावरी में भटकते गिरोह, उसी में जनमते बच्चे, उसी में जवान हो-होकर परवान चढ़ते लोग। बूढ़ों और अपाहिजों को छोड़कर चुपचाप आगे बढ़ते हुए काफिले। अभी बदन में कमनीयता है तो हर गिरोह से प्रस्ताव आ रहे हैं, मुखिया को चक्रान्त में निहतकर उसके दल की सुन्दरियों, पशुओं, सेवकों की लूट के लिए आपस में रची जानेवाली बन्दर-बाँट। 'गोल्डेन ईगल', 'ईस्टर्न स्टार', 'एवरेस्ट', 'ताज' सारी पार्टियों के प्रस्ताव को खारिज़ कर अनमनी-सी बैठी हुई थी वह सन्धू दी के कमरे में। घूसर लैंडस्केप में खच्चरों, टट्टुओं के कारवाँ के एक-एक दृश्य उभर रहे थे, मिट रहे थे।

उस दिन कब्र से जिन्न की तरह निकल आया सुगिया। रिक्शाचालक था उन दिनों। देखते ही पहचान गया, दूसरे रिक्शेवालों से झगड़ पड़ा, "ऐ हटब सभे, ई हमरा सवारी है।"

सर पै लम्बे-लम्बे बाल, दाढ़ी-मूँछ साफ, आँखों में सुरमा—ऐसी विचित्र हुलियावाले रिक्शाचालक के प्रति एक खीझ-भरी जिज्ञासा उभरी, "आप कौन हैं ?"

"भूल गई झरना सखी, हम आपन सुगिया है।"

"सुगिया...?"

बाकी रिक्शेवाले हँस-हँसकर गाली देने लगे उसे तो वह अकेले ही गालियों पर उतर आया। हाथ मटकाकर, कूल्हे मटकाकर उसने विचित्र स्थिति खड़ी कर दी। फिर पलटकर पूछा, "कहाँ चलना है झरना बहिन ?"

"प्रान्तिका !"

सुनते ही लुंगी समेटकर घंटी टनटनाता वह चल पड़ा।

सन्धू दी के आवास पर उतारकर उसने अपने गुलाबी गमछे से पसीना पोंछा। उसने पैसे देने चाहे तो हाथ जोड़ लिए, "सुगिया सबसे पैसा ले है, एक जन से नहिंए ले तो कोछ हरज है ? बहुत बरस पहिले के बात है, हम सरकस में गिर गैल रहली। हल्ला हो गेल लरकी नहीं लरका है...हिजरा !"

'ड़' को 'र' में टूटने की चिनगारी ने उन बीस वर्ष के अँधेरे गलियारों को प्रदीप्त कर दिया सहसा ! क्या संयोग था, तब उसी सुगिया से बात करने के लिए तरीके सोचा करती, आज वही सुगिया खुद बात करना चाह रहा था और वह सिकुड़ी जा रही थी।

सुगिया ने बताया कि उसके बाद वह नौटंकी पार्टी में चला गया। चूड़ी बेची, लड़कियाँ भगा-भगाकर दूसरों को ब्याह आया। सर्कस की सताई गई लड़कियाँ तो बात करते ही राज़ी हो जातीं। उसे कई लड़कियों की याद आई इस प्रसंग में, सबसे ज़्यादा चन्द्रा की।

"एवरेस्ट में एक लड़की थी चन्द्रा, उसे आपने ही भगाया था।"

सुगिया की सुरमेदार आँख विजय दर्प से हँसने लगी।

"अब वह कहाँ है ?"

"इहाँ हइ का ? कबे पंजाब चल गेलइ।"

चन्द्रा के ख़यालों में खोई वह उसके लिए चाय बनाने चली गई। लौटकर आई तो सुगिया बरामदे में लेटा अपनी बाँहें मल रहा था।

"क्या हुआ ?"

"करके है पुरवइया हवा में।" यह कहते हुए उसने बाँह सामने कर दी। बीस साल पहले का दर्द अब टीस रहा था। उसका एक दोस्त कहता है कि उसे एक बड़े डॉक्टर के पास लिवा ले जाएगा। जवानी-भर नाच के नशे में खींच ले आया, अब बुढ़ापा जैसे-जैसे पाँव पसार रहा है, दर्द जागता जा रहा है। यह सब बताते हुए उसकी पलकें झपकती जा रही थीं।

"आपका कोई है नहीं ?"

"सबे रहल। बियाहो भेल रहल। भाई रहल। हैजा में सब साफ ! अच्छे भेल।" आश्चर्य, यह बोलते हुए भी उसका चेहरा सपाट था।

अन्तिम वाक्य पर उसे याद आया, वह हिजड़ा है। ढूँढ़-ढाँढ़कर उसने एक ए.पी. सी. निकालकर दी। चाय के साथ निगलने के थोड़ी देर बाद वह स्वस्थ लगने लगा।

सन्धू दी आते ही फट पड़ीं, "अरे रहमान, तू यहाँ ?"

"काहे ? का हम इदमी नय हैं ?"

उसे आश्चर्य हुआ सन्धू दी के सम्बोधन पर ! तो इसका मतलब यह हुआ कि उसका एक नाम रहमान है और सन्धू दी उसे पहले से जानती हैं।

"इसे क्यों बरामदें में बैठने दिया ? यह मुआ तो शर्मा जी का रखैल है।"

"खाली शरमे जी के...? केतना राय जी, सिंह जी, शरमा जी, बरमा जी के रखैल हैं, बोलो न !" वह उठकर बैठ गया था और आँख मिचमिचा रहा था।

"तू इसे कब से जानती है ?" उन्होंने पलँग पर बैठते हुए पूछा। और उसने संक्षेप में उसकी दास्तान सुना डाली, "पहले-पहल सर्कस में आई थी तब से...।"

"हूँ !" कहकर वह तीखी नज़रों से घूरने लगीं उसे, "इसका मतलब है, शुरू से ही यही काम करता रहा है।"

"लेकिन इसमें सारा दोष इसी बेचारे का तो नहीं !"

वे बोली नहीं, सिर्फ गम्भीर होकर सोचती रह गईं फिर ठठाकर हँस पड़ीं, "सर्कस के अन्दर सर्कस ! नाटक के अन्दर नाटक। शोषण की कितनी परतें हैं। कैसी-कैसी विकृतियाँ हैं...हाँ, तो रहमान, शर्मा जी कितना देते हैं ?"

"तीन सौ रुपया !"

"क्या-क्या करता है तू उनका ?"

"आपको फँसा के ले जाते तो का का करतीं ?"

"तो उनसे विवाह हुआ है तेरा ?" खिसियाकर बोलीं।

"कोरट में तो इहे बयान देलीं हम।"

"कोरट ! ई कोर्ट का चक्कर क्या था ?"

"अरे उनकर बियहुता न रहल ! हमरा से लट-पट देख के जहर खा लिया। हम देखलीं ई तो खानदाने सफा हो जाइत ! बस, हम दरोगा को मना लेलीं।" वह भोंडेपन में हँसा अपनी बात पर, "जज साहेब मेमसाहेब रहलीं। घूँस से मुँह बन्द कर देलीं।"

"फिर ?...आखिर तू रिक्शा क्यों चलाता है !"

"सुनो ए सखी। अब उमीर हो गइल ! नाच-नौटंकी के केहू पूछेला फिलिम के आगे ? ई दढ़ीजार दाढ़ी-मोछों के रोज़ पाउडर से साफ करके नकली बॉडिस पहिन के मरद के कब तक रिझा सकब ? गोटा देशबे तो चकलाघर हो गैल, अब हमर ओतना पूछ कहाँ ? एक जमाना ऊ रहे कि सरकस में हमारा आगे कौनो छोकरी के केहू पूछे ना ! तीन-तीन सौ रुपैया के सारी, और साठ-साठ रुपैया के जम्फर एही देहिया पे पहिन के उतार के दान देहलीं, केतना सीटी परे हमरा पे...।"

"सीटी ?"

"तब का ! वह गुमान में ऐंठ गया फिर उदासी में धीरे-धीरे घुलने लगा, "अब का ? अब तो टूटल बाँह ले के परल हईं। अई दुनिया तब फोरा रहल, अब नासूर हो गेल, देखते-देखते सरल जात है। अन्हेर है हर तरफ। दू गो पइसा न रहे, तो के पूछे केकरा ?"

"अच्छा, अब तुम जाओ।"

"एक गो बात पूछीं...बड़का सरकस तो टूट गेल...अब का विचार है ?—संकोच के बात नयँ है, हम जुगार करियै ?"

"क्या जुगाड़ करोगे ?"

"यही कौनो मरद-वरद, चाहे कौनो नाच-नौटंकी।"

"दोनों की बानगी तो तूने दे ही दी...अब तू जा...।"

वह उठकर खड़ा हो गया। बोला, "परसों हमर नाच होइत, दहीवाली गुजरिया बनब—आयब दुनो सखी देखे।"

और वह कलात्मक ढंग से पैडल मारते हुए अपने प्रचार के रूप में कोई गीत टेरता चला गया।

सुगिया इतने वर्षों बाद भी न हिन्दी सीख पाया था, न व्यवस्थित जीवन ही अपना पाया था। इस पर तुर्रा यह कि वह न केवल सन्तुष्ट था बल्कि नाज़ भी करता था अपने पर। और जीवों पर हम कितने चाव से सोचते हैं, मगर अपने इर्द-गिर्द खंडित इंसानी नस्लों के बारे में सोचने का हमें अवकाश कहाँ ? आदमी गाय-बकरी को नहीं छोड़ता तो इंसान की तो बात ही क्या ? थ्रील पैदा करने के नाम पर आदमी को बेवकूफ बनाते ये मजमे और इन पर टूटता दर्शकों का पारावार। अपनी विकृतियों के शमन के लिए इंसान को नोचता-खसोटता—हूणों का वंशज !—कोई न कोई ड्राक्यूला इनके अन्दर छुपा है ! सच, दुनिया बद से बदतर हुई जा रही है दिन-दिन !

उसे लगा हज़ारों पँजे उसकी ओर बढ़े चले आ रहे हैं। साड़ी फाड़ दी, ब्लाउज नोच लिए, ब्रेशरी और पेटीकोट साँप के फन और केंचुल की तरह हिल रहे हैं अलग-अलग और...लुटी-ठगी-सी वह सन्धू दी के सामने खड़ी थी, "दीदी, कोई रास्ता बताओ, मेरे लिए। मैं शून्य में लटक रही हूँ आस्थाहीनता के...गाँव लौट नहीं सकती, सर्कस दोबारा ज्वाइन नहीं कर सकती, नाटक और दूसरे अनुभव दोबारा नहीं ले सकती, कोई और हुनर भी नहीं आता, कोई डिग्री भी नहीं...मेरा क्या होगा दीदी...?"

"तेरे तन में बड़ा आकर्षण रहा करता था न आर्ट के लिए। आर्ट, ग्लैमर और स्टंट के गलियारों से कम-से-कम एक्सपीरिएन्स तो बटोर लाई है तू। चल उठ कहीं रेस्टोरेन्ट में खाते हैं और चुपचाप सो जाते हैं। कल एक जन्तु से मिलवाती हूँ तुझे।"

"कौन है ?"

"यह सब मत पूछो अभी से।"

रास्ते में एक बार फिर वही अनिश्चय उसके होंठों से फिसल पड़ा, "मेरा क्या होगा ?"

"फिर वही ! मौत का एक दिन मुअय्यन है, नींद क्यूँ रात-भर नहीं आती ?...सोच लेंगे, काफी ज़िन्दगी पड़ी हुई है और फिर आज ही तेरे साथ बलात्कार नहीं हुआ जा रहा।"

एक पल को लगा नासिरा आ गई है। उसने उन्हें मारने की बनावटी मुद्रा दिखाई। मिस सन्धू बचने के लिए भाग चलीं।

खाना खाने के बाद अपने लिए पान लगवाते हुए उन्होंने उसकी आँखों में ढिठाई से घूरा, "शादी करोगी ?"

"शादी...?" संकोच पर हँसी की परत चढ़ गई, "मुझ अनपढ़-गँवार से कौन भलामानुस करेगा शादी ?"

"हाय राम ! उसमें पढ़ना-लिखना क्या ? जो कानी में, वो रानी में ! वहाँ पढ़ी-लिखी को भी वही करना है, गैर-पढ़ी-लिखी को भी वही और मेरी कंचन-कामिनी, सुहागरात को तो सारी पढ़ाई भूल जाती है, याद रह जाते हैं सिर्फ स्वर वर्ण, वावेल्स...अ ! आ ! इ ! ई ! उ ! ऊ ! ए ! ऐ ! ओ ! औ !...अं ! अः !"

वह इस ढंग से बोलती गईं कि हँसते-हँसते बेहाल हो उठी वह। कान में उस समय उन्होंने बाघिनी की मैटिंग की बात कही थी और उसके पोर-पोर में उन्माद भर उठा था। सर्कस का ही बिम्ब ! क्या खूब !

ज़िन्दगी के तनावों-भरे सर्कस में उनका जोकर्स रिफ्रेशल ! वह नहीं मिलता तो अब तक टूट चुकी होती वह !

दूसरे दिन काफी गम्भीरता से उन्होंने समझाया था, "देख, जब बदन टूटने लगे तो चुपचाप शादी कर लेनी चाहिए। आखिर तनाव-भरे खेलों से हमें भी तो चेंज चाहिए।"

"आप क्यों नहीं कर लेतीं ?"

"मैं ?" उन्होंने उसे निरीह की तरह घूरा फिर हँसकर टाल गईं। कहतीं तो क्या कहतीं ? शीर्ष पर पहुँचे आदमी की नियति में बस एक चीज़ रह जाती है ढलना। इस तरह टूट-टूटकर मिटने से अच्छा है, मंच से ही गायब हो जाना। जिन लोगों ने उसका वह रूप देखा है, वही कल को मुँह बिचकाएँगे। हर खिलाड़ी यही करता है। उसे भी व्यावहारिकता के लिहाज से यही करना है। सन्धू दी काफी कुछ समझाती रही थीं।

और वह जन्तु ! मिस सन्धू घाट पर पहुँचाकर किनारा करने लगीं, "टोको नहीं मुझे। अभिसार को जा रही हूँ। सुन लिया ? एक मुर्गा आनेवाला है दिल्ली से।"

वह बेडौल कमरा ! अपरिचित युवक का सान्निध्य ! ऐसे माहौल में अकेला छोड़ जाने के लिए वह मिस सन्धू को मन-ही-मन गालियाँ दे रही थी।

"बैठिए, बैठिए !" रंग और पेन्ट पुते हाथ, रंग और पेन्ट पुते कपड़े से, पेन्ट पुते स्टूल को साफ कर रहे थे रगड़-रगड़कर। कोशिश नाकाम हो रही थी। उसने उसकी बेबसी पर कहा, "रहने दीजिए।"

"बैठिए, यहाँ तो कायदे का एक स्टूल भी नहीं।"

"आप...?"

"इस नाचीज़ को विकास कहते हैं—विकास यानी बकवास ! पेन्टर हूँ समान्य-सा ! पहले माइकेल एन्जेलो और पिकासो बनने के सपने देखे थे। कभी, अभी तो यह कबाड़खाना ही माबदौलत की दौलत है।" विकास कहते हुए अपनी जेबें टटोलता रहा। कुछ खुदरे पैसे निकाले, काँच का गिलास उठाया और 'अभी आया' कहकर बाहर चला गया। वह यांद करने लगी, कहाँ सुना है यह नाम...। हारकर उसने मूर्तियों और पेन्टिंगों को देखना शुरू किया। कुछ न्यूड्स भी थे, जिन्हें देखते हुए सांस्कारिक लड़की की तरह संकोच होने लगा, 'कहीं कोई देख न रहा हो।'

विकास गिलास में चाय लेकर आ गया था और अब कप ढूँढ़ने का प्रयास जारी था। कबाड़खाने में ढूँढ़-ढाँढ़कर उसने जो भी चार-छह कप निकाले सब में कोई न कोई रंग या पेन्ट सूखा हुआ था। टूटे हैंडलवाले एक कप को धो-धाकर बड़ी मुश्किल से उसने ठीक किया। गिलास उसे थमाकर कप में चाय खुद ली। चाय ठंडी हो चुकी थी, महज कसम तोड़ी गई पीकर जैसे।

"तो आप गन्दी मूर्तियाँ बनाते हैं न ?"

विकास झेंप गया, "अरे, वह सब क्यों देखने लगीं आप ?"

"मिस सन्धू नहीं आईं अभी तक ?" उसकी बात का बिना उत्तर दिए उसने पूछा।

"आपको मुझसे डर लग रहा है न ?"

"नहीं, नहीं, डर काहे का ?"

"आदमी चीज़ ही ऐसी है। बनैले जानवरों के बीच काम करते हुए जिसे डर नहीं लगता, वही एक मरियल आदमी से डर जाता है।"

चौंक उठी वह, "गोया कि मिस सन्धू ने मेरे बारे में आपको सब कुछ बता दिया है।"

"आज से नहीं, पिछले दस सालों से जानता हूँ।"

"वो कैसे ?"

"आइए मेरे साथ !' यह कहकर विकास ने आगे बढ़कर एक बड़ी पेंटिंग हटा दी। आश्चर्य, वह एक दरवाज़ा था। कंदील जलाकर उसने उसके हाथों में पकड़ा दिया, "इस तहखाने में एक खजाना है—तिलिस्मी। आइए...!"

वह झिझकी।

"क्या सूँघ रही हैं, कमरे की बासी, भारी हवा की बू या मेरा इरादा...!"

"दोनों ही !" इस बार वह हँस पड़ी थी।

"लीजिए, मैं बाहर चला जाता हूँ।"

"नहीं, आप कंदील लेकर आगे बढ़िए। मैं यहीं से देख रही हूँ।"

"यहाँ से क्या दिखेगा ? खैर, जैसी आपकी मर्ज़ी...!"

आगे बढ़कर उसने मूर्तियों पर पड़े आवरण को हटाना शुरू किया। वह निर्जन कमरा बुतों से भर गया—अरे...यह तो वही है, वह भी वही और वह...? वह भी। सर्कस की पुरानी सुजाता, गीता, कामिनी, सब ज़िन्दा हैं यहाँ। आखिर में उसने एक बोर्ड पर से परदा उठाया तो ललित तिलक वाली कामिनी वहाँ साकार नज़र आई।

विकास ने बताया, "यह बोर्ड ऑर्डर पर था। मालिक नहीं ले गया, बाकी मूर्तियाँ मेरी हैं।"

थोड़ी देर तक अतीत के आइने में विस्मय-विमुग्ध झाँकती रही खुद को, फिर धीरे-धीरे चुपचाप निकल आई वह।

विकास ने पेंटिंग को फिर दरवाज़े पर लगाकर रहस्यलोक का पट बन्द कर दिया और एक रजिस्टर उसके हाथों में थमा गया।

उसने पन्ने पलटे, वी.आई.पी. के रिमार्क्स थे उन पर। उसने रजिस्टर पर डॉट पेन से लिख दिया, "शर्म नहीं आती ?"

"मिस सन्धू कहीं गई-वई नहीं थीं। अपने काउन्टर पर वस्त्रों की बानगी बखानने में अपनी तराशी गई भाषा की नुमाइश कर रही थीं। उसे देखते ही चहक उठीं, "आ गई ?"

"समझ में नहीं आता, कौन-सी गाली दूँ !"

"नेकी की बदी ही तो मिलती है।"

"वह कौन है ?"

"यह सब अगर मुझी से पूछना था, तो वहाँ क्या घास चरने गई थी ?...ओह, वह सब, कैसा लगा ?"

"बिल्कुल वाहियात, साँवले मुँह पर चेचक के दाग, कबाड़खाने में धूनी रमाए एक घमंडी आदमी !"

"घमंड करने लायक कुछ है, तभी तो करता है।"

उससे कोई उत्तर नहीं बन पड़ा, वह महज विश्लेषण करती रही विकास का।

और वह रात ! कभी भूल सकती है उस रात को ? वह दुनिया में अजूबे ढूँढ़ती फिरती है और उसके इतने करीब थी वह। सन्धू दी ने कहा था, "आज तुझसे एक महाभारत कालीन पात्र का परिचय कराऊँगी।" वे उस वक्त काउन्टर पर अपने नाम आए एक फटे खत को पढ़ रही थीं। चेहरा तनिक तना हुआ था।

शाम को जब लौटीं तो लगा कहीं से कुछ झगड़-झुगड़कर आई थीं। खाना तक नहीं छुआ उन्होंने। सिर्फ शैम्पेन की जाम बनाकर बैठ गईं। वे अकेले ही आई थीं, उसका अनुमान था, किसी को लिवाते आएँगी—शायद अपने महाभारतकालीन पात्र को। मगर वे तो अपना सूटकेस उलट-पलट रही थीं। उसे खीझ हुई, कैसी सनकी औरत से पाला पड़ गया है। एक पुराना-सा लिफाफा निकाला और सूटकेस रखकर उसे इशारे से अपने पास बुलाया, "कहा था न एक महाभारतकालीन पात्र से मिलवाऊँगी, ले देख !" यह कहकर उन्होंने एक पुराने धूमिल फोटो को उसके सामने फेंक दिया। एक मामूली औरत का चित्र था।

"आज ही खत आया है कि यह औरत गुज़र गई। तू तो इस नाटक कम्पनी से मुक्त हो गई, लेकिन इसके जैसे लोग...? इनकी तो नियति ही है नाटक। पोर-पोर, मज्जे-मज्जे में रचा-बसा !"

उठकर सिगरेट सुलगा ली उन्होंने, वैसे तो अक्सर वे पान खातीं थीं, आज कुछ ज्यादा ही तल्खी की तलब हो रही थी जैसे। बोलीं "...हालाँकि नाटक करते-करते कभी तो अपने चेहरे के रंग-रोगन धोकर विग और लबादे-वबादे फेंककर ग्रीन रूम में पंखे के नीचे नाइटी पहनकर चुपचाप निढाल हो जाने का जी चाहता है...सबसे दूर, सबसे अलग ! मरे हुए लोगों की खाल के नीचे अपने वर्षों के उपेक्षित जिस्म के दागों की दुनिया में, अपनी घुटी-घुटी टीसों के बीच...!"

"इस तस्वीर में तू नहीं देख पाएगी, लेकिन मैं खत पढ़ते ही विगलित हो गई। आँसू की एक तेज़ाबी बूँद ढुलककर धूल में मिल जाती है लेकिन अन्तःस्रावी आँसुओं का हाल कौन जानता है, जिसकी तासीर मात्र से स्नायुतन्त्र में मूर्च्छना छा जाती है। विस्मृति की परतों में सुराख बनता जाता है। उस सुरंग की अँधेरी फँफूदी लगी सीढ़ियों से उतरते-उतरते मैं खुद को वहाँ पा रही हूँ, जहाँ अँधेरे के कैनवस पर एक बच्ची खड़ी है—सात साल की। मैंने उसे देखा नहीं है लेकिन उसे पहचानने में कोई दुविधा नहीं होती...। अँधेरे में डूबा है चेहरा, महज चमकते भूरे बाल ही शिनाख्त देते हैं उसके वजूद का !"

"नया फ्रॉक और चप्पल पहनाकर माँ उसे उस अपरिचित गोरे-सलोने युवक की उँगली पकड़ाकर नोटों को एक बार फिर से गिनकर आश्वस्त हो लेती हैं—कम तो नहीं हैं ! उस वक्त उस अबोध बच्ची को कयास भी नहीं होता, कितना बड़ा नाटक खेलने जा रही है। और वह सलोना युवक...वे फिर से लिफाफे के अन्दर के चित्रों को उलटने-पलटने लगती है..."यह रहा ! चित्र बाद का है, इसकी मूँछों को उखाड़ दो, बालों को काली पेन्सिल से रंग दो, झुर्रियों को रबर से मिटा दो तो यह शख्स अपनी उस

हालत में आ जाएगा।...और उस बच्ची को रबर की तरह खींचकर जबरन लम्बा कर दो, गुड़िया की तरह पम्प कर दो तो उसके जिस्म की छुपी तमाम खूबियाँ चाबुक की सटकार पर भड़क उठेंगी, बाकी कमी को चटख कपड़े, लाली, काली पाउडर से भर दो, पूरी हो जाएगी चित्र की तरह। फिर भी मुर्दा है न...तो चाभी दे दो। अब यह जबरन जवान बनी शान्ता का अभिनय करने लगेगी। तुम्हारे जैसे बड़े जिम्नास्ट की सारी हरकतें ! सारे करतब इससे कराए जा सकते हैं। चाभी खत्म हुई कि बुत बन गई। बेजान मांस का लोंदा !''

''हाँ, कामिनी, वह खुद ही मंच, खुद ही नायिका, खुद ही खलनायिका, खुद ही बुकिंग काउन्टर बना दी गई। यह सब धीरे-धीरे हुआ था, वैसे सापेक्ष दृष्टि से देखें तो बहुत जल्दी-जल्दी हुआ।'' सन्धू दी भूल गईं कि किसी की दास्तान बता रही हैं, खुद डूब ही गईं नायिका में, ''हाँ, यवनिका की डोर दूसरे के हाथ थी। अभावों में पली बच्ची को पहली बार जीभ का स्वाद मिला, साँसों को गन्ध और होंठों को गुनगुनाहट मिली। खिला-पिलाकर बकरे की तरह मोटा किया जाता रहा उसे...तब से कितना पानी बह गया सर से...। विस्मृति की इतनी धूल है कि कदमों के निशान तक नहीं मिलते। जब लोग सम्बन्धों की बातें करते हैं तो मुझे आश्चर्य होता है। क्या सम्बन्ध था मेरे माता-पिता से मेरा ? क्या सम्बन्ध रहा इनसे मेरा ? बच्चे के उन सम्बन्धों की व्याख्या क्या है ? समाज में क्या संगति है हमारी ?'' आरोह पर चढ़ाकर बातों को धीमे-धीमे ढील देने लगीं वे, ''पहली सनसनीखेज़ रात...दो दिन से आना-जाना, स्वागत-सत्कार हो रहा था, सरदार जी का...उस रात एकादशी को जबरन खींचकर षोडशी बना दिया गया। तुम लोग सोच नहीं सकते उस दृश्य को, मैं बाज़ी लगा सकती हूँ, कोई भी नाटक ऐसा सिक्वेंस क्रिएट नहीं कर सकता। उनका पुचकारना, मलाई खिलाते हुए देह सहलाना, भागने पर पकड़ने के लिए दौड़ना, गालों पर दाँतों के दाग देकर मुँह से अजीब-अजीब-सी सिसकारियाँ भरना ! मेरी सिसकी मलाई के प्याले में घुल रही थी, वे बाप की तरह गोद में लेकर पुचकार रहे थे, तभी प्रकट हुए जिन्न की तरह सरदार जी—दर्द से छटपटाती, शान्ता की वह पहली मौत थी। दो महीनों तक नर्स टाँके-वाँके मरहम-पट्‌टी सम्भालती रही। रह-रहकर डर जाती सरदार की आकृति से जो कभी दीवारों, कभी दरवाज़ों, कभी खिड़की और कभी छत से लटक रही होती। जो भी मुझसे प्रेम से बोलता, मैं चीखने लगती।''

''इन सम्बन्धों को तुम लोग क्या कहोगी ? ईश्वर न करे ऐसी भूमिका दूसरे को करनी पड़े। वेश्याओं की भी इच्छा-अनिच्छा होती है, मगर उसकी...? कुन्ती चार-चार की भोग्या बनकर रही और पाँचवाँ जिसे उसका पति होना था, वह रोगी और नपुंसक निकला, मैं उससे भी एक कदम आगे हूँ—छह बेटे, एक बेटी है मेरी। खानदान यहाँ भी पांडु के नाम से ही चलेगा...। रोगी, नाकाम पांडु !''

कभी-कभी उसकी इच्छा होती है, चौराहे पर गला फाड़कर चीख उठे, लेकिन वह उतनी बोल्ड नहीं। खीझ उतारने के लिए बस एक आदमी मिलता है—सस्ती किताबों

में खोया वह लेबेलवाला पति। इच्छा होती है नोच ले चेहरा नपुंसक का, पूछे, "क्यों कुतिया बना दिया तुमने ?" उस हिंसक प्रतिक्रिया में जाने क्या-क्या सोच जाती हूँ...कहीं द्रौपदी को अपनी पाँच सन्तानों के हवाले करनेवाली कुन्ती के पीछे यही प्रतिशोध की प्रतिक्रिया तो काम नहीं कर रही थी ! कुन्ती या द्रौपदी तो रानी थी, बहुभोग्या होकर भी प्रातः स्मरणीया पंचकन्याओं में शुमार कर ली गईं। लेकिन वह ? बच्चे भी जैसे-जैसे इस राज़ को जानने लगे हैं, उसके प्रति घृणा छिड़कने लगे हैं। रमेश, अमित, किरण, चन्द्रकान्त, सज्जू, मुड्डू और टिंकू–जब अपनी सन्तानों को देखती हूँ तो चेहरे पारदर्शी हो उठते हैं–शिवनारायण पांडेय, विमला कान्त तिवारी, कवि गिरीश जी, सन्तलाल सिंह, राधिका रमण, वीरेश्वर सिंह और मंटू–पहले के कुछ उनके लाए हुए, बाद के बाकी उसके। लेबेलधारी पति से किसी भी सन्तान का चेहरा नहीं मिलता। एक बेटी किरण को छोड़कर कोई भी माँ तक कहते हुए शरमाता है उसको।"

शान्ता जी अपनी कहानी कहकर शायद फिर से चित्र में समा गई थीं और सन्धू दी लौट आई थीं। गिलास की बाकी शराब एक साथ ही गटागट पीकर बोलीं, "और वह किरण आज तुम्हारे सामने है।" निहायत बेलौस, मुर्दार आवाज़। नमी का एक कतरा तक नहीं। उसके सामने सन्धू दी भक से जलकर राख हो गईं और एक लाचार माँ की बेटी किरण दी सिसक रही थीं। वह क्या करे, कुछ समझ न पाई।

थोड़ी शान्त होने पर उन्होंने बताया, "गिरीश जी के कारण मैं ग्रेजुएशन कर सकी, उन्हीं के जिन्स की शायद देन है यह भाषा और यह विश्लेषण मिश्रित भावुकता। शादी बीर बहादुर सन्धू से हुई। व्यापारी था। निभ नहीं पाई, तोड़ दी। तब से सेल्सगर्ल और माँ तथा छोटे-छोटे भाइयों की परवरिश। एक स्वतन्त्र जीवन, फुटपाथ या स्टेशन पर चित्त पड़े-पड़े सो लिया तो कोई फर्क नहीं। पुरुष ढूँढ़ने में कभी भाई भी मिल जाए तो परहेज नहीं। अब तो आस्था का वह माँ का सम्बल भी टूट चुका है। भाई अपने-अपने ढंग पर जी ही लेंगे, मुझे नहीं ही पहचानें तो अच्छा।" सन्धू दी ने उस रात उसके विश्वासों, तर्कों को पूरी तरह हिला दिया। वह शून्य के हवाले हो गई।

और वह जन्तु प्रकरण का दूसरा चरण ! किधर मोड़ खा रही थी ज़िन्दगी !

मेले के समाप्त होने के दो दिन पहले मिस सन्धू ने उससे कहा, "चल आज यहाँ के पार्क में चलकर बैठते हैं।" वह शाम को घर से निकली तो वे काउन्टर पर नहीं मिलीं। उनके संधान के लिए अन्य स्टॉलों की ताक-झाँक कर रही थी कि उनकी आवाज़ सुनाई पड़ी, "काहे को चूतिया बना रहे हो तिवारी जी ?" पलटकर देखा तो मिस सन्धू ही थीं। लेबर सुपरिंटेंडेन्ट तिवारी जी टाई-सूट लगाए खैनी दबाए मोटे होंठों से बेहयाई से हँसे जा रहे थे।

"यह देखिए, आपसे डेढ़ घंटे तक डेढ़ हाथ का फासला हमने मेन्टेन कर रखा। अब दूसरी चिड़िया नहीं फँसी तो लगे चारा डालने मुझ पर...?"

"टिकट बेकार चला जाएगा।"

"अपनी तिउराइन को क्यों नहीं लिवा जाते जिनको आपने सावित्री बना छोड़ा है। कहीं आप ही की तरह कोई वहाँ भी लाइन न मार रहा हो।"

"कितनी मुश्किल से टिकट जुगाड़ किया प्रीमियर शो का।"

"हर जगह मुँह मारने की आदत पड़ गई है। फोकट का टिकट, फोकट की लड़की।"

"चलो न प्लीज़ !" प्लीज़ के उच्चारण से खैनी खिसक गई। आगे बोलने के पूर्व थूक सहेजने लगे। हँस पड़ीं सन्धू दी। आँखें नचाकर बोलीं, "चलूँ ? बिछा रखी है फूलों की सेज ?"

"तुम तो...।" वे हाथ पकड़ने पर आमादा हो गए थे भरी सड़क पर।

"नमस्ते, कल मिलेंगे काउन्टर पर।" कहकर कन्नी काटकर चल पड़ी मिस सन्धू। देखकर भी अनदेखा कर रही थी वह कि उन्होंने उसका हाथ पकड़ा, "क्या देख रही थी, मेरी सड़क-छाप मुहब्बत ?"

"क्या मैं गलत वक्त पर आ गई ?"

"ना तो ! अरे उस साले से पिंड छुड़ाना था, मैंने बहुतों को पार लगाया है, लेकिन तुझसे एनकाउन्टर कराना नहीं चाहती थी। तेरे पीछे पड़ जाता, और मेरी तो छुट्‌टी ही हो जाती।"

"आप गालियाँ भी देती हैं मर्दानी ?"

"जब मर्दों का सब कुछ अपना लिया तो गालियाँ किसके लिए छोड़ दूँ ?"

"अगर आज का प्रोग्राम तय न होता तो चली जातीं ?"

"शायद !...भई देख, हमें प्राथमिकताएँ तय करनी होती हैं दायित्वों की भीड़ में। आई मीन, सॉर्टिंग आउट...और मेरा अजीज-वजीज कोई नहीं, बस समीकरण है। वे अपने दाँव पर, मैं अपने पर ! जो कमज़ोर पड़ा, शिकार हो गया दूसरे का !"

लहलहाते हुए नए किसलय देवदार के। चुपचाप जाकर लेट गई थीं सन्धू दी। शायद जुदाई का गम साल रहा था उन्हें। अगले सप्ताह मेला उखड़ जाएगा फिर कौन कहाँ और कौन कहाँ ? ज़िन्दगी के मध्याह्न में आकर आज वह देख रही थीं दूर-दूर तक चिलचिलाते वनप्रान्तर को। दीदी बिना कोई राह सुझाए अलविदा बोलकर चल देंगी पल्लू छुड़ाकर, फिर किस दिशा में आगे बढ़ेगी वह ? फिर वही सर्कस की सर्चलाइट, फिर वही नाटक की यवनिका का खुलना-सिमटना या फिर उसी इन्द्रजाल का सम्मोहन। न...न...नहीं।

फिर क्या ? इस प्रश्न से बचने के लिए उसने बात शुरू की, "दीदी, आज एकाएक पार्क में क्यों ले आईं मुझे ?"

"पार्क में क्यों आते हैं लोग ?"

"मुहब्बत करने...।"

लेटे-लेटे ही वे उसकी ओर उन्मुख हुईं, "जहाँ नन्हे-नन्हे आब के कतरे उलीचता हुआ चश्मा दिलदार की गजल गुनगुना रहा हो, गुलाबी आफताब एक ओर से और

सुनहरा माहताब दूसरी ओर से फोकस की बीम फेंक रहे हों—लाल, पीली, गुलाबी, बैंगनी नूर की बीम लहरा-लहराकर बहार का परचम गुलों, पत्तों में पुरअसरार इशारा कर रहा हो—दिलदार के दीदार के लिए इससे मुफीद जगह क्या होगी ?...''

मिस सन्धू की काव्य-प्रतिभा अभी जाने कितने गुल खिलाती कि सामने आ खड़ा हुआ विकास।

''कबाब में हड्डी कहाँ से आ गई ?'' सन्धू दी ने लहजा बदलकर पूछा।

कोर्निश करते हुए विकास ने उसी लहजे में उत्तर दिया, ''खाकसार को महफिल में तशरीफ का टोकरा रखने की इजाज़त देंगी ?'' और उसने तशरीफ का टोकरा रख भी दिया उनकी बगल में।

उसे अब समझने में कोई भूल नहीं हुई कि यह सारा कुछ सन्धू दी का पूर्व नियोजित षड्यन्त्र था। इससे पूर्व कि वह अपनी कुढ़न व्यक्त करती, उनके तफसरे का टेप दोबारा चल चुका था, ''...तो लुब्बो लुबाब कुल जमा किस्सा यह कि सुन्दर गढ़ की शाहज़ादी के जलवे की एक झलक एक बार फनकार ने देखा, एक जलजला उठा और दो बदन प्यार की आग में जल गए एक चमेली के मँड़वे तले...। फनकार संगतराश था, उसने अपनी महबूबा का जिस-जिस अदा में दीदार किया, हूबहू उसका हमशक्ल बुत तराशता चला गया। बादशाह ने देखा और उसे दीवार में चुन देने का हुक्म दिया। फनकार भागता गया, भागता गया, जगह-जगह बुत तराशते हुए, दरख्तों, गुफाओं के लबादे में अपने नायाब फन को छुपाते हुए। राह में जहाँ-जहाँ गया, सरसों बिखेरता गया। सरसों अँखुआई, जवान हुई और फूल-फूलकर महकने लगी मुहब्बत ! और जनाब इधर का हाल सुनिए, इसी बीच बादशाहत खाक हो गई, खुदा के फ़ज़ल से, शाहज़ादी फूल-फूल की उँगली पकड़कर जा पहुँची उस देश में जहाँ संगतराश ने अपने तसव्वुर की हज़ारों शाहज़ादियाँ खड़ी कर रखी थीं। शाहज़ादी संगतराश के झोंपड़े में दाखिल हुई तो हैरत में पड़ गई। वहाँ उसकी कच्ची उम्र से आज तक की उम्र के सभी पायदानों की रंगत एक-एक बुत में सँजोई हुई थी। ऊपर-ऊपर से उसने यूँ कहा, 'बिला इजाज़त के यह गुस्ताखी करने की हिम्मत कैसे हुई तेरी संगतराश ?' लेकिन अन्दर ही अन्दर मुहब्बत के कचनार खिल रहे थे, जिसकी सुर्खी गालों पर, पँखुरियाँ आँखों में और खुशबू साँसों में मचल रही थी। फ़नकार क्या कहता, सिर झुकाए खड़ा रहा। शहज़ादी कशमकश में चीख उठी, 'सुन ओ बेहया, तुझे हया तक नहीं ?' इधर सरसों के फूल उसकी साँसों में महक रहे थे। शहजादी कशमकश में लौट रही थी कि संगतराश बावरा बनकर चीख उठा, '...कामिनी ! कामिनी !' ''

''हाय मरी मैं ! यह मुई कामिनी कहाँ से आ टपकी अफसाने में ?''

तीनों हँसते-हँसते गिर पड़े। विकास कुछ अधिक ही झेंप रहा था। बोला, ''आपके अफसाने में गैप है। उस हवा का तो जिक्र ही नहीं, जिसने वह खुशबू वहाँ से यहाँ तक फैलाई।''

''अमाँ, आम खाओ, आम। पेड़ गिनकर क्या करोगे ?''

हँसी का दौरा फिर पड़ा। प्रकृतस्थ होने पर वे उठ खड़ी हुईं, ''लिच्चर देते-देते गला खुश्क हो गया। मैं ज़रा ठंडा-वंडा तलाशूँ।''

''रुकिए, मैं देखता हूँ।'' विकास उठ खड़ा हुआ तो मिस सन्धू ने रोक दिया, ''इस मर्ज़ की दवा मैं हूँ, आप नहीं। सेल्सगर्ल हूँ, सेल्स गर्ल !'' और वे कोकोकोला तलाशने के बहाने आगे बढ़ गईं।

घास की फुनगियों को सहलाते हुए सिर झुकाए हुए उसने पूछा, ''आपने मुझे कब देखा था पहले ?''

''सर्कस के वे बोर्ड मैंने ही बनाए थे।''

''और बाद के भी ?''

''जी !''

''लेकिन हमारी पार्टियाँ तो घूमती रहती थीं दर-दर !''

''मैं कोशिश करके सिर्फ आपकी एक झलक पाने, यहाँ-वहाँ बोर्ड बनाने के लिए भटका करता। अदाएँ कैमरे में बन्द करता फिर अपने कबाड़खाने में डेवेलप करता फिर...।''

''इस तरह इश्क डेवेलप हुआ ?'' सिर झुकाए बुदबुदाई वह।

''जो कह लीजिए !'' उसकी आँखें चमक रही थीं।

''सामने क्यों नहीं आए कभी ?'' उसने तिरछी निगाहों से देखते हुए पूछा।

''बड़ा नाजुक सवाल है। कहाँ आप जैसी सेलीब्रेटी आर्टिस्ट, कहाँ मैं एक मामूली-सा मूर्तिकार ! आपको पाने का मैंने एक आसान-सा रास्ता ढूँढ़ निकाला—मूर्ति गढ़कर !''

''हूँ ! यानी कि काफी दिनों से पीछे पड़े हैं मेरी जान के !''

शर्म से गड़ा जा रहा था विकास ! खुशी से उड़ा जा रहा था विकास ! शर्म और खुशी के बीच किसी मुकाम पर पतंगे की तरह उलटा फँसा फड़फड़ा रहा था विकास ! उसने तिरछी नज़रों से तौला उसके अटपटेपन को, ''डैम दिस आर्ट ऐंट लिटरेचर ! बड़ा आसान होता है न हाथ से अपनी चहेती के अंग-अंग को छूना, जैसा मन चाहे मोड़ना...वैसे; हिम्मत इत्ती भी नहीं कि परदे के बाहर ही आ जाओ। और पकड़ लो हाथ...''

दूर से ही ऊँची आवाज़ में ठंडा-गर्म न मिलने का फतवा जारी करती आईं सन्धू दी।

''चलिए अपने कबाड़खाने की चाय पिलाता हूँ आप सबको।''

नशा उस पर तारी था और गुनगुना रही थीं सन्धू दी।

ताला खोलकर विकास प्यालियाँ ढूँढ़ने लगा तो सन्धू दी ने कहा, ''तुम्हारी प्यालियों का रंग तुम्हें मुबारक, हमें चाय पीनी है, रंग नहीं। फिर यहाँ तुम्हारे बुतों के पसीने की बू से मेरी नाक फटी जा रही है।''

''हुँह ! बेजान बुत !'' उसने कहा तो जैसे विकास इसी सवाल का इन्तज़ार कर

रहा था, बोला, "आप चाहें तो इन बुतों में जान डाल सकता हूँ।"

"तो फिर देर काहे की ?"

"जिस जादू-मन्त्र से ये बुत जाग उठेंगे, उसी की सिद्धि की तो साधना कर रहा हूँ। न्यूड बनाकर, बोर्ड बनाकर पैसे जोड़ रहा हूँ। एलेक्ट्रिकल और मेकैनिकल उपकरणों के लिए काफी पैसे चाहिए। कुदरत की यह अनुपम कृति जो केवल मेरी नज़र में है, चाहता हूँ औरों की नज़र तक पहुँचे।"

"ताकि देखनेवाले कह उठें, वल्लाह, क्या चीज़ देखी है।" मिस सन्धू ने कहा और एक शेर जड़ दिया :

"शमा तो मोम के इक बुत के सिवा कुछ भी न थी
उसमें जब आग लगाई है तो जान आई है।"

"मरहबा, मरहबा !" कहकर चिढ़ा बैठा था विकास।

सन्धू दी ने उसके दाँव पर धोबीपाट मारा, "अमा, दरवाज़ा खोलो भी अब ! दो-दो औरतों को घर में घुसाए हुए हो। मुहल्ले में हल्ला मच जाएगा। कम-अज-कम एक को तो छोड़ दो अब। जाकर चाय का आर्डर दे आऊँ !" यह कहते हुए वे दनदनाती हुई निकल गईं।

एकान्त पाकर उसने कहा, "आपने जो मेरी मूर्तियाँ बनाई हैं, क्या वे पूरे तौर पर मुझे रिप्रेजेन्ट करती हैं ?"

"शायद नहीं !" विकास हिचकिचाया, "उसमें मेरे कला-संस्कार, व्यक्तिगत आग्रह तो आ ही गए होंगे। शायद नज़र भरकर देखा भी नहीं कभी।"

मिस सन्धू के कान में आखिरी वाक्य पड़ ही गया। मरी वह ! आते ही उन्होंने कहा, "तो अब भी क्या बिगड़ा है, देख लो !...लेकिन भई चार दिन की ही इजाज़त मिलेगी आला कमान से।"

"क्यों ?"

"मेला उखड़ रहा है। चार दिन में सौदा पटा तो पटा, वरना सामान समेटकर चल दूँगी।" और इसके बाद वे निहायत फटीचरी आवाज में बेचने लगी थी..."दिल्ली का लड्डू ! जो न खाए वह पछताए, जो खाए वह भी !"

सच, किसी फटीचरी हिन्दी फिल्म की तरह ही इश्क डेवलप हुआ था उसका ! इस फिल्मियाना अन्दाज़ में सीधे नाक की सीध में बढ़े थे दोनों। सारा विश्लेषण धरा का धरा रह गया था !

चार दिनों की मॉडलिंग। जाने कैसी-कैसी नज़रों से घूरता रहता विकास और जब मुँह फेरकर काम में लगता तो जैसे उसका अस्तित्व उसके लिए गौण हो जाता।

चौथे दिन वह उसकी अनुपस्थिति में आईने के सामने केश सँवार रही थी कि आइने में विकास का चेहरा प्रेत की तरह उभरा। शर्म से लाल हो गई वह।

"जाइए, हम नहीं आएँगे अब !" इसके पूर्व कि विकास उसे रोकता, वह धड़कता दिल लिये गुस्से में घर चली आई थी।

मेला उखड़ने के ठीक एक दिन पूर्व विकास आकर अनुनय-विनय करने लगा, "बस, एक बार चली चलिए प्लीज़, ज़रा-सा के लिए मेरा काम खराब हो जाएगा।"

वह ठसकी पड़ी हुई थी तो मिस सन्धू ने मीठी डाँट पिलाई, "पहले तो बेचारे का खाना खराब किया, अब ज़रा-सा के लिए क्यों खामखाँ उसका काम भी खराब करने पर तुली हुई है—जा !"

"आप तो बस...!" विकास कटकर रह गया था।

मूर्ति आइने के सामने थी। पीठ पीछे जा खड़ी हुई वह। ताज्जुब ! जैसे एक कामिनी को झाँकती देख शर्म से गुलनार हो आई थी प्रसाधनरत दूसरी कामिनी। ठगी-सी देखती रह गई अपने रूप, प्रतिरूप को !"

"कैसी रही ?"

"खूब !"

"तो फिर मेरा इनाम !"

"जो माँगें ?"

और इसके जवाब में विकास ने उसका हाथ पकड़ लिया। शिराओं में हल्का-सा कुछ सनसनाया, ज़ेहन में कुछ पिघलकर रेंगने लगा—वह क्या था—जैनुल की याद ? कितने-कितने हाथों के स्पर्श चस्पाँ हैं इन हाथों पर ! संवेदना मर-सी गई है। आज इन बेजान हथेलियों में उन्माद-भरी खुशबू भरने के लिए फिर से मचल आया है कोई हाथ...लेकिन क्यों सूखने-सा लगा था हलक ?

क्या हर पुरुष एक-जैसे होते हैं ? जैनुल, सरजू दा, सैंड साहब और विकास—अलग-अलग धरातलों पर रहकर भी क्या एक ही जुनून से संचालित नहीं होते ? नारी...! क्या इन सबके अधूरेपन को भरने का मात्र एक ही उपादान है—नारी ?...सन्धू दी इसे फ्रायडियन कंसेप्ट कहती हैं—हर बड़े काम के पीछे सेक्स ! अभिजीत कुछ और ही कहता है, वह परिभाषा अपरिपक्वों पर ही लागू होती है। परिपक्व व्यक्तित्व हमेशा इसका अतिक्रमण करके ही बनते हैं—जैसे भगतसिंह !

रामू दादा विकास से शादी करने के पक्ष में नहीं थे। लेकिन उसके पेट में विकास का गर्भ पल रहा था। उसे पिता और पति दोनों में से किसी एक को चुनना था। और उसने पिता की उँगली छोड़कर पति की उँगली पकड़ ली। फ्लाइंगट्रैपीज ! कोर्ट में सन्धू दी और डेविड की साक्षी में उसने वरण कर लिया विकास को। पिता ने खत लिखा, 'मेरे लिए झरना मर गई।' फिर एक रेखा मृत घोषित की गई, फिर एक रेखा का पुनर्जन्म हुआ। शादी के साथ ही विकास ने उसके लिए एक नया तोहफा दिया—'कामिनी कला भवन' ! मेला दर मेला जहाँ-जहाँ विजय सर्कस जाता कामिनी कला भवन भी बँधा चला जाता। एक सर्कस की वर्तमान ज़िन्दगी, एक विद्युत उपकरणों से चालित अतीत की चलती-फिरती स्मृतियों का समूह !

लगभग दो माह बाद एनकाउन्टर हुआ था सन्धू दी से। उन्हें जैसे ही पता चला तड़के ही धावा बोल बैठीं, "अरे पेट में इत्ती जल्दी इत्ता बड़ा खज़ाना कैसे इकट्ठा

कर लिया !...पॉलिसी मैच्योर होने में कितना वक्त है अभी ?"

"बस, आखिरी !" उसने झिझकते हुए अपने गर्भ को छुपाने की कोशिश की।

"यानी गठरी मुझे ही खोलनी पड़ेगी।"

"आपको छोड़कर मेरा है ही कौन—माँ, बहन, ननद, भाभी, सब...।"

सुनकर पहली बार नम होते हुए देखा सन्धू दी की पलकों को, "तू मुझे इतना बड़ा हक दे सकती है, देगी न ?...मुझे जबरन इस ट्रेडीशनल फैमिली की ज़िन्दगी से अलग कर दिया गया है। तेरी बात सुनी और कोंख हरी हो गई।"

और फिर आई कीर्ति। मातृत्व की अनोखी रसानुभूति। बनजारों की ज़िन्दगी में एक नई हलचल ! उस चलन्तू कला भवन के गलियारे जल्द ही उसके लिए छोटे पड़ने लगे। नौकर-चाकर कन्धे और गोद में उठाए फिरते। सुगिया उर्फ रहमान तो खोजा (हिजड़ा) लोगों की पूरी पलटन ही लेकर आया था।

उसने बाहर नज़र डाली। बादल फट गए लगते थे—इक्के-दुक्के तारे, जैसे कीर्ति की आँखें ! ढेर-से तारे जैसे उसकी हँसी ! मैनेजर उड़े पड़े बोर्ड को मज़दूरों को कन्धे से लदवाकर ला रहा था। आज इसकी यह हालत है। सुबह अगर बारिश बन्द रही तो देखा जाएगा, कुछ सलामत भी बचा है या सब शेष !

ओह, वह भी एक दिन था जब शान्ति निकेतन में स्वयं राज्यपाल कला भवन पर विस्मय-विमुग्ध होकर रह गए थे।

रोशनी की झालरों के बीच एक कृत्रिम जंगल, जंगल में एक ताड़ का पेड़। पेड़ पर ताड़ी उतारने के लिए लटकी मिट्टी की हांड़ी। आहिस्ता-आहिस्ता चढ़ रहा है एक चोर। प्रत्येक आरोहण पर एक बार इधर, एक बार उधर मुड़कर टोह लेता है, आँखें चमकती हैं, सिर की चोटी खड़ी होती है। निरापद पाकर फिर वही क्रिया। मुग्ध होकर देख रहे हैं लोग सिकुड़ते बदन और हाथ-पाँव की हरकत को। यह था बाहर का दृश्य।

अद्‌भुत ! अन्दर क्या है, बाहर को देखकर स्वतः जिज्ञासा पैदा होती है।

प्रदर्शनी की शुरुआत, अलबट्रॉस और बर्बर विषण्ण नाविक के हृदय परिवर्तन से पिघल रहे चेहरे की मसृणता। शुरुआत में हल्की रक्ताभा और बाद में धूसर चाँदनी की आलोक सज्जा, जैसे हिंसा धुल-धुलकर करुणा में ढल रही है। 'द राइम आफ एन्सियेन्ट मैरिनर' की कुछ पंक्तियाँ—"ही प्रेथ बेस्ट हू...।"

आगे बढ़ते हैं राज्यपाल ! शिथिल सोई है रूपवती डेस्डेमोना, आसन्न मृत्यु से बेखबर। उसके सुपुष्ट कमनीय गोरे अंग पारदर्शी रात्रिशयन के वस्त्रों में रजनीगन्धा की मानिन्द खिले हुए हैं। ऊपर झुका हुआ है हत्या करने पर आमादा प्रियतम आथेलो—प्यार और घृणा के अन्तर्द्वन्द्वों में उलझा-उलझा। चेहरे पर एक रंग आ रहा है, एक जा रहा है, आँखों में दहक रहे हैं अंगारे। "शेक्सपियर भी होता तो अपनी कला के इस सुन्दर सम्प्रेषण पर दाद दिए बिना नहीं रहता।" कमेन्ट करते हैं, वी.सी.।

तीसरे कक्ष में ध्वनि और प्रकाश दोनों के प्रभाव से समुद्र की लहरों और फुँफियाती आग की लपटों के शोर के बीच जलते जहाज़ की डेक पर अकेला खड़ा है कैसाबियांका। पीछे पर्दे पर समुद्र है। हाथ फैलाए बालक उस पिता की आज्ञा की बाट जोह रहा है जो निहत हो चुका है।

आगे मेले से लौटता हुआ परिवार है, घूसर गाँव के लैंडस्केप की पृष्ठभूमि में। इसके आगे सर्कस का एक दृश्य—तार पर छतरी के सहारे आ-जा रही सुन्दरी। रुकिए, ज़रा, बीच के दृश्य को तो देखते चलिए। पौ फट रही है, आहिस्ता-आहिस्ता उभर रहा है सूरज का लाल पिंड। सामने एक बड़ा डिस्क है, कमल-पत्र की तरह। उस पर कमल की बड़ी कली खिल रही है। चन्द सेकेंड्स में पूरी की पूरी खिल गई। अब उसमें बैठी भैरवी सूर्य नमस्कार करती हुई धीरे-धीरे खड़ी होती है। भैरवी के हाथ की अंजलि से फूल झर रहे हैं—पुष्पों का अर्घ्य तमिस्रा की कालिमा मेटनेवाले सूरज के लिए !

आखिर में 'आर्टिस्ट, इन सेल्फ पोज़' में दो-दो प्रतिमाएँ एक जैसी। धोती, चप्पल, चश्मा, धोती की सलवटें और उँगलियों की शिराएँ तक एक जैसी। वैसे ही हड्डियों के उभार, ललाट की एक-सी शिकन, गाल पर एक ही जगह वैसा ही चेचक का दाग।

वहीं पड़ा है विजिटर्स बुक ! राज्यपाल लिखते हैं, यूनीक ! तभी दाहिनी ओर की प्रतिमा उठ खड़ी होती है, "नमस्कार सर ! कैसा लगा ?"

राज्यपाल अवाक् रह जाते हैं, पीठ थपथपाते हैं, "हमें तुम पर गर्व है।"

उसे लगा, प्रत्येक थाप उसकी पीठ पर पड़ रही है। ऐसी कितनी उच्छ्वसित प्रशंसाओं को वह अपनी मानती आई थी ! उसे अपनी पसन्द पर नाज़ था।

तभी एक दिन आ गई पिता की मृत्यु की सूचना। विकास ने चिट्ठी पढ़ी और उसे थमा दी। सान्त्वना के कुछ शब्द अभी शायद गढ़ ही रहा था कि उसके किसी प्रशंसक का बुलावा आ गया और वे शब्द अनगढ़े ही दफन हो गए। चन्द किताबी दार्शनिकता जबरन खींचकर ले आया होंठों पर, "मृत्यु अवश्यम्भावी है। तुम्हें इस सत्य को स्वीकारने के सिया चारा ही क्या है ?"

"तुम्हें ? यानी हमें नहीं ?" उसने तल्ख होकर कहना चाहा। मगर उसे सुनने-भर का भी कहाँ धैर्य था—उसके कान तो अपनी प्रशंसा पाने को बेताब हो रहे थे।

यही है वह शख्स जिसे पति के रूप में वरण किया है उसने, जिसकी जीत को अपनी जीत, जिसकी प्रशंसा को अपनी प्रशंसा मानी है, आज उसका गम उसका गम नहीं ! किन्हीं-किन्हीं स्तरों पर हम कितने अकेले हो जाते हैं !

आँख धीरे-धीरे रिस रही थी, ज़ख़्म धीरे-धीरे खिल रहे थे। एक समय था, किसी हैरतअंगेज़ खेल पर पहली ताली पिता की बजती थी, उसी पिता के अस्तित्व के लिए वह दुश्मन होती चली गई। आज उसकी अपनी भूमिका बदल गई है, पति के लिए आज वह स्वयं क्षितिज खोलती है और पति उसके अस्तित्व का शत्रु बनता जा रहा है। स्वतन्त्र व्यक्तित्व की खोज, अपनी अस्मिता की तलाश—यही बेकली कभी पिता की रही होगी, आज खुद उसकी है। लेकिन तब न उसने पलटकर पिता की ओर देखा, और

आज न विकास पलटकर उसकी ओर देखता है। कामिनी कला भवन विकसित हो रहा था, कामिनी मुरझा रही थी।

पिता की अन्त्येष्टि में अकेले गई थी वह, निरे अवांछित तत्त्व की तरह। यह उसका अपना घर हुआ करता था कभी। आज पिता के गुज़रते ही रहा-सहा सूत्र भी टूट गया था। वहाँ गमी जैसा कोई माहौल ही न था। पत्तलों पर नंग-धड़ंग टूट रहे थे, भिखारियों जैसे गाँव के बच्चे ! खोंढराए पेड़ों-से अररा कर टूटते बूढ़े, चिथड़ों में लिपटी मटियाली औरतें--चेहरे जैसे छोड़कर वह गई थी, उससे कहीं ज़्यादा ढले हुए, निचोड़े हुए। उसकी ओर उछाली जाती हुई बिचकियाँ और भी ज़हर बुझी ! शादी जैसी गहमागहमी।

अकेले ही उपेक्षा और अवमानना का ज़हर पी रही थी वह, कहाँ था आज उसका हमराज़, हमराही ?

बस में पाँव रखने-भर की जगह नहीं थी और चर्चे चल रहे थे--उसी दिन हुए पोखरण में परमाणु विस्फोट के। सताए हुए लोगों के लिए एक स्टंट ज़रूरी था। इन तमाम पैशाचिक आह्लादों में कोई एक भी न था जो उसके दिल का दर्द पूछता।

फिर वही कला भवन ! रात को एक बजे हिसाब-किताब देखकर उसको अपनी गिरफ्त में लेते हुए अजगरनुमा हाथ। 'ना-ना' करने पर भी विकास नहीं छोड़ता, "प्लीज़ ! दिन-भर का टेन्सन है।"

एक दिन उसने झटक दिया उसे तो वह रूखी आँखों से घूरने लगा उसे, "काफी ताव आ गया, देखता हूँ।"

जवाब में वह सुबकने लगी तो थोड़ी देर तक खिसियाई नज़रों से देखता रहा। फिर कह बैठा, "बाप सबके मरते हैं, लेकिन इतना दिखावा कोई नहीं करता जैसे मुझे मालूम न हो कि...।" और वह पाँव पटकता हुआ अलग चला गया सोने !

उस अधूरी बात की डोर पकड़कर झूलने लगी थी।

"क्यों ले आए थे बापू इस सर्कस में, क्यों ?" ससुराल की दग्ध लड़की, बाप से कैफियत माँग बैठी जैसे ?

उसने देखा, वह रो रही है। वहाँ से उतरकर अनमने मन से जा बैठी बुकिंग काउन्टर में। काँच की पारदर्शी दीवार के पार शोर करती तूफानी बारिश की तरह दहशत रेंग-रेंगकर आँखों में समा रही थी। दूर-दूर के खेत समुद्र बन गए थे। मेड़ का अता-पता नहीं। अगल-बगल लंगर डाले ध्वस्त युद्धपोतों की तरह पानी में डूबे मकान और मेले के टेंट। कैसाबियांका की तरह किस पिता का संधान कर रही थी, वह तो युद्ध में कब का निहत हो चुका, किस कैसाबियांका की बात कर रही है और किस पिता की ? पिता ने तो उसे छोड़कर, चले आने को कहा था यह जलता युद्धपोत। अब रोने से क्या फायदा ?

लौट आई वह अनमने मन से। कैद हो गई उन्हीं तहखानों में...

सान्त्वना का एकमात्र सम्बल थीं सन्धू दी। उस वक्त देवघर में थीं। सीधे वहीं पहुँची। मगर वे तसल्ली क्या देतीं ? खुद ही दिशाहारा-सी भटक रही थीं उन दिनों। संयोग ही ऐसा था।

''काल के प्रभाव को कोई कैसे मेट सकता है ? फूल फल बनता है, फल बीज में अपने को सँजोकर बाकी सड़-गलकर खाद बनकर पोषित करता है नए बिरवे को। नष्ट कुछ भी नहीं होता, व्यष्टि समष्टि में विसर्जित होती है। फूलों के रंग उड़ते हैं तो तितलियों के पँखों में उतर आते हैं। संश्लेषण, सृष्टि, संहार, फिर संश्लेषण।'' यह परम वीतरागी तपस्विनी-सी सन्धू दी बता रही थीं। सदा ही चहकनेवाली बुलबुल आज शान्त थी। शायद यह भी उन्होंने उसके दर्द पर मरहम लगाने की गरज से ही कहा था।

''फिर भी अगर हमारी कोई सेपरेट आइडेंटिटी नहीं है तो ऐसे जीना किस काम का ?''

हूँ !''

''मेरी समस्या इस दाम्पत्य जीवन को लेकर है। क्या मैं अब महज खाद बनकर रह जाऊँ ?''

''विवाह हमारी शारीरिक ज़रूरत और बच्चों के भविष्य के लिए हम पर आरोपित की हुई एक अननेचुरल कंडिशनिंग है। और यही दुनिया का सबसे बड़ा झूठ भी कि एक के साथ बँधा आदमी दूसरे को नहीं चाहेगा। आदमी और मकड़ी में क्या अन्तर है—मकड़ी संभोग के बाद मकड़े का सिर चट से जुदाकर देती है, आदमी धीरे-धीरे जुदा करता है।''

''आप बहुत ज़्यादा फ्रस्ट्रेटेड हैं।''

''और तुम नहीं ?''

''फिर भी, मैं एक फ्रस्ट्रेटेड आदमी से अपना गम क्या सुनाऊँ—पहले आप ही बताएँ, क्या हुआ है ?''

सन्धू दी बोलीं नहीं, देर तक दीवारों को घूरती रहीं। वह बाहर से लौटकर आई तो आईने में खुद को घूरती हुई अजीब बदहवास नज़र आ रही थीं—''कामिनी, मुझे बूढ़ी होने से डर लग रहा है। ओह, यह कितना बड़ा अन्याय है कि एक हँसता-खेलता जवान बूढ़ा हो जाए, उसे रिटायर्ड कर दिया जाए।''

वह सन्न रह गई उनकी बात पर। कुछ देर पूर्व जो बोल रही थीं, वह अपनी इसी कचोट को फुसलाने के लिए ही। यह सारा चटखारापन अपने उसी रीतेपन को भरने की कोशिश मात्र तो नहीं ? बड़ी देर तक बुढ़ापे का मातमी अहसास उन पर हावी रहा। एक क्रूर सच का खौफ सन्नाटा भरता रहा उतरती धूप की नंगी बाँहों में, कुहरे की मानिन्द। थोड़ी देर बाद उसने पूछा, ''क्या कम्पनी ने आपको रिटायर्ड कर दिया ?''

''मेरी जगह पर एक नई छोकरी ले आए हैं...बट आई विल नॉट गीव इन ! इफ दे किक मी, आई विल किक देम बैक !''

बात खत्म हो गई। जीवन के अपराह्न में दो सुन्दरियाँ एक-दूसरे की उड़ती रंगत

को दया से परख रही थीं। एक में भी यह कुव्वत नहीं थी कि दूसरी को सँभाल ले।

कीर्ति को हॉस्टल में छोड़कर वे जब जसीडीह के वेटिंग रूम में बैठी ट्रेन का इन्तज़ार कर रही थीं तो पार्क की झरी पत्तियों का धुआँ उनके अन्दर रेंग रहा था।

"अब आप जाएँगी कहाँ दीदी ?"

"मैं ? मैं तो गई ! सारी ज़िन्दगी मैं अपने ढंग से पुरुषों के एकाधिकारवाद के खिलाफ लड़ती रही, जमकर लड़ी। जो मेरी सबसे बड़ी कमज़ोरी थी, उसी को सबसे बड़ा औजार बनाकर लड़ी, एक-एक कर सबको चित किया।" वे पहलवान की तरह अपनी जाँघों पर ताल देते हुए बोल रही थीं।

उसे उनकी यह डींग अच्छी नहीं लग रही थी, "चित्त किया या चित्त हुई ? देखिए दीदी, बरगलाइए नहीं, आज उम्र के इस पड़ाव पर आप क्या रिलीव्ड फील कर रही हैं ?"

वेटिंग रूम का यह विशाल कमरा ! सन्धू दी एकाएक शून्य हो गईं। पाँव हिल रहे थे, फटी-फटी आँख दूर दीवारों के घेरे में ताक रही थी—अपराह्न के लम्बे पड़ते अपने सायों से जैसे खुद भाग रही थीं डरकर।

एकाएक वे हथेलियों में मुँह छुपाकर हिचकियाँ लेने लगीं। माँ की तरह उसने उनके सिर को गोद में ले लिया, पहली बार देखा, वे केशों को डाई करती हैं। थोड़ी देर बाद उन्होंने सिर उठाया, "मेरी बहन, कहीं गहरे कुछ कचोटता है—किससे कहूँ ? मैं नहीं समझती कि आदमी की आज़ादी की बात करने में क्या बुराई है। अपना भी एक हमसफर होता, दो बच्चे होते, हाथों में हाथ डाले इस रेगिस्तान को पार कर लेते या खटकने पर अलविदा बोलकर अलग-अलग हो जाते। यह सारा संस्कारवश कह रही हूँ या प्रतिक्रियावश—नहीं कह सकती, मगर ऐसा है।"

अवाक् रह गई वह। तो घूम-फिरकर मिस सन्धू भी वहीं आना चाहती थीं, सिर्फ आने और जाने के रास्ते खुले रखकर। यह क्या जलेबी पेंच है—समझना उसके बूते के बाहर था। उसकी माँ शान्ता जी को यह जीवन अनायास ही मिला हुआ था और उससे वे ऊपर भी उठना चाहती थीं। आप कहाँ हैं ? घूम-फिरकर आप देखेंगे, आप वहीं हैं। बस वहीं—आदम और हव्वा से लेकर आज तक उन आवर्जनाओं को, उसमें सिर से पाँव तक लिथड़े हुए, नकारते हुए, जीने की ललक में जीना हराम किए हुए, पिंजरे से बगावत करने के बावजूद पिंजरे का मोह पाले हुए...।

खैर, कुछ भी हो, उसके व्यक्तित्व का काफी कुछ सन्धू दी का ऋणी है, भाषा, विचार, ज़िन्दगी तक। किंचित् ऋणमुक्ति उन्हें बाद में सर्कस की एनाउन्सर की नौकरी दिलाकर ही शायद हुई हो। उफ, वे उस दिन बोल रही थीं या खुद को निचोड़ रही थीं, "इस दुनिया में आदमी से बढ़कर सयाना और समर्थ कोई जीव नहीं और तुम जानो कामिनी, आदमी से बढ़कर कोई कमीना नहीं। जो उसकी ताकत है, वही उसके पतन का कारण।" आख़िर में उन्होंने नजीर अकबराबादी की 'आदमी' शीर्षक पूरी नज़्म ही सुनाई थी, एक टुकड़ा उसे अभी तक याद है :

"या आदमी पे जान को वारे है आदमी।
और आदमी ही तेग से मारे है आदमी।
पगड़ी भी आदमी की उतारे है आदमी।
और सुन के दौड़ता है सो है वह भी आदमी !"

आज इतने दिनों बाद वह सन्धू दी के इस फलसफे की पृष्ठभूमि में विकास का विश्लेषण करती है तो जैसे एक साथ दोनों अन्तर्विरोध उसकी अर्द्धनारीश्वर प्रतिमा की तरह खिलते, मुरझाते हैं। बड़ों के हाथ बिका हुआ कलाकार ! मूर्तियों को छोड़कर बाकी ज़िन्दगी में निपट ज़िद्दी और अहंमन्यता-भरा व्यक्तित्व ! उसे पाकर उसका आकर्षण खो चुका था वह। सामान्य जन के लिए उसकी कला को समझना तो दूर देखना भी मुश्किल हो रहा था। एक बार अभिजीत ने यह टिप्पणी की थी, "यह कला का वैभव किसके लिए ?" तो वह तिलमिलाकर रह गया था। जैनुल, राजेश, नियोगी और कइयों की तरह कभी वह उसका दीवाना था, बस इससे ज़्यादा क्या ?

वह शायद दक्षिण भारत की कोई जगह थी। कला भवन का उद्घाटन करने के लिए पहले तो उसकी राय के अनुसार किसी आर्टिस्ट को बुलाया जाना था, बाद में पता चला, नगर का कोई सेठ आ रहा है। वजह सिर्फ यह थी कि विकास को उसका रंगमहल सजाने का काम मिलनेवाला था। सन्धू दी को उसकी सिफारिश पर तभी सर्कस के एनाउन्सर की नौकरी नई-नई मिली थी। साथ-साथ वे भी थीं।

कीर्ति ने उन्हें माला पहनाई और पति-पत्नी स्वागत करते हुए अन्दर ले आए। वह एक नम्बर का बोदा सेठ। कैसाबियांका को भक्त प्रह्लाद मान बैठा। उसने वहाँ दस रुपए चढ़ाए। बाद में अलबट्रास में उसे पंख कटे जटायु का वहम हुआ। उसके पर्सनल सेक्रेटरी की तरह विकास उसके बुद्धि के जाम चक्के को छुड़ाने आया तो सपाट चेहरा लिये आगे बढ़ा। उस बार भी आईनेवाली मूर्ति प्रदर्शनी में थी। विकास बताता चल रहा था कि ये मूर्तियाँ उसने अपनी पत्नी को आधार मानकर बनाई हैं। आईने के पीछे खड़े हुए थे सेठ। उन्हें देखकर मानो श्रृंगारवती कामिनी सकुचा गई थी। लज्जारक्त सुन्दरी को देख रसिया मन विभोर हो गया। उन्होंने पलटकर उसे देखा और गले की माला मूर्ति के गले में डालकर भद्दे-से मुस्कुराए उसकी ओर देखकर।

आश्चर्य, विकास ने इसे अपना सम्मान समझा ! मेले में इस बात की चर्चा ज़ोरों पर रही। उसने मूर्ति को हटा देने को कहा। लेकिन विकास कैसे हटाता, उस मूर्ति पर हज़ारों दर्शक टूट रहे थे।

दरार पड़ी तो बढ़ती ही गई।

उस दिन सर्कस का शो टूटने पर सन्धू दी भी साथ आई थीं उसके। बात छिड़ी और फैल गई।

विकास ने कहा, "यही सेठ कितने पढ़े-लिखे लोगों को खरीदकर जेब में रखे घूमता है।"

"जिनमें एक तुम भी हो।"

विकास को ऐसे उत्तर की अपेक्षा न थी। सन्न रह गया। उसने आगे कहा, "ऐसा ही करना है तो क्यों न एक चकलाघर खोलकर मुझे बिठा दो।"

"कामिनी !" चीख उठा विकास, "तुम शायद भूल रही हो कि एक समय था जब तुम सर्कस परेड में सिंहवाहिनी बना करती थीं। लोग प्रणाम करते थे। तब न तुम देवी बन गई थीं और आज न हर किसी की महबूबा !"

"उन्होंने उस समय यूटिलाइज किया, और तुमने इस समय ! उसी फन और रूप के ग्लैमर को उन्होंने इस्तेमाल किया, उसी को तुमने भी...फर्क क्या है ?"

"इस्तेमाल !" गहरी साँस लेकर हस्तक्षेप किया सन्धू दी ने, "जो कुछ है, उसका इस्तेमाल करो सरवाइव करने के लिए !"

"जैसे आप ?" वह टूट पड़ी थी उन पर।

"अमा, मैं क्या और आप क्या ! हर कोई सेल्समैन या सेल्सगर्ल है और हर कोई खरीदार ! शरीर सबसे बड़ी हकीकत है और सबसे बिकाऊ चीज़ ! जैसे रंग उड़ा जा रहा है, बाहरी चीज़ों से भरो उस गैप को। टाइट करो ब्रेशरी, चटख करो चुनरी, तीखी करो भौंहों की धार, रंग भरो सूखे होंठों में और साला बदन है कि गीली मिट्टी की तरह पसरता ही जाए है। सामान नहीं बिक रहा है तो सर पर उठाए चलो खुद को जगह-जगह मेला दर मेला। जिस दिन कोई खरीदने न आए, समझो खल्लास !"

"आप ही बेचें दीदी, मुझे तो मेरे हाल पर छोड़ दें।"

सन्धू दी ने उसका चिबुक उँगलियों से उठाया, छेदनेवाली नज़रों से ताका, "अगर तुम आज तक खुद को बेच नहीं रही थीं तो मेरा सवाल है, कर क्या रही थीं—बोलो !"

उफ, इतना निर्मम सवाल, जैसे उसे विवस्त्र कर इसकी सलीब पर ठोंक दिया गया था।

जाते-जाते सन्धू दी फिर मिलने आईं तो उसे भावुकता छोड़कर कटु यथार्थ पर उतरने की बात करने लगीं। सर्कस की एनाउन्सर बनते ही उनके बिम्ब उसी के अनुरूप ढल गए थे..."पति-पत्नी लैडर बैलेंसिंग की तरह हैं मेरी जान, एक बैलेंस करता है, दूसरा करतब दिखाता है, तेरा काम अब बैलेंस करना भर रह गया है। तू इत्ती मरी-मरी-सी रहेगी तो खाक सन्तुलन बन पाएगा !"

लेकिन वह खुद ही कहाँ तक गिरती ? शायद पारम्परिक पत्नी की मानसिकता से ही महरूम थी। इसके पूर्व वे ही कहा करतीं, "पति-पत्नी 'द्वन्द्व-समास' हैं, दोनों प्रधान, पर अस्तित्व के लिए टकराते। ठीक ! दरारें बढ़ रही थीं। चौड़ी हो रही थीं। जुड़े थे तो दोनों के बीच के क्षीण सेतु से—कीर्ति, उनकी बच्ची !

एक कमरे में दो अजनबी की तरह लेटे रातें कटतीं। सुबह मूर्तियों की पुरानी पड़ती आभा पर या तो विकास नए पेन्ट चढ़ा रहा होता या अंग-संचालन के लिए अंगों के टुकड़ों पर टेढ़े-मेढ़े राडों और विद्युत उपकरणों की सहायता से प्रयोग कर रहा होता। वह रिंग से लौटकर आती तो वह चाय पी चुका होता। उस दिन तार पर चलनेवाली

मूर्ति पर काम कर रहा था कि वह उसके पास जा खड़ी हुई। उसकी मूर्ति पर इतना ध्यान देनेवाला विकास एक बार भी उसकी ओर ताकता नहीं।

अचानक स्विच ऑन हुआ, तार पर चलने लगी प्रतिमा। उसने देखा, पाँवों में दो तार जड़े थे, दोनों समानान्तर ! मूर्ति के कमर से जुड़े विद्युत् उपकरणों में चेन्जर की सहायता से पाँव एक-एककर उठते-गिरते। उसे अन्ना की बात याद आई। उसने एक रूसी कविता का ज़िक्र किया था। आशय इस प्रकार था, "...तुम मुझे तार पर चलते देखकर आनन्दित हो रहे हो, तुम्हें नहीं मालूम इस स्तम्भ से उस स्तम्भ तक और उस स्तम्भ से इस स्तम्भ तक का मेरा सफर मेरी कला नहीं। मैं तो अपने पाँवों में बँधे इस तार को खोलकर मुक्ति पाने की कोशिश में बेचैन-सी यहाँ से वहाँ भटक रही हूँ।"

क्या यह सत्य है ? उसकी उद्विग्नता बढ़ती गई।

"मुझे देवघर में एक घर ले दो !" उसने कहा उस दिन।

"क्यों ?"

"यूँ ही, बच्ची की देखभाल के लिए आसान रहेगा।"

"वह तो हॉस्टल में है ही।"

"मुझसे यायावरी सही नहीं जाती।"

"क्या बात है ?" विकास ने उसकी ओर जलती आँखों से ताका।

"कह तो दिया न !" उसने नज़र झुकाए हुए ही उत्तर दिया।

"बेवकूफ न बनाओ। मुँह लटकाए महीनों गुज़र गए। यह सारा कला भवन तुम्हारे पैसों की बुनियाद पर पड़ा है। कहो तो नीलाम कर दूँ और पैसे लेकर तुम...बेटर यू मे गो बैक टू पैवीलियन।"

उसने निहायत ठंडी आवाज़ में कहा और उठकर चला गया।

तब से बेचैन-सी सोचती रही थी वह।

सच ! क्या बासी पड़ गई वह ? एक स्वार्थकेन्द्रित दर्शक भावना की तुष्टि के लिए हर बार खुद को तोड़कर नए साँचे में ढलती रही। और भी कोई सांचा बाकी रह गया क्या ?

सहसा कुछ गिरने की आहट हुई। टार्च जलाकर देखा तो तार पर चलनेवाली उसकी प्रतिमा कला भवन के अन्दर घुस आए पानी के रेले में गिर पड़ी थी। टार्च की बीम बहते पानी के रेले में पड़कर तार और तिरपाल के शेड पर झलमला रही है...अक्स-अक्स जुड़ रहे हैं, रील की तरह खुलते जा रहे हैं...।

अभिजीत ले आया था प्रस्ताव। हैंडीकैप्ड लोगों की सहायतार्थ खेले जानेवाले नाटक का। कथा इब्राहिम खाँ की—उन्हीं की हो भी सकती थी—नटों के साथ कितने दिन गुज़ारे थे उन्होंने, पटकथा अभिजीत की, संगीत पं. सोहनलाल का, निर्देशन सन्धू दी का और नटी की मुख्य भूमिका उसे करनी थी।

विकास उस सेठ का रंगमहल सजाने उसकी कोठी में पड़ा था। स्थितियाँ अनुकूल थीं।

बम्बई के किसी खुले सेट पर मंचित हुआ था नाटक...

शराब का जाम चूमते हुए चौहान वंश के खानदानी राजा देख रहे थे नटिनी का नृत्य—तलवार और काँच पर नाचती देख दंग रह जाते हैं। "और क्या-क्या करतब कर सकती हो ?" पूछते हैं।

"रस्से पर लट्ठ के सहारे चल सकती हूँ।"

"अरे वाह ! क्या तुम अपने बच्चे को पीठ पर बाँधकर इस चोटी से राजमहल तक रस्से पर चलकर आ सकती हो ?"

वह देखती है नीचे, बहुत नीचे मौत की तरह बह रही है नदी की धारा !

"कुछ भी मुश्किल नहीं। मगर मेरा इनाम तो बताओ राजा।"

"आधा राज-पाट तुम्हारे लड़के के नाम !"

"हाय, क्या सच ! क्या सचमुच मेरे उपेक्षित कुल का बेटा हुकूमत करेगा...तो मैं क्या नहीं कर सकती इसके लिए...एक बार राजा तो बन जाने दो फिर दिखा दूँगी कि राज कैसे चलाया जाता है। मारे-मारे फिरते नटों की दुनिया बदल दूँगी। राज्य में कोई बड़ा-छोटा नहीं रहेगा—सब बराबर !"

"सोच लो राजा," वह तिरछी आँखों से कोंचती है।

"राजपूत की ज़ुबान है, नट की नहीं।" राजा गुस्से से काँपने लगे हैं।

रस्सी बँध जाती है। बच्चा सो रहा है। वह उसे पीठ पर बाँधने को आती है, ठिठक जाती है। मुस्कुराते हुए बड़ी बाँकी अदा से कोर्निश करती है, "सलाम राजा साहब !" नींद में बेखबर बच्चे को पीठ पर बाँधकर सन्तुलन की बल्ली पकड़कर बुदबुदाती हुई झुककर खुद इबादत बन जाती है।

अप्सरा-सी बढ़ चली है आकाश में हरहराती धारा के ऊपर-ऊपर—मृत्यु के ऊपर जिजीविषा की तरह तैरती हुई...

"लौट आओ अब ! मान गए हम !" चीखते हैं राजा। मगर चीख पहुँच ही नहीं पाती उस तक। उसकी आँखों में और भी चमक भरती जा रही है। राजा परेशान होकर कभी अपने राजमहल और कभी राजकुमार की ओर देखते हैं, "हाय ! सनक में क्या कह बैठा मैं ? मेरे गौरवमय पूर्वजों का राज नटों के हाथों में चला जाएगा—और राजकुमार का भविष्य...?"

महज दस क़दम बाकी थे दूसरे छोर पर पहुँचने में कि राजा के हाथ लहराते हैं और खंजर से डोर कटते ही शापभ्रष्टा अप्सरा की तरह नटिनी की चीत्कार जा समाती है नीचे की गरजती धारा में !

चुप हैं राजा ! चुप है प्रजा। मवाद की तरह रेंग रहा है कुछ अन्दर !

यवनों का आक्रमण। टिड्डियों की तरह बढ़ी चली आ रही है फौज ! भागकर गुफा के अन्दर सपरिवार आश्रय लेते हैं पराजित-भीत राजा।

गड़गड़ाते हैं मेघ। भूकम्प। राजमहल के बुर्ज, अटारियाँ, मेहराब अरराकर गिरते हैं नीचे धारा में। गुफा बैठ गई है। सपरिवार राजा की चिर-समाधि !

राजमहल के खंडहर को देखकर अलाव तापते ग्रामीण इशारा करते हैं, "वहाँ देखो, अभी भी नटिनी करतब दिखाती है।" सचमुच उन्हें नटिनी करतब पेश करती हुई दिखती है।

कोई बूढ़ा सिर हिला-हिलाकर कहता है, "सब नटिनी का जादू था जादू ! भूकम्प-वूकम्प कुछ नहीं..."

अभी भी टार्च की परावर्तित रोशनी में जैसे भूकम्प मचा है—गिर पड़ी है धारा में नटिनी। अचानक भक-सा कुछ जल उठा। उसे लगा, वह स्वयं कीर्ति को बाँधकर चल रही है। क्या इस बार भी सामन्तवादी अहं के छद्म से छली जाएगी ?

साहित्य में कितनी ताकत होती है—यह उसने पहली बार महसूसा। रस्से पर चलने और नाचने के अभ्यास के दौरान उसमें नया आत्मविश्वास अँखुआया। अभिजीत ने उसे आखिर नटिनी बनाके ही छोड़ा और सन्धू दी ने भाव-प्रवणता देकर बाकी कसर पूरी कर दी। शुकर है उसे फिल्मवालों की तरह वैसा फरेब नहीं करना पड़ा। अगर कुछ दिन अभ्यास और करती तो तलवार की धार पर और काँच के टुकड़ों पर भी नाच दिखाती। इस कमी को प्रकाश और रंगीन काग़ज़ों से पूरा करना पड़ा था। बच्चा प्लास्टिक का गुड्डा था।

अभिनय की तारीफ करते थकते नहीं थे लोग—खासकर बच्चे को सलाम बजानेवाली अदा को। खामोश अगर कोई था तो वह था विकास। मगर क्यों ? बहुत पहले के करनटों की पेश की गई लड़की की अश्लील मुद्रा तो नहीं थी उसमें। दर्शकों की दृष्टि-सीमा से काफी दूर चल रही थी वह...फिर ?

हठात् ध्यान टूटा। बधाई देने आए थे मुखर्जी साहब ! पचपन वर्ष की आयु में भी वे ऐसी समरसॉल्ट पेश करते कि कोई जवान क्या करेगा ! वह खुद उनकी फैन थी। सर पर हाथ रखकर गद्गद होते हुए खड़े रहे फिर बोले, "बेटी, मेरी बधाई स्वीकारो। शरीर का धर्म ही है श्रम करना ताकि खून का बहाव बना रहे, फालतू चर्बी न चढ़े बदन पर। बैठ-बैठकर खाने का मतलब है शूगर, ब्लडप्रेशर, पाइल्स जैसे रोगों को खुद बुलावा देना। उधर देखो...।" उन्होंने दूर कुर्सी पर बैठे एक पाँव कटे बूढ़े की ओर इशारा किया, "मेरे बड़े भाई, कभी के अच्छे स्पोर्ट्समैन। फिल्म के पैसों से रईस बन गए। आरामतलब हो गए। मधुमेह हो गया। पाँवों में गैंगरीन हो गया, काट देने पड़े...तब से मैंने कसम खाई खुद को कभी नहीं होने दूँगा ऐसा...।"

उसे यकायक लगा, सारी टीसें जग गई हैं। पीछे मुड़कर देखे तो भूलों के अम्बार नज़र आएँगे, पिता, जैनुल, अनिरुद्ध और पता नहीं किस-किस के प्रति जवाबदेह है वह। वह बुदबुदा उठी, "काश ज़िन्दगी फिर से जी जाती !"

"फिर से...?" वे हँस पड़े, "यह क्या शो का आइटम है ? इस मंच पर गलत हो या सही, पीछे लौटना सम्भव नहीं है लेकिन जो बच गया है, वह तो हमारे हाथ है।"

"और जब पिछले सायों में ही हम इस कदर उलझें रहें कि रोशनी के एक टुकड़े के लिए भी तरस जाएँ तो...? अब आप ही बताइए न, जब न समय बचता है, न दिमाग तो क्या करूँ, कैसे करूँ," जवाब में मुखर्जी बाबू सड़क की ओर दूर-दूर तक ताकने लगे, जैसे जवाब सड़क पर बिछा हुआ हो और उसे संश्लेषित कर उन्हें प्रस्तुत करना हो। बिल्कुल सही ! सामने से आ रही साइकिल को देखकर वे आर्कमिडीज के 'यूरेका' (मिल गया) के अन्दाज़ में चीख उठे, "इसे देखो, शायद तुमने पहले न देखा हो।"

उसने देखा, आगन्तुक के साइकिल चलाने का ढंग अनोखा था। पिछले पहिए की धुरी पर फार्क से बँधी थी उसकी काठ की सीट ! उस पर बैठकर वह दाहिने हाथ से दाएँ हैंडिल को नियन्त्रित कर रहा था और बाएँ हाथ से बायाँ पावदान चलाकर साइकिल को आगे चला रहा था। सन्तुलन के लिहाज़ से दाहिनी ओर साइकिल झुकी थी। उत्कंठा रोक नहीं पाई वह, चालक को रोक लिया, "आपके पाँव ?"

"फालिज मार गए हैं।"

"कहाँ जा रहे हैं ?"

"प्रेस ! तड़के अखबार पाने के लिए, इसी समय लाइन लगानी पड़ती है। सुबह सप्लाई भी तो करनी पड़ती है न !"

"ऐसे तो बहुत कष्ट होता होगा। सर्कस में काम कीजिएगा ?" साइकिल चालक उसे ऐसी नज़रों से कटाक्ष कर चल पड़ा, जैसे उसने उसका उपहास किया हो। मुखर्जी बाबू बोल पड़े, "सर्कस तो एक ढकोसला है बेटी, ज़िन्दगी तो ऐसी-ऐसी कवायदें कराती है कि...खैर, तुम्हें मिल गया न जवाब ! श्रम का स्कोप कहाँ नहीं है ? खेतिहर और ठेकेदार मजूर, गरीब आदिवासी क्या श्रम नहीं करते ? गौर से देखो, करने के लिए तुम्हारे आस-पास ही कितना कुछ होगा। विकलांग साइकिल चालक का बुलन्द आत्मविश्वास देखा ? शुरू तो किसी चीज़ से किया जा सकता है, कभी भी किया जा सकता है, कुछ भी किया जा सकता है।"

राख के कफन के बीच उसे लगा, ताज़ी हवा के झकोरों में कुछ मुर्दार आग के चकत्ते फिर से चिलक उठे हैं, लेकिन क्या करे वह विकास के ठंडे सलूक का ! जैसे पानी डालने की कसम खा रखी थी उसने, पानी पड़ा और वह छनछनाई, खुदगर्ज कलाकार ! कहने को कहेंगे—सारे जहाँ का दर्द हमारे जिगर में है और हकीकत...? कामिनी का बुत उनके इशारे पर नाच सकता है और कामिनी अपनी इच्छा से हिल तक नहीं सकती ! बॉन्डेड लेबर ! हेठी हो जाएगी स्वामी की !

मुखर्जी बाबू द्वारा सुझाए गए दृष्टिपथ में फिर से परछाइयाँ उभरने लगीं तो घबड़ाकर उसने एक अटपटी शुरुआत कर ही डाली विजय सर्कस के ट्रेनर के रूप में। अकेलेपन में खीझते हुए उसे कभी-कभी लगता, क्या यह सही है कि हम उखड़े-उचटे लोगों की नियति में औरों की तरह पारम्परिक सुख है ही नहीं ? क्या हम हज़ारों वर्ष पहले के खानाबदोशों की नस्ल हैं ? यही ग्रहणग्रस्त मुक्ति, यही बेबसी और सन्देह की

दीवार नटों-बनजारों की ज़िन्दगी में भी तो होती रही है ? रेखा दी भी सुखी होगी क्या ? आकर्षण का ज्वार उतरते ही सबकी जमी नज़रें रघुनाथ जैसी पिघल जाती होंगी, "सर्कस की लड़कियाँ भी कोई लड़कियाँ हैं !"

गालों पर हाथ धरे एक प्रसंग याद करने लगी है वह...वह दृश्य इतना धूसर है कि यकीन नहीं आता कि इसे उसने सपने में देखा था या वास्तव में घटित भी हुआ था...

शुरू के दिनों का प्रसंग था। विकास ने उस दिन रोटी बनाई थी और उसने एक प्रतिमा। जब रोटी और प्रतिमा लेकर वे आमने-सामने बैठे तो एक-दूजे की कला पर हँसते-हँसते पेट फटने लगा था। रोटी आस्ट्रेलिया के मानचित्र की तरह और औरत की मूर्ति बन्दर जैसी। न रोटी रोटी रह गई थी, न मूरत मूरत। एक दूजे के प्रति समर्पण और सम्मान की भावना फिर भी हँसी की प्रत्येक तरंग पर हिलकोरें लेती रही। धीरे-धीरे सूख गया सारा पानी, निकल आई हैं दरारें...। इसी बीच एक दिन आया अभिजीत। बड़ी देर तक चलती रहीं बातें देश की आपातकालीन स्थिति पर। वह गया तो अजीब-सा ख़याल आया उसे, "तानाशाह" ! बिचक गए होंठ। एक और आपातकाल ! एक और तानाशाह। उसका हर विचार अध्यादेश। अन्दर उसकी जुबान पर बन्दिश लगाकर बाहर-बाहर उच्छ्वसित प्रशंसाओं के तमगे बटोरता फिर रहा था विकास। ऊब की अपनी पराकाष्ठा पर पहुँचकर अपने दिल में उसकी ज़रूरत दोबारा महसूसता तो खोल बदलकर आता, "अब से ऐसा नहीं होगा। अच्छे बच्चे की तरह रहेंगे।" जैसे खोल बदलकर उसी धुनाए चेहरे की राजघाट पर खाई गई कसमें !...सम्पूर्ण क्रान्ति का मूर्खों का स्वर्ग ! हुँह ! उतर गई खोल, फिर वही मरीचिका...फिर वही तानाशाह ! वह कभी बूढ़ा नहीं होता, युद्ध, दंगे, परमाणु विस्फोट जैसा कोई स्टंट और जनता की तरह ही उसकी भी भावनाओं को भड़काकर उसका धन्धा करता, बेचता, बलात्कार करता उसका पति...। हर बार उसका कायाकल्प होगा और प्रजातन्त्र के उत्कर्ष या बच्चे की बधाइयाँ गाता हुआ सुगिया जैसे खोजा लोगों का दल आ जुटेगा !

लेकिन वह...? झरना, गीता, सुजाता, कामिनी के रूप में कभी किसी पूँजीवादी, कभी किसी साम्राज्यवादी द्वारा दुर्गति कराती हुई असहाय जनता की तरह ! विकास जैसे लोग कभी बूढ़े नहीं होते जबकि उसके बूढ़े होने में अब देर नहीं।

फिर भी क्यों छली जाती रही है वह...शायद इसलिए कि जनता की तरह ही समझौतावादी है, शायद उसी की तरह अपने अन्तर्विरोधों से आप ही घायल ! मौका पाने पर इनसे लाभ उठाने की ललक में सबकुछ भूल जाती है। विश्लेषण के मुहाने पर खुद को इस कदर बेनकाब पाकर नसें फटने लगी हैं दिमाग की।

पौ फट रही है। इतने दिनों तक वंचित रही सूरज से। आज प्रथम दर्शन का लोभ उन्माद की तरह बढ़ता आ रहा है। इसी पौ के फटने की किसी पाकीज़ा सुबह ने कामिनी नाम की किसी जिम्नास्ट को ग्लैमर की बुलन्दियों तक पहुँचा दिया था। आज भी वही सुबह

है, लेकिन जिम्नास्ट कहाँ है और ग्लैमर ?...उसके दिल में एक ख़याल आया, क्यों न एक बार भैरवी की उस प्रतिमा को देखे। बाहर मेले में हल्का-हल्का शोर पक्षियों की काकली के साथ उभर रहा था। लेबेल देखकर सन्दूकों के अम्बार से उसने उस सन्दूक को ढूँढ़ ही निकाला।

जंग लगे ताले को खोलकर ढक्कन खोलते ही सड़े पुआल, सड़े काठ और मिट्टी का भभका मिला। फफूँदी लगी प्रतिमा, जैसे वर्षों की दफन की हुई अपनी लाश की शिनाख्त कर रही थी वह ! कहाँ गया वह ग्लैमर ? कब की सड़ चुकी वह लास्यमयी सुन्दरी।

मूर्तियों को उसे खोलते देख मैनेजर स्वयं नौकरों की सहायता से लगे खुलवाने एक-एक पेटी। उसके लिए चाय आ गई थी।

"अच्छा यह मूर्ति तो बची हुई है। अरे दो-दो हैं इसमें।" मैनेजर जैसे उसे सुनाने के लिए कह रहा था। उसने झुककर देखा...संपाती ! लेबेल पढ़ते ही वह पागलों की तरह उस मूर्ति के साबुत बचे रहने पर चहक उठी। "लेकिन..." धीरे-धीरे उसी वेग में उदासी के आवर्त में डूबती गई। आज इब्राहिम चाचा संपाती की तरह बचे भी हों तो किस काम के ? ब्रश करते हुए उसकी जेहन में उनसे हुई आखिरी मुलाकात का दृश्य खुलता रहा...।

पक्षाघात में प्रायः अपंग चाचा को घेरकर मुहल्ले के निठल्ले बच्चे सवाल कर रहे हैं, "बाबा, तुम दाँतों से ईंट उठाते हो न...एक साथ दस-दस ?..."

निस्पंद पड़ते अंगों में हल्की-सी जुम्बिश होती है, दर्द हरे होते हैं, "हाँ, तब मैं बनजारों के साथ सिपाहियों की बैरकों में खेल दिखाता था।..." वे दाँत कहाँ, टूट गए अब पिचके गालोंवाले पोपले मुँह से शब्द तक नहीं सँभाल पाते। धँस गई हैं वे मर्मभेदिनी आँखें।

"बाबा, तुम हाथी पकड़ते थे न ?"

जवाब नहीं देते बाबा।

"कैसे पकड़ते थे ?"

वह तो कल ही बाबा ने बताया था, "गड्ढे खोदकर उसे डालपत्ते से ढँक देते थे। हाथी आया और गड़प !"

"अच्छा, हमें बता दो, बाघ कैसे पकड़ते थे ?"

"वह भी तो बताया था, पाड़े का मांस खाने के लिए बाघ आता तो छुपाए पिंजरे में फँसाकर पकड़ लेते थे।"

कितनी बार दुहराई जाती हैं अतीत की कहानियाँ। जिस दुर्धर्ष चाणक्य के पास बातें करने तक की फुरसत नहीं होती थी, उससे बातें करने के लिए रह गए थे बस बच्चे, वह भी कभी-कभी ही।...

विकास के साथ उसे देखकर खुशी के मारे रो पड़े थे वे। गूँगे के गुड़ की तरह स्वाद बताना मुश्किल था। उनके लिए आधे अंग से घिसटते हुए उठे थे। आशीर्वाद

देने को सिर पर हाथ रखा तो काँपने लगे। विकास ने उन्हें पुनः बिस्तर पर लिटाया। स्थिर होने पर उन्होंने पूछा, "सैंड साहब ने गहने दिए थे, एक भी नहीं है ?"

"तो चाचा अभी तक नहीं भूल सके हैं उन बातों को।"

"उन्हें तो लॉकरों में रखवा दिया है। आजकल गहने रखना आफत पालना है।" उसने सिर झुकाए हुए उत्तर दिया।

चाचा होंठों ही होंठों में बुदबुदाए, "खुदकुशी का जाल बुने ही जा रहे हैं, हमने तो सोचा था दुनिया बदलेगी लेकिन...अपना क्या है, गलत-सही अपने तरीके से हमने तो काट ली। अब वह ताकत कहाँ रही जिसके बल पर हाँका करता था, अब तो खुल्लमखुल्ला ग्लैमर के आगे सरेंडर कर रहे हैं लोग..."

चाचा ने हाल-चाल पूछी सर्कस कम्पनी और डेविड के बारे में, कला भवन के बारे में। विकास ने उनसे कला भवन में रहने का अनुरोध किया, मगर वे माने नहीं।

लौटते हुए उस विकास के होंठों पर एक ही शब्द था 'संपाती'। जले पंख, अस्त वय की कचोट !

और सूर्य की बुलन्दियों तक पहुँचनेवाले संपाती की मूर्ति में उसने चाचा की जिजीविषा को बाँध लिया। यह चित्र अभी तक किसी प्रदर्शनी में नहीं लग पाया था। विकास अभी इस पर और काम करना चाहता था।

इस मूर्ति का बचा रहना किसका प्रतीक है—क्या इब्राहिम चाचा की जिजीविषा, इस प्रलय में भी नष्ट नहीं हुई या विकास अभी भी इस स्वप्न को अपने सीने में दबाए हुए है ?

उगते हुए लाल सूरज की सिन्दूरी पृष्ठभूमि में पानी हिलकोरते हुए आ रहा है कोई आगन्तुक। जैसे-जैसे करीब आता जा रहा है, आकृति स्पष्ट होती जा रही है। विकास जैसा लग रहा है। विकास ही है ! पुलक की एक लहर वहाँ से उठी और उसे भिगो गई। किसी राष्ट्रीय संग्रहालय के काम से बाहर गया था। तूफान की खबर पाकर लौट आया है। लेकिन इस विकास से उसका क्या लेना-देना ? कला को बेचकर आनेवाले कलाकार के प्रति उसकी क्या हमदर्दी है ? एक बेमुरौव्वत, दम्भी पति से उसका क्या वास्ता, जबकि महज तलाक की रस्म अदायगी बाकी है दोनों के दरम्यान ? इतने बड़े कलाकार की पत्नी कहे जाने-भर के खोखले गौरव से कब तक चिपकी रहेगी वह ? उसे उसका पति चाहिए था, सिर्फ पति। झिझक की कुंठा में टीन की आड़ में हो गई वह।

पागलों की तरह सन्दूक-सन्दूक खोलकर झाँक रहा है। गोपाल बाबू बर्बादी की दास्तान सुना रहे हैं। कला भवन की परिक्रमा करते हुए खुद जायजा ले रहा है वह। चेचक का वह दाग प्रामिनेन्ट हो उठा है।

और "कहाँ गई कामिनी ?" कहते-कहते उसे देखकर अटक जाती है जुबान। फिर गई है नज़र। तो मूर्तियों को देखने के बाद सुधि आई है उसकी ! सिर झुकाकर चली जा रही है वह।

कला भवन के एक कोने में खड़ा है विकास, दूसरे कोने में वह—सारी मूर्तियों के गल जाने के बावजूद दो प्रतिनिधि मूर्तियों की तरह। बाहर मेले के मैदान में छोटी-बड़ी किश्तियों की तरह पानी में डूब-उतरा रही हैं दुकानें। सात दिनों तक समुद्री तूफान से लड़ते लंगर डाले पड़ा है सर्कस। सात दिन ! प्रलय के थपेड़ों में एक-एक कर डूबते सात दिन ! ऐसे में पति-पत्नी को एक-दूसरे के सहारे की कितनी ज़रूरत होती है ! आज भी मूँगफलियों की खोल में समाए डूबते जहाज़ के डेक पर खड़े हैं दोनों।

वह अपना मन जबरन दूसरी ओर मोड़कर बाकी दुनिया से जोड़ लेती है। उजड़े घोंसले। तिनके-तिनके चुनकर बया की तरह रची और नियति के निर्मम हाथों को उन्हें नोचकर फेंक देने में ज़रा भी वक्त नहीं लगता।

लेकिन हार नहीं मानती सृष्टि। ध्वंस पर सृजन की किरण फूटे बिना नहीं रहतीं। आए दिन फुटपाथों की झुग्गियों को पुलिस की हाँकागाड़ी तहस-नहस कर डालती है, और दूसरे दिन वे फिर से उठ खड़ी होती हैं। आज ही आकाश खुला है और खूँटों-खपच्चियों को ठोंकने-गाड़ने की आवाज़ों से गुलज़ार हो गया है मैदान। लाठियों से तिरपाल उठा-उठाकर ऊपर का जमा पानी निकाला जा रहा है। तम्बुओं के वितान तन रहे हैं। टोनी बल्बों के बन्दनवार ठीक किए जा रहे हैं। नालियाँ बनाने के लिए फावड़ों, कुदालों का अभियान शुरू हो गया है। इस ध्वंस, के बाद भी बड़ा छोटे को निगलने से बाज नहीं आता। सर्कसवाले पूरा पानी काटकर छोटी दुकानों की ओर कर रहे हैं। छोटी दुकानों का वर्ग स्वार्थ आपसी टकराहट भूल प्रतिरोध में एक साथ लाठी लेकर खड़ा हो गया है। एक विवाद खत्म होता है कि दूसरा उठ खड़ा होता है, दूसरा खत्म नहीं होता कि तीसरा...। शायद मेलेवाले लोग यज्ञ का बकाया चन्दा वसूलने के लिए झगड़े पर आमादा हैं। अभिजीत होता तो कहता, सरकार मुश्किलें आसान भले ही न कर सके, टैक्स तो वसूलेगी ही। होंठों पर हँसी बिछल आई है, तभी उसकी एकाग्रता को झटका लगता है। बाप रे ! साँप ! विकास लाठी से दूर उछाल देता है साँप को। पेट के उजले भाग से आतंक शिराओं तक में सनसना रहा है। कनखियों से देखती है पति को। निरासक्त है वह। बढ़ा जा रहा है मूर्तियों की तरह। हावी होने का एक मौका मिल ही गया उसे। उसे अचानक याद आती है मूर्तियों की। धीमे-धीमे वह बढ़ चली है उस ओर।

चाय की भाप उठ रही है प्याले से। भाप को भेदती हुई आँखें देख रही हैं तम्बू की सुरमई रोशनी में अपनी प्रेतात्माओं का जुलूस...। सूर्य नमस्कार की मुद्रा में एक पाँव ऊपर तने जिम्नास्टिक्स प्रशिक्षण ले रही झरना, बैलेंसिंग जिम्नास्ट गीता, सिंह-वाहिनी सुजाता, छतरी के सहारे रोप पर से कल रात की गिरी न्यू होराइज़न की कामिनी, भैरवी बनी ललित तिलक की मुद्रावाली कामिनी, उघड़ चुका है चाम, गलकर गिर चुके हैं अंग, सब की सब कंकाल बनी खड़ी हैं। एक-एक कर सबको विसर्जित कर रही है सामने ठहरे जल में। उधर दूसरी ओर से सन्दूकों और प्रदर्शनी से निकाल-निकालकर गोपाल बाबू और विकास फेंक रहे हैं सड़े-गले बुत। वह अलबट्रॉस, बह गया,

अनुत्तप्त नाविक, पंख कटे जटायु, रावण और सीता की एक-सी नियति। मिथक की धूसर परतों में दबे ऑथेलो वहीं आकर गिरे जहाँ डेस्डेमोना—दोनों फासिल बन चुके हैं। फासिल बनकर रह गए हैं फफूँदी लगे हुए यादों के अक्स—सैंड साहब, नियोगी, नासिरा, रेखा दी, बुलबुल भाई, एवरेस्ट के ट्रेनर खान साहब, रघुनाथ, योगेश, सरजू भाई के विवाह के समय एकत्र लोग, सन्धू दी के चुहल-भरे क्षण। डेविड, इब्राहिम चाचा और पिता जी ! महाकाल के आगे जैसे राजा वैसे फकीर, जैसे निष्ठाशील वैसे निष्ठाहीन ! कंकाल बनकर तैर रहे हैं पुआल, और काठ के डायनासोर की तरह उभरी हुई हैं, आदिम स्मृतियों की हड्डियाँ ! हर एक के साथ एक कामिनी मरती रही है, हर एक मौत के बाद एक फफूँदी चढ़ती रही है।

पूरे दिन और पूरी रात मशीन बना रहा विकास। सन्दूक की चाभी गोपाल बाबू के ज़रिये उसके पास भिजवा चुकी थी वह। मिट्टी, कीचड़, को हटा-हटाकर निकाले जाते रहे डायनामो, चेन्जर रिहयोस्टाट, टेढ़े-मेढ़े रॉड, क्वाएल, मास्टर बल्ब और अन्य उपकरण। अपने तकनीशियनों के अलावा मुँह माँगे दाम पर ले आए गए थे मिस्त्री। तिरपाल से लेकर टीन तक की गहमागहमी मची रही। शाम को वह यज्ञशाला तक गई थी। लौटते हुए सन्धू दी को पूछने सर्कस कैम्पस में गई तो किसी को बात तक करने की फुरसत न थी। अधिसंख्य पशु-कलाकार बीमारी की गिरफ्त में थे। डेविड एक पल को मिले तो बस इतना बता पाए कि सन्धू दी बाहर गई हुई हैं, शायद कल लौटें। उसे छोड़कर बाकियों की अपनी-अपनी व्यस्तताएँ थीं। एक वह ही फालतू थी। रात को विकास का बिस्तर खाली रहा। कीर्ति की याद आ रही थी। कहाँ होगी, कैसे होगी ? फिर ख़याल पलटा, इतनी भारी क्षति से कला भवन उबर पाएगा या नहीं। इन्हीं ख़यालों में खोई-खोई न जाने कब सो गई। बीच में बाहर के शोर-शराबे में सुबह का कई बार वहम हुआ, उठकर देखती तो वही पेट्रोमैक्स की भभकती रोशनी में युद्ध-स्तर की तत्परता से हर जगह मरम्मत का काम चल रहा था।

सुबह सन्धू दी ने झकझोरकर जगाया। "मैंने तो समझा, शादी करके हनीमून मनाने चली गईं कहीं।" उसने जम्हाइयाँ लेते हुए सवाल किया।

"अपन तो अभी मिस ही है, पैदा हुए कुँआरे, कुँआरे चले गए।"

"शो आज से शुरू होगा ?"

"शो की ऐसी-तैसी, चल पहले चाय तो पिला।"

मिस सन्धू की बाँहों का सहारा लेकर वह उठते-उठते अचानक उनकी जकड़ में आ गई, चीख उठी, "दीदी, दीदी ! मैं लड़का नहीं, लड़की हूँ।"

"हाय कमबख्त, अभी तू लड़की ही है, उस विचित्र मछली की तरह मैंने सोचा आयु के दूसरे भाग में पुरुष बन चुकी होगी। जैसे कि वे मछली होती हैं, क्या तो नाम है उनका...?"

"आप बन गई हैं ?"

"कब की।"

खिलखिलाती हुई वह स्टोव में पम्प करने लगी।

"अरी रात रौंदी-वौंदी गई या नहीं ? सुना कल ही आया विकास।"

"उसे मूर्तियों से फुरसत मिले तब न !"

"तभी कहूँ, तेरा बदन पिघला क्यों नहीं ! मैं उसके कान पकड़ूँगी।"

"जाओ, मैं चाय में चीनी की जगह नमक डाल दूँगी।"

"देख शरारत न करियो। अच्छे बच्चे की तरह चाय पिलाओ फटाफट और मेरी उँगली पकड़कर मेला देखने चलो।"

"बहुत मेला दिखाया दीदी अब तो..."

"अरी ऐसा देखा कहाँ तूने।"

सन्धू दी की उँगली पकड़कर वह यज्ञमंडप में आई। शत रुद्र महायज्ञ के 'य' का विरूपण 'अ' में हो गया था। हवन कुंड में हवन हो रहा था मन्त्रोच्चार के साथ। बाहरी मुश्किलों से वीतराग तोंदधारी और कुछ कृशकाय पंडित हवन कर रहे थे।

"यह यज्ञमंडप है। जो कम्पनी मज़दूरों के बच्चों के लिए एक स्कूल तक मुहैया नहीं कर सकती, उसी ने मोटे-मोटे गार्डरों द्वारा यज्ञशाला बनवाई है। ये संन्यासी जी नागा हैं, नंगे रहते हैं। देखा तूने, उस औरत की बच्ची ने उन्हें गन्दा कहा और माँ ने चपत रसीद कर दी। ये अन्न नहीं छूते। सिर्फ गाय का दूध पीते हैं और उसमें पिश्ता, बादाम और केशर ! इतना बड़ा शो कोई पेश कर सकता है—जब से सिद्धि पाई है, खड़े ही रहते हैं। अभी तक उन्हें 'परमवीर चक्र' क्यों नहीं प्रदान किया गया, इसी का आश्चर्य है।"

यज्ञमंडप के चारों कोनों पर कुछ न कुछ चल रहा है—एक जगह रामचरित मानस का पाठ, एक जगह गीता, दो जगह वेद। माइक से घोषणा की जाती है, "जूते-चप्पल बाहर निकालकर यज्ञमंडप में प्रवेश करें। आपका अहोभाग्य कि आप यज्ञमंडप की एक सौ आठ बार परिक्रमा करने का पुण्य मिल रहा है। एक सौ आठ बार परिक्रमा करनेवाले स्वर्ग के अधिकारी बनेंगे। गिनती के लिए कुछ भाई-बहन पेटिका में चने या कंकड़ डाल रहे हैं, जो सर्वथा गलत है। परिक्रमा करनेवालों से अनुरोध है कि वे सिर्फ सिक्के ही डालें। खुदरे न हों तो यहाँ से ले जाएँ। आइए, मोक्ष का द्वार खुला है।"

"सुनो और देखो। यह है शो ! यह है सर्कस ! न तम्बू उखड़ने का डर, न पैसा डूबने का डर। धर्म की चाबुक पड़ी नहीं पीठ पर कि कुत्ते-बिल्ली जैसा नाचने लगा इंसान ! परलोक सँवारने और अपनी ऋद्धि-सिद्धि, शुभ-लाभ के लिए परिक्रमा कर रही हैं थुलथुल सेठानियाँ, लूट का स्कोप पाने के लिए परिक्रमा कर रहे हैं एक नेताजी। पुत्र, पति-काम्या औरतें देखो गिलहरियों की तरह फुदक रही हैं। बेलबाटम, लुँगी और मैक्सी से लेकर नाभिदर्शना साड़ियों में स्त्रियाँ परिक्रमा कर रही हैं। तुम्हारे अनिरुद्ध सिंह क्या खाकर मुकाबला करेंगे इस रिंग मास्टर का ? और भई, दुहने की कला चाहिए, कैसे नहीं निकलेगा दूध ? बच्चा छोड़ो रम्भाने के लिए, थन सहलाओ और नहीं तो फुक्का मारो...। न एम्यूजमेन्ट टैक्स देना, न ऑडिट के लफड़े, न इन्कमटैक्स का फन्दा। न

काली और गोरी लक्ष्मी के पचड़े। और लाखों के चढ़ावे ! इससे उम्दा कोई शो है अपने देश में ? तुमने देखा होगा देवघर के उस आश्रम के स्वामी जी को पाँच सौ पचपन पीते !''

''सच, इतने बड़े तूफान में बाल भी बाँका नहीं हुआ मंडप का !'' लौटते हुए उसने कहा।

एक जगह पर निशानेवाला अपने बैलून सजा रहा था—प्लास्टिक के ऊँट, मछली, हाथी, पक्षी, दस-पाँच पैसे के सिक्के, कील और जलती कन्दील। उसे हैरत तो तब हुई जब वह छोटा लड़का मुँह से बैलून फुलाकर एक नंगी औरत की तस्वीर की छातियों और जाँघों के बीच बाँधने लगा।

''देखा ?''

''आदमी के सेंटिमेन्ट को भुनाना यह छोटा बच्चा भी सीख गया है। देश कितना एडवांस हो गया है !''

''मेले में आए हैं तो कुछ देखते चलें।''

''बिल्कुल ! चलो यहीं से शुरू करते हैं। यह है 'जमपुरी नाटक'।'' दो टिकट लेकर वे आगे बढ़ीं तो वह शर्म से लाल हो गईं। आदमी के कर्मों के अनुसार स्वर्ग-नरक के फलाफल दिखाए गए थे। पहले बुरे कर्मों के फल थे, विश्वासघात, जीवहत्या, पर पुरुष संसर्ग आदि के दंड-विधान। हर पात्र नंगा था और उन्हें तरह-तरह की यातना दी जा रही थी। इसी प्रकार अच्छे कर्मों के फल में रम्य वाटिका के बीच अप्सराओं के संसर्ग पाने का पुरस्कार ! सामने सन्तोषी माता थीं जिनके सामने सिक्कों का ढेर लग रहा था।

''अब बता, कौन देखेगा, तेरी मोनालिसा, कैसाबियांका, अलबट्रॉस और जटायु...सम्पाती को ?''

''अगर कामिनी के अलग-अलग प्रतिरूप अभी भी कसी चोली में, खुली जाँघों में विकास नुमाइश करने बैठे तो कौन नहीं देखेगा ?'' उसने जलकर कहा।

सन्धू दी ने शायद सुना नहीं, वरना देर तक घूरती रहतीं।

आगे पुस्तकों, पत्र-पत्रिकाओं की दुकान पर रुकीं वे। सस्ती पुस्तकों से ढूँढ़-ढाँढ़कर उसने दो-तीन किताबें निकालीं बड़बड़ाती हुई, ''अश्लील पत्र-पत्रिकाओं की बाढ़ में अच्छी चीज़ें कहाँ हैं ?''

''क्या देख रही है गीत गोविन्द...? यह देख भक्ति की आड़ में सेक्स का पाठ...।''

उन पंक्तियों को देखते ही उसने किताब बन्द कर दी, ''छीः ! इतना अश्लील। इसी का इतना नाम है ?''

''अभी क्या ! यह देख बिहारी सतसई...देख लिया न...। यह देख महाकवि कालिदास का रघुवंश, मेघदूत...।'' उसने किताबें परे कर दीं तो सन्धू दी ने पिकासो की चित्रांकन प्रक्रिया पर उसे एक पुस्तक दिखाई जिसे देखकर पिकासो पर से उसकी

सारी श्रद्धा जाती रही। गुप्तांगों को दिखाने के एक से बढ़कर एक तरीके अपनाए गए थे। लेकिन वो प्रेस बिल इसे अश्लील नहीं मानता। अश्लील है कमीनों की आलोचना।"

"यह सारी कला, साहित्य, संगीत क्या इसी प्रकार का है ?"

"ज़्यादातर...। यह हुसेन को देखो। चूँकि प्रधानमन्त्री प्रधानमन्त्री है, इसलिए उसे माँ दुर्गा बना दिया और इस नंगी औरत को ब्रश फेरकर बाघ बनाया है उन्होंने। बातों के मुलम्मे झाड़ेंगे कि यह उसके अन्दर की आदिम जिज्ञासा या कुछ और है, पर चीज़ है क्या ?"

कला भवन में आकर काम के लिए रखा हुआ स्पिरिट उठाकर गट-गट पी गईं। आँख फाड़कर देखती रह गई वह।

"दीदी, आप जान देने पर तुली हैं क्या ?"

"क्या करूँ, मन ही फीका हो गया ऐसा। मर भी जाऊँ तो कोई अफसोस नहीं रहेगा। ज़िन्दा रहकर भी क्या कर पाई अब तक सिवाय कुतिया की तरह भौंकने और जोड़े बनाने के ? अन्दर ही अन्दर घुलती रहती हूँ। घूम-फिरकर एक ही निष्कर्ष पर पहुँचती हूँ कि आदमी जैसा विचित्र बर्बर जन्तु कोई नहीं। कीड़े से लेकर इंसान तक खाता है, बिना कारण किसी का खून कर सकता है, सम्पत्ति हड़प सकता है। कुछ भी तो माने वह...कुछ नहीं मानता, धर्म, राजनीति, महापुरुषों के आदर्श, दर्शन, कला, विज्ञान सबको केवल अपने व्यक्तिगत स्वार्थ के लिए इस्तेमाल करता है। है कोई इससे विचित्र जन्तु ?"

"इसीलिए तो लोग हर जगह आदमी को देखते हैं। इतनी बार देखा है, पर आँखों की उत्सुकता शान्त नहीं हुई। आसमान में पुतले की तरह खड़ा, नीचे खोंसी हुई दो लहीम-शहीद टाँगें, अँधेरे को टटोलते दोनों हाथ फैलाए, ऊपर एक चूना-कालिख पुती हाँड़ी जैसा सिर और उस पर बैठा एक कौआ...। दुनिया के चिड़ियाखाने का सबसे विचित्र जन्तु !"

सन्धू दी वहाँ से उठीं तो थोड़ी देर तक विकास के पास चख-चख करती रहीं, "क्यूँ परेशान हो रहे हो मियाँ ? इतनी जल्दी क्या गुल खिला लोगे ? ऐसा क्यों नहीं करते, अपने सारे लोगों को अलग-अलग मुद्राओं में खड़ा कर दो, चाहो तो मुझे भी। सज गया कला भवन ! क्यों ? आखिर अब इंसान और बुतों के बीच कोई फर्क रहा ही कहाँ ?"

विकास कोई मन्तव्य नहीं देता। मन ही मन नफरत भी करता हो शायद सन्धू दी से इन दिनों। सन्धू दी कन्धे उचकाकर चली जा रही हैं।

कुछ पुराने और कुछ नए को मिलाकर कामचलाऊ कला भवन तैयार कर लिया है विकास ने। उस तक इक्के-दुक्के संवाद सिर्फ गोपाल बाबू के ज़रिये आते और जाते हैं। 'तड़फड़ाहि मग चलहिं न घोड़े' का मानस प्रसंग पेंटिंग और मूर्तियों के सहारे सजाया जा रहा है। सम्पाती का अधूरा काम अफरा-तफरी में जैसे-तैसे पूरा करके लगाया जा चुका है। अभी-अभी अपराह्न बेला और सूर्य का द्वैत प्रतीक पूरा हुआ है। एक अपराह्न बेला 'आर्टिस्ट इन सेल्फ पोज़' पर भी तिर आई है। सम्भव है यह उसके मन का

आग्रह-भर हो। पसीने से नहाया, बढ़ी हुई दाढ़ी, कलम हाथों में लिये, सामने नोटबुक फैलाए बैठा है विकास। दो ही दिन में, जैसे, दो वर्ष पार कर गया हो। मूर्ति का कलाकार किसी कथानक या काव्य-तत्त्व की बुनावट में दिखाया गया है, जबकि यथार्थ का कलाकार अपने आय-व्यय का हिसाब-किताब कर रहा है। फैन्टास्टिक कान्ट्रास्ट !

उपेक्षित-उदास, क्या करे वह ? रूस और दक्षिण-पूर्व एशिया तक उड़-उड़कर ज़िन्दगी आज इस छोटे दड़वे में कैद हो गई है। बात करने के लिए भी वही कला भवन के गिने-चुने आदमी। बहुत हुआ तो सर्कस। देश-देशान्तर के लोग मिले, उनसे जुड़ा परिवेश मिला और जड़ जमाने के पूर्व ही उखड़कर चल दिए दूसरी जगह। पत्रकार पूछते हैं, "आप तो प्रदर्शन के लिए जगह-जगह गई हैं, भिन्न-भिन्न प्रकार के लोगों से मिली हैं, कैसा फील करती हैं ?" हुँह ! रहने को घर नहीं है, सारा जहाँ हमारा !

सोच-सोचकर शिराएँ फट जाती हैं। आयु के इतने पड़ाव पार किए, कायदे का एक भी अन्तरंग नहीं बना पाई। पिता जब उसकी धधकती महत्त्वाकांक्षा पर बन्दिश डालने की गरज से कहते, "क्या होगा, इतना जी हलकान न कर। आदमी को कित्ती जगह चाहिए--सिर्फ दो गज़ !" वह कहती, "दो गज़ तो एक मुर्दे के लिए चाहिए। एक ज़िन्दा इंसान के लिए तो देश-परदेश, पृथ्वी भी क्या, ब्रह्मांड तक चुनौती की तरह पड़ा हुआ है...।"

प्रवेश पथ से दौड़ते हुए आना इस बार से उस बार, उस बार से इस बार पर पलक झपकते ही कितनी कलाबाज़ियाँ खा उठता बदन--चुस्त जिम्नास्ट के लिए निश्चय ही ब्रह्मांड तक एक चुनौती था मगर उसके लिए...?

एक बार किसी बहाने चक्कर लगाने की गरज से वह उठी। अलसाई देह पर लानत देकर उसने अँगड़ाई ली और कपड़ों के सन्दूक की चाभी लेकर सोचने लगी। हाँ, यही बहाना ठीक रहेगा, हालाँकि उसे मालूम है, कपड़ों के नाम पर शायद ही कुछ बचा होगा। एक-एक कर गोपाल बाबू मूर्तियों को ढँकने के लिए सारे कपड़े ले जा चुके हैं फिर भी इससे नायाब बहाना और क्या होगा !

जाते-जाते वह सोच रही थी, किस अधिकार से रही-सही सम्पत्ति खर्च कर रहा है विकास। परोक्ष रूप से आर्थिक दबाव डालकर कहीं बोलने के लिए परिस्थितियाँ तो नहीं उत्पन्न कर रहा है ? ऐसे तो बोलनेवाली नहीं वह ! कंगाल हो जाए, कला भवन नीलाम हो जाए, उसे तनिक भी अफसोस नहीं। वह भी देखना चाहती है किस बिन्दु पर विस्फोट होता है। पहल कौन करता है ?

बाहर हवा है। स्फूर्ति आती है अलसाई देह में। विकास ने उसे कनखियों से देखा है, वह मार्क करती है। उसकी उपस्थिति को नज़रअन्दाज़ करती हुई वह आगे बढ़ गई है। सामने की तेज़ हवा में आँचल उड़ा जा रहा है।

"कामिनी !" जैसे आँचल पकड़कर धारा के विरुद्ध तैरकर आई है कोई आवाज़, जैसे, विकास ने ढिठाई से पल्लू पकड़कर रोक लेना चाहा है। वह आगे बढ़ जाना चाहती

है, जैसे उसने आवाज़ सुनी ही नहीं।

"कामिनी !" वह उठकर खड़ा हुआ है। मान की शिला गली नहीं, टली नहीं, सिर्फ हिलकर रह गई है, वह ठिठक गई है, तनिक तिरछी होकर।

"कोई अच्छी साड़ी बची है क्या तुम्हारे सन्दूक में ?"

"बची है !" उसने दुहराया मन ही मन ! इसका मतलब है, वह जानता है सब कुछ ! एक बार उसने चाभी फेंक देनी चाही, फिर जाने क्या सोचकर स्वतः सन्दूक खोलकर बची हुई दोनों साड़ियाँ निकालती है, पहली पुरानी है, खरोंच लग गई थी, कभी रख दिया था, दूसरी लाल बनारसी। शादी के वक्त पहना था फिर रख दिया था। पर्त-दर-पर्त खोलकर देखती है उसमें टँके ज़री के सलमे-सितारों को, अभी मुरझाए नहीं। जैसे के तैसे हैं। बिना कुछ कहे परे रख देती है और दूसरी साड़ी लेकर सुई-धागे लेकर बैठ जाती है। एक पल को साड़ी देखकर झिझकता है विकास, कुर्सी पर जा बैठा है गालों पर हाथ धरे आकाश की ओर ताकते हुए। यह क्या कलाकार का पोज़ है ?...नहीं, शायद समीक्षक का। शायद वह भी नहीं, दलाल की आत्मा की कचोट है...।

नियति के शकुनी से हारे हुए युधिष्ठिर की तरह साड़ी उठा रहा है विकास। पत्नी तक को दाँव पर लगाकर शेष बाज़ी जीतने की जयाकांक्षा लिये हुए। शो केस के शीशे में विरुपित मुद्रा। कलाकार की अजीबोगरीब काया—पिलपिली मिट्टी का पसरता हुआ चेहरा, जैसे एक साथ उसके अन्दर का सेठ, अन्दर का दलाल ढुलक रहे हों, टकरा रहे हों आपस में। कलाकार और समीक्षक में कशमकश चल रहा है।

हिचकिचा रहे हैं गोपाल बाबू भी, "यह क्या...?"

"इसे छोड़कर अब है ही क्या ? मूर्ति को नंगे तो नचा नहीं सकता !"

कला भवन के सामने की प्रतिमा किसी टाट से ढँकी है। उसे अनावृत किए बिना ही टाट के अन्दर चला गया है। गाँव द्विरागमन के समय शायद ऐसे ही डोली के अन्दर जाता है पति ! काँच में यह बिम्ब सूरज की रोशनी में एक अलग ही आयाम खिला रहा है।

निकल आया है बाहर विकास। फाइनल टच दे रहा है अब।

"गोपाल बाबू, स्विच आन कीजिए।" कनखियों से देख रही है वह उत्सुकतावश—अरे, यह तो फिर उसी की प्रतिमा ! वही कमल कली के सम्पुटों का खुलना, मूर्ति का धीरे-धीरे उठना। सूर्य को पुष्पों का अर्घ्य देती भैरवी। फिर से गढ़ ली इत्ती जल्दी ?...अभी भी उसे भुनाने से बाज़ नहीं आता वह ! उसका मन अनमना हो गया।

उसने दृष्टि फेर ली। बाल्टी में पानी लेकर हाथ धो रहा है विकास। अपराह्न के सूरज की किरणें हिलते पानी में पड़कर सपने के एक टुकड़े की तरह मचल रही हैं। शायद इतना छोटा-सा स्वप्न-अंश अभी भी ध्वंस से बचा हुआ है। आज उगता हुआ सूरज नहीं, एक रूक्ष क्लान्त सूरज है। कमल कली की पँखुरी-पँखुरी ढीली हो गई है—भैरवी से उतनी तत्परता से उठा नहीं जाता अब। लेकिन सपनों का क्या करें जो

हर हाल में जवान रहते हैं।

विकास की नज़र हठात् उस पर पड़ती है, दूसरे ही क्षण वह उसकी प्रतिमा को देखता है। चेहरा अजीब भावपूर्ण हो उठा है। हाथ बुलाने को उठा है, फिर झूल गया है। होंठ पुकारने को थरथराए हैं, फिर बन्द हो गए हैं। उसके सामने दो-दो कामिनी हैं—एक बनारसी साड़ी में लिपटी उदित यौवना जो कभी बूढ़ी नहीं होगी और उससे थोड़ी दूरी पर प्रौढ़ता के बासीपने में सीझती दूसरी कामिनी—सामान्य-से वस्त्रों में फटी साड़ी सीती हुई। अलग-अलग कालखंडों का एक ही समय साक्षात्कार। उसके अन्दर का मगरूर कलाकार उसे जब जैसा जी में आया, तोड़ता, मरोड़ता, खोलता और खेलता रहा, चटखारे लेता रहा, परोसता रहा, बेचता रहा, वह बिना 'सी' किए चुपचाप सहती रही।

वह आता है, कन्धे पर हाथ रखता है, "देखो इसे। क्या यह तुम हो ?"

बलपूर्वक ला खड़ी करती है जैसे अतीत के आईने के सामने, "पहचान रही हो खुद को—यह तुम थीं, तुम !"

उसकी नज़रें निकास-द्वार पर 'आर्टिस्ट इन सेल्फ पोज़' पर जा गिरती है, इशारे करती है, "और वह...? पहचान रहे हो खुद को—वह तुम थे, तुम !" जैसे दोनों वाक्य पैरोडी हों एक-दूसरे की।

सिर हिलाते हुए एक मायूस हँसी हँसता है विकास। गुड़िया की तरह खींच लेता है बाँहों में, "तुम भी क्या सोचोगी। खानाबदोश की ज़िन्दगी में ही घसीटता रहा तुम्हें ! उमर कहाँ की कहाँ गई। इस तूफान में सारी पूँजी साफ है। खुद को नंगे रखकर भी मूर्तियों के तन ढँक रहे हैं। सिर पर अपना टोकरा उठाए जगह-जगह फेरा लगाकर खुद को और तुम्हें बेचता ही रहा—सन्धू दी गलत नहीं कहतीं।"

अलबट्रॉस का हत्यारा नाविक एक बार फिर अनुत्तप्त है, डेस्डेमोना के हत्यारे पति ऑथेलो की घृणा में एक बार फिर घुलने लगा है प्रेम का पराग और इस संजीवनी गन्ध से जैसे फिर जी उठा है अलबट्रॉस, फिर से पलकें खोली हैं डेस्डेमाना ने...। पंख फड़फड़ाए हैं, होंठों में जुम्बिश हुई है, "अच्छा ही तो है, एक ही जगह बँधे जल-सा गन्धाया करते, ऐसे स्वछन्द बह तो रहे हैं।"

होंठ चूमने को झुक आया है विकास।

क्लैप्स ! पीठ फेरकर तालियाँ बजा रही हैं सन्धू दी। जाने कहाँ से आ टपकी हैं, "बन्दरिया रूठकर चली जा रही थी, बन्दर उसे बुलाकर वापस ला रहा है। अभी फिजाँ में मिलन की बाँसुरी की धुन है और डमरू की ताल पर धड़कते हुए दिल। बच्चो, अपने-अपने घर से आटा-चावल, पैसा लाओ मदारी के लिए...।"

और इसके साथ ही सारे बच्चे दाखिल हो गए हैं। विजय सर्कस के मालिक डेविड से लेकर मीना बाज़ारवाले, झूलेवाले, आकाश-चरखीवाले, मिठाईवाले, छोटे-बड़े सभी दुकानदार ऐसे भरभराकर चले आ रहे हैं जैसे बारिश के बाद चींटियों का दल।

"दीदी, क्या दुश्मनी थी आपसे, आपने तो खुच्चड़ कर दिया !" विकास झेंपते हुए बोला।

"खुच्चड़ ज़रूर कर दिया, वहम हुआ, यह हकीकत नहीं, नाटक है इसलिए। बच्चो, चलो, इन्हें अकेले छोड़ दो, अब ये दोनों एक-दूसरे की जूएँ बीनकर खाएँगे। जाएँ...?" उनकी अदा पर हँसी का जो फौव्वारा चारों ओर से चला कि दोनों खिसिया गए।

"नाटक मैं नहीं आप कर रही हैं।"

"बजा फरमाया जनाब ने लेकिन नाटक के हीरो आप ही हैं—समझें ?"

"बड़ी किरकिरी कराई, अब तो साफ-साफ बताओ कि क्या बात है दीदी ?"

उसने कहा तो सन्धू दी ने कहा, "दरअसल इस मौके पर डिस्टर्ब करना हद दर्जे का कमीनापन है, मगर करें क्या, प्यार से भी ज़रूरी कई काम हैं ना...।"

"ओफ्फोह ! फिर वही पहेली !" अभी उसने बात खत्म भी न की थी कि फक-सा चेहरा लिये गोपाल बाबू हाथ में कागज़ लिये आकर खड़े हो गए, "देख रहे हैं साहब, ज़िलाधीश का कोड़ा...! फरमान भिजवाया है, मेले का उद्घाटन आज नहीं, कल होगा, ज़ुबानी हुक्म है कि मेले की दुकान न खोली जाए।" कागज़ पकड़ाकर चले जा रहे हैं गोपाल बाबू।

"ऐं !" स्तब्ध रह जाते हैं पति-पत्नी, "सात दिनों के बाद मर-खपकर लोग खड़े भी हुए तो यह आफत !"' वह बुदबुदाती है।

"हाँ, नेचुरल केलामिटी से आप पार पा सकते हैं लेकिन पॉलीटिकल केलामिटी से नहीं। हम लोगों को यह फरमान पहले ही मिल चुका है। इसी वजह से आपके पास आए हैं।" भीड़ में से कोई बोलता है।

"आप ज़िलाधीश के पास जा रहे हैं क्या ?" उसने पूछा।

"वहीं से तो आ रहे हैं। संयोग से अभिजीत बाबू भी हमारे यहाँ आज ही आए थे, साथ हो लिए। हम लोगों ने अपनी तबाही का सही-सही हाल उन्हें सुनाया। हमने उन्हें बताया कि सर्कस के चार जानवर मरे, दो चिड़ियाखाने के, भूख से दो टुटपूँजिए दुकानदार भी, पच्चीसों बीमार हैं और भुखमरी के कगार पर हैं। अभिजीत बाबू की भी कोशिश रंग नहीं लाई, हमारा रोना-गिड़गिड़ाना बेकार गया, वे टस से मस नहीं हुए। अब तो आपका ही आसरा है। आपसे तो काफी बड़े-बड़े लोगों की जान-पहचान है, हमारी दिक्कतों को आप भोग भी रहे हैं, एक बार अपने प्रभाव का इस्तेमाल करते तो शायद...।" यह सारा कुछ कहते हुए बौने डेविड और भी छोटे, और भी दयनीय लग रहे हैं। सबके लटके चेहरों में जड़ी आँखें विकास की ओर देखते हुए पथरा गई हैं। सन्नाटे में डूबा सारा दृश्य फ्रीज़्ड हो गया है जैसे उसके सामने इंसान नहीं बुत हैं। उसने गर्व से देखा है विकास की ओर, उसका पति इन बुतों में जान डाल सकता है।

"ज़िलाधीश यहीं आस-पास हैं क्या ?" पूछता है विकास।

"पास ही कैम्प लगा हुआ है राहत-शिविर का।"

"आप लोगों को भी कुछ मिला क्या ?"

"इन्हें...?" हँसता है अभिजीत, "बारह-बारह मील से घुटनों तक पानी में चलकर

औरत-मर्द यहाँ कल आए, तो उन्हें बताया गया कि उनके गाँव का नम्बर आज था, आज फिर पानी हिलकोरते आए तो पता चला कि राहत-सामग्री बँट चुकी है। फिर इन्हें क्या मिलता...?"

"सत्ताधारी पार्टी के ही दो युवकों का पीटकर चालान किया गया।" कोई जोड़ता है।

"हाँ, उन्होंने इसकी मुखालफत की थी, अब आप ही बताइए, इन्हें कौन पूछता वहाँ, इनके ग्राम प्रधान तो आप ही हैं। चलकर दिलवाइए तो जानें। और फिर दिक्कत हमसे ज़्यादा तो गाँववालों की है...क्यों न सबको लेकर...।"

"डी.एम. ने मेला बन्द रखने की वजह तो बताई नहीं !" विकास पूछता है सन्दर्भ की स्फीति से घबड़ाकर।

"वो हम बताते हैं", बोलती हैं सन्धू दी, "इसलिए कि इस सर्कस से भी बड़ा सर्कस मैदान में आ गया है।"

"वो क्या ?"

"मन्त्री जी का चुनावी भाषण। अगर भीड़ यहाँ खिंच गई तो उस सर्कस का क्या होगा ?" बताता है अभिजीत।

"तो क्या आप...?" डेविड की आँखों में चमक है।

सिर झुका जा रहा है विकास का, हिचकिचाते हुए कहता है, "देखिए, बात डी. एम. तक होती तो कहीं कहा-सुना भी जाता, जब मन्त्री खुद इन्वाल्व्ड हैं तो..."

"तो उनसे झगड़े मोल लेना ठीक नहीं—यही ना ?" काट देती हैं बात को सन्धू दी।

"हाँ, जैसे सात दिन बीत गए वैसे एक दिन और सही।" कहता है विकास।

उसके उभरते अहं पर पाला पड़ गया है। भीड़ में कानाफूसियाँ उभरने लगी हैं। कितनी उम्मीदें लेकर आए थे लोग।

"एक बार चले जाओ न...।" इस बार उसका आग्रह।

"क्या फायदा ?" सिर हिला देता है विकास।

"अच्छा तो हम इनके खिलाफ अभियान शुरू करते हैं, हमारे साथ तो चलेंगे आप ?"

"जब प्रोग्राम तय है तो क्या हो सकता है ? आप ठंडे दिमाग से सोच लें।"

"हम समझौते या फरियाद की बात नहीं, गाँव-गाँव से आए किसानों और मेलेवालों की सामूहिक शक्ति से इन नाइंसाफियों के खिलाफ आवाज़ बुलन्द करेंगे, आपको बस हमारा नेतृत्व सँभालना है।"

"नहीं ! बुरा मान जाएँगे इससे, मैं तो कह रहा हूँ कि एक दिन और देख लीजिए, इस बीच शाम को मन्त्री जी आएँगे ही, उस वक्त एक बार और कोशिश की जाएगी।"

"जैसा मन्तरी, वैसा सन्तरी, सब बराबर !" कोई टिप्पणी।

"ज़रा बताना तो हमें, क्या कोशिश करोगे तुम जबकि तुमने अभी-अभी कहा है

कि जब मन्त्री खुद इन्वाल्व्ड हैं तो क्या हो सकता है ?'' सन्धू दी बौखलाकर पूछती हैं।

काश, एक बार भी विकास तनकर खड़ा होता, एक बार भी। मगर नहीं।

''यह तो पेशेवर यूनियन के नेताओं-सा बरगलाना हुआ।''

विकास अब निरपेक्ष बनकर मूर्तियों पर काम करने लगा है, यानी, जिसे कहते हैं, जान डाल रहा है। एक बार फिर हताशा की चुप्पी छा गई है। कलाकार की इस मुद्रा से उसका पहला साक्षात्कार है। अटपटी खीझ में क्या करें, कुछ समझ नहीं पाती।

''तुमुल कोलाहल कलह में, मैं हृदय की बात रे मन...।'' अभिजीत का यह फिकरा किस पर है ?

वह खार खाई नज़र से देखती है विकास को। खुद को शुतुरमुर्ग साबितकर सबों के सामने छोटा बना गया उसे। किस मर्द पर गुमान करेगी वह ? इस तूफान का ज़ख़्म तो एक दिन भर भी जाएगा, मगर अन्दर का यह ज़ख़्म क्या कभी भर जाएगा ? उसे एकाएक थोड़ी देर पहले के अनुताप और मनुहार लिज़लिजे लगने लगे। खड़ी रहने तक में असुविधा महसूस होने लगी। बाहर ऐलान करती हुई प्रचार गाड़ी गुज़र रही थी, ''भाइयो, और बहनो, आज ही शाम को सन्ध्या सात बजे गांधी मैदान में एक विराट् मास मीटिंग होने जा रही है जिसमें तूफानग्रस्त क्षेत्र का हवाई दौरा करने के बाद मन्त्री जी आपको बताएँगे कि सरकार आपके लिए क्या-क्या करने जा रही है, साथ ही यह भी कि आगामी चुनाव में देश की मौजूदा परिस्थितियों में आपको कौन-सा रास्ता अख्तियार करना है...!''

आवाज़ के फीकी पड़ते ही असहायता की हूक में कोई कंठ रिरियाया, ''हे भगवान, हमारा क्या होगा ?''

''हमारा...? हम तालियाँ बजाएँगे, थप्पड़ मारने से तो रहे।'' दूसरी टिप्पणी !

भीड़ में कुछ और लोग खिंच आए हैं--राहत-शिविर के लिए आगत दूर-दराज के गाँववाले, यज्ञमंडप की परिक्रमा ख़त्म होने पर मेले का चटखारा लेनेवाले भक्त, सर्कस की एक झलक देखनेवाले मजमेबाज़...। कोई नया संकल्प साधने के लिए अभिजीत और डेविड सिगरेटें सुलगा रहे हैं और सन्धू दी...?

हाय, खाली कर दी उन्होंने शीशी स्पिरिट की ! रोकती नहीं वह उन्हें इस बार।

''एटेंशन प्लीज !'' उनकी आवाज़ पर चौकन्ने हो उठे हैं लोग। विद्युत चालित मूर्ति की तरह झूल रही हैं वे, ''अब तक आपने सिर्फ छोटे-छोटे सर्कस देखे हैं, आज आप देखिए वो सर्कस जिसकी कला के सामने सारे सर्कस फेल हैं।'' और वे शुरू हो गईं...

''लेडीज़ एंड जेन्टलमैन, वी हैव द प्लेज़र टू प्रेजेन्ट द ग्रेटेस्ट सर्कस शो ऑफ आवर कन्ट्री...हमारे यहाँ एक से बढ़कर एक खूँखार जीव को ट्रेनिंग देकर पालतू बनाया गया है। एक से बढ़कर एक चालाक जीव को गुलाम। अचरज होगा, हमने बाघों, सिंहों को भी कुत्ता बना छोड़ा है। पहला आइटम हमारा सर्कस परेड—भेंड़-दौड़ ! देखिए, किस

तरह भेड़ें सिर झुकाए कुएँ की ओर बढ़ी चली जा रही हैं...और अब देखिए भेड़ियाधसान–केरोसिन, कोटे की दुकानों, टिकटघर की खिड़कियों, एडमीशन के लिए शिक्षालयों, रोज़गार के दफ्तरों और कहाँ नहीं !"

"नेक्स्ट आइटम, हमारी ट्रेनिंग का कमाल, आदमी का पायखाना आदमी ढो रहा है, उस आदमी का जो लिच्चर पोंक रहा है, 'आदमी भगवान का रूप है। उसकी पूजा करो। हमारी गौरवमयी संस्कृति पर हमें नाज़ है।' सर्कस कन्ट्रॉस्ट की दुनिया है। इतना बड़ा कन्ट्रॉस्ट कौन माई का लाल पैदा कर सका है आज तक सर्कस जगत में ? आप देखिए हमारा भेड़िया रामनामी ओढ़कर कीर्तन कर रहा है। यह जो मन्दिर आप देख रहे हैं न, उसके अनगढ़ शिवलिंग के गिर्द जो गड्ढा है, उसे आप भरमवश क्या कहते हैं...? अश्लील हो जाएगा, छोड़िए ! उसकी बगल में बैठा वह भेड़िया क्या कर रहा है–जी ! 'बाबा-बाबा' कहकर गड्ढे के सड़े जल में टटोल रहा है, अभी किसी धर्मात्मा की चढ़ाई चवन्नी मिल गई, बाबा मिल गए। इस बोपदेव को पहचाना आपने ? महज़ चढ़ावे बटोरने के हाथ के घिसने से यह गड्ढा बना है।"

"यह क्या वैद्यनाथ धाम है ?" किसी ने पूछा।

"अगर वहाँ ऐसा है तो वही है, विश्लेषण तो आपको करना है।...अब हम कुछ चुनिन्दा बैलेंसिंग के करतब पेश करेंगे। कलेजा थामकर देखिए...यह अपने देश की बस है। नीचे-ऊपर यात्रियों से लदी-फँदी। हुक पकड़कर चार आदमी झूल रहे हैं। पाँचवें फिर से लटके। आइए परिचय कराएँ, ये हैं कमल बाबू ! कमल की डंठल यानी कमर पकड़कर झूल रहे हैं अमल और विमल बाबू। अमल बाबू की टाँग पकड़कर घिसट रहे हैं निर्मल बाबू...। और बस स्पीड से चली जा रही है, कहीं ट्रैफिक जाम न हो जाए। बड़ी से बड़ी सर्कस कम्पनी भी इस बैलेंसिंग को नहीं दिखा सकती। अरे, आप लोग तालियाँ क्यों नहीं बजा रहे हैं ? पैंतीस वर्षों में हमने बैलेंसिंग को कहाँ से कहाँ पहुँचा दिया है ! खिलाड़ियों का मनोबल कैसे बढ़ेगा ?..."

"अच्छा-अच्छा टेंसन को ईज करने के लिए जोकर्स रिफ्रेशल चाहिए न...! वह देखिए विमल बाबू का सिर पास बैठी किशोरी के पेट से टकरा रहा है। ऊँहा...!' अभी-अभी विमल बाबू ने काँखा है। किशोरी के गर्भ से अभी-अभी जन्म हुआ है जैसे और पचपन वर्ष के हेडमास्टर विमल बाबू तेरह साल की किशोरी के गर्भ से जन्म लेते ही कह उठे हैं–वुआँऽऽऽ...!"

इस बार सामूहिक रूप से तालियाँ बज उठीं।

"आपने सर्कस में हॉर्स जगलिंग देखी होगी। अब हम आपको ट्रेन जगलिंग दिखाते हैं। ट्रेन का स्पीडोमीटर आप नहीं पढ़ पा रहे होंगे। मैं आपकी सहायता करती हूँ। काँटा सौ के निशाने को छू रहा है। ट्रेन की छत पर चिपके हज़ारों आदमियों को देखकर आप घबड़ा गए ! अभी तो गूलर के कीटों की तरह अन्दर ठुँसे हज़ारों लोगों को आपने देखा ही नहीं। बारह बोगियों में दस पैसेवालों के लिए, दो कंगालों के लिए। इसी रफ्तार पर खोमचेवाला बम्फर से लटके आदमियों के बगल से एक बोगी से दूसरी बोगी में घूम

रहा है। बगल से कोई बड़े लोगों की गाड़ी गुज़री और...एक्सीडेन्ट...उठिए नहीं, उठिए नहीं, सर्कस में रोज़ सैकड़ों आदिवासी औरतें, गरीब, हरिजन, मज़दूर मरते-मिटते रहते हैं। कइयों को काटकर पोसे गए जीवों को खिलाया जाता है। शो बन्द नहीं होगा। ज़रा कन्ट्रास्ट देखिए साब ! भरपेट भोजन भी एक-तिहाई आबादी को मयस्सर नहीं और ये महन्थ पी रहे हैं पाँच सौ पचपन...फाइव, फाइव एंड अगेन फाइव ! छूरे का कमाल का निशाना है। कानून के चाकू, मजाल है, घायल कर दें तस्करों, घूसखोरों, डाकुओं, महन्थों वगैरह को ?"

"आपने दूसरी सर्कस कम्पनियों की स्लोप राइडिंग का मज़ा लिया होगा। हम यहाँ दो जानवरों की स्लोप राइडिंग पेश कर रहे हैं—एक है मरियल ताँगेवाला, दूसरा उसका मरियल घोड़ा। तीखी ढलान पर औकात के ऊपर बोझ लादे दोनों घिसट रहे हैं। ज़रा-सा गड़बड़ाए कि साफ ! लेकिन बस और ट्रेन की तरह यह नियमित आइटम है। जनाब, यह कोई रेसकोर्स का घोड़ा नहीं जिसकी कीमत पच्चीस-पचास हज़ार हो और न ही यह आदमी हवाई जहाज़ का यात्री या बड़ा अफसर जिसकी मौत का मुआवज़ा लाखों में हो, इन्हें कायदे से चारा भी नहीं मिलता। जानवर की कीमत तीन सौ और आदमी की...एक कौड़ी भी नहीं।"

"...सिरीमान जी, आपने एक छोटी रिंग से बाघों को पार होते देखा है, हम एक निहायत तंग जगह से पच्चीस जीव पार करके दिखाते हैं। यह देखिए, टैक्सी रुकी। कितने आदमी इस गूलर के फल से निकल-निकलकर उड़ रहे हैं—गिनिए, कुल पच्चीस हैं। अउर माई लोग, बहिनी लोग, बाबू लोग, भैया लोग, हमारा सरकस कम्पनी आपका दिल बहलाने के खातिर रकम-रकम का खेल, किसिम-किसिम का जंगली जानवर पकड़ के लाया है—अइसा कि सोचने पर हँसी आवे, देखने पर मन परसन्न हो जावे। एइ, जो डैना जानवर है, पढ़ा-लिखा बाबू लोग इसको क्या बोलता...?"

"डायनोसार !" डेविड ने सुझाया।

"क्या मालूम बाबू, गँवार-नट-कंजर हम लोग...हाँ तो वोई जनावर है, तोंद समेत कुल वोजन आठ टन और दिमाग तीन औंस का !"

"अउर देखिए, हुजूर, एक ठो जो दरियाई घोड़ा है, कोई करतब नहीं आता इसको। सिरफ शो का वास्ते रखा है कम्पिनी ! बैठे-बैठे टनों खा जाता, हुनर एक नईं और दाम लाख रुपैया। ये मछली आप देखता जवानी-भर एकदम नर बना रहता, जवानी ढला तो मादा। ऐसा माफिक कितना पढ़ा-लिखा मछली है, हम तो बस नमूना पेश करता। नमूना देखो हुजूर, नमूना ! हमारा तोता, पारटी का सीता-राम रटता, भालू मोटर सैकल चलाता और चिम्पाजी...।"

"...वो तो आपने देखा ही अभी—सीधे हवाई जहाज !"

"बाढ़ का जायज़ा ले रहा था ?" कोई टिप्पणी।

सन्धू दी के रिले में व्यवधान नहीं पड़ता।

"तो साहेबान, मेहरबान, कदरदान, पहलवान, जनावर हर किसिम का है हमारे पास,

रीढ़वाला, बिना रीढ़वाला, नर और मादा अलग-अलग, फिर एक में साथ-साथ। आईने में देखकर मिला लीजिए, आप किस जमात में आता, मिला लिया ? धन्यवाद !

"अब देखिए, लीडर जी कॉमिक जगलिंग पेश कर रहे हैं सिद्धान्तों को लोकते-उछालते। अभी उन्होंने अंडे निगले और फड़फड़ाते चूजे निकाले, उनके ढपोर शंख से जो आश्वासन माँगिए, एक का दस पाइए। अभी उन्होंने जाँच कमीशन का 'पाँच फला' फेंका और लेट गए, पाँचों किरचों में से एक भी धँस जाए, मजाल है ! कितनी कठोर और खतरनाक साधना है, ज़रा सोचिए।"

"एटेंशन प्लीज़ ! आपके सामने आ रहा है सी-सा का करिश्मा। पासे पर नोट फेंकिए, लड़की फेंकिए और यह आपको उछालकर कुर्सी पर बिठा देगा।"

"सज्जन वृन्द, आप चौंक रहे हैं, ये दो पुतले सुरसा की तरह इत्ते बड़े कैसे होते जा रहे हैं। माया है, माया। माया का आवरण फाड़ दो तो तुम देखोगे कि वह तुम्हारे जैसा आदमी है। यहाँ डरने की कोई बात नहीं—एक्रोबेट और स्टिल्ट की नकली टाँगों को खींच लो, वह छोटा हो गया। नकली दाँत निकाल लो, मुँह पोपला हो गया, काली माई की नकली जीभ खींच लो, चोंचला खत्म हो गया।"

"हमारा मसलमैन लाखों टन कागज़ का वज़न हुमककर उठा रहा है। सीने पर कागज़ी हाथी ! हँसिए नहीं, यह जोकरों का तमाशा नहीं। आपको मालूम है, इस हाथी का वज़न ? ताली बजाइए, ताली। पेपर टाइगर की दहाड़ आपने सुनी ? चाय के प्याले के तूफान के साथ उसकी जुगलबन्दी पसन्द आई न ? देखिए इस टेबुल से उस टेबुल तक एक-दूसरे के सहारे कैसे सधकर खड़े हो गए पेपर टाइगर ! रिंग मास्टर ने चाबुक सटकारा और करतब दिखाने के बाद लाल फीते से बाँधकर फाइलों के पिंजरे में जा दुबके।

"अब हमारा लास्ट आइटम आपकी खिदमत में पेश किया जा रहा है—फ्लाइंग ट्रैपीज़ ! डाइरेक्ट, क्रॉस, रिवर्स ट्रैपीज़। कलाबाज़ियाँ खा-खाकर कैचर का हाथ थामते, इस उड़न मंच से समीकरण बदलकर उस उड़न मंच तक आते-जाते आयाराम-गयाराम ! सुथन्ना खिंच गया, नंगे हो गए, चलिए आपकी बोरियत कटी, टेंसन ईज हुआ।

"देखिए, अँधेरा, हमने जान-बूझकर बना रखा है। इसे कहते हैं, 'ट्रैपीज़ इन मूनलाइट' ! चमगादड़ों की तरह अँधेरे में समीकरण बदलते हुए वे उड़ रहे हैं, उलटे लटके हुए हैं। गिरेंगे तो सुरक्षा का जाल है ही नीचे। एक बार सदस्य बन जाने-भर की देर है, फिर तो वसूल ही लेंगे सूद-मूल !"

बाहर पुलिस की गश्ती वैन आकर रुकी है। सन्धू दी ने देखा है और फिर शुरू हो गई हैं, "मैंने कहा था न, टॉर्च मत जलाइए। क्या आपको सर्कस का एटीकेट नहीं मालूम ? हमारे पास काफी मुस्टंडे हैं, खींचकर बाहर कर देंगे, क्या समझा है आपने ? अभी कोई खिलाड़ी ऊपर से गिर जाए तो...?"

तालियाँ ज़ोरों से बजी हैं इस बार। मजमा बाहर भी जुट गया है।

सन्धू दी फिर शुरू हो जाती हैं, "दोस्तो, कलकत्ते के पार्क सर्कस का नाम वहाँ

किसी सर्कस कम्पनी के ठहरने से पड़ा था। हमें नहीं पता, राजधानी के कनॉट सर्कस का नामकरण किस मल्टी रिंग सर्कस के कारण पड़ा है।"

सन्धू दी के सर्कस की कड़ी उसके अन्दर की एक दबी कड़ी से जुड़ती है—अपंग साइकिल चालक ! मृत्यु को नकारती हुई जिजीविषा ! आँखें चमक उठती हैं। वह देखती है दूर-दूर तक। सड़क के अलावा पानी तक में खड़े हैं लोग—गुरुत्वाकर्षण के प्रबलतम प्रतिरोध के विरुद्ध ऊर्ध्वोन्मुख फसलों की मानिन्द ! उसकी सारी झिझक फना हो जाती है, बोल उठती है, "उसी सर्कस के शो की वजह के चलते सात दिन भयंकर आँधी-पानी से जूझने के बाद भी आपको अपनी रोज़ी कमाने का हक नहीं और उस शो की हकीकत यह कि दूर-दराज़ से बारह-बारह मील पानी में चलकर आए जवान तो जवान, बूढ़ों-बच्चों और औरतों तक को कुत्ता बना दिया गया है। रोटी का टुकड़ा दिखाकर मुँह में लाठी ठूँस देने का इन्तज़ाम हो रहा है। राहत का अन्न बिचौलियों और सेठों की गोदामों में पड़ा है—मगर आप बोल नहीं सकते। मैं पूछती हूँ, क्या आप जमूरे और दर्शक ही बने रहेंगे ?"

"कामिनी !" डाँटता है विकास, "यहाँ आओ !"

यह क्या है, लगाम ! ठिठकती है वह। बिदकती है वह। फिर किसी ओज के मचलते आवेग के तहत मचकती हुई चल पड़ती है ! ऐसी सधी चाल तो कभी चली नहीं वह, गोया, वह पति नहीं प्रतिद्वन्द्वी हो।

"बोलो !" उसके इस तेवर पर सहसा कन्फ्यूज्ड हो जाता है विकास, "क्यों तमाशा बना रही हो ?"

"कौन मैं या तुम...?"

जवाब नहीं देता विकास !

कसैली हो उठती है, वह, "आज तक तुमने मेरे साथ जो किया, वह तमाशा नहीं था, आज उन्हीं आदर्शों पर, जिनके गुण गाया करते थे, दो कदम अपनी मरजी से चली तो तमाशा हो गया ?"

चलकर आई है सन्दूक के पास। इकलौती साड़ी और बीस रुपए की आखिरी पूँजी बैग में रख रही है। इर्द-गिर्द चक्कर काट रहा है विकास, जैसे कोई ट्रेंड हथिनी बागी हो उठी है, रिंग मास्टर उसे काबू में करने की कोशिश कर रहा है जैसे नदी के ऊपर रस्से पर चलनेवाली नटिनी को उतर आने की सलाह दे रहा है राजा, "तुम समझतीं क्यों नहीं...!" नटिनी राजा की ओर नहीं देखती उसकी आँखों में चमक रही है अपंग साइकिल चालक की दुर्दम्य जिजीविषा, पराजय के कुहरे को भेदकर खिली आ रही है—अपराजेय जिजीविषा !

अब वह सन्धू दी का सहारा लेता है, "आप ही इसे समझाइए न, इसके लिए क्या-क्या सपने थे मेरे दिल में—एक सम्मानित ज़िन्दगी, छोटी ही सही, सुविधाओं से लैस अपना एक घर जहाँ मेले-से लौटकर...।"

"तुमने किसी हाउसिंग कम्पनी का बोर्ड तो नहीं पेन्ट किया इन दिनों ?" सन्धू

दी के रिमार्क करते ही उपहास की तरंगों में डूब-डूब जाता है विकास।

"प्लीज़, आप लोग जाइए यहाँ से।" गुस्से से बिलबिला उठता है विकास।

"आप लोग चलकर अपनी-अपनी दुकानें खोलिए, हम अभी आए।" कहता है अभिजीत तो भरभराकर भीड़ छँटने लगती है। अब वह मुखातिब होता है विकास की ओर, "बुरा लगा होगा उनका भदेसपन ! उनकी तरफ से माफी चाहता हूँ लेकिन एक बात पर गौर करो, तुम क्या अकेले वह सपना देखा करते हो ? सर्कस हो, नाटक हो, दुकानें हों या अन्य मेलेवाले, क्या सब यह सपना नहीं देखते ? हर निम्न वर्ग की विशेषता होती है, ऊपरी वर्ग की तलछट बनकर रह जाना !" आहिस्ता-आहिस्ता उसकी आवाज़ तेज़ होती है "तुमने कभी देखा है झुग्गियों, झोंपड़ों, बाज़ारों, मुसाफिरखानों, गटरों, फ्लाईओवर्स के नीचे कीड़े-मकोड़ों की तरह रेंगते, उड़ते, ज़मीनदोज़ होते इंसानों को ? दिमाग के दर्द को जाँघ की खुजली में तब्दील करनेवालों को स्टेडियम चाहिए, प्रेक्षागृह चाहिए, कन्सेशन चाहिए, ये चाहिए, वो चाहिए...।" अब वह पूरे गुस्से में था, "मेरा वश चले तो तोड़ दूँ पब्लिक स्कूल, होटल, तोड़ दूँ रिज़र्वेशन, नेस्तानाबूद कर दूँ तुम्हारे आभिजात्य के स्तूप को और खदेड़कर ले आऊँ सबको सड़क पर। तब सुविधाभोगी समझेंगे, सुविधाहीनों का दर्द ! तुम्हारे लिए सवाल एक दिन का है, सवाल नाराज़गी मोल लेने का है, इत्ते सारे लोगों के लिए सवाल ज़िन्दा रहने का है !"

वह प्रशंसा और आदर की निगाहों से देखती है अभिजीत को। सैंड डूबे, इब्राहिम थक गए, सरजू भाई लड़खड़ा गए, विकास की खोल भी पूरे तौर पर उघड़ गई आज। लेकिन यह शख्स निरन्तर विकसित होता रहा है।

जा रहा है अभिजीत। अनजाने ही पीछे-पीछे चल पड़ी है वह।

"कामिनी !" स्वर अधिकार दर्प से तना हुआ है विकास का।

मुड़कर देखती है एक बार, "ना, मत पुकारो अब विकास। सब खत्म हो गया। तुम्हारी प्रतिभा, तुम्हारी कला आदर की वस्तु है, दूर से प्रेरक भी, लेकिन तुम नहीं। मेरे निर्जीव बुत को बिजली के उपकरणों से दूसरों के लिए बहुत नचा चुके, अब एक बार खुद मेरे हाथ-पाँव, ज़ुबान और दिमाग को काम करने दो। मूरत मत बनाओ मुझे, हाथ जोड़ती हूँ।...रही बात कीर्ति की तो उसे पीठ पर बाँध लेने में भी मुझे हिचक नहीं। मुझे याद है अपना रोल। नट-कंजर हूँ, तुम्हारी तरह कलाकार नहीं।"

हाँफते हुए आते हैं गोपाल बाबू, "मालकिन, क्या देखकर गया था और क्या देख रहा हूँ ?"

"वह भी एक सर्कस था और सर्कस में तो हादसे होते ही हैं। एक झटके से सारा कुछ उलट-पलट जाता है।" उसने जैसे मूर्तियों के मलबे को सम्बोधित किया हो और जल्दी-जल्दी चल पड़ी मेले में जहाँ स्पन्दन धीरे-धीरे जग रहा था।

अभिजीत मेले के शुभारम्भ की सूचना बाँटने गया है बस्तियों में। मेले के पच्चीसों माइक अपनी बची-खुची ऊर्जा समेटकर गरज उठे हैं। इन सामूहिक आवाज़ों की भँवर में मीटिंग

के माइक की आवाज़ रुँध-सी गई है। दूकान-दूकान घूम रही है वह सन्धू दी के साथ। उठ रहे हैं आठ दिन के गिरे परदे, जैसे गहरी मूर्च्छना के बाद खुल रही हों अलस आँखें। रुके हुए समय के पहियों-सी गतिमान हो उठी है आकाश-चरखी। यह फीकी, बेरंग-बेनूर, मौसम और व्यवस्था के मारे हुए लोगों की फौज है, मगर दूसरी तरफ व्यवस्था के दुलारे यज्ञमंडप और मेले के प्रबन्धकों की बात दीगर है। शाम होते ही रौनक बढ़ चली है। टोनी बल्बों और विद्युत उपकरणों से वहाँ एक अलग ही ग्लैमर की दुनिया सज उठी है। राहत सामग्री डकारे हुए सेठों, भ्रष्ट ठेकेदारों, अफसरों, ज़मींदारों के पैसे के जादू से टोनी बल्बों की करामात में वहाँ सर्कस के आइटम ज़िन्दा है—बाघ गेंद लुढ़का रहा है, हाथी फुटबाल किक कर रहा है, लड़कियाँ करतब दिखा रही हैं, रोशनियों के केलेडेस्कोप खिल रहे हैं। ग्लैमर और आतंक का खेल। एक क्षण को इस प्रभामंडल से दहशत होती है लेकिन जब हज़ार जीवन्त हाथों का जीवन्त प्रतिवाद देखती है, तो जुनून सवार हो जाता है। एक मामूली औरत की तरह इस ज्वार में धक्के खाती बढ़ी जा रही है आगे ही आगे...

सामने आकर रुकी है पुलिस की गाड़ी। अन्दर अभिजीत है। उसमें भरे जाने के पूर्व वह मुस्कुराकर हाथ हिलाते हुए अभिवादन करती है, जोकरनुमा हुलिया में लड़खड़ाती हुई सन्धू दी भी...जैसे तोप की सुरंग में घुसने के पूर्व आर्टिस्ट और जोकर दर्शकों का अभिवादन करते हैं। यह उसके पुराने शो का अन्त भी है और नए शो की शुरुआत भी। शुरु तो किसी चीज़ से भी किया जा सकता है, कहीं से भी किया जा सकता है ! है ना !

●●●